全新彩色版

中华文史大观

中华对联故事

金敬梅 主编

世界图书出版公司

目录

前言 / 1

B篇 / 5

半副对联慑群魔 / 6
不妨假戏作真情 / 7
白衣里一个大仁 / 8
白居易两次撰酒联 / 9
板桥出对讽吝僧 / 11
包公受托出三对 / 12
包拯出对断冤案 / 14

C篇 / 17

嫦娥原爱绿衣郎 / 18
陈好智对朱熹联 / 19
陈圆圆妙对巧拒嫁 / 20
才子对联寻知音 / 21
出联喻樗得才婿 / 22
曹宗连对得大鱼 / 23
曹雪芹应对骂财主 / 24
出奇联势压三江学子 / 25
从中秋对到除夕 / 26
丑女吟对嫁俊男 / 27
苍岩古庙天王殿联 / 28
吹鼓手巧联赶车翁 / 30
出联舅父考外甥 / 31

D篇 / 33

对对子巧联婚姻 / 34
对药名高徒出师 / 36
杜康悬联夸海口 / 38
东阳智对讨风筝 / 39
大俗大雅的寿联 / 40
丁香花百头千头万头 / 41
戴灵五岁撰奇联 / 42
东坡改联点石成金 / 43
戴叔伦巧对"三白" / 44
狄仁杰怎会到汉朝 / 45
多亏说了大明君 / 46
斗鸡山上得绝联 / 47
答对过城门 / 48
店铺写吉祥联 / 49

F篇 / 51

风流梦醒，恩爱花开 / 52
夫妻巧答冷泉联 / 54
夫妻笑对难事 / 55
夫妻对联以相规 / 56
福王昏庸败坏国事 / 57

G篇 / 59

更夫巧对无情对 / 60
高则诚妙联拒婚 / 62
高则诚才高人不怪 / 64
公主择联错配郎 / 65
龟有雌雄总姓乌 / 66
归玄恭的妙春联 / 67

H篇 / 69

黄山谷恃才遇高手 / 70
海瑞幼贫应佳对 / 72
后来者居上 / 73
韩伍妙对解难题 / 74
何孟春嵌联有典故 / 75
何淡如怪联何其多 / 76
杭州虎跑寺神话联 / 77
洪宣娇考女状元联 / 78
韩秀才撰写戏台联 / 79
化怨为友之联 / 80
胡师公十年连一对 / 89

J篇 / 91

纪晓岚题联讽庸医 / 92
纪晓岚智对对联 / 93
纪晓岚讽对石先生 / 96
纪晓岚戏解招牌联 / 97
蒋士铨巧对传美谈 / 98
"近视"秀才对对联 / 100
酒鬼厚颜"应对" / 101
今生无幸，前世有缘 / 102
解解解解元之渴 / 103
进士装乞丐试真情 / 104
贾似道拍马屁邀宠 / 105
蒋士铨自题楹联 / 106
揭时弊科场赋讽联 / 107

L 篇 / 109

李调元趣对侯补道 / 110
李调元巧对农妇联 / 112
李调元古刹巧对 / 113
李调元博采众长拟对联 / 114
李宋二先生，木头木脚 / 117
李时珍自幼善对 / 118
李东阳气暖风和 / 120
李清照妙联对人名 / 121
李开先幼年题妙对 / 122
李群玉与盐客妙对 / 123
李自成对句惊蒙师 / 124
李品芳要求让一点 / 125
李白联斗杨国忠 / 126
林大钦对联趣话 / 127
刘凤诰殿对中探花 / 128
刘靖宋教训歪秀才 / 130
老地主戏改旧楹联 / 131
老秀才联对斗状元 / 132
两虚词联讽洪承畴 / 134
两只秀目，怎可无眉 / 136
罗隐失意作讽联 / 137
榴花洞佳联奇遇 / 138
联句巧配姻缘 / 140
刘秀才巧对结姻缘 / 142
灵隐寺老僧妙对 / 144
刘伯温得助无名僧 / 145
刘攽与苏轼联对 / 146
伦文叙妙对考状元 / 147
林则徐结交名医联 / 149
刘禹锡落难题联 / 151
刘鹏程写联漏一字 / 152

M 篇 / 155

莫宣卿巧联戏知县 / 156
莫奇联对不怕虎 / 157
马皇后以联警夫 / 158
妙联宋湘讽状元 / 159
卖酒姑娘巧对刺史 / 160
马元龙与女巧对 / 162
孟昶奇联测国运 / 163

N 篇 / 165

年富拜师对奇联 / 166
倪元璐容不得半点骄 / 168

P 篇 / 171

皮匠揭榜获娇妻 / 172
庞振坤联对戏知州 / 174
蒲松龄联讽两进士 / 176
破陋习徐本题戏联 / 177

Q 篇 / 179

千里重金锺 / 180
巧撰联羞辱公子 / 182
乞丐善对得佳人 / 184
亲亲嫡嫡，子子孙孙 / 187
劝渔翁切莫劳心 / 188
切瓜分客连对 / 190
劝君也来两杯 / 191
穷秀才对联刺员外 / 192
樵夫联对训秀才 / 194
青草红花除心病 / 196

S 篇 / 199

苏小妹夜对巧联 / 200
苏东坡戏联友名对 / 201
苏东坡对联趣闻 / 202
苏东坡"未对"之绝对 / 205
苏东坡写联立志 / 206
苏东坡以联识才 / 207
苏东坡联戏张三影 / 209
苏东坡莫干山联妙对 / 210
苏东坡巧对"鱼"联 / 212
苏东坡斗嘴巧对联 / 214
随从巧对乾隆帝 / 216
叔嫂联对"三对面" / 217
书面页落，灯心花开 / 219
宋湘丢脸卖学问 / 220
宋湘巧对塾师 / 222
师生春游共谐对 / 223
孙髯翁巨笔写长联 / 224
四苏饮酒巧联对 / 227
"四仙桥"偶对"十佛寺" / 228
书生联试新妇才德 / 229
石达开的手段 / 230
石达开对联抒壮志 / 231

T篇 / 233

唐玄宗亲试李泌 / 234
唐伯虎妙对点秋香 / 235
唐伯虎游戏对联 / 237
唐伯虎趣对剃头匠 / 240
同名巧对李梦阳 / 241
天盟俯耳，海誓连心 / 242
讨千金守林人联对 / 245
汤显祖洞房巧对联 / 246
汤显祖避雨巧答对 / 247
陶安与朱元璋联对 / 249

W篇 / 251

王羲之饺铺书佳联 / 252
王羲之和戒珠寺 / 253
王羲之妙书春联 / 254
王安石巧对成双喜 / 255
王尔烈幼时趣对 / 258
王尔烈连对宽胸怀 / 260
王应斗对句传奇 / 261
王维应对得娇妻 / 264
王勃少年舒胸怀 / 266
王夫之联对拒仕 / 267
王安石与苏轼巧对 / 268
武状元妙联难倒文状元 / 269
戊戌同体，已巳连踪 / 271
唯楚有才 / 273
文必正巧对结姻缘 / 274

X篇 / 277

解缙改对气地主 / 278
解缙说话吟诗 / 279
解缙巧改婚丧联 / 280
解缙巧对报家门 / 281
解缙智对皇帝 / 282
解缙联斗锦衣卫 / 284
解缙联对得状元 / 285
徐文长挡道难太师 / 287
徐文长联对受教 / 288
徐达遗恨"胜棋楼" / 290
徐广义梦中成巧对 / 292
小童改联大臣惊 / 293
小丫环联对训马远 / 294

小道士联警大将军 / 295
霞锦对月弓 / 296
秀才联对抒才志 / 297
喜怒笑骂皆成文章 / 298
席佩兰反难孙原湘 / 299
新嫁娘联隐逐客令 / 301
新娘联对劝新郎 / 303
巡抚联对识才子 / 304
析字谜联刺贪官 / 305

Y篇 / 307

岳母联对试才婿 / 308
哑联兴味 / 310
杨升庵妙对弘治皇帝 / 311
焉知鱼不化为龙 / 312
杨士奇写联训子 / 314
杨乃武撰联诉冤 / 315
因火生烟夕夕多 / 316
于谦的"发式"联 / 317
有杏不须梅 / 318
有规有矩，能屈能伸 / 319
永乐乐不乐 / 320
一场对句结恩仇 / 321
一副对联救道观 / 322
一谐联道出"老婆"由来 / 323
药联情动得贞娘 / 324
叶落枝枯，刀砍斧劈 / 325
应无惭巾帼英雄 / 326
一联斗倒张居正 / 328
晏殊巧逢"燕归来" / 330
杨抡出使琉球应对 / 331

Z篇 / 333

朱元璋一联简公文 / 334
朱元璋题春联 / 335
朱元璋"岂止吞吴" / 336
朱元璋为僧有妙对 / 337
朱元璋联对卖藕农 / 339
朱元璋题联惊店主 / 340
朱元璋联对试孙才 / 341
祝枝山写联骂财主 / 342
祝枝山巧书弹棉联 / 343
祝枝山巧断联句 / 344
郑板桥巧识对联 / 345
郑板桥教训姚有财 / 346
郑板桥撰自画像联 / 347
张之洞"微服私访" / 348
张兰张芳答武后 / 350
张居正立志当"潜龙" / 351
张廷玉甘愿肩重担 / 352
诸葛亮一生数字对 / 353
竹担挑竹，铜环锁铜 / 354
自报家门巧出联 / 356
"周不行"联对遭戏 / 357
朝得联，夕身亡 / 358
赵文华联对徐文长 / 359
中书令什么东西 / 360
左宗棠妙联"敬"藩臣 / 361
周结巴歪对戏学监 / 362
周渔璜书联井喷水 / 363
装神联对吓死秀才 / 364
知县赴任写联自律 / 365
张之洞与陶然亭 / 366
蜘蛛虽巧不如蚕 / 367

《中华对联故事》前言

对联是我国文学艺术中的一朵奇葩。它文学性强，修辞瑰丽，虽寥寥数语，却高度概括，意境深远。凡言志、寄情、庆颂、悼念、写景、吊古、讽喻、励人、自我修养等，都可以用对联来表达。

说起对联的起源，还有一个故事：相传，后蜀广政二十七年，在春节前夕，一个学士在寝门左右两块桃符板上题写联句，以迎新春。孟昶皇帝看到后，认为学士的题句不工整，便亲自在桃符上书写了"新年纳余庆，嘉节号长春"的吉祥联语。这是我国用文字记载下来的最早的一副对联。

至于桃符板的起源，那就更早了。桃符是用两块长约七八寸，宽约一寸余的桃木做成的，上面写上门神的名字或画上他们的画像。北宋王安石有一首脍炙人口的七绝《元日》：爆竹声中一岁除，春风送暖入屠苏。千门万户瞳瞳日，总把新桃换旧符。

对联是一种特殊的文体。因为汉字是一个字一个音节，大多数是一个单音词，也有两个字或三个字的多音词，对联就是字数相同的对偶句。一般来说，它要求：上下联字数相等，字的声律相对，即平仄协调；一般上联最后一字为仄声，下联最后一字为平声，它们要音节一致，词性相同而意思相对或相迎，并且忌讳上下联出现重字；上下句句式一样，但句意要相互独立而且有联系。

具体说来，因修辞方式和写作要求不同，对联可分为九种形式。一为嵌名联，即在对联中嵌入姓名、地名、楼名或其他特定的字。明代某地书院有一上联："李阳生，指李树为姓，生而知之。"这出句很久没人对出来。后来大学士杨大年对出下联："马援死，以马革裹尸，死而后已。"上联嵌入李阳名，下联嵌入马援名。

二为嵌字联，包括嵌方位、季节、名称等。比如，乾隆年间，工部衙门失火，特命司空负责督工修复。纪晓岚作上联道："水部火灾，金司空大兴土木。"但一时想不出下联，正巧看到一位中书内阁，于是马上有了下联：南人北相，中书令什么东西！上联含金、木、水、火、土。下联有东、南、西、北、中。

1

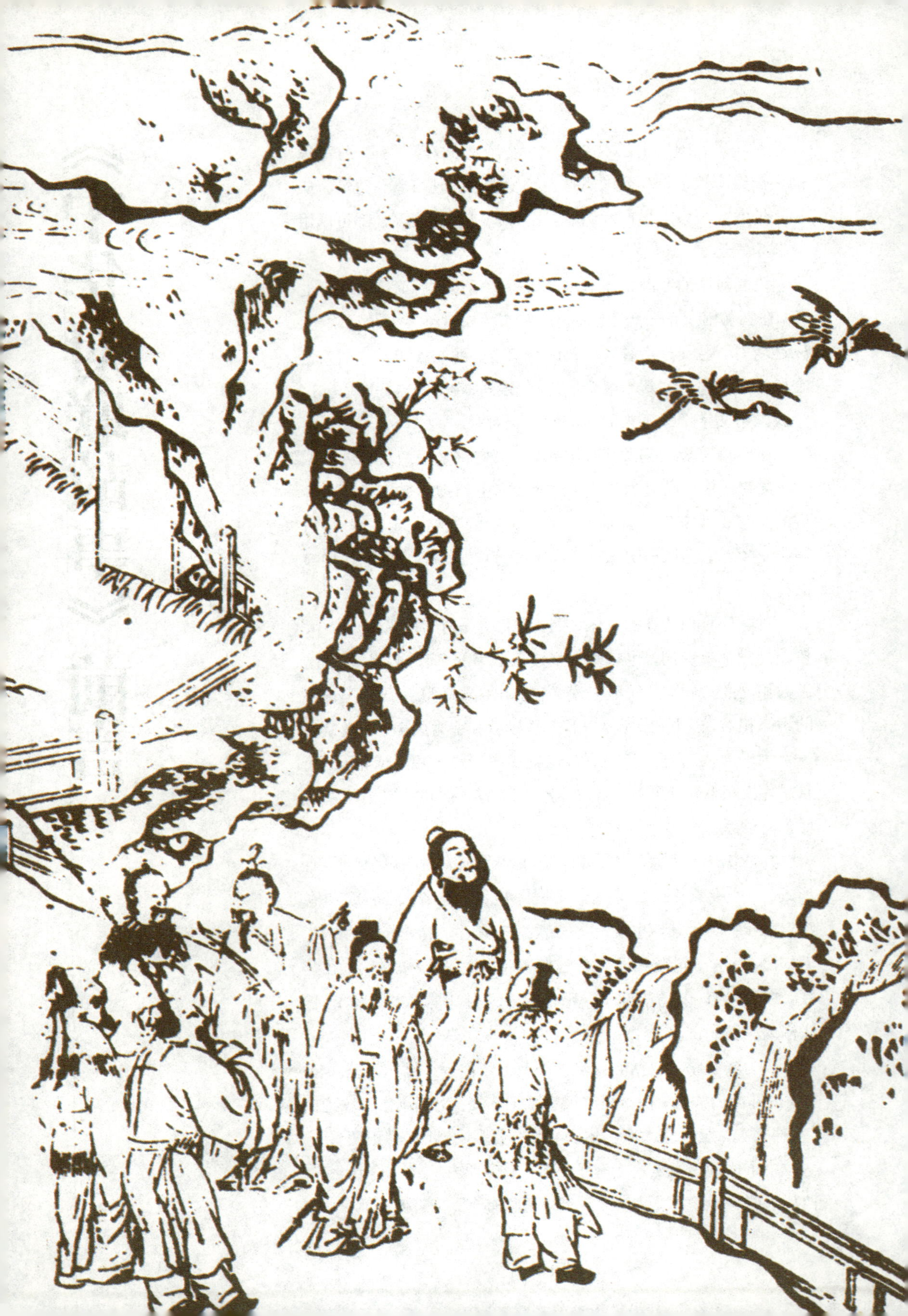

三是嵌数联，就是在联中嵌入数字，表达意思。比如，冯梦龙的《警世通言》"王安石三难苏学士"说，王安石出了三条上联，难倒了素以善对著称的苏东坡。三句上联是：一、"一岁二春双八月，人间两度春秋。"二、"七里山塘，行到半塘三里半。"三、"铁瓮城西，金玉银山三宝地。"据说，到现在还没有下联，可见其难度。

四为析字联，就是用汉字的构件演变成联，有的还把字析为形、音、义三个方面。有一个析字联，非常具有代表性。上联是："寸土为寺，寺旁言诗，诗言：明月送僧归古寺"，下联为："双木为林，林下示禁，禁云：斧斤以时入山林。"

另外，对联还有叠字联、谐音联、回文联、集句联、地名联等形式。可以说对联的形式是多种多样的，我们在编撰本书的时候，也充分考虑到这一点，在选材上尽量把各种形式的对联都囊括进来，好让读者有一个具体鲜明的感性认识。

对联的内容也是多种多样的。比较常见的有春联，内容总是喜迎新春，展望将来，并有祝福的意思；贺人新婚或祝寿，则是庆贺祝颂的内容；至于挽联则是对死者的怀念、评价，也有将作者与死者的关系叙述在对联中的，这都是特定内容的对联。

至于一般的对联，内容就更加多种多样了。有的是格言性质的，例如清代大臣林则徐在出任江苏廉访使时，在大堂上挂了一副亲自书写的作为座右铭的对联："求通民情，愿闻己过。"上联要求自己了解百姓生活疾苦，下联是希望别人对自己多提意见。有的评论性质的对联更是让人回味，如成都武侯祠诸葛亮殿有清末赵藩撰写的名联："能攻心则反侧自消，从古知兵非好战；不慎势则宽严皆误，后来治蜀要深思。"既是对诸葛亮的评价，又是对政治的总结，就是在今天也是有借鉴意义的。

对联在古代被认为是不入文学体裁的小记，不被重视，常常疏于记载和整理，许多优美的对联因此失散在了历史的长河中。我们编这样一本书，正是为了使这种民族的文学财富能够更好地为人们了解和喜欢。

对联的文字一般是要结合具体情景，才能很好的理解。我们也正是考虑到这一点，所以采取对联故事的形式，让一句句对联在故事中活起来，使读者对其中的意义有更好的理解。在编撰过程中，我们参考了许多其他相关著作，在此特表示感谢。

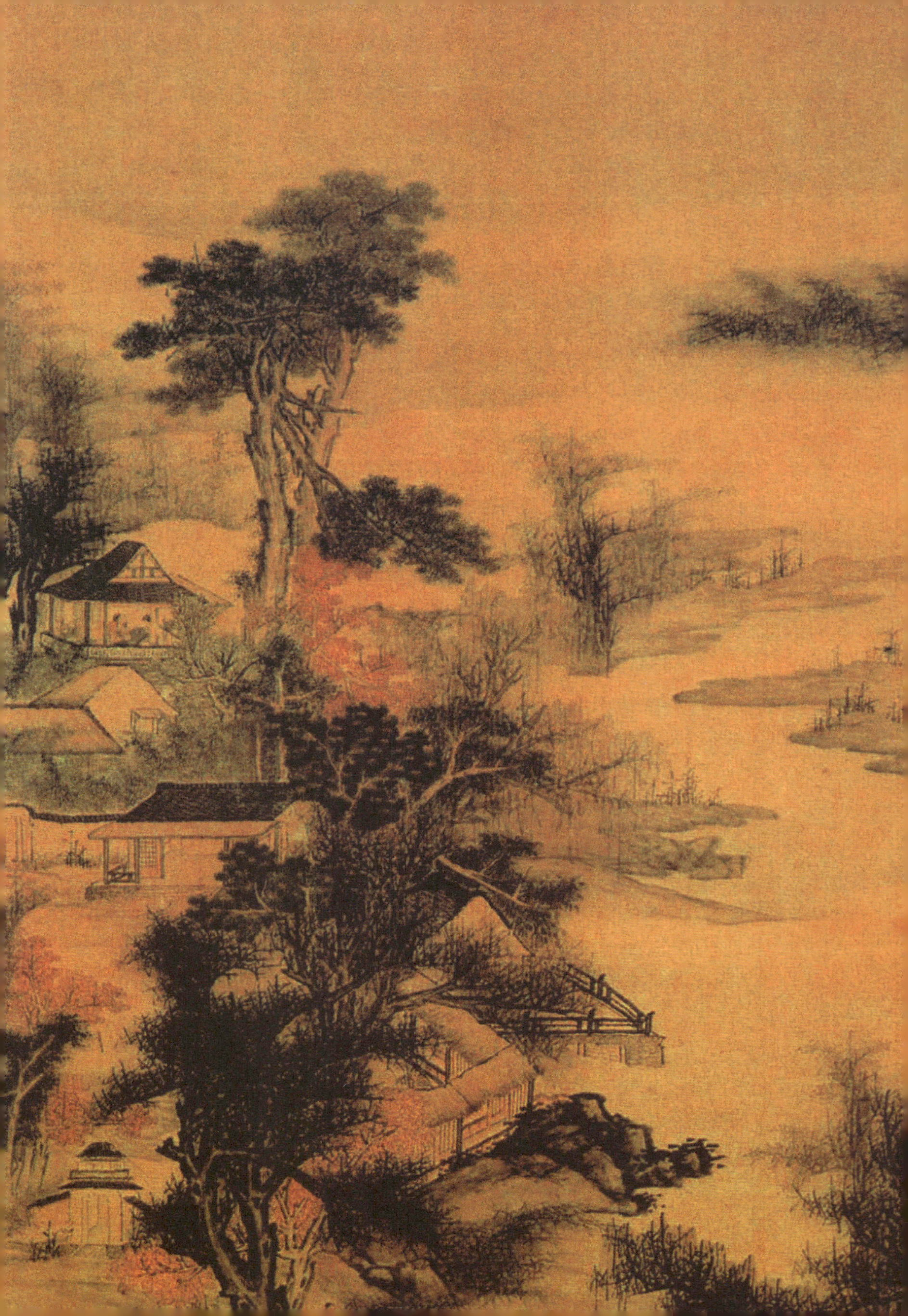

B 篇

半副对联慑群魔

19世纪末,由于清朝腐败无能,帝国主义国家都想把中国这块肥肉吃到肚子里,他们组织八国联军占领了天津和北京。腐败的清政府对侵略者怕得发抖,只好求和。

据说,"议和"会议开始后,某国的一位代表想借此侮辱中国。于是,他对清政府的代表说:"对联,是贵国特有的一种文学形式。现在我出一联,你们如能对上,我给你们磕五个头,如对不上,你们也应如此。"在清政府的代表未置可否之时,他脱口念出了上联:

琵琶琴瑟八大王,王王在上。

在这上联中,"琵琶琴瑟"四字上面,共有八个"王"字,用来指代"八国联军",同时,借此炫耀征服者的狂妄气焰。

在场的其他帝国主义分子听了,发出一阵哄笑。清政府的代表中,有的呆呆地发笑;有的虽然胸有不平,但无词可答;首席代表更是坐立不安,既怕对不出来失了面子,又怕有人对出来,惹恼了侵略者。这时,只见代表团中的一青年投笔而起,铿锵答道:

魑魅魍魉四小鬼,鬼鬼犯边。

"魑魅魍魉"是传说中害人的四种妖怪,联语不但对仗工稳,而且以蔑视的口吻说出了帝国主义像害人的"小鬼"一样,侵犯我国主权,为中国人民所痛恨。侵略者们听后,个个愕然肃目;那位挑衅的先生听了,瞠目结舌,不得已向那位青年半蹲半跪地磕了五个头。

◎ 拓展阅读

《训蒙骈句》

为明代司守谦撰。司守谦,字益甫,明代宣化里人。能文,不幸早夭,诗文散佚,仅此篇存世。

所谓骈句,即对仗句。此书本旨在帮助启蒙的学童能够尽快掌握并熟练运用八股文中的对偶句,但后来被用作研究对联写作的必读著作。书中按韵部顺次,由三言、四言、五言、七言、十一言的五对骈句组成一段,每韵三段。此书与《声律启蒙》《笠翁对韵》同为学习对仗句的不可多得的研究资料。我们将在下面的文章中依次列出其内容。

不妨假戏作真情

相传清朝的时候，河北唐山某地有个叫王庄的地方，住着个大名叫文龙，乳名叫小龙的男青年。他从小聪明好学，很有文才。到了二十岁了，父母要给他娶亲，便让媒婆找个好人家，小龙却死活不愿意。原来，他早就听说李村有个姑娘，芳名彩凤，小名小凤，长得貌似天仙，更难得的是诗文也很了得。小龙早就对小凤生了爱慕之情，只是没有机会接触，常常为此苦恼。

过年的时候，李村演戏，文龙想这倒是个好机会，便早早赶到戏场。果然看见彩凤坐在那里，正和旁边的几个姑娘聊天。文龙一看机会来了，立刻凑上前去，在彩凤身后坐下。

坐得这么近，可是说点什么呢？文龙往台上一看，几位琴师正有滋有味地调试琴弦，为开场做准备呢。文龙即景生联，吟道：

绝妙琴弦，声闻一去二三里。

彩凤听到有人在后面吟对，就回过头来看，原来是王庄的才子文龙。小凤心中也对他很有好感。停了一会儿，彩凤明白了：他是在求对。这时候，台上的锣鼓点响起来了，小凤不慌不忙地对道：

上好鼓板，雷动邻村四五家。

戏开始了，演的是《杨家将》中的《山寨招亲》，演到穆桂英逼杨宗保与她拜堂成亲的情节，小凤不由得掩口而笑。文龙见状，又出一句：

艺事总归空，何必以空为实事。

彩凤想了想，脱口对道：

人情都是戏，不妨假戏作真情。

文龙一听，好像这姑娘对自己也有点意思啊，心里很是高兴。可老这样旁人会笑话的，文龙似乎注意到了周围姑娘们异样的目光，就想约个时间再见面。于是，吟了一句上联约彩凤约会：

当晚月升重伴凤。

彩凤笑着对道：

今宵日落再逢龙。

当然，今夜的村边柳树下肯定有小龙和小凤的身影。

◎ 拓展阅读

《训蒙骈句·上卷·一东》（一）

天转北，日升东。东风淡淡，晓日蒙蒙。野桥霜正滑，江路雪初融。报国忠臣心秉赤，伤春美女脸消红。孟柯成儒，早藉三迁慈母力；曾参得道，终由一贯圣人功。

白衣里一个大仁

明代有个尚书叫徐仁,他不是进士出身,而是从一个普通的"干部"开始,勤勤恳恳,一直当到了兵部尚书。虽然很有才干,但常被那些科举出身的同僚和士子们笑话。

有一次,各位同僚在学宫里办点事,有个进士看徐仁也来了,就想戏弄一下他。于是,指着孔子的牌位说:"徐大人,请问这位老先生是谁呀?"意思是讽刺徐仁没进过学堂,不是孔子的"学生"。徐仁当然明白这位进士的意思,就回答说:"还好,认得!听说这位先生不是由科甲出身的。"同僚们听了哭笑不得,想这一次是他好运气,被他躲过,心里还是不服气。

又有一次,几位同行与徐仁去城外,路上又想嘲笑他没有"文凭"。徐仁见他们三番五次戏弄,有些生气,说:"我倒要领教一下各位进士的才学,我们来对对联吧。"这些人想,我们读书这么多年,什么都没干,就是联句成诗,比试对联那还不是手到擒来。就回答:"大人先请!"

徐仁一笑,给他们出了上联:

劈破石榴,红门中许多酸子。

这是讽刺他们是黉(音红)门中出来的文人,都是酸溜溜的。这些平日里夸夸其谈的进士们听了这个上联,当然知道徐仁是在讽刺他们,想出个下联回复一下,但是想来想去,想不出来,很是难堪。

徐仁看到这些不可一世的进士们也有今天,又笑了一笑,给他们道出下联:

咬开银杏,白衣里一个大仁。

用"白衣"比喻没有科甲出身的人,而"大仁"又是"大人"的谐音。说我这个"大人"就不计你们这些"小人"的过了。

从此以后,他们再也不敢说一句嘲笑的话了。

◎ **拓展阅读**

《训蒙骈句·上卷·一东》(二)

清暑殿,广寒宫。诗推杜甫,赋拟扬雄。人情冷暖异,世态炎凉同。丝坠槐虫飘帐幔,竹庄花蝶护房栊。高士游来,屐齿印开苔径绿;状元归去,马蹄踏破杏泥红。

○ 品画鉴宝　杏园雅集图(之一)·明·谢环

白居易两次撰酒联

白居易是唐代的大诗人，他为官清正，因此得罪了权贵，被贬到忠州做刺史。到了忠州这个偏僻之地，没有朋友，家人又不在身边，失意之至，心情苦闷，因此常常以酒浇愁。

有一天，白居易到城东苏家酒店饮酒。这家酒店酿制的酒叫"透瓶香"。乃城东门的甘甜井水，上等糯米，加上祖传老窖酒曲酿成。这种酒极烈，常人喝不过一两，不然定会醉倒。因此老板为了防止客人醉倒，只用一两的酒杯卖酒。

却说白居易初来此地，不知道这酒的厉害，还以为是老板吹牛，心想今天一定要让他看看我的酒量。到了门口，见门上贴着一副对联：

杯中酒常满，
店里客总新。

白居易走进去，便向掌柜的叫道："老人家，久闻透瓶香的名气，先来半斤尝尝！"掌柜听了，吓了一跳，摇摇手，说道："客官，本店这酒厉害，最多只打一两，多了不卖！"

白居易说："管这酒怎么厉害，见了我老白也没用。好酒尽管上来，一定要一醉方休。"掌柜见这位客官不信，也没办法，就给打了二两。白居易闻到酒香，一饮而尽，只觉得腹内一股香气油然而上，好不痛快。好酒助兴，白居易连忙提笔写了一副对联：

杯中酒未满，
店里客不依。

老板见这副对联写得非常好，就挂在酒店堂上。可是，别的顾客走进店来，正想喝酒，一抬头发现这两句联挂在堂中。低头一想，难道是这家酒店做生意不老实，缺斤少两？也就没有心思喝酒，转身走了。这样一来，酒店的生意慢慢地坏下去了。

酒店老板知道这事坏在白居易的对联上，就去求他给想个办法。白居易听了，噗地一笑，说："给老板惹麻烦了，还请见谅。这个对联好办，我加几个字就行了。"于是拿出笔墨，刷刷几下，将对联改成：

杯中酒未满，哪能过瘾？
店里客不依，一醉方休。

这样一来，意思完全改了过来。酒店的生意又兴隆起来。

◎ 品画鉴宝　柳下眠琴图　明·仇英　图中枝叶扶疏的柳荫下，有一儒雅之士席地倚琴而卧，似乎弹奏之后憩息养神，儒士面容柔和，神态安详，表现了其安然处世、超脱悠闲的心境。作者用笔豪放而秀丽，柳叶浓淡虚实，富于变化，反映了其高超的绘画技艺。

◎ 拓展阅读

『训蒙骈句·上卷·一东』（三）

龙泉剑，乌号弓。春傩逐疫，社酒祈丰。笛奏龙吟水，箫吹凤啸桐。江面渔舟浮一叶，楼台谁鼓报三通。时当五更，庶尹拱朝天阙外；漏过半夜，几人歌舞月明中。

板桥出对讽吝僧

通州有个寺庙叫西寺，当家的和尚叫苍松。这个寺广有田地，也有很多寺产。此僧书没读多少，却喜欢附庸风雅，一有机会就请名人写字、作画、题词。得到了别人作品，又不想给钱，是个十足的势利小人。

这天，郑板桥在书画收藏家保艺园家里做客，正好苍松也在保家化缘。苍松看见了板桥，就像见了财神，非要拉郑板桥去西寺做客住。郑板桥看见这样的人，也没有办法，只好去了庙里。

开始的时候，苍松和尚招待得十分热情周到，每天的饭菜都很丰盛，泡茶用最好的茶叶，连茶具都是景德镇的细薄瓷。但是郑板桥知道和尚的性格，一个字都不写，每天只是看书。

过了三天，苍松便有些等不及了，主动找郑板桥闲谈，说寺里有很多字画，只是没有郑板桥的对联。郑板桥顾左右而言他，装作不明白，依旧每天看书。

又过了三天，苍松已经很不耐烦了，派了个小和尚送来文房四宝，并传话说："忘了给先生准备文房四宝，还请先生有空写写字。"郑板桥心里很明白苍松的心思，还是动也没动，只是每天看书。

又过了三天，和尚已经想赶郑板桥走了。招待的饭也少了，茶也不好了。郑板桥见了，也不说什么，仍不画不写，整天一门心思读书。和尚见他这样，就把板桥的待遇一再降低。饭只给一小碗，菜里一点油星儿也没有。郑板桥没放在心上，照样住在寺里，一切如旧。

过了很多天，保艺园发现郑板桥在寺里受苦，就要接他回去。郑板桥对和尚说："在寺里打扰了许多天，多亏方丈招待，过意不去，留副对子作为报答吧！"苍松想不到最后还能得副对联，非常高兴。郑板桥从案子下边取出一副对子，递给和尚：

青菜白盐籼子饭；

瓦壶天水菊花茶。

苍松和尚一看这联，高兴劲一下子没了。这样的对联，悬挂起来岂不让人笑话，只好悄悄把它卖掉了。

◎ 拓展阅读

《训蒙骈句·上卷·二冬》（一）

君子竹，大夫松。偷香粉蝶，采蜜黄蜂。风定荷香细，日高花影垂。大庾岭头梅灿烂，姑苏台足草蒙茸。跃马游人，苑内观花夸景美；操豚野老，田间拜社祝年丰。

包公受托出三对

相传宋朝的时候，有一年正值大考，主考官选出了前三甲，只等皇上钦点。

皇帝一看这三位才子都不错，便有心从里面招个驸马。看朝中文武，最为清廉公正的就是包拯包大人了。就委托他当主考官，从前三甲里选个驸马出来。

包大人受了委托，便认真思考起来，想如何才能选一个才德兼备的驸马。想了好几天，心里终于有了底。考试这天，包大人端坐堂上，前三甲直立堂下。包大人说道："各位才子，本官受皇上重托，要招驸马，请大家认真听题。"

三位才子听了，心里也很紧张，要是考试胜出，不要说美貌公主到手，头名状元也跑不了。

包公共有三个题目：第一步要考生自己出题写诗赋词，考查他们的文采和见识。

第二步考对对联。他随口念出了想了好几天的一个上联：

我包大人受皇命坐北朝南面顾左右监考生，谁都不马虎。

三个人听了这上联，都沉思起来，不一会儿，有个叫穆峰的站起来答道：

咱穷秀才赴考场思前想后案卷上下答试题，全不费工夫。

包公一听，想想对得不错。再一看，原来是穷书生穆峰，连声赞道："好对！好对！"

第二题穆峰胜出，只等第三题的结果。只见包公手拿一根半尺长的金针，向对面的一根雕龙画柱上掷去，金针便牢牢插在木柱上。包公说道："哪位才子能说出这个动作的意思？"这一次，又是穆峰站起来说："包大人，我有一解，这叫针到木开，木里取金。不知对不对？"包公听了，大声叫好，连声赞道："穆峰，你连胜两局，驸马就是你了。等着娶公主吧，我要回复皇命去了。"

◎ 拓展阅读

《训蒙骈句·上卷·二冬》（二）

冯妇虎，叶公龙。鱼沉雁杳，燕懒莺慵。依依河畔柳，郁郁涧边松。天成阆苑三千界，云锁巫山十二峰。骚客游归，双袖微沾花气湿；渔郎钓罢，一舟闲系柳阴浓。

○ 包公像 包公即包拯（999—1062），宋朝著名清官，人称包青天，以断狱英明刚直而著称于世，后卒于位，谥号『孝肃』。

包孝肃

包拯出对断冤案

话说某县有一个姓徐的人家，娶了一位很有文才的媳妇。新婚之夜，新娘有意考考新郎的才华，便说："我这里有个下联，却没有上联，请你对出来了，再入洞房。"说完即念出这一下联：

点灯登阁各攻书。

新郎想想自己念了这么多年书，也不能输给一个小女子。得了这个下联之后，即至厅堂踱步沉思。月亮升起来了，又落下去了，还是没有对出来，只好垂头丧气地到学堂去睡。

第二天早上，新娘看见丈夫闷闷不乐，便问："官人何故发愁？"新郎以实相告，说："小生才疏学浅，还没对上你的上联呢。"新娘听了一惊，忙问道："昨夜你不是对出来了吗？"新郎也觉得很奇怪，说："昨夜我住在学堂想了一夜，夫人不要取笑了！"新娘一听，知道事情不好，自己已被人骗奸，便偷偷上吊而死。

新娘死后，新郎被控谋杀罪，随即捉拿入狱。可怜那文弱书生，哪里经得起糊涂官的严刑？拷打之下，不得已便被迫招供。因而判处秋后问斩，案子上报到了开封府。

恰好包拯是开封府的府尹。他看到这个案卷，觉得新婚之夜，这新郎万万不至吊死新娘，其中必有隐情。但是如果这书生是冤枉的，那么凶犯又是谁呢？思来想去一时也无头绪，便在书房里踱起步来。

第二天即调取人犯，亲自过堂。徐公子见是青天大老爷坐堂，就翻了供，说出了实情。包拯听了案情，又琢磨这个下联，久久不能入睡。于是包公索性走出书房，对包兴说："今夜月色不错，同我去院里赏月，如何？"包兴答应一声，随即端来一把椅子，放在一株大梧桐树下，好让包公坐。包公走过去，随手移正一下椅子，突然大叫着说："有上联了！"立刻奔回书房，拿出文房四宝，挥笔而就：

移椅倚桐同赏月。

第二天一早，包公在府门前贴出一张告示，说要招聘一位幕僚，以对联为题。对上者取之。接着在下面写上上联：

移椅倚桐同赏月。

过了两天，有一书生揭榜对道：

点灯登阁各攻书。

包公一听，当即命人拿下。那"书生"当时还不知为何，喊冤叫屈。包公当即怒斥道："你害死两条人命，还不快从实招来，如若不然，大刑伺候！"那人见了包拯，两脚已经发软，又听他说出人命大案。觉得已不能赖，只好从实招来："那日深夜，我碰巧在学堂过夜，听新郎轻声吟诵此联，我便潜入新房，以大人说的上联骗奸了新娘。"

冤案终于水落石出。

◎ 拓展阅读

《训蒙骈句·上卷·二冬》（三）

催春鸟，噪秋蛩，郭荣叩马，卫献射鸿。玉盘红缕润，金瓮绿醅浓。对雪谁家吟柳絮，披风何处采芙蓉。芳满春园，红杏有颜清露洗；雨过秋谷，玄关无锁白云封。

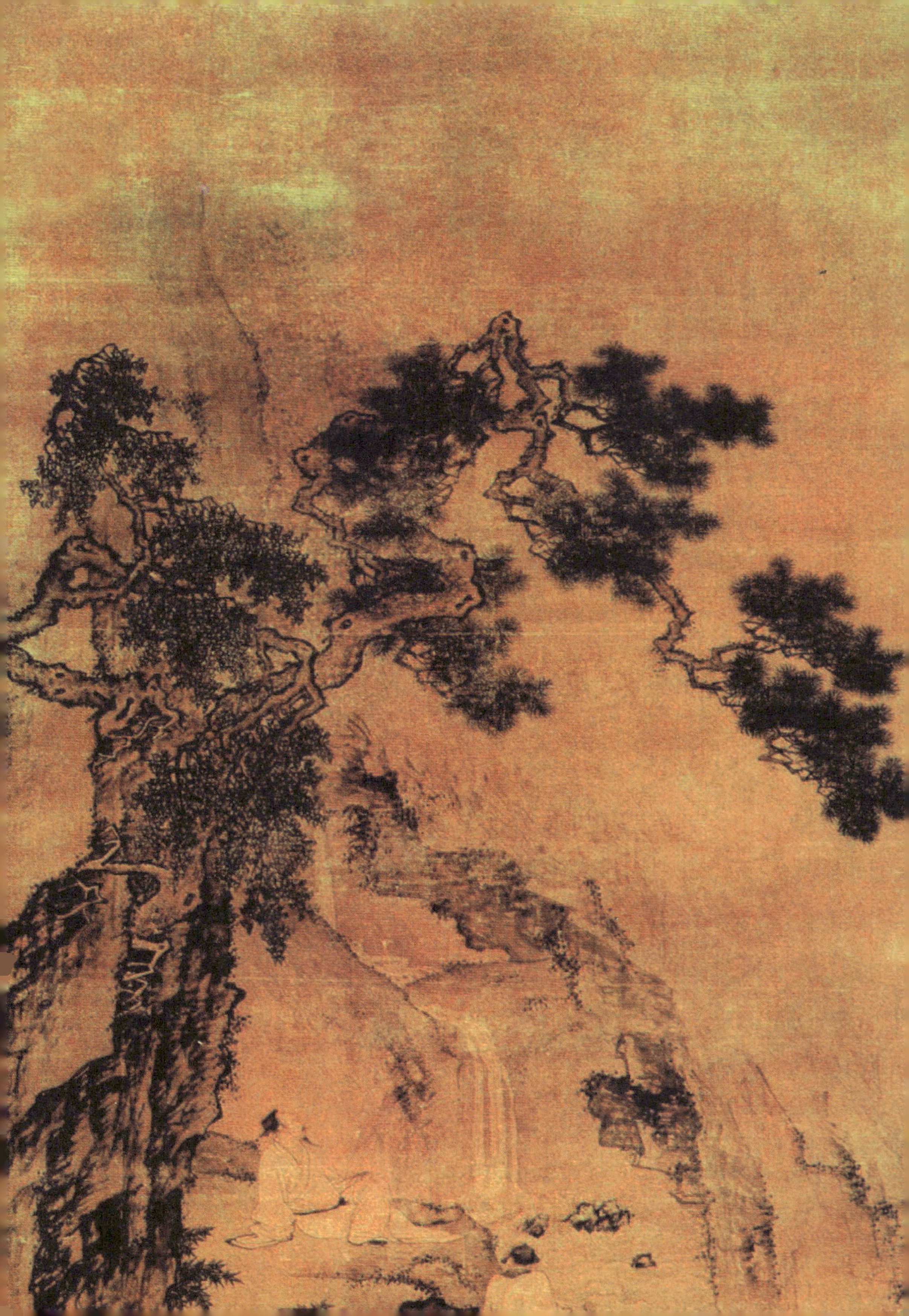

C篇

嫦娥原爱绿衣郎

相传古时候，有个知县的幕僚家有一个女儿，天姿国色，且饱读诗书，世所罕见。知县贪恋美色，多次表示要娶其为妾。

幕僚身在屋檐下，不得不低头，但是又不甘心，真是左右为难。愁眉不展时，女儿前来问安，得知这个消息却并不见愁容。幕僚一点也不感到惊奇，他知道女儿肯定有好办法了。

果不其然，女儿已经成竹在胸，对幕僚说："你就对知县大人说，我嫁人有三个条件。一是父母之命，媒妁之言，应请王公大臣作媒；二是聘礼要有宝石、宝珠；三是入洞房前，还要对一副对子。对不出来，我决不和他成婚。"

父亲暗暗叫妙，想一定能逃过此劫。次日禀复知县，知县见成婚有望，连忙答应，并一一准备起来。

迎亲那天，一切就绪。只等大家酒足客散，知县便好对联入洞房了。只见红笺上写着：

竹映桃花，君子也贪红粉色。

知县看着这几个字，哪里对得上来，只好走到庭院中仰望中天明月。正在他反复吟对万分苦恼之时，一位下属走了过来，问道："大人不入洞房，为何在这里吟诗作对？"知县便将对联一事告诉了他。部属听罢，连连赞叹，上联出得新巧，竹称君子，红粉桃花，一语双关。不免也沉默思量起来。

这时，正是三更中天，星月辉映，树影婆娑。这良辰美景一下子触动了那位部属的灵感，只见他脱口吟道：

月穿杨柳，嫦娥原爱绿衣郎。

知县听后连道："妙极！妙极！"便直趋洞房。

侍婢送上知县的对联，姑娘一看，这对联虽然工整，但定非知县所作。于是提笔批道："公系榜眼出身，怎是绿衣？对虽工丽，恐非出自心。"知县见批语，羞愧难当。想来这样聪慧的女子并非他一庸人所能有，只好放弃了非份的念头。

◎ 拓展阅读

《训蒙骈句·上卷·三江》（一）

花盈槛，酒满缸。颓垣败壁，净几明窗。兰开香九畹，枫落冷吴江。山路芳尘飞黯黯，石桥流水响淙淙。退笔成邱，右军书秃三千管；建旗入境，安石门排十六双。

陈好智对朱熹联

相传南宋时，福建省侯官县有个叫陈好的孩子，被当地老百姓誉为天才。他从小聪明好学，勤奋读书。八岁时，便成了远近有名的小才子了。他父亲陈孔硕和伯父陈孔夙，都是南宋大理学家朱熹的学生。兄弟俩一生治学，极有造诣。

有一次，朱熹为了些事情，专程来到陈好家。到了陈家之后，看到小陈好聪明过人，惹人喜爱，就想试试他的才学，于是把他叫到跟前，出了一句上联：

一行朔雁，避风雨而南来。

在这上联中，朱熹借候鸟大雁南飞，写出了自己的事。并责备南宋当朝胆小怕事，不敢北上抗金。

陈好听了，也觉得这上联不简单，不愧是父亲的师傅写的，想了一会儿便对道：

万古阳乌，破烟云而东出。

"阳乌"指太阳，赞叹朱熹在道德学业上的业绩，会像太阳一样万古不朽，同时也借机抒发了自己的远大志向。过了几年，陈好果然考中进士，成为国家栋梁。

◎ **拓展阅读**

《训蒙骈句·上卷·三江》（二）

斟玉斝，剔银釭。起风石燕，吠日山龙。春染千门柳，秋莲万顷江。酒力能将愁阵破，茶香可使睡魔降。北苑春回，一路花香随著履；西湖水满，六桥柳影照飞舟。

○ 朱熹像　朱熹（1130—1200），哲学家、教育家和思想家，是宋朝理学的集大成者。

陈圆圆妙对巧拒嫁

相传有一年，太仓诗人吴伟业奉召进京。路过昆山，当时的知县杨永言，是他以前的旧相识。杨县官见吴伟业进京，想来必有重用。于是在翠微阁设宴送行，想借机拉拉关系。

酒至兴处，杨永言命一个叫邢畹芬的养女临席献曲助兴。邢畹芬着实唱得好，身段也妙。吴伟业为她的声色所动，忍不住赞道："声音极妙，唱得万般圆润，听得十分圆满。我给你改个名，你就叫圆圆吧！"自此，邢畹芬改了名，她原姓陈，便叫陈圆圆。

吴伟业三十多岁了，家里早就有了娇妻美妾，但一见陈圆圆的姿容，一听陈圆圆的唱曲，便有些不舍，很想纳她为小妾，直接带往北京一起生活。杨永言在官场混了多年，一看吴伟业的神态，就猜出了八九分。这是巴结趋奉的好机会，就真的想说动陈圆圆嫁给吴伟业。

可是陈圆圆心里是一万个不肯啊。当时陈圆圆才十六岁，还是年轻貌美的少女，又有些才华，怎么甘心嫁给一个有家室的男人呢？可是她要是不同意，又怕有违杨永言的收养之恩。一时也没有办法，只好权且跟着上船，以后再作打算。

船到苏州的时候，陈圆圆心生一计，对吴伟业说："我想上岸一趟，看看我多年不见的姑父。"吴伟业也没想什么，毫不阻拦，让她去了。第二天，陈圆圆回来说道："我姑父知道我要嫁给你这个著名诗人，心里很是高兴，他说有副对联的上联，一直对不出下联，你若能对出，老人家就同意你我的婚事，若对不出……"

想不到吴伟业早已打探明白，知道她的姑父是个厨师，心想他一个厨师会出什么难对联？便点头要陈圆圆说出上联。

陈圆圆吟道：

酒坊通河无不利。

原来她将家乡昆山城里的酒坊桥、通河桥、无不利桥三座桥名连起来出了一个上联。

吴伟业没有想到一个厨师会有这样的怪联，想了半天，也没个头绪。只好放陈圆圆走了。

◎ 拓展阅读

《训蒙骈句·上卷·三江》（三）

吹牧笛，泛渔舟，严陵真隐，纪信诈降。冬雷惊渭亩，春水泛湘江。庭院日晴黄鸟并，江湖浪阔白鸥双。十八拍笳，蔡琰悠吹于北塞；三五株柳，陶潜啸傲于南窗。

才子对联寻知音

相传有个秀才,家境贫寒,但是勤奋好学,学识渊博。只是因为家境的关系,没有人愿意嫁给他。到了三十岁尚未成家,他心中很是着急。碰巧的是,乡里有位书香之家的小姐,知书达理,精通琴棋书画,本来想找个才子共度一生,可是一直没寻到般配的郎君,眼看就要到二十五岁了,可婚事还没着落,心中也很焦急。

乡里乡亲住着,小姐听说了这位秀才的才华,就有意与他结识。于是恳求父母准许她与秀才见面相亲。二老听了,虽然不合体统,但是这宝贝女儿发了话,也没有办法,就派人去请秀才。

秀才也对这位才女有所耳闻,只是家境贫富悬殊,苦于无法结识。看到有人来请,高兴得不得了,立刻换了身衣服赶去。才子佳人在花园互相见礼之后,便坐下来研究文学、切磋学艺,相谈甚为投机。小姐对秀才的爱慕之情油然而生,便想考考秀才即兴应对的本领如何,于是指着花园内一丛蝴蝶花说出上联:

蝴蝶花上落蝴蝶。

想不到秀才被喜悦冲昏了头脑,听了这上联,竟一时答对不上,羞得面红耳赤。小姐看了,叹了口气说道:"今日请暂且回去吧。"然后失望地回到屋里,坐在镜前,气恼地把头上的首饰、花朵一一取了下来。这时候秀才还没走开,透过纱窗看见小姐的举止,灵机一动,连忙说道:"我的下联有了!"接着,高声吟道:

美人镜里照美人!

小姐坐在屋里,听到下联,立刻心花怒放,暗暗夸奖秀才的机敏聪颖,更加坚定了嫁给他的决心。于是,才子佳人就此联结了一段美好姻缘。

◎ **拓展阅读**

《训蒙骈句·上卷·四支》(一)

梅破蕊,柳垂丝。荷香十里,麦穗两歧。剥橙香透甲,尝稻气翻匙。紫陌游人摇玉勒,画堂酒客醉金卮。云锁巫山,墨翰饱滋天外笔;池涵列宿,玉盘乱布水中棋。

出联喻樗得才婿

喻樗字子才，号湍石，建炎年间考中进士，一直在朝中当官。后来因主张抗击金兵，被贬为舒州怀宁县知县。投降派秦桧死后，他又被提拔到京城为官，历任大宗正丞、工部员外郎、蕲州知州。孝宗时，当上了提举浙东常平。他在学问上也很有建树，著有《〈中庸〉〈大学〉〈论语〉解》《玉泉语录》等。

相传喻樗在玉山县任县尉的时候，经常到县学去讲课。有一次，身边一位从者说："弓箭手汪某的儿子，聪明好学，颇知诗书，让他给您侍候笔砚，当之无愧。"喻樗是个爱惜人才的人，便让人把他叫来看看。只见汪公子长得很是高大，相貌堂堂。喻樗看了他的模样，便有些喜欢，就问他："看你长得如此斯文，能对对子吗？"

汪公子回答："能。"

喻樗便出句道：

马蹄踏破青青草。

汪公子想也不想，应声答对道：

龙爪劈开白白云。

以"龙"对"马"，以"龙爪"对"马蹄"；以"劈开"对"踏破"；以颜色"白"对颜色"青"，对得天衣无缝，而且气势不凡，立意高远，表达了少年志向之远大。

喻樗听了，哈哈大笑，他是为发现了这么个人才而高兴啊。后来喻樗还将爱女许他为妻。

◎ 拓展阅读

《训蒙骈句·上卷·四支》（二）

三都赋，七步诗。班超投笔，王质观棋。月照富春渚，雷轰荐福碑。堤柳拖烟迷翡翠，海棠经雨湿胭脂。豪富石崇，邀客不空金谷盏；风流山简，驻军常醉习家池。

○ 品画鉴宝　烟村秋霭图·南宋·李安忠

曹宗连对得大鱼

曹宗是明代的一个神童，七岁时能吟诗作对，十五岁就声名远扬了。

他小时候住在大海边上，经常抽空儿到海边去玩，或者在海边温习功课。渔民都知道曹宗很会对句，是个有才气的孩子。

有一次，一位会对句的渔翁看到曹宗又来海边玩。就开玩笑地说："孩子，我这里有句上联，以一条大鱼做奖品，怎么样？"他说完，就从船舱里提了一条大马鲛鱼出来，放在曹宗面前。

接着渔翁整了整衣服，昂首念出上联：

沙马钻沙洞，沙生沙马目。

原来这"沙马"是一种鱼。上联中一连用了四个"沙"字，这样下联的难度就很大了。因为下联也必须以一种动物的名字与沙马相对，并且要有一个连用四次的字出现在下联中。

曹宗听了，便认真地思考起来，过了一会儿，就对出下联：

水牛食水草，水浸水牛头。

这下联是以"水牛"对"沙马"，又有四个"水"字，正好与上联中的"沙"字相对。渔翁听了，更佩服曹宗了。那条大鱼自然是曹宗的了。

◎ 拓展阅读

《训蒙骈句·上卷·四支》（三）

戈倒握，笛横吹。阮籍青眼，马良白眉。雨阑流水急，风定落花迟。衰柳经风飞病叶，枯梅得月照寒枝。适意高人，斜卷玉帘通燕子；陶情侠客，闲抛金弹打莺儿。

曹雪芹应对骂财主

曹雪芹是我国清代的大文豪,其作品《红楼梦》是我国"四大名著"之一。晚年的曹雪芹生活困苦,住在香山四王府村。村里只有两眼水井,一眼在街中心,另一眼在财主张伯元家的后花园里。这张伯元是个黑心的财主,一心只想着钱,便对这两口井打开了主意。

有一天,他依仗权势,硬把街中心的井给填了,人们要吃水只能到他家里去挑。让人白挑他的水?他才没这么傻呢!他在井旁放了一个破瓦罐,要挑水就得投一个铜钱。乡亲们本来生活就不容易,现在喝水又要钱,更苦了。大家心里都恨透了他。却说张伯元除了爱财,还喜欢附庸风雅,得意之际,就在井旁写了一句上联:

丙丁壬癸何为水火。

并扬言,只要有人对出下联,他就认输,不再收水钱。

曹雪芹得知后,心想,该是教训一下他的时候了。他叫人拿来纸笔,挥笔写道:

甲乙庚辛什么东西。

上联丙丁为火、壬癸为水,下联甲乙属东、庚辛在西,不仅对得工整精妙,还顺便骂了张伯元。

从此,四王府村的人吃水再也不需花钱了。

◎ 拓展阅读

《训蒙骈句·上卷·五微》(一)

城蠢蠢,殿巍巍。纫兰楚客,泣竹湘妃。客伤南浦草,人采北山薇。竹笋生长擎琅玕,石榴并破露珠玑。能语能言,鹦鹉唼音劳舌底;有经有纬,蜘蛛结网费心机。

出奇联势压三江学子

乾隆年间,江南科举出了一起官员舞弊的案子。应试的举子们群情激奋,对朝廷很是有意见。他们都是当地名士,朝廷也不好武力镇压。

皇上看王尔烈才高八斗,又是个忠义之士,就命王尔烈前去,当这次科举的主考官。举子们听说朝廷又派了主考官来,叫王尔烈,还是个北方人,都不放在心上。觉得北方人没什么能人,更瞧不起他。有人说:"北方人能出个什么样的题?还不是出个'学而时习之'罢了。"

话传到了王尔烈的耳朵里,他也不介意,只是照常行事。到了考试那一天,考生们一看题,吓了一跳,原来王尔烈的三个考题都是以"学而时习之"为题做文章,而且要求不得重复。

举子们真是自己打自己的嘴巴,有苦说不出。有个好事的举子不服气,断定是王尔烈故意为难他们,对大家说:"我们读书十几年,难道就是为了作这等文章吗?"第二天,就在王尔烈住处的门的一侧贴了半副对联:

江南千水千山千才子。

王府家人回报,王尔烈便出来,依着上联,在门的另外一边挥笔写了下联:

塞北一天一地一圣人。

转而回到书房,以"学而时习之"为题作了三篇文章,叫家人贴在门前,让各位举子观摩。众人一看,这三篇文章写得风采各异,气象万千,虽是一个题目,但是绝不相同,不由得对王尔烈这个塞北人大加赞叹。

传说考试之后,有个学子请王尔烈写幅字,王尔烈写道:

天下文章数三江,

三江文章数吾乡,

吾乡文章数吾弟,

吾为吾弟改文章。

○ 品画鉴宝
粉青地开光山水人物图三孔扁瓶·清

◎ **拓展阅读**

《训蒙骈句·上卷·五微》(二)

吹暖律,捣寒衣。风翻翠幕,月照朱帏。夜长更漏远,昼永篆香微。村墟犬已经霜瘦,篱落鸡因啄粟肥。碧帻老翁,柳边时晥游鱼走;雪衣仙女,花底长陪舞蝶嬉。

从中秋对到除夕

古代的文人喜欢聚会,他们在一起切磋,吟诗作赋。有一年中秋节,有几个秀才聚在一起赏月,一边吃月饼,一边谈些时事。

到了半夜,月亮又大又圆,有一位秀才来了兴致,出了个对句让大家对:

天上月圆,人间月半,月月月圆逢月半。

这上联很巧妙地将人间天上联系起来:每月月圆时,人间都是一月之半。

秀才们个个苦思冥想起来,可是直到天亮,还是没有人对得上。大家没有办法,只好各自回家睡觉去了。

到了年底,除夕之夜,这几个秀才又聚会聊天。说来说去,想起中秋的上联还没对上来呢。大家又苦思冥想起来。过了一会儿,原来出联的那个秀才站起来,对出了下联:

今夜年尾,明日年头,年年年尾接年头。

上联以中秋为题,下连以除夕为题,成了一副绝好的对联。大家听了,拍手称妙。

◎ 拓展阅读

《训蒙骈句·上卷·五微》(三)

虹晚现,露朝晞。荷擎翠盖,柳脱棉衣。窗阔山城小,楼高雨雪微。林中百鸟调莺唱,月下孤鸿带影飞。老圃秋高,满院掀黄菊径;芳庭春草,两歧辅绿上柴扉。

○ 品画鉴宝 高人名园图·明·文徵明 此图是文徵明细笔画中的经典之作,其笔墨细致清丽而又工稳。图中苍松数株,浓荫掩映,表现出一种高雅而古朴的意境。

丑女吟对嫁俊男

相传清朝有个翰林叫李铁砚，为官清正，写诗词才能过人。李铁砚出身贫苦，但是从小爱读诗书。邻村的一位富户看中了他，觉得李铁砚长大之后必有一番作为，就想把女儿嫁给他。这位富家小姐虽说生得花容月貌，但是少读诗书，无异于一个花瓶。

李铁砚的父母看到这样富有的人家来说亲，二话没说，就答应了。李铁砚知道自己要跟个花瓶共度一生，心里实在不愿意。就对父母说："孩儿想找个读过诗书，能诗善对的女子当老婆。要是娶个没读过书的，我宁愿终生不娶，当和尚去。"老父亲听他说得坚决，也不好办了，只好回绝了那门亲事，由他自己选择。

第二天，李铁砚写了一副上联，对父亲说："谁能对出下联，我就娶她为妻，不管是贫是丑！"

父母只好把这上联贴在门前，以对联招亲。那上联写道：

桃李花开，一树胭脂一树粉。

对联贴出以后，观者众多，但是无人能对。过了几天之后，父母心里很是着急。话说这时候，路过一顶轿子，轿夫看到前面非常拥挤，就停下来看热闹。原来这轿上是一位叫温玉的姑娘，探亲路过此地。这位温玉小姐才华过人，但是相貌有点丑。因此说了几个人家，都被人家拒绝。这次出来探亲，其实也是为了散散心。她看到这条上联，知道出联者必是一个才子，便有心会会，于是认真思索起来。不一会儿，就有了下联：

柑橘果熟，满枝翡翠满枝金。

李铁砚一见如此绝配的妙对，不顾温玉相貌丑陋，一心要娶此女。父母也没办法，只好为他们操办婚事。

◎ 拓展阅读

《训蒙骈句·上卷·六鱼》（一）

花脸露，柳眉舒。两行雁字，一纸鱼书。日晴燕语滑，天阔雁行疏。弄笛小儿横跨犊，吟诗骚客倒骑驴。谢世幽人，紫艳葡萄千日酒；入京才子，白藤画匣万言书。

苍岩古庙天王殿联

话说从前,有一座风景优美的苍岩山。山上有一座古庙,因为连年战乱,和尚都逃走了,所以寺内并无僧徒,房舍也都颓败了,但门前一联尚清晰可见:

古寺无僧风扫地;
深山有庙月为灯。

也不知过了多久,这寺里来了两个游方和尚,一个法号"月照",一个法号"云封"。他们见这地方钟灵毓秀,又有现成的房舍,便住了下来,不再云游了。

月照是个有修行的和尚,住下来之后天天念经坐禅,整理庙宇;云封却俗根未净,经常与山下一民女勾勾搭搭,不清不楚。月照见了,觉得不成体统,便明规暗劝,可缘分未到,也没有什么成效。山民们背后称云封为"半和尚"。而山民见月照坐禅时头上有金光,以为是菩萨转世,便尊为"活佛"。在月照的主持下,寺庙香火渐渐旺起来,庙宇几经扩建,僧徒也多了起来,成了远近有名的一个寺庙。

一年元宵节,新建的"天王殿"落成,有人提议在殿前悬挂灯笼,欢度元宵。云封师傅听了,坚决反对。他说:"殿前无灯凭月照。"僧徒都以为他是赞颂月照师傅。没想到,云封师傅今夜与山下民女约好了,要趁月色昏暗下山幽会,要是灯光明亮,销魂的良宵岂不泡汤?月照师傅心知其意,嘴上却不道破,就说灯笼不挂了。然后像往常一样领着众僧,坐禅、念经、做晚课。

三更夜静,晚课已成。云封还没有回来。一个小和尚跑去锁山门,月照立即阻止说:"山门不锁待云封。"小僧不解,心想:云怎么能封锁山门呢?

第二天,月照师傅请大家为天王殿拟副楹联,一僧吟道:

危楼窗小可储月;
石屋檐低不凝云。

另一位和尚秀才出身,有些文采,说:

朗月有情常照寺;
禅云无缘不封山。

正当大家热闹地讨论孰优孰劣时,只见昨夜那个要锁山门的小和尚走出来,对月照、云封说:"我有一联请二位师傅赐教。"接着说:

殿前无灯凭月照;
山门不锁待云封。

二人听了一怔。同声问道:"你没读过书,如何想出这等妙联?"小僧笑道:"小和尚哪里想得出来!还不是二位师傅自己说的吗?"云封听了,豁然开朗:"原来月照早就知道,只是不为难我。"得了这个教训之后,他便改邪归正了。

而这副写景写实的妙联，却成为天王殿的名联，流传至今。

○ 品画鉴宝　二僧坐禅图·清·罗聘

◎ 拓展阅读

《训蒙骈句·上卷·六鱼》（二）

居有屋，出无车。乘舟范蠡，题柱相如。稻花连陇亩，梧叶满阶除。梅弹随风掠过鸟，月钩沉水骇游鱼。醉卧瓮旁，放达情怀毕吏部；行吟泽畔，枯憔面色楚三闾。

吹鼓手巧联赶车翁

相传有位赶车老汉不知怎么的发了财,这笔钱几辈子也用不完。老汉心想:自己赶车辛苦一辈子了,没有享过什么福,也未摆过什么排场,如今时来运转,有了钱,一定要热闹热闹。

于是,他假托是自己六十大寿,给众位乡亲故友发了帖子,邀请他们前来赴宴。他还请来一个戏班,到时候边喝酒,边看戏,那才叫个舒服。消息传出,许多远亲近邻争相趋奉,前来看戏。一时间,车水马龙,贵客盈门,好不热闹。

席间,老汉见这么多人捧场,心里很是高兴。又想起以前赶车的劳苦,心里感慨万分。转念一想,何不以我的赶车生涯出个上联,也可凑个趣儿。于是他站起来说道:"各位前来喝酒看戏,是看得起我老汉,我老汉一辈子赶车,没什么文化,今天高兴,也诌条联儿,谁对得好,赠白银五十两。"接着他念出了上联:

想当年,大路上,得儿哦呵吁!

大家一听这上联,又俗又雅,看似简单,却无从下手。大家搜肠刮肚,苦思冥想,也没对出半个像样的联来。这时候,戏班里有一位吹鼓手走上前来,向老汉拱手,高声对出下联:

看如今,高棚内,七卜隆咚锵!

话音刚落,大家都竖起大拇指,连连称妙。上联"得儿哦呵吁"是吆喝牲口的声音,下联"七卜隆咚锵!"是敲锣鼓的声音。上下联合起来,真是天生妙对。

◎ 拓展阅读

《训蒙骈句·上卷·六鱼》(三)

鹰捕兔,鹭窥鱼。林修茂竹,地种嘉蔬。兰风清枕簟,梅竹润琴书。僧舍何人吹短笛,王门有客曳长裾。江燕引雏,花外怯风飞复落;山云含雨,天边蔽日卷还舒。

○ 品画鉴宝
人物图·清·黄慎

出联舅父考外甥

北宋文坛上有一位诗人叫黄庭坚。他从小就聪慧过人，又努力学习，七岁能作文，被乡里称为神童。话说黄庭坚的舅父是个有学问、能诗善文的人，早年中进士，现在当御史中丞，是朝廷的重臣。他对黄庭坚是看在眼里，喜在心头，觉得小外甥以后必成栋梁之才。

有一天，舅父来他家做客。一年不见，想他必有长进，便要试试他的才学。两个人走到院子里，看到一棵桑树，舅父出了一句上联：

桑养蚕，蚕结茧，茧抽丝，丝织锦绣。

黄庭坚听了舅父的联句，便认真思考，一看舅父手中紧握毛笔，灵感突来，立即答道：

草藏兔，兔生毫，毫扎笔，笔写文章。

舅父一听，哈哈大笑，见这外甥小小年纪对联如此了得，想必日后前途不可限量。从此对黄庭坚更加器重，认真教导。

○ 黄庭坚像　黄庭坚（1045—1105），北宋著名书法家、诗人、词人，是「苏门四学士」之一，为江西诗派的开山鼻祖。其书法精妙，与苏、米、蔡并称「宋四家」。

◎ 拓展阅读

《训蒙骈句·上卷·七虞》（一）

金谷景，辋川图。十洲三岛，四渎五湖。篆香浮宝鼎，漏箭响铜壶。老丈灌园新抱瓮，文君卖酒自当垆。豫让报仇，吞炭漆身思灭赵；越王怀恨，卧薪尝胆欲平吴。

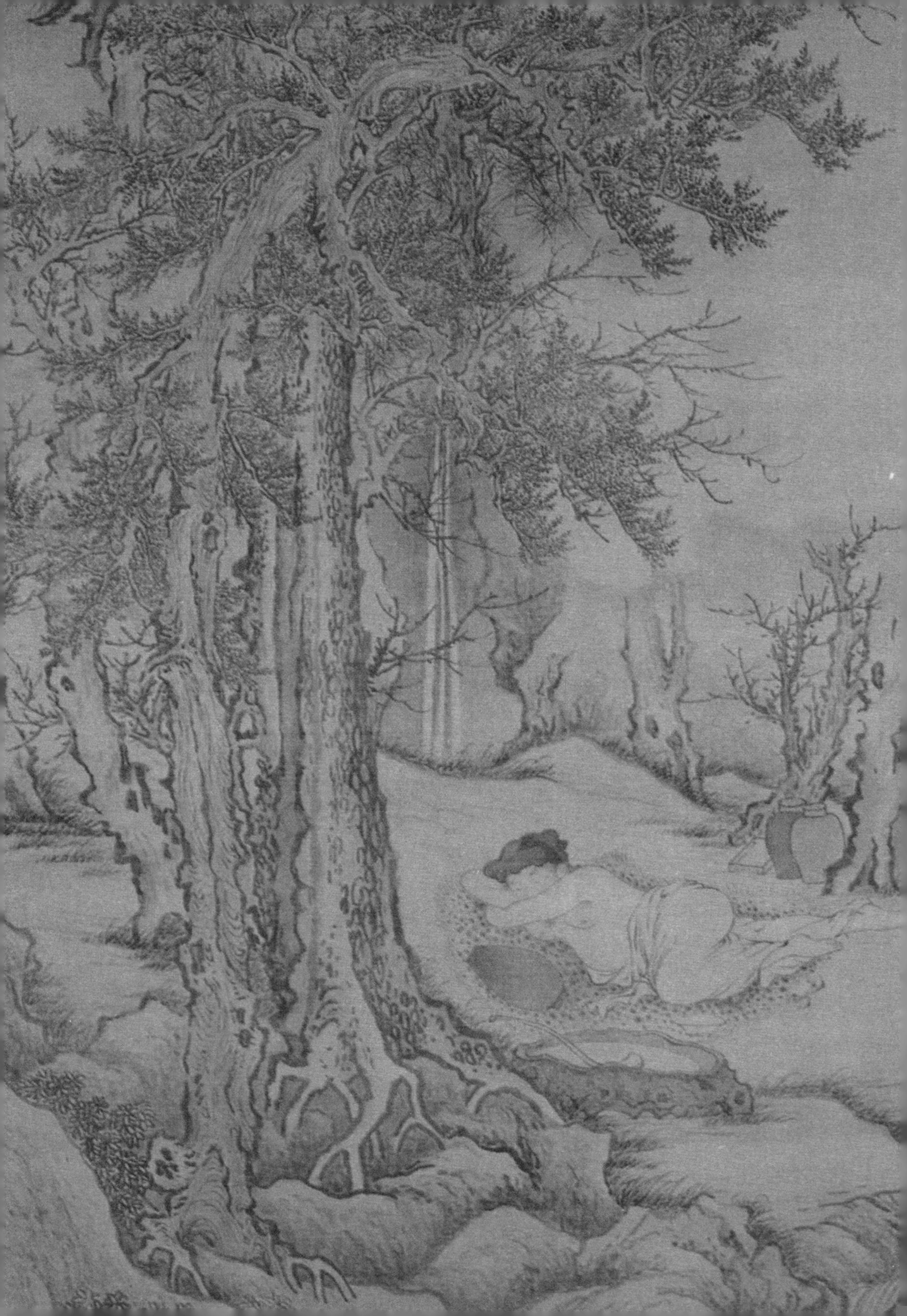

D 篇

对对子巧联婚姻

相传，古时有一地主的女儿，芳名吾同，长相俊美，年已三十，却尚未婚配。父母很着急，于是决定出联择婿。当天请高手拟好一条上联，令人写在榜上，这上联只有七个字：

累累结就梧桐子。

榜一贴出，观者云集，人山人海，但多系看热闹，很多天过去了，还无人敢揭。这一天，突然来了一个修鞋匠，摇摇晃晃地上前揭了榜。大家一下子围了过来，要看鞋匠的热闹。只见鞋匠提起笔来，在榜的背面写道：

单单只待凤凰求。

一正一反，却是非常工整，地主一家看了之后，虽然看那鞋匠十分穷困，但话已出口，不能收回，而且想到鞋匠确有几分才华，将来未必没有出头之日，也就欢欢喜喜地答应了这门婚事。

无独有偶。话说明代，有一姓赵的富翁。他只有一个儿子，颇有才华，年方二十，家人都急着为他找个好佳偶。正在这时，有人介绍王家小女。王小姐妙龄二八，又是门当户对，郎才女貌，正是一门好姻缘。不想赵家还有别的要求，提出与王家对对子，对上才能成亲。赵老先生的上联是：

乾八卦，坤八卦，八八六十四卦，卦卦乾坤已定。

写成之后，差人送去。王家接到上联，知道赵家是想找一位才女做夫人，不过也正合了王家的心愿，随即对出下联，曰：

鸾九声，凤九声，九九八十一声，声声鸾凤和鸣。

赵家看后，连声称好，当日结亲，吹吹打打，好姻缘羡煞人也！

◎ 拓展阅读

《训蒙骈句·上卷·七虞》（二）

云里鹤，日中乌。来宾雁序，傍母鸡雏。夜月琴三弄，春风酒一壶。菊盏带霜盛碎玉，荷盘翻露泻明珠。关外戍臣，两鬓经霜羁远塞；江干渔父，一蓑烟雨钓平湖。

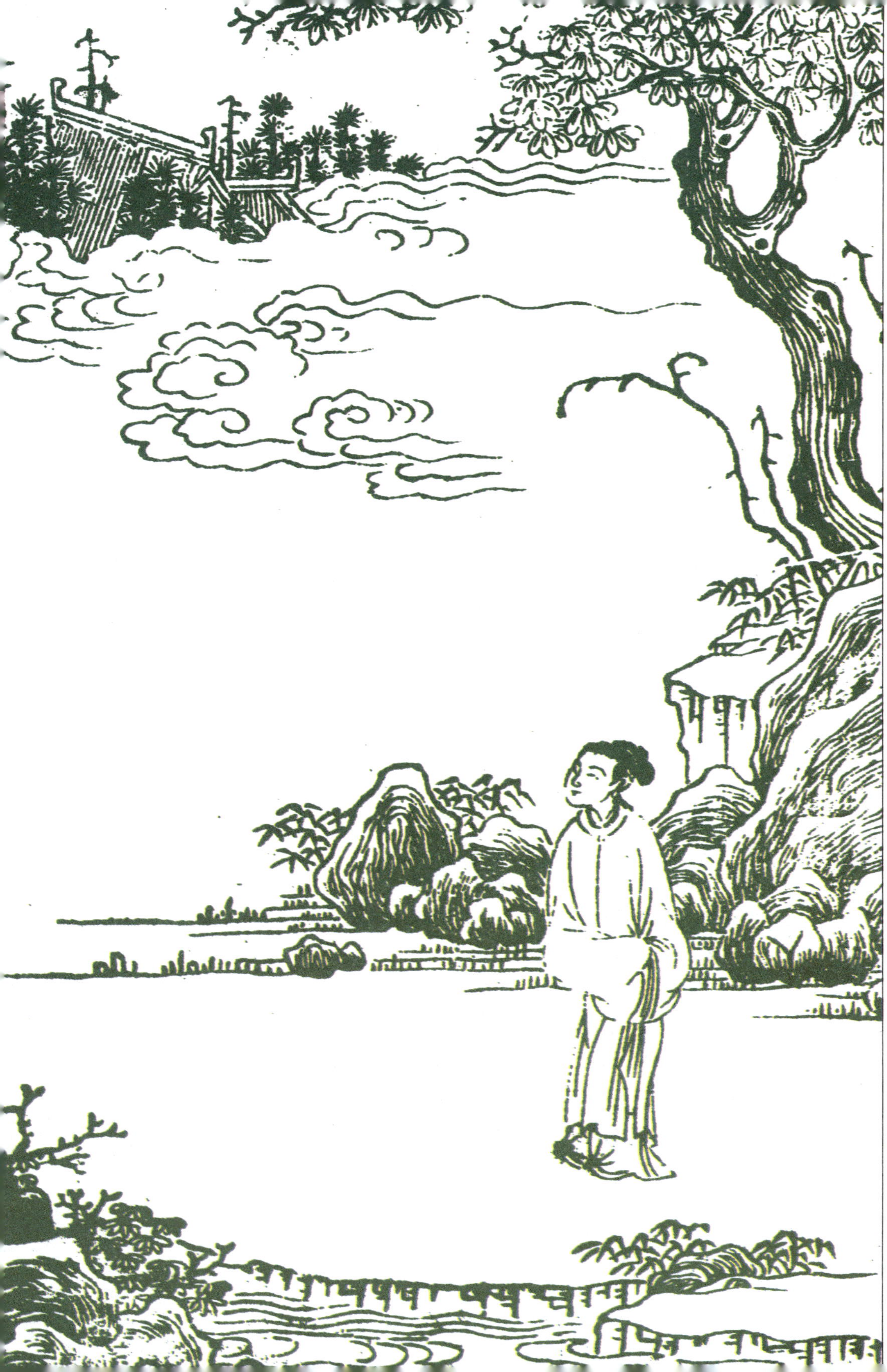

对药名高徒出师

相传古时候，有个医道很高的老中医很喜欢对对子。有一次，徒弟快"出师"了，老中医便要考考他，看他是否合格。

老中医把他叫到面前，对他说："你已经跟我十年了，现在快要出师、另立门户了，但是我还有点不放心，想问你几个问题。"

"师傅，我跟着您已经有十年了，学了很多东西，有什么您尽管问吧。"

"好，我们先来对上几副对联。"

"师傅请。"

灯笼笼灯，纸（枳）壳原来只防风。

徒弟一听这联就明白了几分。师傅提到灯笼，而且对联中加入了中药名称"枳壳""防风"，那么下联也应该加入中药的名称。徒弟认真地思考起来，过了一会儿，他抬起头来，向老中医说："我有下联了。"

鼓架架鼓，陈皮不能敲半下（夏）！

老中医听了十分高兴，站起来，把他领到天井里。指着壁照下面种着的一排竹子，又口占一联：

烦暑最宜淡竹叶。

这联没有转弯抹角，比较好对。所以，徒弟略一思考就对上了：

伤寒尤妙小柴胡。

师傅点点头，面带悦色，坐在石凳上。徒弟跑回房，端来一壶香茗，恭敬地放在石桌上。

就在这时，师傅又说道：

金银花小，香飘七八九里。

徒弟知道：金银花是一种药；联中用了动词"飘"、数词"七八九"以及量词"里"。这联确实有点难。徒弟想了很久，终于对出来了：

梧桐子大，日服五六十丸。

老中医喝了一口茶，站了起来，高兴地对徒弟说："很好，你已经学成了，可以出师！"徒弟听了师傅的话，又想起跟着师傅的许多日子，觉得非常感激师傅。老中医见这徒弟老实可靠，学得认真，也很舍不得，便压低声、放慢语气对徒弟说："师徒如父子，我还有一句话，是一副对联的上联，你回答一句话，使我俩的话成为一副对联。"

"请师傅教诲。"徒弟答道。

"放心去吧！不论生地、熟地，神州到处是亲人。"

老中医说完，徒弟连忙跪下，回答道：

"徒儿知道！但闻藿香、木香，春风来时尽著花！"

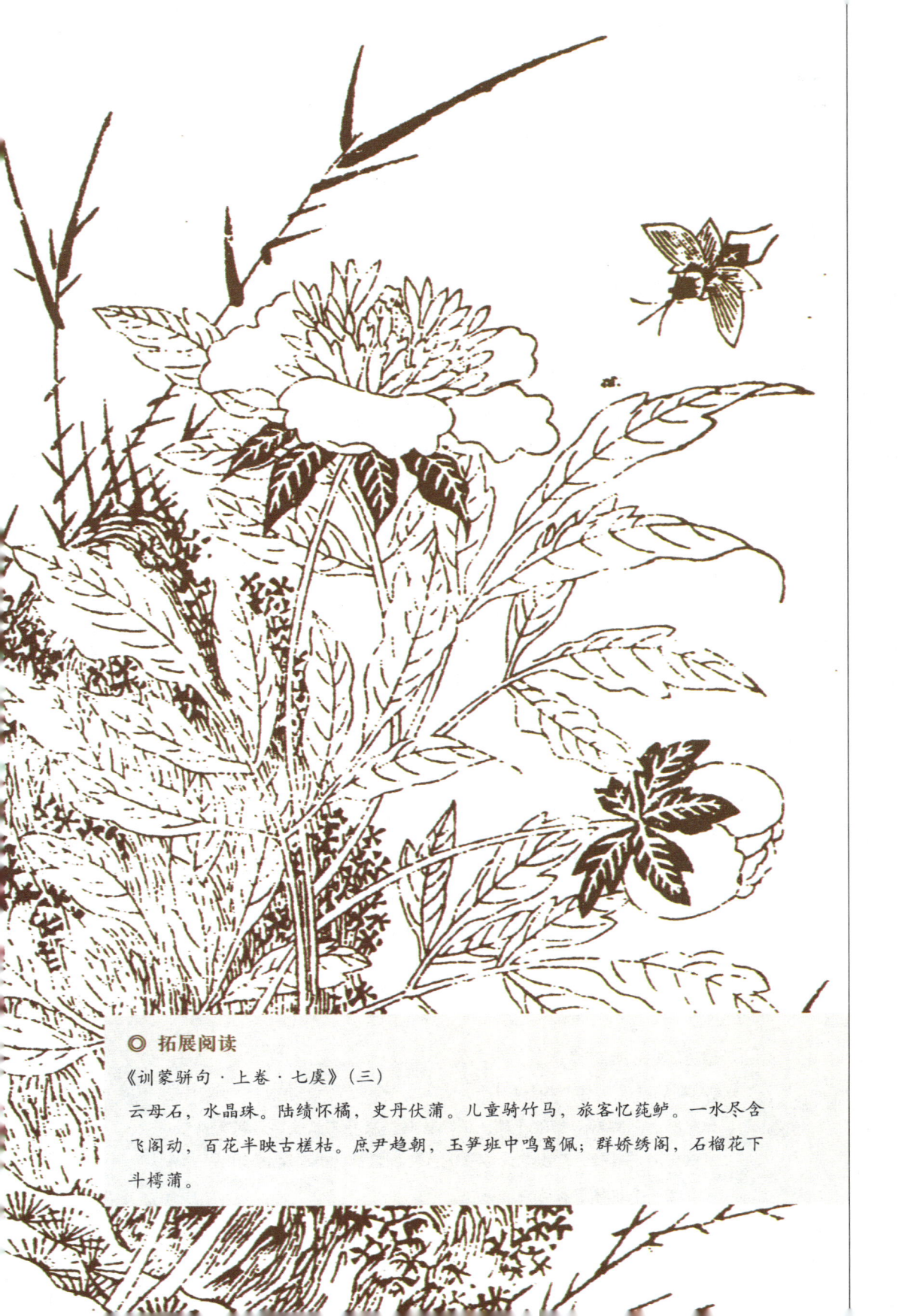

◎ **拓展阅读**

《训蒙骈句·上卷·七虞》（三）

云母石，水晶珠。陆绩怀橘，史丹伏蒲。儿童骑竹马，旅客忆莼鲈。一水尽含飞阁动，百花半映古槎枯。庶尹趋朝，玉笋班中鸣鸾佩；群娇绣阁，石榴花下斗樗蒲。

杜康悬联夸海口

杜康造酒名声在外,刘伶也是由喝酒出名。有一次,刘伶想见识一下杜康酒的味道,就来到杜康酒坊门前。只见门上有一副对联。上联写的是:

猛虎一杯山中醉。

"好大的口气!"刘伶叹道。再看下联,写的是:

蛟龙两盏海底眠。

横批则是:不醉三年不要钱。刘伶看完这副对子,心里高兴,以自己的酒量,今天喝酒一定是不用出钱了。他自恃海量,带气走进酒坊,喝了一杯还要喝。杜康见到,叫声不好,劝他别喝。刘伶以为是看不起他,偏不依,一杯接一杯,一连喝了三杯。头杯酒甜似蜜,二杯酒比蜜甜,三杯酒喝下去,只觉得桌子、凳子、盆盆罐罐把家搬。杜康问刘伶:"酒够了吗?"刘伶摇摇晃晃地说:"够了,够了,真是好酒。"一摸钱袋空空,只好说:"先记个账,改天给你把钱送来。"杜康把刘伶送出门外,客客气气地说:"过三年再见。"

时光如箭,一转眼就是三年。这天,杜康来到村上找到刘家,对刘伶的媳妇说:"刘伶三年前喝的酒,还没有给酒钱哩,今天特地来要。"刘伶媳妇一听,心中想到:害了人不说,还敢来要酒钱。劈头就说:"快随我去见官!他三年前不知喝了谁家的酒,回来就死了。你还想要酒钱,我还要你赔人哩!"杜康不慌不忙地说:"你莫急,他没死,一定是醉啦。走走走,快领我去叫醒他。"

他们来到刘伶墓地,打开棺材一看,刘伶穿戴整齐,面色红润,跟三年前一个模样。杜康上前拍拍他的肩膀,轻声叫道:"刘伶醒来,刘伶醒来!"只见刘伶打个哈欠,伸伸胳膊,睁开眼来,连声叫道:"杜康好酒,杜康好酒!"

从此以后,"杜康美酒,一醉三年"的佳话就传开了。

◎ 拓展阅读

《训蒙骈句·上卷·八齐》(一)

金鲤跃,玉骢嘶。朝阳丹凤,报晓黄鸡。夜月乌忙唤,春风莺乱啼。园中新笋半成竹,路上花落尽点泥。蛮柳眠低,小弱腰肢遭雨苦;海棠睡起,丰娇体态被春迷。

东阳智对讨风筝

李东阳是个诗人。他从小既聪明又活泼,而且很爱读书。

春天来了,有一天李东阳与小伙伴一起到野外放风筝。正玩得高兴,不小心风筝的线断了,风筝飘啊飘,飘到一家员外的花园里去了。小伙伴们一看傻了眼,员外家墙高人多,都不敢去要。这时候李东阳说:"我胆子大,看我的。"说完,他便翻墙过去拾风筝。

却说这家员外正在花园赏花,看见从墙外跳进一个人来,还以为是强盗。后来看是个小孩,还长得文质彬彬的,又看不远处有个风筝,就明白了。便拿着风筝想逗逗他,员外说:"你是谁啊,怎么能翻我的墙呢?快随我去见官府。"小东阳听了,连忙解释,说是为了风筝而来,并没有恶意。员外说:"那好吧,我这里有副对子,要是能对上,就还你风筝"。李东阳见风筝在人家手里,也没有办法,就点点头同意了。

墙外的小伙伴们听里面没有什么动静,东阳又不出来,怕他出事,就趴在墙头上往里看。一看没事,还聊上了,就都翻墙跳进来。员外一看,联上心来,就以此为题对李东阳说:

童子六七人,独汝狡。

李东阳听了这上联,觉得员外在讥笑他,就沉思起来,要想句下联来还击。看了员外府的气派,想必员外一定有二千石的俸禄,就对了个下联:

员外二千石,唯公——

他说到这里就停住了,故意不把最后一字说出。员外以为他对不上来了,就得意地说:"唯公什么,下面是什么呀?"李东阳说:"这最后一个字,可是明摆着的,不能说。"员外听了不解,问他:"为什么呀?"李东阳这时候说道:"你如果还我风筝,就是'唯公廉',如不还我,就是'唯公贪'。"

这员外一听就笑了,想想这小孩真够聪明的,就把风筝还给了孩子们。

◎ 拓展阅读

《训蒙骈句·上卷·八齐》(二)

敲拍扳,唱铜提。赋名鹦鹉,诗咏凫鹥。峡猿啼夜月,巢鸟掠春泥。涸鲋喜得庄周活,良马欣逢伯乐嘶。烟锁溪头,平树绿扬浮翡翠;月沉海底,一泓清水映玻璃。

大俗大雅的寿联

相传有一个老寿星,要过八十大寿,他很早就仰幕刘凤诰的大名,很想让他给写副寿联。这天,他买了名贵的纸,来到刘府,要请这位文学家给自己写一副寿联。

刘凤诰是清代著名的才子,满腹学问,写得一手好字,人很随和风趣,没有架子。老寿星来访,他正在书房写字,一听来意,能为老寿星写寿联,心里也很高兴,满口应承下来。老人家问:"什么时候来取墨宝?"刘凤诰笑着说:"不用再跑了,我马上就写好,让你带回去。"

老人一听非常高兴,恭恭敬敬地站在一边,看他写联。刘凤诰站在桌旁,用笔蘸足了墨,抬头问道:"老人家,生日是哪一天?"

老人答道:"十一月十一日。"

刘凤诰提笔写了上联:

十一月十一日。

老人一看:写我的生日干什么?

没容老人多想,刘凤诰又问:"老人家贵庚几何?"

老人又答道:"八十岁。"

刘凤诰什么也没想,又写出下联:

八十春八十秋。

看到这里,老人才明白这是一副工整、通俗的对子,真是大俗大雅,挂在堂上肯定是众人赞扬,全家添光,于是高兴地回去了。

◎ 拓展阅读

《训蒙骈句·上卷·八齐》(三)

题粉壁,附丹梯。桑麻接壤,桃李成蹊。渔家收暮网,军垒动宵鼙。一呕扬子归蛙室,三笑渊明过虎溪。碎梦悠扬,乱逐落花飞上下;闲魂飘泊,直随流水绕东西。

○ 品画鉴宝　黄地红绿彩寿字形壶·清

丁香花百头千头万头

话说清朝有个秀才，姓张，醉心科举。寒窗苦读十年之后，便进京赶考。

晓行夜宿了几天，终于到了北京城。但当时已经很晚了，城门也关了。不能进城，只好找了一家城外的小店投宿。

这小店生意很是红火，每年都要接待许多赶考的人。久而久之，店老板也染了不少文气，加之有几分聪明，在这一带小有名气。他看到张秀才来投店，热情款待，奉酒奉食。

席间，店主多喝了几杯，歪着头对张秀才说："不知这位先生是否知道，当今皇上好对子，想必考试中会有所体现，我这有副上联，你对得上就进考场，对不上就回去再学几年。"说完，在桌上写下一行字：

冰凉酒一点两点三点，

这联中说，冰字有一点，凉字有两点，酒字有三点，立意又好。张秀才看了，连称好句。趁着酒兴，认真地思考起下联来。但是大半夜过去了，就是对不上。心里很是郁闷，想：连小老板的对子都答不上，还能考上吗？一时想不开，便在后院上了吊，死了。

第二天，店主看到秀才上了吊，十分后悔，苦于不知秀才是何方人士，不好通知他的家里，就在后院为他起了个新坟。

但是此后，一到半夜，后院就有"冰凉酒一点两点三点"的声音发出，似怒似怨，很是吓人。客人怕鬼，都不敢住，小店也就日渐冷落了。过了几年，坟头上长出一棵丁香树来，花繁叶茂。

又过了三年，一位秀才来投宿。刚睡到夜半时分，就听到"冰凉酒……"的声音。秀才仔细听了，心内一惊：这声音怎么这么熟悉，不正是家兄的声音吗？找到店主，问明事情原委，秀才在兄长的坟上痛哭一场，说："哥哥，请瞑目吧，小弟一定对出下联。"

弟弟站起身来，围着大树走，低着头，苦思冥想。突然一阵风吹来，树影摇曳，抬头一看，满树丁香花，很是好看。忽然联上心来："有了！"大声吟道：

丁香花百头千头万头。

也许是他哥哥得到了下联，也许是别的什么原因，只是从此以后，后院再没人念叨"冰凉酒"了。

◎ 拓展阅读

《训蒙骈句·上卷·九佳》（一）

蒙月髡，裹青鞋。雷轰天地，风扫雾霾。葡萄来汉苑，莫莱生尧阶。含愁班女题纨扇，行乐王维赴鹿柴。帝里繁华，巷满莺花添锦路；仙家静寂，云穿虹树锁丹崖。

41

戴灵五岁撰奇联

相传清朝康熙年间，有个名叫戴灵的小孩，生在一个山村里，聪明伶俐，读了几年书，对对联很有一手，方圆百里，还没遇到对手。

话说有一年初夏，乡里新建成一座凉亭。但是还没有提联，人们就请小戴灵题对。戴灵很高兴地接受了邀请。来到凉亭，只见他挥毫下笔，上联是：

往南乎往北乎权且坐坐。

下联是：

为名焉为利焉何必忙忙。

这一年盛夏，一位县太爷路过此地，中午在亭内乘凉。见这副绝妙对联，不禁叫好。想会会这位题联的才子，看下面却没有落款。便叫来地保，问此联出自哪位高手？地保老实相告，说是一位只有九岁的神童所写。县太爷听了哈哈大笑，不相信这么小的儿童能写出这么好的对联。便要地保把小戴灵找到亭子上来，亲自考他。

不一会儿，地保领着小戴灵来到亭里。两个人相互见过，县太爷便要出联考他。县太爷看身旁有一本历书，心里有了上联，口里念道：

历书十二面，页页有时节，节分春夏秋冬。

小戴灵听了上联，想了一想，用手指着远处的一座塔，脱口而出：

宝塔六七层，层层开门户，门迎东西南北。

这下，这位县太爷终于相信了神童之说。

◎ **拓展阅读**

《训蒙骈句·上卷·九佳》（二）

乌犀带，白玉钗。金章璞绶，布袜芒鞋。桂花飘户牖，柳影上庭阶。花酒一园供宴乐，云山千里称吟怀。月到天心，远近楼台均照耀；雪堆山顶，高低蹊路尽庄埋。

东坡改联点石成金

相传宋朝年间，某地有个有点名气的老员外，是个秀才，也读过不少书，平日里觉得自己才华盖世，天下无敌，连苏东坡也不放在他眼里。

有一年，他头房夫人六十大寿，正当大操大办之际，听说苏东坡要从这里路过，他心头一喜，想：正愁没有机会较量，何不趁此和苏东坡一会，到时候出个题目将他难住，好让天下人知道我的才学！但是，什么样的题目才能难住他呢？思来想去，他写了一副对联挂在寿堂上：

这房老婆不是人，
三个儿子都作贼。

苏东坡路过时，老员外忙亲自出去请他，请到家里设宴款待。席间，酒过三巡，老员外指着那副对联，笑着说道："老朽才疏学浅，此联写得不佳，苏学士才华盖世，还请点石成金。"苏东坡一看，再笨的人也不能写出这样的对联来啊，就知道这是有意难为自己。站起来踱了几步，遂命取过笔来，在那副对联上龙飞凤舞一番，写毕，又喝起酒来。

老员外忙朝那对联看去，只见联已变成：

这房老婆不是人，好似仙女下凡尘，
三个儿子都作贼，偷来仙桃献母亲。

老员外看完，佩服得不得了，连忙躬身下拜，口中说道："苏学士不愧为一代名家，所续之联，真乃神来之笔，老朽佩服之至！"

◎ 拓展阅读

《训蒙骈句·上卷·九佳》（三）

云竹锦，水松牌。茶抽蓓蕾，酒熟茅柴。莺梭随柳织，雁字叠云排。袖里风光循竹径，襟前雨意罩兰阶。风刮长途，卷起芳尘迷道路；雪融巫峡，添来新水满江淮。

○ 苏轼像 苏轼（1037—1101），北宋著名文学家、书画家、诗人，豪放派词人代表，唐宋八大家之一。

戴叔伦巧对『三白』

唐代有个叫戴叔伦的才子，小时候就很聪明。上了学之后，又努力学习，老师特别喜爱他，常常带着他出去游玩。

有一天，春光大好，老师领他到郊外去踏青。师徒两个走到一个名叫白店的地方，看到一只大白公鸡站在高高的石头上，伸着脖子长鸣。老师顿生灵感，脱口道出一联：

白店白鸡啼白昼。

戴叔伦听了老师的上联，仔细一琢磨，老师的上联中连用了三个"白"字，切合现在的情景。这确实是个好上联。可一时想不出下联来。

老师也不为难他，又继续向前走去，好让他边走边想。师徒两个又走到一个叫黄村的地方。忽然路口窜出来一只大黄狗，冲着他们狂叫，老师特别怕狗，吓得直往后退。可是，戴叔伦一看，来了灵感，对出了下联：

黄村黄犬吠黄昏。

老师看到学生对出了下联，非常高兴，也顾不得狗叫，跑过去把小叔伦抱了起来。

◎ 拓展阅读

《训蒙骈句·上卷·十灰》（一）
巡五岳，望三台。绿橙是叟，红叶为媒。寒深银桨起，醉重玉山颓。树杪风停声未息，花梢月上影成堆。篱下菊开，陶令对花时一醉；庭前枣熟，杜陵上树日千回。

○ 品画鉴宝　粉青釉鸡薰·清

狄仁杰怎会到汉朝

有个财主,是个吝啬鬼。想想儿子也不小了,到了开春,就为儿子请了个教书先生。讲好了,一月三两银子,七夕节为先生设宴一次。时间过得很快,七月七到了。先生正想打打牙祭,可到了晚上,端上来的依旧是粗茶淡饭,先生一气之下,连晚饭也没有吃,就出了个上联叫财主的儿子对:

客舍冷清,恰似今宵七夕夜。

儿子才读几天书,哪能对得上,就去问财主。财主见了这联,知道先生是记着宴请的事呢。就代对一副下联,送进书房:

寒林寂寞,可移下月中秋时。

先生见宴请移到了中秋节,就不好说什么了。可到了八月十五,晚上依然粗茶淡饭。先生一生气,又出了上联:

绿竹本无心,遇节即时挨不过。

问财主:过节了,你怎么又食言?谁知财主不仅吝啬,在对联上也有一手。正所谓兵来将挡,水来土淹。财主对了个下联,把这顿饭又移到下月:

黄花如有约,重阳以后待何迟。

九月九日重阳节到了,家家摆宴排酒,唯独先生桌上还是清清淡淡,一如平常。这时,先生终于忍无可忍,写个上联让学生送进去:

汉三杰:张良韩信狄仁杰。

财主一看,哈哈大笑,来到书房,对先生说道:"先生想喝酒,也不能这么急啊。连上联都写错了。汉三杰有萧何张良,可这狄仁杰是唐朝人,如何与萧何张良并称三杰呢?"

先生知道他上当了,也笑着答道:"汉唐相差一千年,你都记得清清楚楚,怎么上个月说的话却总是记不起来呢!"

财主听了,无言以对,想想这一顿是逃不过去了,只得吩咐:"摆酒。"

◎ **拓展阅读**

《训蒙骈句·上卷·十灰》(二)

培晚菊,探寒梅。出墙红杏,夹道绿槐。朱陈联戚觉,刘阮到天台。解冻暖风医病草,及时甘雨润枯荄。蜂采菜花,脚带黄金飞不起;雀争梅蕊,口衔白玉叫难开。

多亏说了大明君

○ 朱元璋像　朱元璋（1328—1398），濠州钟离（今安徽凤阳县）人，为大明王朝的开国皇帝。

朱元璋出身贫寒，当了明朝皇帝之后，还是很关心百姓疾苦，经常微服私访，体察民情。

这天，他换上便衣，也不带随从，出了宫，到外面看看。中午的时候，看到路边有一个小酒店，就走了进去。看到一个年轻的读书人正在一人独饮，就在他身边坐了下来，搭话问道："小公子是何方人士呀？"读书人答道："在下重庆人。"朱元璋说："这个'重'字好啊，我来个上联，你对。"说罢，随口吟出：

千里为重，重水重山重庆府。

年轻人听这上联，暗生赞叹。看这位客人虽是平常打扮，言谈举止气度不凡，必有来头，小心为妙。先说点好听的，总是不会出错！他想了一想，对出了下联：

一人为大，大邦大国大明君。

这是赞扬朱元璋皇帝当得好呢！朱元璋听了当然十分痛快，连说："好！妙！"说完就走了。

朱元璋走了之后，年轻人还没回过神来呢。据说后来，朱元璋看年轻人是个人才，回到朝廷之后，就封了个官给他。

◎ 拓展阅读

《训蒙骈句·上卷·十灰》（三）

栽五柳，植三槐。成里青苔，渴望绿梅。斋成劳咄咄，诗就作敲推。捉月骚人凌波浪，乘云仙子上蓬莱。灯点木油，红日光中消冻雪；弓弹绵絮，白云堆里响晴雷。

斗鸡山上得绝联

相传,古时有一位秀才叫占科,很有文才,只是连科不中,心里很是郁闷。便到桂林名胜之一——斗鸡山游玩,想疏散一下心情。

他在山上纵目观望,觉得处处可爱,连山名也觉得新奇可亲。他一面游览,一面背诵古人的妙句,不知不觉地哼出一句对联:

斗鸡山上山鸡斗。

这上联虽好,但是却怎么也对不出下联来。正当他苦思冥想之时,忽然来了一位白发长者。秀才定睛一看,来者正是他的启蒙老师。占科高兴万分,立刻上前施礼,并以上联向老师请教。老师对他的上联很是赞叹,说:"你的上联是回文对,正读反念,其音其义都是一样。秀才问老师可有佳对。老师说:"我刚才游了龙隐洞,何不以此来对!"说罢,念道:

"龙隐洞中洞隐龙。"

秀才一听,抚掌击节,极为兴奋,感叹说:"真乃天赐绝对也!"

◎ **拓展阅读**

《训蒙骈句·上卷·十一真》(一)
吴孟子,楚春申。春风态度,秋水精神。窗目笼纱纸,炉头倒葛巾。吴札多情曾挂剑,张纲有志独埋轮。公子朝歌,檀板缓催金缕曲;王孙夜饮,丝绦长系玉壶春。

○ 品画鉴宝 青绿山水图·清·章声 图中天水辽阔,湖山相傍,林木苍翠,湖面烟波浩淼,波中轻帆队队、远处古刹,近岸楼阁,无不表现出江南佳胜繁华的美好景色。

答对过城门

欧阳修是北宋文学家、史学家，字永叔，自号醉翁、六一居士，吉水人。

欧阳修小的时候家里很穷，又要生活又要求学。十三岁那年的一天，他去襄阳城拜访一位老秀才。夕阳西照，欧阳修身背书囊，匆匆忙忙来到襄阳城下，抬头见城门已关。城头却还有一个老兵把守，欧阳修便拱手施礼，说道："可否烦请老伯开一开城门，放学生进城？"老兵见城下来了个小书生，衣服虽破，却有几分气度，便问道："城下哪里来的小童？为何现在进城？"欧阳修施礼答道："读书人远道而来，进城拜访老师，还请老伯通融。"老兵本不敢违例打开城门，但看得出是个很懂礼貌很有才华的学子，便起了爱怜之心，说道："既是书生，我出一联，对得出，放你进城；对不出，明晨再进。"欧阳修答道："遵命。"老兵在城上念道："开关早，关关迟，放过客过关。"欧阳修一听这上联，看似随便说出，其实叠字连用，暗藏机巧，在城下踱了几步，便向着上面说："出对子容易，对对子难啊，请先生先对吧。"老兵一听感到奇怪，以为书生还不明白，就大声道："我是要你对的！"欧阳修笑道："学生不是已经对过了吗？"老兵俯首一想，恍然大悟，立即下城楼开了城门。

故事到这里，也许读者朋友们会问："对联讲究的是字数相等，既然上联十一个字，欧阳修却怎么说了十六个字呢？"其实，这副对联是：

开关早，关关迟，放过客过关。

出对易，对对难，请先生先对。

○ 欧阳修像　欧阳修（1007—1072），北宋著名政治家、文学家、史学家和诗人，为唐宋八大家之一。

◎ 拓展阅读

《训蒙骈句·上卷·十一真》（二）

金孔雀，玉祥麟。蟋蟀噪晚，鹂𫛛鸣春。璧蛋惊怨妇，村犬吠行人。渔唱悠悠清水澈，樵歌杳杳碧苔新。秋色萧条，万树凋零山瘦削；春情淡荡，百花妆点草精神。

48

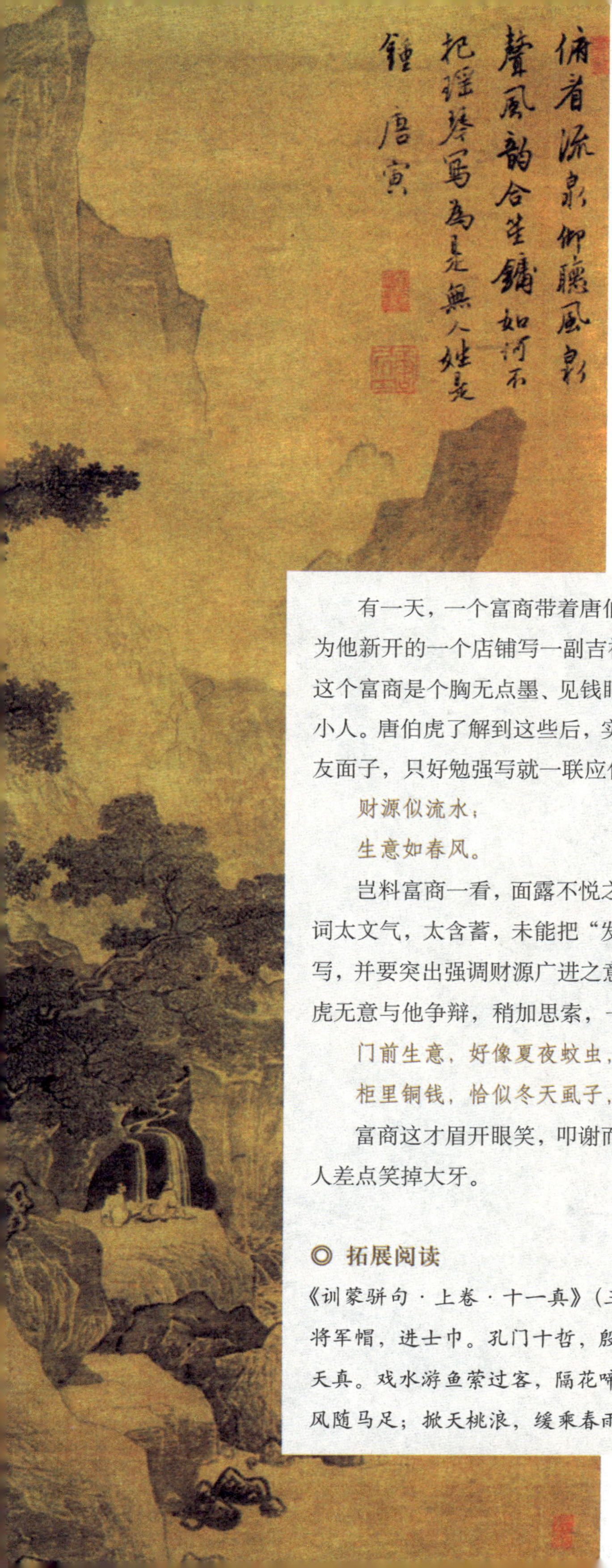

店铺写吉祥联

俯着流泉仰听风，
蘙风韵合笙镛如何不，
把瑶琴写为是无人姓是
钟 唐寅

○ 品画鉴宝 看泉听风图·明·唐伯虎 图中崇山峻岭，峭壁陡险，山崖间老树虬曲，枝叶苍翠，岩隙清泉下泻。二高端坐石上，看泉听风，悠然自得。右上题七绝一首，款署唐寅。此图为唐伯虎代表作品之一。

有一天，一个富商带着唐伯虎一位朋友的信，来求唐伯虎为他新开的一个店铺写一副吉祥对联，以装点门庭，招徕顾客。这个富商是个胸无点墨、见钱眼开、偏又喜欢附庸风雅的势利小人。唐伯虎了解到这些后，实在不愿为之费力，但又碍于好友面子，只好勉强写就一联应付：

财源似流水；
生意如春风。

岂料富商一看，面露不悦之色，认为"春风""流水"这些词太文气，太含蓄，未能把"发财"的意思点明，要唐伯虎重写，并要突出强调财源广进之意，句子粗俗点也不要紧。唐伯虎无意与他争辩，稍加思索，一挥而就，又成一联：

门前生意，好像夏夜蚊虫，输进输出；
柜里铜钱，恰似冬天虱子，越捉越多。

富商这才眉开眼笑，叩谢而去。谁知对联一贴出，围观的人差点笑掉大牙。

◎ 拓展阅读

《训蒙骈句·上卷·十一真》（三）

将军帽，进士巾。孔门十哲，殷室三人。读书探圣道，嗜酒露天真。戏水游鱼萦过客，隔花啼鸟唤行人。落地杨花，乱逐东风随马足；掀天桃浪，缓乘春雨化龙麟。

49

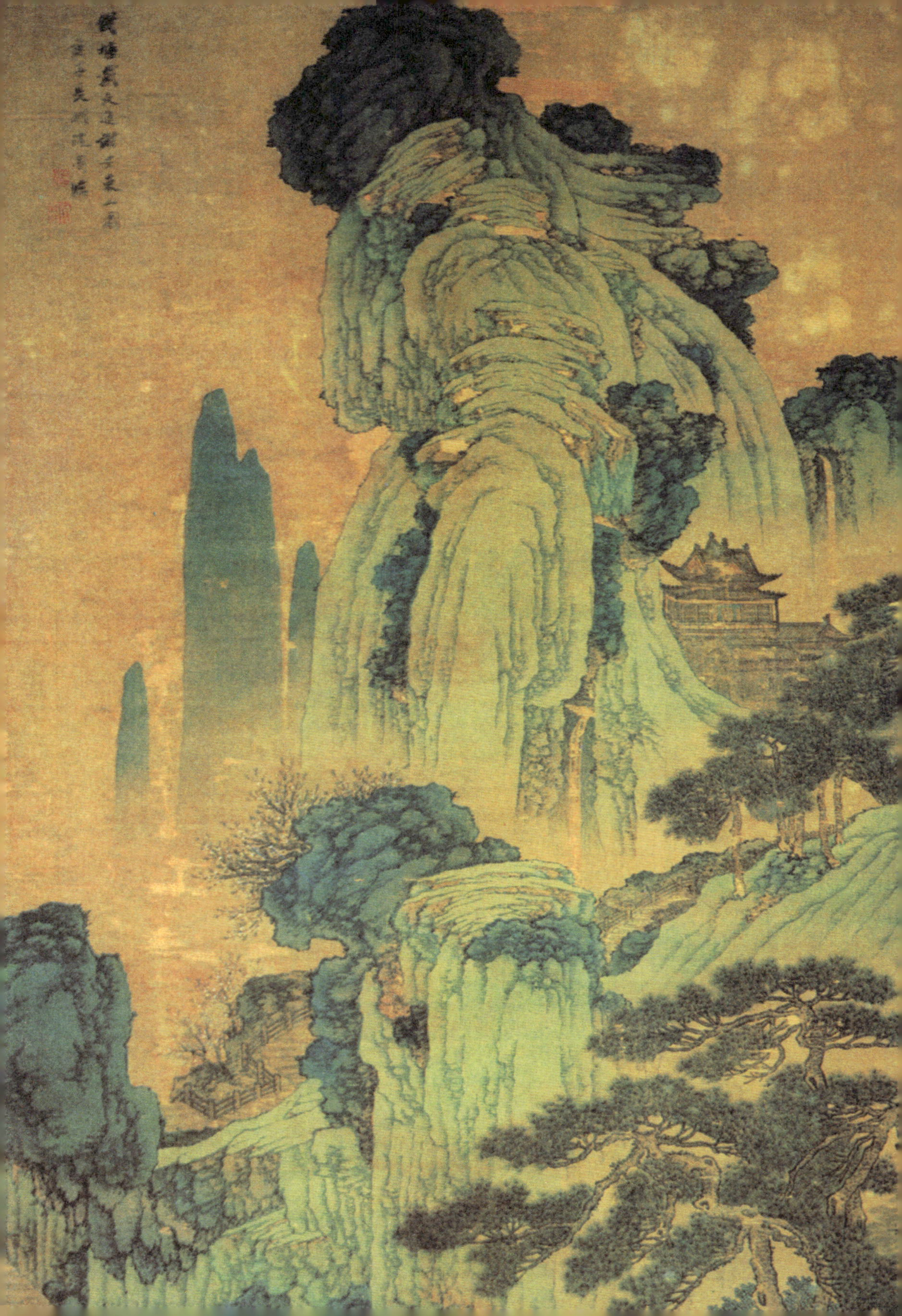

F 篇

风流梦醒，恩爱花开

相传，邢绣娘是黄梅戏创始人之一。她原来有一个指腹为婚的丈夫，叫梅火望。

有一年春节，梅火望给自己家写对联，还特意用上了自己的名字：

火三火四火生气，

望来望去望发财。

他自以为写得很好，就给邢绣娘看。哪知邢绣娘看到这副春联，语义平淡，又是生气，又是发财，很没水平。想想未来的丈夫是这么个没有学识，只顾发财的人，就不愿意嫁给他，退了婚。后来决定要找个才华出众的丈夫，便想了一计：以联征婚。

消息传出，很多小伙子都来应对，有些人想借此机会展示自己的文才，更多人想娶这位黄梅戏名角为妻。但是几天过去了，还没有一个人能胜过邢绣娘。最后，她唱戏时的搭档王耀文来到了她面前。

邢绣娘见是同行，便以黄梅戏为题，出了个句子：

唱黄梅戏，廿四史中少此卷。

上联说《二十四史》中没有"黄梅戏"的记载，也没有出对招亲的故事。

王耀文想了想，对道：

听采茶调，十三经外多奇书。

以"十三经"对"廿四史"，工稳贴切。以"多奇书"对"少此卷"，又含一层寓意：出对招亲正是"史"外别卷、"经"外"奇书"。这下联还道出了黄梅戏的由来。原来，清代乾隆末期，黄梅戏是在安徽安庆一带的湖北黄梅采茶调逐步发展而成的，直到现在仍以"采茶调"为"黄梅戏"的别称，二者相对，非常恰切。

邢绣娘听了，非常高兴，想不到"踏破铁鞋无觅处，得来全不费工夫"。于是，她让王耀文出个句子，自己来对。

王耀文想了想，出句道：

戏扣心弦，风流梦醒。

王耀文出这下联的用意是想试探邢绣娘以联招亲的诚意，说你是不是在唱戏，台上恩爱万千，台下就是陌路人了。邢绣娘听了，赶忙表明自己的心迹，对道：

情传眼角，恩爱花开。

他们二人终于结为美满夫妻，台上恩爱，台下更是和睦。

◎ 拓展阅读

《训蒙骈句·上卷·十二文》（一）

茶已熟，酒初酾。西堂梦草，南涧采芹。烂霞成五色，瑞雪积三分。子美诗成能泣鬼，相如赋就自超群。贪醉清莲，采石矶头捞皓月；思亲仁杰，太行山顶望孤云。

夫妻巧答冷泉联

话说上有天堂，下有苏杭。杭州西湖美景，自是不必多言，很有名的还有一座名寺——灵隐寺。

灵隐寺前，有一股清泉，被人称作"冷泉"。泉边一小亭，叫"冷泉亭"，对岸就是飞来峰。冷泉亭上写着明代董其昌的一副对联：

泉自几时冷起？

峰从何处飞来？

相传清代道光年间，著名学者俞曲园偕夫人游西湖。来到这冷泉亭，看到这冷泉联，交口称赞董其昌此联写得非常妙，值得回味。夫人说道："这里风景宜人，不如老爷也答上一联。"

俞曲园对楹联很有研究，听夫人这么说，正中下怀。他沉思片刻，吟道：

泉自有时冷起；

峰从无处飞来。

上、下联把董其昌的联各改动一个字，却显得更为空灵，富有哲理，极为巧妙。俞夫人听了，颔首叫妙，自己也情不自禁地答了一联：

泉自冷时冷起；

峰从飞处飞来。

相对丈夫的对联，夫人的对联显得很实在。

过了些日子，俞曲园与次女绣孙谈起冷泉联的事。想不到绣孙也来了兴致，打了一联，吟道：

泉自禹时冷起；

峰从项处飞来。

"禹"即大禹，意为冷泉亭是从大禹治水时开始有的。"'项'字指什么呢？"俞曲园问道。

绣孙答道："当然指西楚霸王项羽啊，项羽不是有'力拔山兮气盖世'吗？他当年拔起的那座山峰没地放，就飞到了此间。"俞曲园听了，哈哈大笑。

◎ 拓展阅读

《训蒙骈句·上卷·十二文》（二）

徐孺子，信陵君，文章太守，韬略将军，踏山寻妙药，锄地种香芸。灯尽不挑垂暗芯，炉灰重拨尚余薰。金殿昼长，隐隐漏壶花外转；锦江夜静，悠悠渔笛月中闻。

夫妻笑对难事

梅尧臣是北宋的一位大诗人,字圣俞,安徽宣城人。在欧阳修苏东坡的时代,他的诗也是很出色的,深得大家的喜欢。有一次,连欧阳修都自叹不如。宋仁宗也觉得他诗才过人,去庙中祭天祭祖的时候常带着他,命他献上诗歌,记载盛事。

话说梅尧臣从小聪慧,饱读诗书,但是屡试不第,到中年才中了进士。后来在仕途上也不甚得意,仅在尚书省做员外郎,不能施展才华,心中愤懑。到了晚年,皇帝命令他在欧阳修、宋祁等人的领导下,合修《新唐书》。他觉得在这些人的领导下,不能充分发挥自己的才华。受命后,很是闷闷不乐。

回到家里,贤惠的妻子见他烦闷,问他到底出了什么事,梅尧臣说:

吾之修书,亦可云猢狲入布袋矣。

这上联说,让我在他们的领导下修书,就像一个好动的猴子,被装进布口袋里。心中烦闷,不言而喻。妻子也是读过诗书的才女,听了丈夫的联句,当然知道他心里为什么而烦了。就劝他说:"我还以为什么大事呢!不就是让你修书嘛!

君于仕宦,又何异鲇鱼上竹竿耶!"

这下联说,你的仕途就像鲇鱼要爬上竹竿,崎岖坎坷,没有顺途。

梅尧臣听了妻子的下联,恍然大悟。仕途不顺,顺其自然吧!

○ 品画鉴宝　夏山图·北宋·屈鼎　图中远山诸峰峭拔,连绵不断,中间主峰巍然兀立,成为全图重心。山间飞瀑流泉,烟云缭绕;岛屿洲渚,或断或续;林丰木茂,郁郁葱葱,处处体现出夏日中的山林景色之美。

◎ 拓展阅读

《训蒙骈句·上卷·十二文》(三)

巫峡月,楚岫云。灯光灿烂,酒气氤氲。蜂趋红杏蕊,鹤踏碧苔纹。清露临晨凉似洗,火云当午热如焚。情重志坚,鸳阁腐衣韩烈妇;才高兴发,龙山落帽孟参军。

夫妻对联以相规

○ 品画鉴宝　蚕织图·南宋　图中画的是江南蚕织户养蚕的生产情景。作者用笔清劲简练，人物造型准确，色彩淡雅，严谨写实，具有浓郁的劳动生活气息。

相传古代，在南昌六眼井住着一对年轻夫妻，男耕女织，相亲相爱，过了一段很幸福的生活。可是慢慢地，生活不和谐了，两个人经常吵架。为什么呢？原来这男的染上了吸烟喝酒的毛病，而且经常过度，每天满屋不是乌烟瘴气，就是酒气熏天。妻子受不了，对丈夫没有了往日的温柔，经常骂丈夫。

这一日，男的又不上山劳动，在屋里架起二郎腿，闭目吸烟，真是快活似神仙。妻子一见，无名火起。开口骂出一联：

张口闭眼，喷云吐雾，谁家男人像你这烧火先生？

男的一听，也忍不住恶言回报：

搬舌弄嘴，说风道雨，哪个女子似我那泼水夫人。

两人骂来骂去，到最后都坐在一边生闷气，可是想想对方说得很有道理，自己身上是有这些毛病。两个人看来看去，觉得对方还是有很多优点的。就相互把对联贴起来，作为自己的警联，时时铭记在心，把缺点改了，重新回到幸福的生活中。

◎ 拓展阅读

《训蒙骈句·上卷·十三元》（一）

桃叶渡，杏花村。衔芦征雁，接箭老猿。晓径牛羊践，晴檐燕雀暄。水獭祭鱼知报本，山乌哺母不忘恩。曳丈高人，园菊径边寻故旧；荷锄野老，海棠花下戏儿孙。

福王昏庸败坏国事

话说清军入关，占领了北京城。明朝的皇帝吊死在了万寿山上。在南京的官员们就想立一个新皇帝，好让大明再延续几日。

当时逃到南京的有潞王和福王。到底立谁为皇帝呢？朝中意见分为两派。正派大臣史可法等人，主张立比较有见识的潞王为帝；可奸臣马士英、阮大铖怕立了潞王失了大权，主张立光会吃喝玩乐的福王为帝。马士英说干就干，串通了一些掌握军队的总兵，硬把福王朱由崧立为皇帝，定年号为"弘光"。

朱由崧是个只会吃喝玩乐的家伙，大敌当前，国家危亡，他一点也不担心，还下令四处寻找美女，供其玩乐。闹得老百姓人人心慌，家家不宁，大骂朝廷腐败。马士英一伙大权独揽，卖官搂钱。这一下，南京城里的有钱人都当了官，大官小官满街都是。老百姓恨透了这伙昏君奸臣，编了歌谣骂他们：

职方贱如狗，都督满街走；

相公只爱钱，皇帝但吃酒。

职方，是兵部的中等武官；相公，就是丞相，当然是指奸臣马士英一伙。

朱由崧为了享乐，又盖了个新宫殿——兴宁宫。新宫盖成了，楹联还没着落，于是让大臣们每人写副楹联，供他挑选。朱由崧在里面左挑右选，挑了一副顶满意的，马上让人挂在宫前。上面写的是：

万事不如杯在手；

人生几见月当头。

好一个酒鬼皇帝！这等昏君奸臣当权，南京朝廷岂有不灭之理？

◎ 拓展阅读

《训蒙骈句·上卷·十三元》（二）

碧鸡庙，金马门。金杯玉斗，龙勺牺樽。庆云拖玉殿，甘露滴铜盆。闭户袁安甘卧雪，下帷董子不窥园。廉范临民，慈惠群歌来何暮；于公治狱，清勤共羡死无冤。

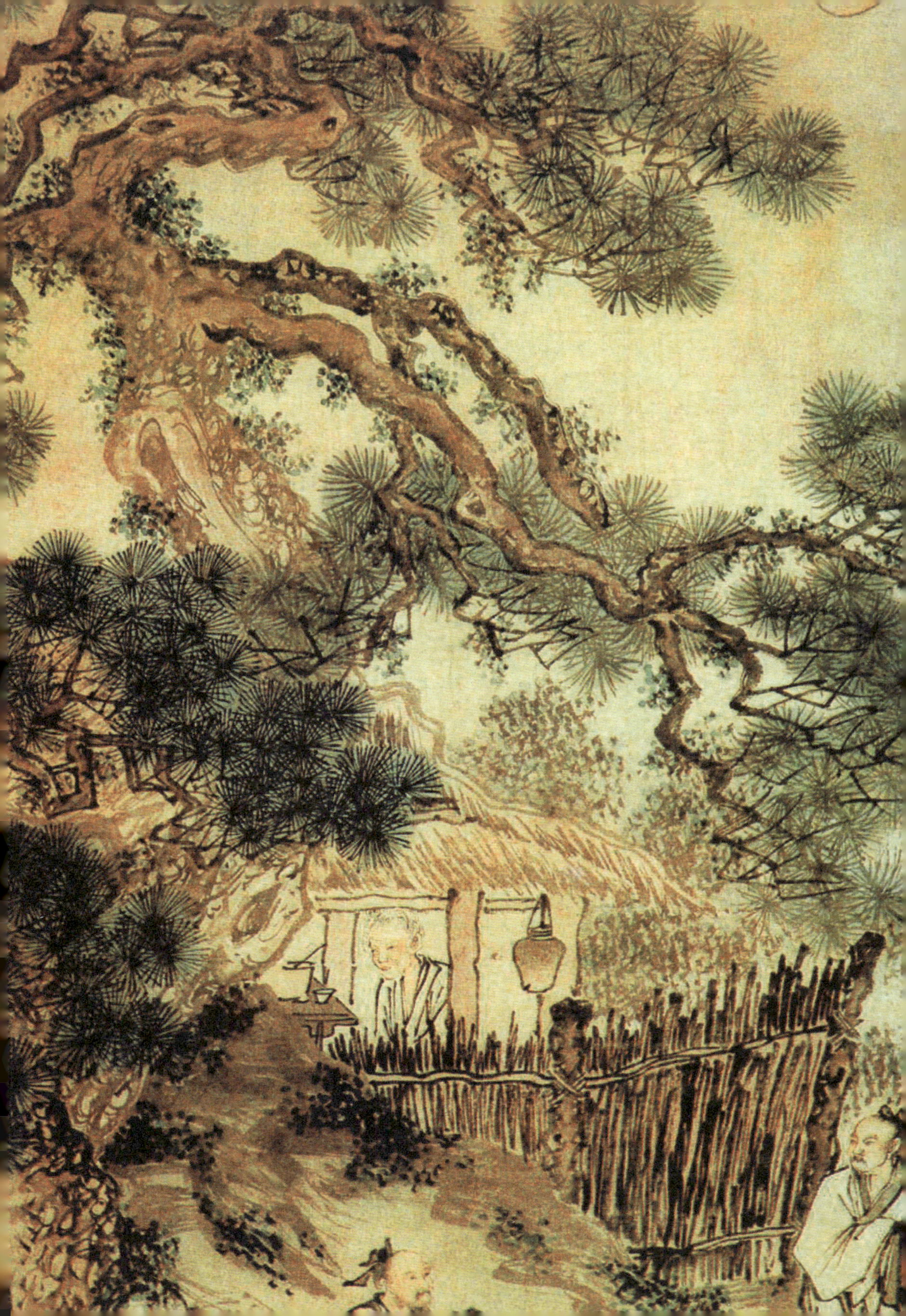

G 篇

更夫巧对无情对

我国传统对联中有一种叫无情对的绝活。无情对只要求在字面上工整,意思可以风马牛不相及,这样一来,就会产生特别的效果。如"五月黄梅天"对"三星白兰地"。

这种对联产生较晚,说起来还有一段有趣的民间故事。

相传清朝乾隆年间,乾隆是个风流皇帝,经常下江南游玩,而且爱好吟诗作赋,对联答句,因此朝野文风大盛,个个附庸风雅。吟诗答对行酒令,成为当时交往的一种方式。

话说有个姓刘的知府,从小特别喜欢对对子,长大后当了官,更是以对对子为乐为荣。有一天,一个更夫晚上碰见朋友,喝醉了酒,打更时便有些糊涂。走到东谯楼下,他敲的是三更鼓,一会儿到了西谯楼时却以为到了四更,便敲了四下。

次日,大家都被搞糊涂了,去问更夫到底怎么回事。一问才知道,是他喝酒误事。大家便有些气愤,要求知府严办。知府大人一听,这还了得!立刻把更夫传来大堂问罪。谁知堂上一见,却是他的干亲,这可不好办了,严办他,不忍心;放过他,又怕难平众怒。想来想去,得了一计,对更夫说:"你酗酒误事,理应严惩,本官念你初犯,年纪又有些大了,这样吧,要是你能对出本官出的上联,就不予追究。否则,当责四十大板。"言罢,随口说出上联:

东楼三,西楼四,更鼓朦胧,朦胧更鼓。

更夫听了这联,想了半天,没搞明白什么意思,当然无法对答。只好说:"大人高才,小民答不出来,情愿受罚。"就在此时,知府的父亲从后堂走了出来。知府一见是父亲,忙站起来,问有何事。老翁指着更夫说:"我们有些关系,不如让我们先私聊几句,再打不迟。"知府见父亲发了话,知道父亲有意救他,也不敢违背,只好暂歇堂片刻。

过了一会儿,更夫从后堂出来,回到大堂,跪地便说:"知府大人,下联在此。"随即吟道:

北斗七,南斗六,诸星灿烂,灿烂诸星。

说完还振振有辞:"同样斗星,北斗七个,南斗六个,敲更鼓东三西四也是同样道理啊。"

知府心知肚明,知道是自己的父亲帮他对的,也就不为难他了,立即放他走了。

却说知府的父亲虽然年纪有些大了,但书读得多,记性也不坏,对对子很是厉害。谁知这七十老翁却是个风流之人,看上了一位十七岁的侍女,跟知府来商量,打算纳作小妾。知府一想,哪有七十老翁还娶妾纳妾的啊,况且我身在官场,父亲如此行为,岂不被人笑掉大牙?但是父命难违,又不好明说,思虑再三,决

定用别的办法来提醒父亲。

第二天，便写了一联，说是悬赏征联，重赏作注，上联为：

木已半枯休纵斧。

这条联便在四方谯楼悬挂起来，供众人来对。老太爷听说了，知道儿子不同意自己纳妾，也不找儿子责骂。只是传来先前的那位更夫，如此这般，耳语一番。更夫就直接走入府衙，对知府大人言道："小人有个下联，还请知府大人过目。"说完，拿出怀里的对联，交了上去。知府一看，上面写的是：

果然一点不相干。

知府一看，上下联意思一点也不相对，算什么对子？便要治更夫的罪，更夫道："大人何故冤打小人，这下联丝毫不差。"

刘知府一听，这倒奇怪了，就冷笑道："你说丝毫不差，还请解释一番，让本官听个明白。"

更夫便照着老太爷的话，道："大人的七个字：木已半枯休纵斧。小人对答是：果然一点不相干。您来看：'木'对'果'，是植物相对；'已'对'然'是虚词相对；'半'对'一'，是数词相对；'枯'对'点'是动词相对；'休'对'不'是定语相对；'纵'对'相'，是虚词相对；'斧'对'干'，是兵器相对。请问大人，哪里不对？"

刘知府一听，也觉得这联对得有些意思，不禁暗暗赞许，可转念一想，这更夫哪里有这等才华，必是有人教导，肯定是父亲。他对这个下联是想告诉我，他要小妾跟我没有关系啊。想到这里，就给了更夫赏金，也不管父亲要小妾的事了。

◎ 拓展阅读

《训蒙骈句·上卷·十三元》（三）

鸦聚阵，鹖飞鶱。画龙破壁，爱鹤乘轩。疏泉流地脉，移石动云根。芍药歌红翻古砌，薜萝行绿上颓垣。秋冷吴江，青枫叶落飘前渚；日斜彭泽，白蓼花飞过远村。

高则诚妙联拒婚

高则诚是我国历史上有名的文人,写了一部传世名著《琵琶记》。想当年,河北三河县沈明臣也是一个很有才学的人,很是赞赏高则诚的才华,听说他在写一部书,就主动邀请高则诚住到家里来,以便有个写书的环境。高则诚非常愉快地接受了邀请,住在沈氏楼里,专心地写起《琵琶记》来。

沈明臣家里有个妹妹,从小聪明伶俐,精通诗文,长得也是苗条可人。沈小姐是个热情好客的人,特别喜欢结交文人学士,看到高则诚一表人才,学问出众,更是敬佩之至。俗话说,日久生情,沈小姐与高则诚平日里也相互切磋一下诗文,在这个过程中,沈小姐对高则诚的情意也深了。

一日,高则诚接到家书,要回温州去。沈小姐听了,担心他从此不回来,但是又没有办法留住他,心里很是着急。经过几夜辗转反侧之后,终于想出一个办法。第二天,叫过一个丫环,让她去向高则诚借一本《琵琶记》稿本。回来之后,沈小姐就在里面夹了个条子,又叫丫环把书送回去。丫环一边把书还给高则诚,一边说:"我家小姐夹了张纸条在书里,说是看了相公写的《琵琶记》以后,有些地方不明白,请批教。"

高则诚正要回话,丫环早已走了。高则诚看丫环走了,也叫不回来,就抽出纸条来看,只见上面写着:

雨无门户能留客。

高则诚看着这个条子,想起平日里沈小姐的种种情状,心里也明白七八分。纸条上的"雨"字,和"余"(旧时指"我")同音。"无门户"表面是说我是个女子,不好留住先生,但里面意思刚好相反,表达了沈小姐希望高则诚留在沈家作女婿这个意思。

高则诚看了沈小姐这条联语,在房间里踱开了步,左思右想,觉得尽管沈小姐年轻貌美,又有文才,如果能成为自己的伴侣,当然是求之不得,但转念一想,我家有糟糠之妻,要是在这里另结新欢,又如何对得起她!

第二日,他终于下了决心,写了一条下联,夹在书中,差送给沈小姐。沈小姐一看,里面写道:

虹有桥梁不渡人。

沈小姐看了这条对联之后,明白了他的心思。彩虹虽然看起来很美,但是也不能当桥梁用啊。沈小姐不再强求,让高则诚回温州了。

○ 品画鉴宝 仕女图·明·陈洪绶 此图画有持扇、拈梅、捧盘仕女三人，她们神情专注，似陶醉在寒尽春早的欣喜之中。作者用笔圆润，构图精巧，表现了其深厚的造型技巧和构图能力。

◎ 拓展阅读

《训蒙骈句·上卷·十四寒》（一）

蒲葵扇，竹箨冠。旌旗闪闪，环佩珊珊。烟花潘岳县，夜月严陵滩。衣袂障风金缕细，剑锋横雪玉鞘寒。柳絮因风，数点频黏银伐阅；梨花带雨，一枝斜倚玉栏干。

高则诚才高人不怪

元末明初，有个戏曲作家叫高则诚。他从小就聪颖过人，又努力读书。他六七岁时，就学会了作联作诗，很受当地人的赞赏。

有一天傍晚，他从学馆放学回家，经过尚书府的时候，正巧尚书大人出门送客。尚书大人看到有个小孩走过来，就仔细观察了一下。看见高则诚身穿绿袄，长得既斯文，又活泼，就想逗逗这孩子。于是，叫住高则诚，出了上联：

出水蛙儿穿绿袄，美目盼兮。

"美目盼兮"出自《诗经·卫风·硕人》中，形容眼睛明亮美丽，长得可爱。高则诚听见尚书大人出对，说他眼睛好看，但怎么说是青蛙呢？心里不高兴了，看见尚书大人身穿一件红袍，想起他送客时不断地与客人相互行礼的样子，便随口而出：

落汤虾子着红袍，鞠躬如也。

这位尚书大人见这孩子出口就成对，虽然被比作了虾，但是毫不生气，还鼓励了高则诚一番。

◎ 拓展阅读

《训蒙骈句·上卷·十四寒》（二）

烧兽炭，烹龙团。孟宗哭竹，燕姞梦兰。松枯遭雨苦，花瘦怕风寒。辨礼闳公辞昌歇，呈威介子斩楼兰。纵侈王孙，长向花前酣美酒；避嫌君子，不从李下整危冠。

○ 品画鉴宝　市井图·元

公主择联错配郎

传说古时有个国王，只有一个独生女，叫吾同公主，被视为掌上明珠。公主转眼到了婚嫁的年龄，不少权贵弟子前来求婚，她看那些人都是纨绔子弟，胸无半点墨，一个也没看上。时光蹉跎，一转眼就到了三十岁。国王很着急，再迟就要成老姑娘，嫁不出去了。这时候，老丞相献了一计，用对联招亲。国王想想也只好这么办，就同意了。第二天，便将择偶联写在皇榜上，贴在各个城门口：

累累结就梧桐子。

上联中，有公主自己的名字"吾同"加上了偏旁"木"，当然下联也要求如此，这样就很难了。无巧不成书。城里有个皮匠，名叫鸟皇，到了四十四岁，还是个光棍。他以给人修鞋为生，平日里没读过什么书，识不得几个字，对这对联招亲的事，是想也没想过的。

不想有一天，有一个和尚路过，见他手艺不错，人也老实，就对他说："公主招亲，你去揭榜最合适。"皮匠以为是拿他开玩笑，不高兴地说："这里还有些粮米，拿去吧，以后就不要说这些风凉话了。"和尚听了笑笑说："我这里有条下联，保你当驸马。"皮匠听了，看和尚不像开玩笑的样子。于是，皮匠就大着胆子将和尚的下联送到了宫里，公主一看，只见下联写道：

单单只待凤凰求。

一问他的名字，正是"鸟皇"，正合她的上联。于是禀报国王，要跟他结婚。国王得知揭榜者是个老皮匠，很不高兴，想要反悔，但女儿死活不同意，就只好成亲了。

皮匠没想到一下子成了驸马，真是被幸福冲昏了头脑。晚上入到洞房，正要熄灯睡觉，公主却还要试驸马文才，又出一上联：

何时金莲开。

皮匠本来就没文化，一听还要对联，紧张死了，心里想着和尚在这里就好了，于是信口道：

要等和尚来。

真是傻人有傻福，哪知这句话正好对上了：上联是三圣母与凡人刘彦昌爱慕成婚的典故。他的下联说出了这个典故的下半段：三圣母的儿子被和尚救去，儿子长大后劈山救母，使金莲重开。

公主一听，觉得真是个才子啊，就高兴地与老皮匠同床共枕了。

◎ **拓展阅读**

《训蒙骈句·上卷·十四寒》（三）

挥玉勒，跨金鞍。范增撞斗，贡禹弹冠。琴弦弹别鹤，镜匣掩孤鸾。冰泮楚江舟举易，尘蒙蜀道客行难。大地阳回，淑气催梅传信息；长天昼永，好风敲竹报平安。

龟有雌雄总姓乌

绍兴县一位姓乌的新县官，走马上任时，邀请当地乡绅、名士叙饮。已经年老的徐文长本不想去，但又听说这个年轻县官有点才学，十分骄矜，便去看看。

席间，乌县令乘着酒兴，要与徐文长斗对。他先出一比析字上联：

二人土上坐。

徐文长淡淡一笑，对道：

一月日边明。

乌县令见徐文长对起来毫不费力，又出半联：

海晏河清，王有四方当作国。

徐文长指着室外的冬景，随口对道：

天寒地冻，水无两点不成冰。

众人闻对，无不称妙。乌县令虽也暗暗佩服，但凭着自己有几分才气，仍不肯就此善罢甘休，接着又出半联：

笑指深林，一犬眠竹下。

仍用"析字格"，将"笑"字析成"竹""犬"。徐文长不假思索，也以"析字格"对道：

闲看幽户，孤木立门中。

徐文长应对自如，对句如流，众人无不钦佩。可是不知天高地厚的乌县令，一心要就此压倒徐文长，怪声怪气地又吟半联：

鼠无大小皆称老。

徐文长见他出言不逊，心想，既然你不知自爱，那就莫怪老夫不给你留面子了，便高声对道：

龟有雌雄总姓乌。

说罢，起身就走。乌县令虽气极败坏，但却一句话也说不出来。

◎ **拓展阅读**

《训蒙骈句·上卷·十五删》（一）

山叠叠，水潺潺。珠还合浦，玉出昆山。明星千点灿，新月一钩弯。夜饮主宾联蝉座，早朝文武列鸳班。杵臼程婴，义立孤儿存赵祚；沛公项羽，计谋孺子夺秦关。

归玄恭的妙春联

归庄,是明末清初著名文学家,字玄恭。明朝末年,政治腐败,清军入关南下,打到了他的家乡。归玄恭是个有骨气的人,不肯投靠清廷,就跟好朋友顾炎武一道,参加了抗清斗争。因种种原因,抗争失败,归玄恭化装成和尚逃走,隐居在山林中。

归玄恭隐居在山里,什么也没有,生活非常艰苦。家里的家具不像个样子,椅子一挪就坏掉,他只好拿绳子绑起来凑合用。山里风大,屋门破得关不上,也是拿绳子一拴了事。归玄恭还写了一条横幅,贴在屋里正中。横幅写的是:结绳而治。真是苦中作乐。

大年初一到了,他在外院的破门上贴了一副春联,上面写道:

入其室,空空如也;
问其人,嚣嚣然曰。

又有一年过春节,归玄恭在大门外贴了这么一副对子:

一枪戳出穷鬼去;
双钩搭进富神来!

对联表现了归玄恭以穷为乐、以苦为乐的精神和坚决不跟清朝统治者同流合污的气节。

◎ 拓展阅读

《训蒙骈句·上卷·十五删》(二)

蛇报主,雀衔环。虎头燕颔,鹤发龙颜。水流分燕尾,山秀拥螺鬟。梁帝讲经同泰寺,严光垂钓富春山。返哺慈乌,夜月枝头啼哑哑;迁乔好鸟,春风花底语关关。

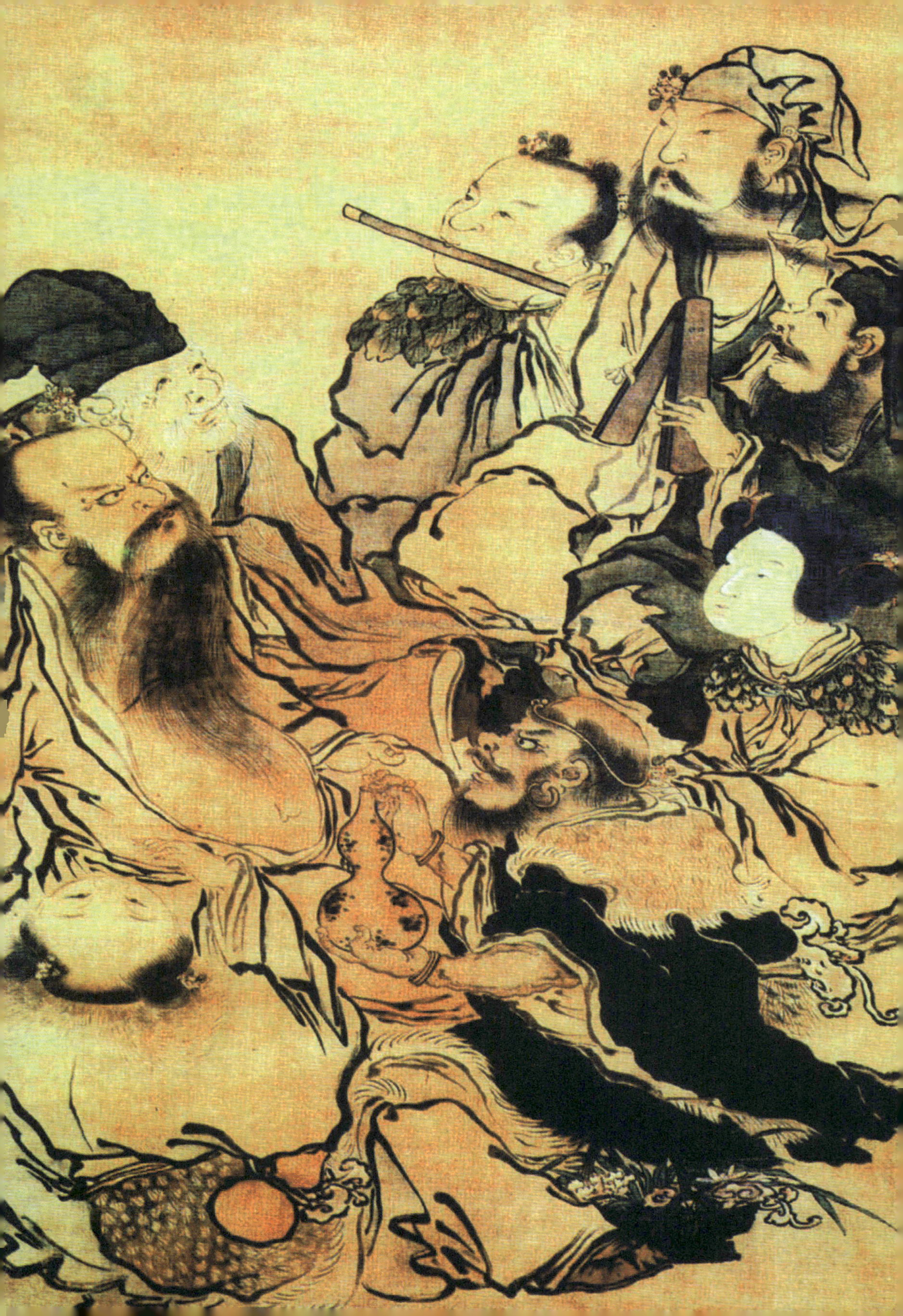

H 篇

黄山谷恃才遇高手

黄庭坚，北宋著名诗人、书法家，字鲁直，号山谷道人、涪翁，分宁（今江西修水）人。据传，他年轻时就在当地负有盛名，特别是对联更是万人敬仰。民间流传着很多关于他的对联故事。

有个故事是这样的。一次，他来到江南的胜地江州府。江州府一些自认为才学不凡的文人想借此试试他的才华，便约鲁直游览名胜。

这天，众人来到烟水亭上，正好有个香客在吸水烟。有个书生仰头吟道：

烟水亭，吸水烟，烟从水起。

吟完，便笑咪咪地看着黄庭坚，想看他出丑。这时黄山谷立即想起刚才游过的"浪井"，脑袋一动，随口对出下联：

风浪井，搏浪风，风自浪兴。

众人听了，齐声叫好："不说浪随风起，反说风自浪兴，足见浪井之奇，绝妙，绝妙！"

黄山谷听了有些得意起来，走到思贤桥的时候，昂首对众人说："刚才承蒙各位抬举，见笑见笑。现在我也有一联，以助各位雅兴：

思贤桥，桥上思贤，德高刺史名留世。

大家猝不及防，一时竟无以作对。黄山谷笑着说："我这里已有了一联，请各位指教：

琵琶亭，亭下琵琶，多情司马泪沾襟。"

这第一局黄庭坚胜出，可那些文人怎肯罢休。于是一班人游来逛去，来到小乔梳妆楼下，有个人对黄山谷拱了拱手说："数年前，本地有位书生新婚，洞房花烛之夜，妻子以此楼为题，出了一联，要丈夫对出下联，可这书生一直未能答出，不想竟为此事郁郁而终。多年来也无人对答得出，请先生指教。"于是念道：

梳妆楼头，痴眼依依，痴情依依，有心取媚君子君不恋。

黄山谷一听，就发觉有了弦外之音。心想：他们把我比作痴女献媚，真是可笑，一定要想个妙句回敬他们。忽然，他抬头看见庙堂森森、香烟缭绕的延支山，触景生情，顿时舒开眉心，说道："那位先生为此事郁郁而死，心胸未免也太狭窄了，我来对上一联，让他在九泉之下瞑目。"说着，他吟出下联：

延支山上，落木萧萧，落花萧萧，无缘省识春风春难留。

众人一听，黄山谷自比春风，把他们比作斗败了的落叶残花，且又文辞优雅，不显痕迹，个个赞佩不已。一场比试，黄山谷全胜而回。

过了几天，黄山谷想，跟这些俗人对联，真是无聊之至。便想到苏杭一带去见识见识对联的高手。

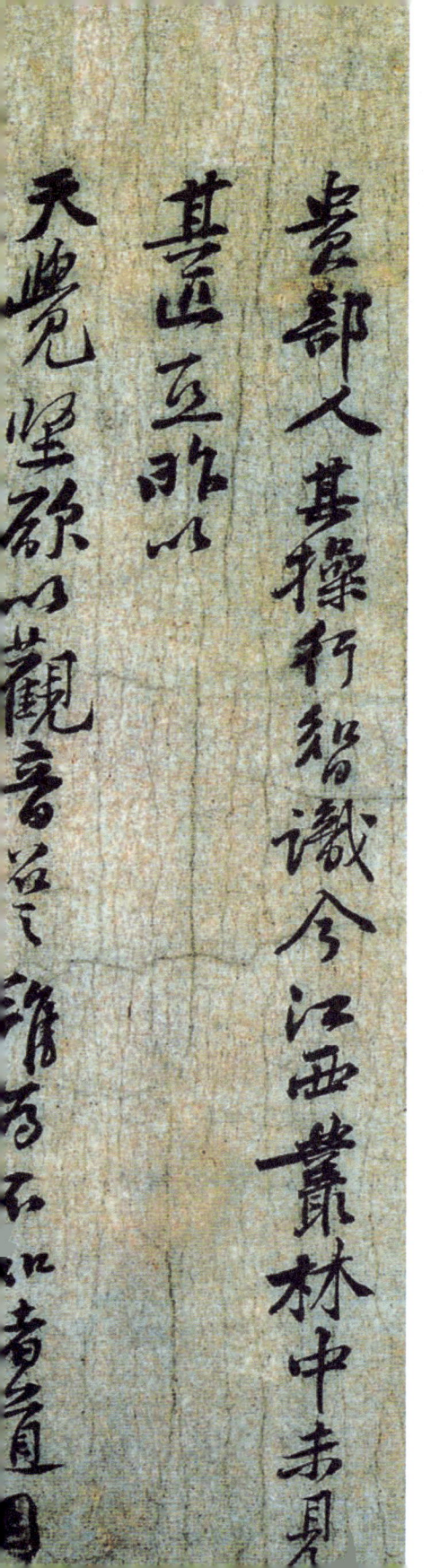

一天，黄山谷乘轻舟顺流东下。他站立船头，望水天廖廓，不觉心旷神怡。这时，桅杆下站着的一个扯篷索少年轻手轻脚地走过来，非常谦恭地问道："敢问先生就是大名鼎鼎的黄山谷、黄先生吗？"黄山谷矜持地点了点头。

少年便说："我们江湖上的粗人，平常也颇有点俗趣。这里有个对子，只有上联，没有下联，想请教先生。"

黄山谷转过脸，白了少年一眼，又回过头去，懒得答理。只听少年自言自语地叹道："想不到一个名盖江州的才子，竟怕起一个无名船夫来了。"

黄山谷一听，转身叫道："什么，我怕你？既然如此，就请出上联！"少年拱了拱手，微笑着说了一声"请教"，便朗声念道：

驾一叶扁舟，荡两支桨，支三四片篷，坐五六个客，过七里滩，到八里湖，离开九江已有十里。

少年接着说道："下联之中，凡逢上联有数字处，必须以数字相对，但不论反顺，不得有一字与上联相同。"黄山谷暗想，上联中，数词一至十均已用完，而下联必须以数对数，且不得有一字与上联相同，到哪里找许多数词与上联对呢？黄山谷着急得额上沁出了冷汗，还是没有对出下联来。很久以后，黄庭坚终于悟出了一个道理："学问绝无尽头，治学必须谦虚。"此后，他不耻下问，刻苦攻读，终于成了宋朝的著名文学家，在对联上也有了很深的造诣。

◎ 拓展阅读

《训蒙骈句·上卷·十五删》（三）

铜壶阁，玉门关。闹中取静，忙里偷闲。一川巫峡水，九曲武夷山。端石砚生鸲鹆眼，博山炉起鹧鸪斑。避世道人，饮露餐霞消俗态；倾城美女，凝脂抹粉出娇颜。

○ 品画鉴宝　黄庭坚书法

海瑞幼贫应佳对

明朝的清官海瑞小时候家里很穷,他五六岁时就成了家里的小劳动力了,扫地、喂猪、割草样样都干。

后来海瑞读私塾,因为要帮家里干活,常常迟到,而且也没有很多钱给老师。老师颇为不满,总想找借口教训一下海瑞。

有一次考试,海瑞又迟到了,老师很生气。就决定出一上联给他对,对得出才让他进入课室参加考试。老师在门口来回走了一会儿,摇头晃脑地念出上联:

急水流沙粗落后。

海瑞看到老师有意要为难他,虽有些紧张,但也不怕。他略想了一下,想起昨天筛谷的情景,心里便有了答案。于是朗声对道:

狂风筛谷瘪争先。

老师本想以"粗"比喻海瑞的顽劣,批评他常常迟到。海瑞则以"瘪"贬损那些比他先到的学生腹中无物,暗示自己是有真才实学的人。这一对联不但对得工整,而且表明了自己的才华,可算得上是一副好对。

海瑞在七岁时便能吟出这样的对子,实属难得。这位私塾先生也是个爱才之人,对海瑞也就没有再加责备,后来还给他特别的教导,促其成才。

◎ 拓展阅读

《训蒙骈句·下卷·一先》(一)

清冷节,艳阳天。樽前歌舞,花里管弦。高松栖瑞鹤,病柳咽寒蝉。处处插秧梅坞雨,家家缫茧竹篱烟。秋色方升,泥水风霜悲唳鹤;春风欲暮,蜀山花木怨啼鹃。

○ 海瑞像 海瑞(1514—1587),明朝著名清官,享有"海青天"之誉,深受百姓爱戴和传颂。

后来者居上

话说清朝的时候，有一家主人作寿。这家主人非常好客，在乡里人缘也不错。当天，除了亲戚朋友，地方的名士也来了不少。一时间，院子里宾客云集，很是热闹。

名士之中，有两位秀才，才华了得，为乡里所敬重。一位秀才姓孔，一位姓朱，孔秀才比朱秀才年纪大一些，所以排起位子来，应该请孔秀才坐首席。但是主人今天太忙了，也没有多想，就把朱秀才让到首席座位上了。朱秀才想，我不应该坐这个位子啊，但是主人相让，不好推辞，也就坐下了。

孔秀才一看朱秀才坐到了首席上，自己反倒坐在下面。心里非常不高兴，但是又不便当面发作，只好先忍着。

酒过三巡，大家都有些面红耳热了。孔秀才觉得机会来了，一欠身，拱手说道："酒喝了不少，来对个对子助助兴吧。还请朱学弟赐教。"朱秀才连忙站起来："请讲！"

眼珠子，鼻孔子，孔子反在珠子下。

上联中鼻子在眼睛下边长着，但是孔子的学问却比朱子（朱熹）高出许多。他是想让人知道，我这年长的孔先生应该坐在首席上。

朱秀才听了，心里很不是滋味，想：座位是主人安排的，我也没有办法啊！再说，我年轻，但是学问却不一定比你差！于是，他想了一想，对出了下联：

眉先生，须后生，后生却比先生长。

下联中说，虽然胡须比眉毛后生，但是却比眉毛长出许多。我年龄虽比你小几岁，但是学问比你好，坐首席也是应该的。

主人一听，不是味儿。一想，原来是自己排错了位子，忙打圆场，赔笑说："两位的对联真是妙！出得好，答得也好。来，来，来，我敬二位一杯！"

◎ 拓展阅读

《训蒙骈句·下卷·一先》（二）

红杏雨，绿杨烟。庭花一梦，禁柳三眠。砚冷冰团结，帘疏月影穿。隐士不荒三径菊，美人常采一溪莲。鏖战将军，一道甲光衔雪亮；凯歌士卒，千群马色截云鲜。

韩伍妙对解难题

唐朝著名诗人韩伍生于公元884年，平生不怕鬼怪。

某年秋日，韩伍外出访客，但天色已晚，回家已是不能，只好走到一家学馆，叩门投宿。学馆有个看门人，叫庄三，见是有人投宿，并不让他进门，说道："请先生到别处投宿去吧，不是我不肯，而是这里夜间有鬼作怪。"

韩伍不信鬼神，决意暂宿书馆，并问明了这鬼怪的缘起。

原来，这书馆的教书先生是个屡科不第的寒儒，只因生活无着，便在此以教书为生。一日偶尔想起一个对子：

十五团圆呼半月。

此上联的意思是每月十五月最圆，却称之"半月"，表面上岂不矛盾？众弟子看到这样的上联，都答对不上。老先生也是个严厉的人，便留下众人，各打二十大板。有的家长见孩子被打，很是心疼，便前来责询先生，要先生对来听听。

这对联先生也是偶然想起，自己想了很久也没对上。家长就羞辱了老先生一顿。老先生自觉无颜，羞愧难当，便在当夜自缢了。从此以后，书馆半夜总会听到有人吟诵"十五团圆呼半月"。让人听了，不觉毛骨悚然，不敢居留，看门人也换了三个了。

却说这一夜，更深夜静，韩伍也是难以入眠，在庭院里散步，他仰望星空，但见月色皎白，云山朦胧，天井里还飘着夜来香的清香。正在这时，蓦地后厅神龛里幽幽发出"十五团圆呼半月"的声音。韩伍听了，心想果真有此事。也不免吓了一大跳，想回房间的时候，不慎从厅堂正中的石阶上滑跌，正好仰面朝天。仰头一看，星海银河之中，那几颗紧紧靠在一起的星不是叫作"七粒孤星"吗？"七颗星星"为何又称"孤星"呢？"有了！"韩伍心中豁然一亮，赶紧翻身站起来，对厅堂双手一拱："老先生神灵安息，你的上联已有下联——"说罢吟道：

七星聚汇称孤星。

"妙！"随着一声喊，从神像后转出一个人，韩伍一看，却是庄三。那庄三低头便拜，感谢他对出下联。从此以后，这学馆再也没有鬼怪半夜吟对了。

◎ **拓展阅读**

《训蒙骈句·下卷·一先》（三）

君臣药，子母钱。刻符制鬼，铸鼎升仙。烛奴燃豹髓，剑客舞龙泉。竹笋双生稚㹠角，蕨芽实出小儿拳。枕上怀人，梦断还思倾国色；庭前饯客，酒阑更赠绕朝鞭。

何孟春嵌联有典故

何孟春，号燕泉，字子元，明代郴（今湖南郴州）州人，弘治六年进士，授官兵部主事，历任河南参政，太仆少卿、太仆卿、右副都御史。世宗即位，迁南京吏部右侍郎。隆庆初，礼部尚书，谥文简，留有《何燕泉诗》等。

何孟春幼时便文才出众。一天晚上，月光下，清风徐来，景色宜人。塾师触景生情，吟道：

窗外一团风月，这般情趣少人知。

何孟春听了，想着上联着实不错，便认真地对道：

架头几部诗书，那里精微皆自得。

塾师的上联讲述了风月清幽的趣味，这种境界不为人所知，只有自己独享其乐，也不失为一种境界。何孟春则在下联中表达了对诗书的喜爱。诗书中精细隐微之处，他都要孜孜以求。

又有一天，何孟春随父到县学堂。老师看他有些才华，就命他对对子：

夫子之墙数仞高，得其门而入者或寡矣。

这个上联里有个典故，出自《论语·子张》，意思是说：我家的围墙只有肩膀那么高，谁都可以看到房屋的美好。我的老师家的墙却有几丈高，如果找不到大门走进去，就看不到房舍的形状，能够找到大门的人可能不多吧。比喻老师的学问高深，能得到其真传的不多。

何孟春看到这副对联，有些意思，便认真思考了一番，想到对《孟子·梁惠王》比较熟悉，就用了里面的典故，对道：

文王之囿七十里，与其民同乐不亦宜乎。

下联意为：周文王的猎场纵横七十里，同老百姓一起享用，百姓觉得小，这是自然的；而大王却与此相反，四十里的猎场对老百姓来说如同陷阱一样，认为太大，不也是自然的吗？

◎ 拓展阅读

《训蒙骈句·下卷·二萧》（一）

红芍药，绿芭蕉。杏花冉冉，枫叶萧萧。云开山见面，雪化竹伸腰。武士战争披铁甲，美人歌舞堕金翘。怀古不忘，岂在汤盘并周鼎；读书最乐，何分曾瑟与颜瓢。

何淡如怪联何其多

何淡如是广东的一个才子,他不仅熟读《四书》《五经》,而且对地方语言也很有研究。因此何淡如的对联中融入了许多地方词汇,读起来别有一番情趣。被人们称为怪联。

据说有一次,何淡如与友人吕拨湖同乘一紫洞艇(妓船)出游。中途,吕在船头看见大好景色,心有所动,高吟唐诗一句:

"四面云山谁做主?"

何淡如笑了两笑,在他的后面讲了一句广州俗谚:

"一头雾水不知宗。"

吕听了,感到"一头雾水",不知何淡如讲的是什么意思。后来才察觉那是一副妙对。

何淡如虽然是个正直的人,但是非常爱抽烟。那个时代,抽鸦片烟还是相当普遍的。某日,他赴友人婚宴,期间累了,就躺在塌上抽起烟来。正当他吐雾吞云之际,有一宾客出联云:

最好碰头新妇日;

他想也不想,手持烟枪作请吸状,笑着说:

何妨玩口旧公烟。

众宾客初时不知道他说什么,仔细一想,方知乃是妙对。

历史上还流传了何淡如很多地方语词联。例如:

一拳打出眼火;

对面睇见牙烟。

这副对联好像大街上两个人随口说出来的日常对话,乍听之下,人们根本不会想到它是对得十分工整的对联,但是却活灵活现地描写出了老百姓的日常生活。试想,有两个人在茶楼打起架来,旁观者见状惊呼:"哗!乜咁狼架!"要是后面加上这两句:"一拳打出眼火,对面睇见牙烟!"不是像现场解说一样吗?

◎ 拓展阅读

《训蒙骈句·下卷·二萧》(二)

裁兽锦,剪鲛绡。耕云野老,卧雪山寮。珠帘昼半卷,银烛夜高烧。驰骤乌骓能致远,缙蛮黄鸟识迁乔。学士参禅,座内合当留玉带;谪仙爱饮,樽前不惜解金貂。

杭州虎跑寺神话联

在杭州西湖西南的大慈山下,有一个香火非常旺的寺,叫虎跑寺。那里鸟语花香,风光秀丽,特别是寺门上有一副奇联,更是游人必赏的风景。那寺门联上写道:

龙咒钵中安西方,圣人现四十八臂具大神力;
虎移泉眼至南岳,童子历百千万劫留此真源。

这联有何来历呢?相传,唐代高僧寰中当年修行于大慈山下。山下虽然环境宜人,但却没有水源,人们饮水都要从几里远的山外担来。

有一年盛夏酷暑,久旱未雨,人畜干得嘴唇发裂。这一日,寰中和尚从山外担水回寺,忽见两只小虎倒在地上,奄奄一息,想必是渴得不行了。寰中是个出家人,爱惜生物。即从桶中舀水喂虎,两只小虎一饮而尽,站起来飞奔而去。

第二年秋天,有一天寰中又从山外担水回寺,忽见两只老虎在寺前用爪刨地。不多久,便见穴中涌出清冽的泉水。大慈山下的人们从此有了水源,不必每天从山外挑水了。老百姓为了纪念这两只老虎,便叫这地方"虎跑",这穴泉叫"虎跑泉"。由于泉水甘冽,事出神奇,众香客便筹资重建一大庙,曰"虎跑寺"。

清代文人丁修甫根据这一故事,便给寺门撰写了上面的那副对联。

○ 品画鉴宝　金棺银椁·唐

◎ 拓展阅读

《训蒙骈句·下卷·二萧》(三)

乘五马,贯双雕。闲看妓舞,细听童谣。庄龟山刻节,渡蚁竹编桥。穿花白蝶双飞急,藏叶黄鹂百啭娇。日丽苑林,点点梅妆宋主额;风扬宫院,纤纤柳舞楚娀腰。

洪宣娇考女状元联

清政府腐败透顶,太平天国举起义旗。他们主张男女平等,反对对妇女的歧视和压迫,他们分田给妇女,不准买卖婚姻,禁止娼妓,不准缠足。还在朝廷设女官,建立女军,并在妇女中开科取士。

有一年,举行了一次取女状元的考试,由洪秀全的妹妹洪宣娇当主考。考场就设在"文阁殿",殿四周彩旗招展,还在门口贴着一副对联:

太平世界,男女同权应科举;

天国春秋,军民协力斩妖顽。

当时太平军中有十万女兵,在与清兵的作战中,屡立战功,是不可缺少的一支力量。她们还组织"女巡查",以便查究奸邪,消除隐患。相传太平军中有个才子还拟了一副对联,记录他们的事迹:

天事理中枢,军将军兵巡分内外;

朝威严八法,女官女娣查究奸邪。

这副对联不仅写出了女巡查的重大作用,而且有很高的文字技巧,它嵌入了"天朝中八军女巡查"八个字,堪称佳作。

◎ 拓展阅读

《训蒙骈句·下卷·三肴》(一)

闲博弈,喜谈嘲。太公渭水,伊尹莘郊。葵开握血染,笋出虎皮包。阶下苔生遮蚁穴,溪边柳发蔽莺巢。才子嬉游,顿觉花香随马足;玉人歌舞,不知月影转花梢。

韩秀才撰写戏台联

相传浙江南部的金华地区，每逢秋收过后，各村都要请来戏班子唱上几天几夜，庆贺一番。久而久之，就成了一种风俗习惯。

话说这一年粮食丰收，秋收之后，某村按照惯例，高高兴兴地请来了一个越剧班子。过了几天，戏台搭好，第二天就可以开场了。可班主一看，台上空空，没有一副戏台对联，就四处找人来写。但是找遍全村，也没有找到一个人来写这副对联。

西村的戏迷韩秀才一打听，知道他们找人写对联，便自告奋勇，找到班主，说愿为代写，分文不收，只是看戏的时候，留个好位子就行了。班主见他长得斯文，说得诚恳，就爽快地答应了。韩秀才提起笔来，龙飞凤舞，一挥而就，只见他写道：

盛盛盛盛盛盛盛；
行行行行行行行。

班主看了这副对联，莫名其妙，心中寻思，这不是小孩练字，戏耍我吗？他当即勃然大怒，说你这秀才，好事不做，专做坏事，伸手过来，欲撕对联。韩秀才连忙抢过对联，用身体护住。转身对班主说："班主暂且息怒，小生也是个爱戏之人，怎敢与班主开玩笑，这里有误会，请先听我解释。"班主听了，安静下来。韩秀才摇头晃脑地说："在本地方言中，这对联中的'盛'和'行'二字，可念成两种音，'盛'可念成'成'，也可念成'场'；'行'可'形'也可念成'杭'。如果把上联中的第一、三、五、六字念成'成'，第二、四、七字念成'场'；把下联中第一、三、五、六字念成'形'，第二、四、七字念成'杭'，整个对联便读成：

成场成场成成场；
形杭形杭形形杭。

这样读起来，上联不是道出了台上那种热闹场面，下联就好像台下观众喝彩声，不就将台上台下那种热闹场面都写出来了吗？"

经韩秀才一解释，班主恍然大悟，连声叫好，连忙向韩秀才赔不是，把对联高高地挂起来。

◎ **拓展阅读**

《训蒙骈句·下卷·三肴》（二）

飞羽檄，续鸾胶。林留宿鸟，渊发潜蛟。寻芳来曲径，拾翠到平郊。唱彻不将诗板击，醉来还把酒壶敲。春暖泥融，燕语风光浮草际；夜清云散，鹃啼月色映花梢。

化怨为友之联

一个炎热的夏天。李群玉游学到湖南梦溪一带。天黑了，才找到一所破庙作为栖身之所。他睡在庙内一条木凳上，蚊子满屋飞舞，在他周围盘旋，他只得用薄扇一个劲地扑赶，因而睡不安稳。

隔壁房内住着一位私塾先生，在灯下批改学生的作业，哼哼地念叨不止。李群玉更觉烦躁，便结合自己的坎坷遭遇，高声吟上联道：

什么蚊（文）子，哼来哼去，欺我未曾设帐？

批改作业的私塾先生听他把自己喻为嗡嗡不止的蚊子，大为恼火，又不便直接发作，恰好他此时看见一只老鼠贼头贼脑地钻进了书箱，便顺手抛去一本书赶老鼠，随口吟对道：

何方客人，跳进跳出，谅你不能吃书！

原来，澧县方言把老鼠称为"高客"，故有此句。

真是不打不成交。庙里的和尚听了他们的对句，很赞赏他俩的才华，第二天便主动出面，使二人得以结识，并说起修缮寺庙之事，请他们二位拟副对联。和尚说："这寺庙名叫大安寺，希望联首能嵌入'大安'二字"。李群玉听罢，又出口成联：

大将蔺相如，完璧归赵；

安邦班定远，投笔封侯。

此联巧妙地运用了两个历史典故，既符合主人的意图，又含蓄地寄托了自己的志向和抱负。那位私塾先生自愧弗如，甘拜下风。

私塾先生因佩服李群玉之才，便请李群玉到他房中做客。李群玉进到房内，见先生藏书极丰，喜不自胜，便拿起书贪婪地翻看起来。先生本想与李群玉倾心一谈，不料李群玉只顾看书。先生便风趣地说：

何必读尽天下书？能以致用，便为实学。

李群玉也不抬头，一边翻书，一边脱口对道：

纵然周知世上事，不识时务，总是愚人。

内含自责之意，但意犹未足，又出上句道：

话虽到口边，三思更好。

私塾先生宽容地笑答道：

事纵放得下，再慎何妨！

表示自己已经谅解，不应针锋相对。接着又出句夸赞李群玉说：

大本领人，当初不见有奇异处。

自责眼珠无光，小看了人。李群玉却摆手：不敢，不敢！有言道——

真学问者，终身无所谓满足时。

通过答对，二人越说越投机，相见恨晚，从此结为忘年之交。私塾先生邀请李群玉到自己家中去做客。李群玉见盛情难却，只好答应。因庙里的和尚是两人的引见人，也随同前往。

时值盛夏，行至正午，热不可耐。先生说：

前路赤日炎炎，试问能行几步？

李群玉扬手一指前面不远处路旁一棵亭亭如盖的大松树道：

这里凉风习习，何妨暂坐片时！

树下歇息时，私塾先生说：有一彼下联，据说至今无人能对，请你属对。句曰：

今夕何夕，两夕已多。

李群玉思索良久说："好句，我先想想，继续赶路要紧！"说着，便与先生和长老一同起身赶路。

当他们行至田埂小道上时，三人走成了一条线，先生在前边领路，和尚居中，李群玉押后。这时，李群玉想出了妙句，脱口对道：

前人后人，三人成众。

到了私塾先生的家，他们便饮酒闲谈起来。因天气酷热难耐，酒亦带温，先生风趣地吟上联道：

酒热无须汤盏烫。

李群玉正在松衣宽带，只觉得一阵穿堂风徐徐袭来，分外凉爽，应声对道：

厅凉不用扇车扇。

他们一边饮酒，一边闲谈。私塾先生又以屋外景物为题，出了个字谜上联：

东生木，西生木，掰开枝丫用手摸，中间安个鹊窝窝。

"我不绕弯子。这是个'攀'字。"

李群玉说："好！我也用字谜联对你这句。"说着，他扬手一指屋外树枝间的大蜘蛛网道：

左绕丝，右绕丝，爬到树间抬头看，上面躲一白哥哥。

"我也不绕弯子。这是个'樂'。"

晚上，李群玉和塾师、长老和尚在院内纳凉。塾师从屋内拿出两把折扇，双手抖开，做了个"抛水袖"的动作，把腰一躬，分别递给李群玉和长老，道：

揖让月在手；

长老不禁叫好："好一个'月在手'，诗意特浓！"李群玉接过扇子，扇了两下，对道：

摇动风满怀。

长老更是拍手叫好："妙！有气势！"塾师笑着手指天空中的一弯明月道：

片月为船，撑入银河七姊买。

李群玉也仰头望天，看见满天明朗的繁星直朝他眨眼睛，仿佛是在提醒他。便也笑着对道：

繁星布局，变成棋子八仙移。

此时，忽听远处响起寺庙的钟声，悠扬悦耳。微风拂来，花香扑鼻。塾师禁不住脱口出句道：

风吹钟声花间过，又香又响。

李群玉环顾四周夜景，但见月光如水，竹林里萤火虫忽明忽灭，遂灵机一动，对道：

月照萤灯竹边明，且亮且凉。

李群玉同长老和尚在塾师家一场饮酒对句，甚觉惬意，兴尽而止，便想同长老归寺庙。塾师挽留不住，一直送到小桥边。

塾师见李群玉与长老走远了，顾影自怜，口中喃喃吟道：

独立桥头，人影不随流水去。

李群玉闻句，停下脚步，联想到自己的漂泊生涯，禁不住对下联道：

孤眠野馆，梦魂常往故乡回。

塾师见李群玉有些黯然神伤，起了归家之念，联想到三人两天来以文相交，联对唱和，忽又天各一方，不免执意挽留。长老也从旁苦劝。李群玉见拗不过二人，只好同意再住几天。

这一住，直到临近春节，他们才放李群玉起程回归故里。塾师因舍不得离开李群玉，便决意要一同前往。

长老将两人送到涔水河边，等两人上船之后，还千叮咛，万嘱咐，道不尽的离别之情。船夫此时正在吹火煮饭，弄得烟气四散，呛得他们个个流泪。李群玉把塾师拉向一边出句道：

流泪眼对流泪眼。

塾师接口对道：

断肠人送断肠人。

长老擦了一把眼泪，呵呵笑道："这是烟熏的。"李群玉却语意双关地说：

因火成烟，若不撇开终是苦。

塾师正要开口应对，不料却被长老制止。长老抢先对道：

欲心为慾，各宜撩住早成名。

李群玉和塾师见长老如此情深意切，感动得说不出话来。

自从李群玉和塾师二人与长老和尚分手之后，便结伴而行，乘船沿涔水而下，返回故里。

却说小船行至津市，天已傍黑，船夫便将船靠了岸，吃过饭后，船家提议上岸到街上看看。李群玉与塾师欣然同意，整好衣冠，上得岸来，到街上一看，见街上正在演戏，便禁不住一起向戏场走去。

戏场不大，看戏的人也不很多，他们赶到时，戏刚刚开演。塾师指着舞台感慨地说：

不大点地方，可家、可国、可天下。

李群玉指着舞台上的演员对道：

这几个角色，能文、能武、能圣贤。

随着戏剧情节的展开，观众深深为剧中人物的遭遇不平。塾师说：

故意装腔，炎凉世态。

李群玉劝塾师道：

现身廉洁，游戏文章。

塾师禁不住又评论道：

台上莫漫夸，纵做到厚爵高官，得意无非须臾事。

李群玉也止不住评论道：

眼前何足道，且看他抛盔卸甲，下场还是普通人。

塾师意犹未尽，又出句道：

人情到底好排场，耀武扬威，任他放开眉眼做；

李群玉接口对道：

世事原来多假局，装模作样，唯吾脚踏实地观。

这时，陆续又有些人进场，嫌前面的人站得太高，挡住了他们的视线。顿时，戏场里不禁有些骚乱。李群玉劝道：

看不见莫吵，请问前头高见者。

塾师也应声附和说：

站得住便罢，须留余地后人来。

人一多，嘴就杂，免不了对戏文评头品足，妄自推断，直搅得台下一片闹哄哄。李群玉忍不住，出句禁劝说：

且莫说谁奸雄，看他如何结果。

塾师又应声附和：

亦只在或歌舞，劝你不必盘根。

散戏后，李群玉与塾师、船家一边走，一边议论，谈得津津有味。

上了船，他们仍在争论不休。塾师觉得饿了，连声催促船家上酒来。李群玉端起酒杯，说："先生可还记得去年夏天在贵府那句吗？现在是：

热也罢，冷也罢，喝罢！

他们一直喝到酩酊大醉，方才躺下，塾师竟不顾时令，抖开折扇，一边扇，一边对道：

热也罢，冷也罢，扇罢！

直惹得李群玉和船家大笑不止。

睡着睡着，塾师竟醉眼朦胧地又出上句：

幽情自向闲中学。

李群玉闻句，睡眼惺忪地对下句道：

佳句能从枕上来。

这一觉，他们直睡到天放大亮，日上三竿。出舱一看，昨夜竟下了一场大雪，经太阳一照，舱顶的积雪消融，水滴自舱顶直落入江水之中，呼呼作响。塾师触景生情，又出句说：

日晒雪消，檐滴无云之雨。

这不禁使李群玉想起赶考途中路遇盐客斗对之事来。他一面回忆往事，一面听着江中哗哗作响的流水声，放眼岸上，但见阵阵冷风吹过，卷起一股雪烟。他把塾师的袖子一拉，用手一指，对道：

风吹尘起，地生不火之烟。

塾师笑道："好你个李群玉，这可真叫天助你也！"

赏罢晴雪美景，两人又到船主处闲谈，看到船上新装了许多木桶，便问船家装运何物。船家告诉他们，是今早津市上船的桐油和生漆。塾师凝神默想了一会儿，道：我出一更绝的上句，看是否还有天能助你？"说完便吟上句道：

船装油漆桶，油七桶，漆八桶。

此句出得实在奇绝，"漆""七"二字同音，语音又谐，使李群玉着实有些发慌。但他却不动声色，放眼四周扫视一番，仍觉茫然。李群玉指着岸上一个手提菜把的买菜者对下句道：

手提葱韭把，葱九把，韭十把。

塾师不禁惊呼："绝妙，妙绝！"

船行至关山，李群玉见左岸群山连绵起伏，林木苍翠，山溪汩汩，景色如画，便提议船家靠岸登山游玩。

当他们登上一座山冈，放眼眺望时，只见高树掩映之中，有一高阁，飞檐翘角。塾师禁不住出句道：

高阁高悬，低阁低悬，僧在画中看画。

李群玉看着奔来眼底的无数山冈，对道：

远峰远看，近峰近看，人上山上观山。

塾师又道：

有景有情，君休忙，坐坐再走。

李群玉劝道：

好山好水，我只想，看看重来。

这一玩，直到尽兴，他们三人才回到江边。塾师感慨地说：

鸿是江边鸟。

李群玉归心似箭，道：我的水竹居四周尽是桑林，恰可对你：

蚕为天下虫。

塾师看着江边一涨一落的浪头，道：

少水沙即现。

李群玉说：

是土堤方成。

上船之后，船主见他们两个出口珠玉，很是佩服，又见那边码头上几个人在和船夫为船钱而讨价，便说："我是粗人，不会你们的文雅话。我出个白话上联，你们对对看：

港口讲口，港口因船钱讲口。

原来，澧县方言中，"港""讲"同音。塾师吟咏了两遍，说："这是同音异字对，最难对，我是无能。看看我们这位诗人本领如何？"

李群玉想了一会儿，也觉得甚难，便对船主人说："让我想想。"

船行了约四五里路，李群玉发现山坡上的砖瓦窑边，有几个人围在一起指手画脚，心中一动，说，你们看，下联有了：

窑头摇头，窑头为瓦价摇头。

85

众人闻句，齐声叫绝。

塾师随李群玉走完水路，告别船主，登上仙眠洲，只见桑林深处透出一片绿雾，那便是李群玉的水竹居。走进绿雾，只听得鸟声呢喃，竹枝扶疏，塾师禁不住赞叹说："好一个百鸟朝凤之处！"

李群玉用手扳弯一竿竹子，一边示意一边说：

栖凤枝头犹软弱。

塾师接口说：

成龙形象已依稀。

此句一出，早惊得李群玉张皇四顾，连连摆手说："龙是皇上形象，不是你我随便可比。快快住口！"

塾师哈哈大笑道："天知，地知，你知，我知，说说无妨。"

走进竹林深处，便是李群玉居住的仙眠洲水竹居。塾师道：

三分水竹三分屋。

李群玉看着从竹林中射进的阳光，照耀得满地晃动如金，深有感慨地说：

一寸光阴一寸金。

说完，忙让塾师进屋，吩咐去烹茶。

李群玉提着竹篮，到竹林里拣了些竹叶，生火煮茶，塾师见状，笑道：

扫来竹叶烹茶叶。

李群玉当时正在院子里劈柴，闻声对道：

劈碎松根煮菜根。

对毕，他拾些进屋，对塾师说："先生切勿见笑，到我这里，只有粗茶、淡饭、薄酒。不过饭管饱，酒管足，联管对！"

"无妨，无妨。"塾师截断李群玉的话道：

晶字三个日，时将有日思无日，日日日，百年三万六千日。

李群玉对道：

品字三方口，宜当张口且张口，口口口，劝君更尽一杯酒。

随即提来酒壶，二人开怀畅饮。

正饮间，塾师感慨道：比不得你了，吾垂垂老矣，想过去：

客来醉，客去睡，老无所事殊可愧。

李群玉说：先生此言差矣！我是：

论学粗，论政疏，诗不成家聊自娱。

两人你一言，我一语，三杯酒下肚，狂劲上来。塾师出句道：

86

入座三杯醉者也。

李群玉连忙去扶先生，接口对道：

出门一拱歪之乎。

李群玉和塾师两人饮酒毕，才到卧榻去休息。坐于榻上，塾师举手拂拭，顿有灰款弥温而来。李群玉正待要唤书童前来训斥，被塾师拦住，劝道："我们回来得突然，书童年幼，不必怪他，我出一上联，解你此烦：

茅舍无人，难却款埃生榻上。

李群玉这才消了气，双手抱在胸前，在榻前踱步，踱到窗前，推开窗户，深深吸了一口吹进屋来的新鲜空气，沐浴在如水的月光里。然后退到榻前，对塾师道：

竹亭有客，尚留风月在窗间。

对毕，坐于榻上。塾师笑问李群玉："可有妻室？"李群玉摇摇头。塾师又问："可有意中人？"李群玉仍是摇摇头道：

小屋三间，坐也由我，睡也由我。

塾师呵呵笑道，我在家时是：

老婆一个，左看是她，右看是她。

"如今老矣，再说也毫无浪漫气息。要是年轻时，那可是'红袖添香夜读书'呢！"说完，躺在榻上，高声道：

放胆文章拼命酒。

李群玉与塾师抵足而卧，在另一头对道：

无腔曲子断肠诗。

第二天，两人对坐窗前，谈诗饮酒。塾师道：

但倾杯酒哪计盏？

李群玉对道：

偶题诗句不须编。

塾师转口道：

诗甘称弟子。

李群玉一听，赶忙起身离座道：晚生出言不慎，如有冒犯，还望先生海涵。没有您的出句，哪有我的对句？您自称弟子，那晚生该如何称呢？在下我唯一敢在先生前夸口者：

酒不让先生。

塾师高兴地指着窗外的竹林，夸赞李群玉道：

虚心竹有低头叶。

李群玉看着竹林边那株铮铮铁骨般的腊梅对道：

傲骨梅无仰面花。

二人携手走出屋门，来到竹林，见阴面处的残雪上留有鸡犬的足迹。塾师出句道：

鸡随犬行，遍地梅花竹叶。

李群玉禁不住赞道："好句，好句！只可怜我又要搜尽枯肠了。"

他俩来到大路上，见人来人往，李群玉见路上有如松子的羊粪和核桃般的马粪，便以此题对句道：

羊跟马走，连路松子核桃。

当他们绕过竹林回转时，但见竹林上空，炊烟缭绕，书童正在屋内预备早饭。塾师赞叹道："好一幅水墨图，亦是一比好上联。"于是，拉长调子吟道：

竹疏烟补密。

李群玉反复推敲，不得好句。待回到屋前，一眼看见梅花。只见梅枝横斜，雪裹其上，在深绿色的竹林衬托下，越发楚楚动人，好一幅花图！李群玉禁不住心中赞叹，忽然灵感突至，兴奋地对下句道：

梅瘦雪添肥。

塾师击节赞道："好！你对的下联后劲十足，不愧澧州才子！"他走到一株特别粗直的竹子前，用手抚摸着竹干道：

根生大地，渴饮甘泉，未出土时先有节。

李群玉赞道："既是实写翠竹，又是巧抒胸臆，语意双关，好句，好句！"他循竹梢望去，也高声吟出有所寄托的双关下联：

枝横云梦，叶拍苍天，到凌云处更虚心。

塾师又道：为人亦应如此——

无贪心，无私心，心存清白才快乐。

李群玉随声附和道：是啊——

不寻事，不怕事，事留余地自逍遥。

就这样，二人你出我对，我唱你和，饮酒烹茶，虽然淡饭薄酒，却也其乐无穷。

◎ 拓展阅读

《训蒙骈句·下卷·三肴》（三）

挑野菜，荐山肴。筑台垒土，结屋诛茅。鹤随鸡共立，鸠与鹊争巢。运际君臣鱼得水，交深朋友漆投胶。攻苦书郎，不敢光阴容易掷；耐勤绣女，漫将春色等闲抛。

胡师公十年连一对

相传清朝有位姓胡的文人,连着几年落第,苦于生计,只好给人当私塾教师。但是主人对他很不好,有意辞掉他。

有一年冬天,天降大雪,主人趁兴大宴宾朋。本地名流都来赴宴。胡先生也被破例邀请。

酒过三巡,雪越下越大,窗外的竹子都被雪压弯,垂到了地上。主人看到窗外的情景,计上心来,对胡先生说:"我这里有副对子,要请教先生。能对上呢,请继续当这塾师;否则,我也无能为力了。"说完,吟出上联:

雪压竹枝头扫地,只因腹内空虚。

胡先生一听,就知道这是主人嫌他文才不高,要逐客。但是也不必这样让自己当众出丑,觉得十分气愤。想出句下联报复一下,但是情急之下,一时想不到好对。当时又愧又愤,不久便离开此地了。

正是三十年河东三十年河西。十年后,胡先生飞黄腾达,官至地方军门。但是他一直没有忘记当年主人的羞辱。忽然有一天,胡军门的下属找到了当年下逐客令的主人。胡军门一想,该是了结的时候了,便让手下请他过来。那人听到胡军门请他,心乱跳不止,害怕大祸临头。

一见面,不等大家坐好,胡公便说:"我们是老相识了,当年拜您的赐教,那副对子我一直没忘。"故主人吓坏了,赶忙下跪:"小的有眼不识泰山,知罪了,请大人恕罪。"胡公说:"请起,不必如此。出对以判才识,平常之事。这对子的确出得好,我想了好几年。昨日外出春游,风吹柳枝,飘来飘去,一时间悟出对句,今日特请故主人过目,还请赐教。"说完,提笔写道:

风吹柳叶背朝天,足见眼前轻薄。

这位故主人连声说"好",拿着对联,叩谢而去。心想能保住这颗脑袋就是万幸了。

◎ 拓展阅读

《训蒙骈句·下卷·四豪》(一)

偿酒债,纵诗豪。烹茶啜菽,枕曲籍糟。篱芳红木槿,架臬紫葡萄。远障雨余岚气重,半天云净月轮高。蛩入残秋,昼阁相偕吹蚓笛;鸡鸣半夜,函关曾度窃狐袍。

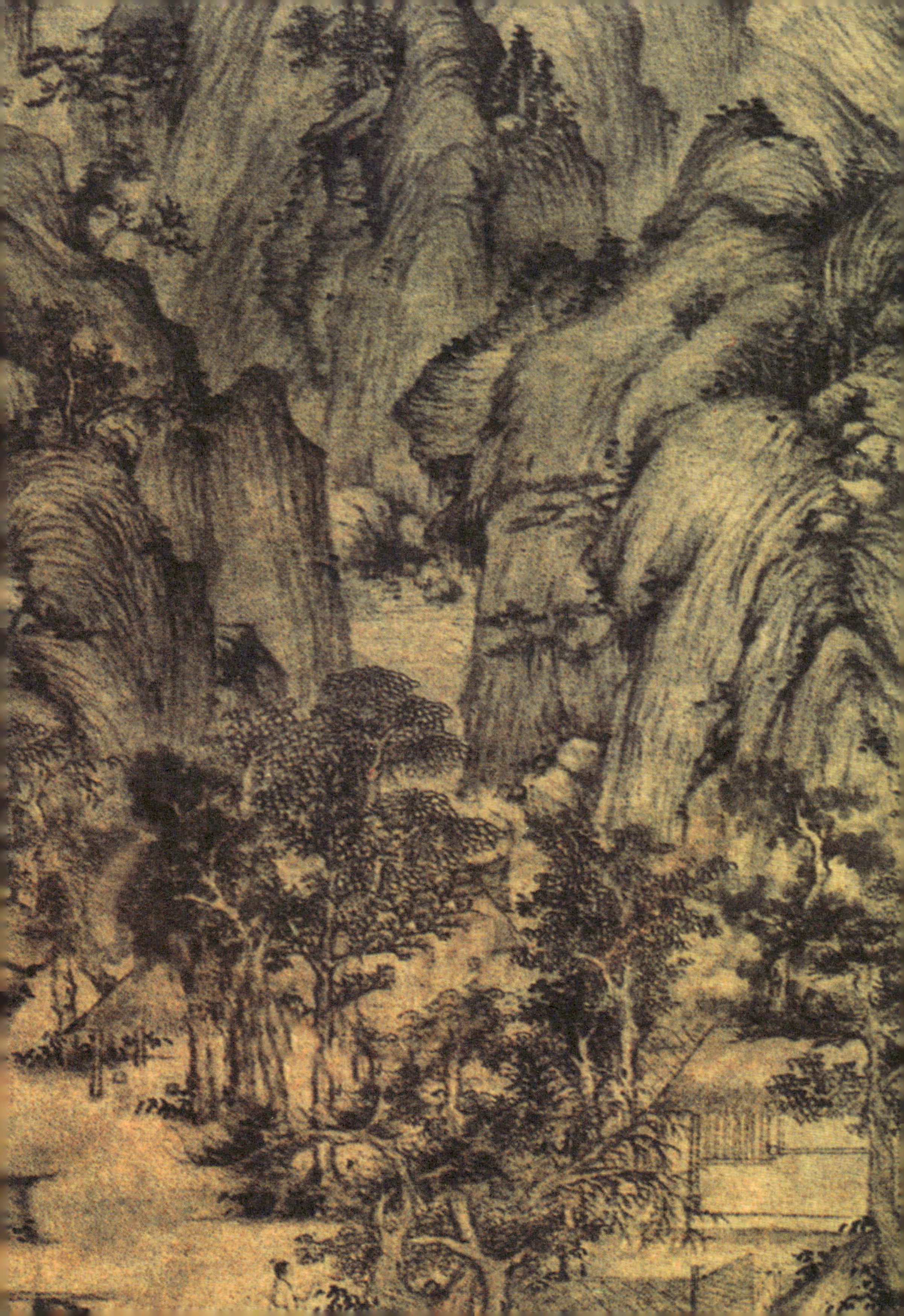

J篇

纪晓岚题联讽庸医

清代才子纪晓岚，乾隆年间进士，从编修、侍读学士累迁至礼部尚书、协办大学士。曾任《四库全书》总编纂官十多年，晚年著有《阅微草堂笔记》二十四卷。他才华横溢，极善对句，天地万物、古今诗赋无不可入对，信手拈来，出口成趣。关于纪晓岚对联的故事，笔记、野史中多有记载，在民间也流传颇广。

相传，有一个庸医，医道拙劣，常出事故，耽误病人。纪晓岚便想教训一下他。这医生偏偏不知情，以为自己医道高明，再三来请求纪晓岚的"墨宝"，好抬高自己的身价。纪晓岚想这正是个机会，他略为沉思了一会儿，提笔给他写了一块匾额："明远堂"。医生看这字很漂亮，意思也不错，就回家高高兴兴地把匾额挂了起来。

旁人都不明白纪晓岚为什么要给这害人的庸医题匾，就去问他，题这三字究竟什么意思。纪晓岚解释说："经书上不是有'不行焉，可谓明也已矣'和'不行焉，可谓远也已矣'的句子吗？像这样的医生，算得上'不行'了吧。"说完大笑。听的人也跟着笑了起来，暗地里佩服纪晓岚的才华。于是又问他："假如这医生再来纠缠，要配副对联，你打算怎样？"纪晓岚回答说，早已想好了两副对联，一副五言的，是把孟浩然一首五言律诗里的"不才明主弃，多病故人疏"两句换两个字，成为：

不明财主弃，多故病人疏。

上联中的"不明"是指医道不高明，"财主"就是求医的病家，下联中的"故"字解释为"事故"。另一副七言对联，上联是用杜甫《兵车行》诗里的现成句子：

新鬼烦冤旧鬼哭，

下联是用李商隐《马嵬》诗里的现成句子：

他生未卜此生休。

众人听了，都觉得既对仗又好笑，想一想要是那庸医把这样的对联挂在堂前，还会有谁去他那里看病呢？

○ 纪晓岚像 纪晓岚（1724—1805），清朝乾隆时期的著名才子，为《四库全书》的总纂官。

◎ 拓展阅读

《训蒙骈句·下卷·四豪》（二）

春鸟唱，晚蝉嘈，傍帘飞雀，升木教猱。尘氛站马足，风力鼓鸿毛。上表陈情传李密，投诗免役说任涛。螺髻青浓，野外晚山垂万仞；鸭头绿腻，溪中春水长三篙。

纪晓岚智对对联

纪晓岚，直隶献县人，名昀，生于雍正二年（1724年），卒于嘉庆十年（1805年）。曾任《四库全书》的总编纂官。纪氏性坦率，好滑稽，才思敏捷，善于属对。

乾隆帝爱文墨，崇尚才子。纪昀少年登弟，很是得宠，常与乾隆相伴。有一次乾隆带领大臣巡视江南，途中见一池塘的莲花正含苞待放，犹如握着的红拳，忽有所感，于是出一上联让纪晓岚对：

池中莲苞攥红拳，打谁？

纪晓岚抬头见池边剑麻绿叶挺拔，甚是可爱，遂对道：

岸上麻叶伸绿掌，要啥？

同是问句，天衣无缝。

一年，乾隆皇帝率群臣登泰山祭祀岱庙。当时庙前正有野台梆子戏上演《西厢记》，乾隆灵机一动，对纪晓岚说，朕有一联，卿试对如何？乾隆的上联说道：

东岳庙，演西厢，南腔北调。

纪晓岚略加思索，对道：

春和坊，卖夏布，秋收冬藏。

联以春夏秋冬四季，对东西南北四方，信手拈来，贴切非常。

清代北京有个叫"天然居"的酒楼。一次乾隆路过这家酒楼，称赞楼名的高雅，遂以楼名为题作对联，上联是：

客上天然居，居然天上客。

但下联却苦索不得。因为下联必须符合这样的条件：后五字是前五字的颠倒，既要语意完整，又要平仄协调，还要意境美好，的确困难，他便指令群臣属对。正当大家大伤脑筋之时，纪晓岚已经对出下联：

僧游云隐寺，寺隐云游僧。

此联对仗工整，意境完美，博得随从群臣的称赞。

乾隆五十年，于乾清宫开千叟宴，赴宴者三千九百人。内有一叟一百四十一岁，乾隆皇帝以此为题，与纪晓岚对句。乾隆作上联云：

花甲重逢，增加三七岁月。

○ 品画鉴宝 乾隆帝秋景写字图·清 一贯以"稽古右文"自居的乾隆帝，为了展示自己喜好诗文的儒雅之风，多次命宫廷画家创作反映他写字、观画等文化活动的作品。此图即是当时的创作之一。

六十岁为花甲，两个花甲共一百二十岁，三七岁月，即二十一岁，相加恰好一百四十一岁。

纪晓岚略加思索，就对出了下联：

古稀双庆，更多一度春秋。

七十岁为古稀，双庆古稀是一百四十岁，再加一度春秋，便是一百四十一岁，可谓妙对。

纪晓岚被任命为《四库全书》总纂官后，觉得政务繁重，深感朝中人员不足，缺乏得力助手辑定总目纲要。他想，自古江南多才子，不如到江南走一遭。主意一定，便独自南下了。

这日到了杭州，一路问来，得知浙东就有四位有名的才子，一位姓高，一位姓周，一位姓温，还有一位姓施，均住桐庐富春山中。大家都说他们是才高八斗，学富五车。纪昀暗想：如能请到这四位才子，《四库全书》就有望了！

第二天一早，纪晓岚便上了路，去访那四个才子。一路走来，有点累了，见山腰有座凉亭，便进去歇脚。他踏进亭内一看，只见中间石桌上摆满酒菜，四张石凳上端坐四个文人模样的人。纪昀一旁坐下，听四人出言不凡，便静静旁观。转眼金乌西坠，橙山辉水，微风中吹来片片柳絮，飘荡飞扬。纪昀顿感心旷神怡，诗兴勃发，乃口占一绝：

富春山上起微风，柳絮飞来片片红。
桃花开满章台畔，夕阳又照小亭东。

在座四人听到此诗，不禁对纪晓岚肃然起敬。他们站起身来，邀纪晓岚入席叙谈。纪晓岚见四人气度不凡，说不定就是自己要找的人，便入了席。将自己的真名实姓和下江南访贤的来意一一说出。那四人闻言一惊，真是无巧不成书，原来他们四人正是纪晓岚要找的四个秀才。

周秀才拱手道："久闻纪大人才华横溢，在下有一上联，请纪大人续对。"说罢吟出上联：

水上结冰冰上雪，雪上加霜。

纪晓岚沉思片刻，即对道：

空中起雾雾中云，云中见日。

周秀才听罢连连点头说："果然妙对。"这时高秀才一旁道："晚生也有一联请纪先生赐教。"便念道：

龟浮水面分开绿。

纪晓岚应声对道：

鹤立松梢点破青。

春天天气多变，刚才还是个大晴天，现在却忽然下起雨来，雨点落在凉亭顶上，发出清脆的响声。只见施秀才站起身来，对纪昀说道："纪学士才华出众，名不虚传。在下以此雨景作一上联，还请大人赐对。"接着他吟道：

春雨连绵，檐前如奏九霄音，丁丁当当，惊回幽闺淑女梦，梦不成，夫戍边关。

纪晓岚见他以雨为题，又暗指夫妻分离忧怨苦愁之情，题意丝丝入扣。于是手捋长须，抬头望天，暗自沉吟。只见此时山雨渐停，天上乌云渐散，他灵机一动，立即朗声吟道：

彩云缥缈，空中似放五毫光，往往来来，动起京都游子思，思无穷，友留故里。

此联在结构上与上联对仗，天衣无缝，又暗示从京都来的游子求贤若渴，朋友尚留在故乡不肯出山，暗含责备之意。

施秀才细思句中深意，不由叹服。众秀才见纪昀对答如流，又谦恭有礼，不禁佩服得五体投地。他们乘着余兴，吟诗作对，你一杯，我一杯，直灌得烂醉。第二天，四人便跟着纪晓岚上京编书去了。

◎ 拓展阅读

《训蒙骈句·下卷·四豪》（三）

乘宝马，挈金鳌。九宫八卦，三略六韬。笼鹅王逸少，相马九方皋。窗下援琴弹古调，樽前剪烛读离骚。罢官情闲，陶氏门前栽五柳；除士计妙，齐公庭内赐双桃。

纪晓岚讽对石先生

清代有个著名的文学家叫纪晓岚。他自幼聪颖好学,而且不死读书,兴趣十分广泛。但是他的私塾老师石先生却是个非常古板的老学究,只教些《四书》《五经》,别的一概反对。晓岚对他很反感。

一天,晓岚在山上捉了一只麻雀,想来想去没地方养,只好在砖墙上挖一深洞。上课前喂饱麻雀后便将它送回洞内,堵上砖头,下课了就去逗鸟玩。后来,被石先生发现了这个秘密,便把麻雀掏出来摔死,又把死鸟仍旧送回洞内堵好,并在墙上戏书一联:

细羽家禽砖后死。

当晓岚再去喂麻雀时,发现它已经死了。心里正在难过,忽见墙上有一对联,他断定这是石先生所为,于是想了一想续写了下联:

粗毛野兽石先生。

石先生见了很是恼火,觉得晓岚太不尊重老师了。于是手持教鞭责问纪晓岚,为何辱骂老师。只见晓岚从容不迫地解释说:"我是按着先生的上联套写的。有'细'必有'粗',有'羽'必有'毛',有'家'必有'野',有'禽'必有'兽',有'砖'必有'石',有'后'必有'先',有'死'必有'生'。所以,我便写了"粗毛野兽石先生",难道这样对不行吗?"

石先生气坏了,捻着胡子想了半天,都没从对联里挑出刺来,也没有想出更好的下联,最后无可奈何地叹了口气,扔下教鞭,拂袖而去。

◎ 拓展阅读

《训蒙骈句·下卷·五歌》(一)

雷霹雳,雨滂沱。穿苔竹笋,缠树藤萝。两山排翠闼,一水带青罗。蛛网挂檐惊过雀,萤灯照户误飞蛾。雨过池塘,到处青蛙鸣碧草;晴看陂泽,有时白鸟浴红荷。

纪晓岚戏解招牌联

相传，乾隆皇帝下江南，随身带着纪晓岚。他们游过泰山之后，还不想回京城，想看看江南的美景，就一同来到杭州。

他们顺便体察民情，来到街头，见街上热热闹闹，客来客往，一片繁荣景象，心里很是安慰。走着走着，来到一家杂货铺，见门口挂着块招牌，上写"黄杨木梳"。乾隆一时心血来潮，有意要难一难天下文才第一的纪晓岚。于是，他手一指，头一歪，问纪晓岚道："那挂着的是什么？"纪晓岚见皇上问他那招牌是什么，皇上难道不知道那是招牌吗？绝对不是，那是有意为难我纪晓岚呢。纪晓岚不害怕，想了一想，故意说："这是对联。"

乾隆听了，觉得好笑，这一块招牌如何成为对联？问道："真是天下事无奇不有！对联岂有成单之理！照你的说法，那它的下联在哪里呢？"乾隆觉得这下一定难住纪晓岚了。

"陛下，我来过江南很多次，稍微了解一点这里的风俗。杭州乃是历史名城，文化之乡。百姓十分喜爱对联，不但在门上张贴，而且其他地方也暗藏着各种佳联巧对，这便是一条上联，那么下联在哪里呢？请皇上随我来看。"纪晓岚摇头晃脑，说得皇帝一愣一愣的。

乾隆还是有些不信，就跟着纪晓岚走了过去。君臣两个说来说去，不觉又走过几家店门。纪晓岚停下来，手指前面笑道："陛下请看，下联就在这里。"

乾隆抬头一看，只见上面也有一块招牌，上写着"白莲藕粉"四字，恰与"黄杨木梳"配成对联。浑然天成，妙不可言。

◎ 拓展阅读

《训蒙骈句·下卷·五歌》（二）

歌婉转，语婆娑。乾坤转毂，日月飞梭。村童携草笠，溪叟晒渔蓑。须贾赠袍怜范叔，相如引驾避廉颇。野寺日高，无事老僧眠正稳；池亭月上，遣怀骚客咏偏多。

○ 品画鉴宝　乾隆帝南巡图·清·徐扬

蒋士铨巧对传美谈

蒋士铨，江西铅山人，清代戏曲作家、文学家。乾隆二十二年中进士，曾任翰林院编修。其诗同袁枚、赵翼齐名，并称"江右三大家"。乾隆皇帝称之为"江右才子"。

少年时的蒋士铨天赋聪慧，勤奋读书，能诗善对，被乡邻称为"小神童"，引起当时许多文人墨客的注目。

有一次，上饶一位博学多才的老秀才到铅山游玩，一心要寻访蒋士铨。老秀才游历葛仙山后，从杨村经乌虎岩到铅山县城南门。恰巧蒋士铨当时也在县城南游玩。经人介绍，老秀才与蒋士铨见面。一老一少寒暄几句之后，老秀才即以请教的口气说："听说你是小神童。我游仙山，过虎岩，遇一人要我答对，我苦思冥想好几天了，答对不出，实在羞愧得很。不知小神童肯否指点？"

蒋士铨听出了老秀才的话外之音，知道老秀才是有意要考考自己，沉思片刻，谦虚而有礼貌地说："不知是什么联句，我可一试。如不妥贴，还望老先生多多指教。"

老秀才听了蒋士铨的话十分高兴。于是手捻胡须，摇头晃脑地吟出上联：

虎岩无虎，呼虎成名——赵公元帅。

蒋士铨低头略一思忖，抬头遥望铅山县城西北风波岭塔山上的宝塔，立时有了下联，脱口而出：

塔山有塔，托塔为神——李靖天王。

对毕，又谦虚地说："不知这下联是否工稳，请老前辈斧正。"

老秀才听了下联，翘首远眺宝塔，捻须反复吟诵了好几遍，惊讶不已，连连说："果然名不虚传，真神童也。只要苦读多思，日后必成大器！"

有一次，蒋士铨到城外去观赏田园风光。他顺着一条小溪，来到一座水碓上，舂米的乡民一个个愁眉不展地反复念着一比上联：

水打轮，轮打碓，舂谷舂米舂糠秕。

蒋士铨走上前去好奇地问是怎么回事，乡民们便说出了原委。

原来，几天前县官老爷乘轿经过这座水碓时，见乡民们在舂米，便出了这比上联要乡民们对，对上有奖，对不上要罚每人一担谷子。

蒋士铨听完乡民们的述说，十分气愤，便对乡民们说："我教你们对此下联，等县官再来时，你们好对付他。"说着，便把自己想好的下联教给乡民们念熟，牢记在心。

过了几天，那个县官果然来了，还带来一帮衙役，说要来收对不出对子罚的谷子。

乡民们齐声回答：对好了——

人抬轿，轿抬人，扛猪扛狗扛死人！

贪婪的县官本想讹几担谷子，没料到反遭到辱骂和嘲讽，十分气恼，但又挑不出对句中的毛病，自己又想不出好的联句反驳，只好无可奈何地大骂几声"刁民"，狼狈而去。

◎ **拓展阅读**

《训蒙骈句·下卷·五歌》（三）

裁细葛，剪香罗。闲中啸傲，醉里吟哦。野云归晚岫，江月滚秋波。山岭云横庄凤髻，沙堤雨滴露蜂窝。樵子采鲜，树拥松磷如欲活；渔郎照影，江浮菱镜不须磨。

"近视"秀才对对联

○ 品画鉴宝 牡丹双蝶图·清·居廉

从前,有个秀才,因为太用功了,得了近视眼。一日,他正坐在绿纱窗前读书,猛抬头见窗纱上晃动着一束花。心里甚喜,暗以为是隔壁的小妹蹲在窗下举花逗他。秀才便蹑步出门,想抓住小妹。不想门外无人,竟扑了个空,惊飞了窗台前的黄莺和蝴蝶。秀才这才想起刚才窗纱上的那幅美丽画面——芙蓉、牡丹花,只是莺、蝶投影到窗纱上的影子。脑袋一晃,他即兴题一联挂在墙壁上:

日照窗纱,莺蝶飞来,映出芙蓉牡丹。

有了好上联,却一直写不出适当的下联。秀才只好每日置身书斋,埋头于故纸堆里,寻寻觅觅,想找一个合适的下联,不觉一晃过去了年余。

这一天,下雪了,雪花飞舞,煞是好看。他父母怕他在家闷成书呆子,就请邻居先生,邀他踏雪赏景。秀才很不情愿地随邻居先生出了门,朝乡野外走去。当他二人走过一段板桥,秀才看桥面雪上有些印迹,如"梅花""竹叶"图案,即问邻居先生:"这是谁画的?"邻居先生哈哈笑,答道:"你真是书呆子,这哪是人画的呢?这是狗和鸡路过桥面留下的脚印啊!"秀才听了,乐得拍手大笑,回身就往家里跑,一路嚷道:"我对上了,对上了!"

回到家后,秀才立即铺开纸笔,挥笔写上:

雪落板桥,鸡犬行过,踏成竹叶梅花。

◎ 拓展阅读

《训蒙骈句·下卷·六麻》(一)

梁上燕,井中蛙,守株待兔,打草惊蛇。断猿号绝壑,归雁落平沙。檐前蛛网开三面,户外蜂房列两衙。夹道古槐,聚放午阴遮客路;穿篱新笋,乱分春意撩人家。

酒鬼厚颜"应对"

古时，有一文人贪酒而厚颜，常效法五柳先生乞诸邻而饮之。一日傍晚，酒兴勃发，而囊中一文不名，亟出访友，以解酒荒，及至一友家，叩门。

主人问："谁？"

客应："我。"

迎入内。主人问："何来？"

客答："特访。"

主人寒暄："君可安？"

客应："弟托福。"

主人呼仆："两盏香茶。"

客急止之："一壶好酒。"

主人知其嗜杯中物，笑而许之。对酌至更深夜半，客愈饮愈豪，不思归去。

主人逐客："夜深君可去！"

客摆手："天亮我方归。"

主人益不耐："盘中无菜无肴。"

客曰："厨内有鸡有肉。"

主人又曰："灶下小童皆已睡。"

客曰："房中老嫂尚未眠。"

主人倦甚："在下已倦，客人难留。"

客佯作不知："绍兴既完，高粱亦可。"

主人笑而讥之："十足穷文人，专图白食。"

客答："真正老酒鬼，最喜黄汤。"

主人指钟催客："西洋自鸣钟，十二点三刻。"

客对："东栈花雕酒，廿八两一瓶。"

主人愤极："妄念抽丰，看我愿意不愿意。"

客摇头晃脑："开怀畅饮，管你舍得不舍得。"

如此厚颜之人，让人哭笑不得。

◎ **拓展阅读**

《训蒙骈句·下卷·六麻》（二）

茶绽蕊，草萌芽。傍花随柳，沉李浮瓜。山人牧芋栗，野老种桑麻。舴艋渔朗歌欸乃，秋千绣女笑喧哗。春去如何，已见飞残堤柳絮；夜来多少，不知开遍海棠花。

今生无幸，前世有缘

古老的土家族生活在湖南、湖北西部的崇山峻岭中。据说，从前土家族某土司王爷有个妹妹叫田娥，从小聪明好学，饱读诗书，长大了姿色出众，堪称才貌双绝。

田娥到了婚嫁年龄，便决心要找一个既有才学又英俊潇洒的青年作如意郎君。想到书里有以对招亲的办法，便也想试试。她那土司哥哥听了，觉得有伤风化，但是对这宝贝妹妹也奈何不得，只好随她。

大家知道土司妹妹要对联招亲，远近读过书的都来上门应对求亲。不料半年过去了，来应对者没有一个成功的，这令土司全家心焦。

这一天，又来了一位应对求亲者。田娥连忙起身隔着帘子望去，只见来人一片白花花的胡子，原来是一位老翁！她哈哈一笑：这不是癞蛤蟆要吃天鹅肉吗？你这老头子也来凑热闹，非要给你点颜色看看。田娥开口骂道：

白日堂中，白发痴翁，老皮老肉老骨硬，呸！你还不滚下去！哼哼，今生无幸。

看热闹的众人听了，哈哈大笑，又看看那老翁，看他如何答对。老翁却不气恼，不紧不慢地答对道：

红罗帐里，红粉佳人，细腿细腰细臂软，嘿！我这就迎上来！嘻嘻，前世有缘。

围观的人听了，爆发出一阵叫好声。老翁笑着道："请问王爷、大小姐，我这对子对得如何？还请赐教！大伙也一起来评评。"

土司王爷和大小姐田娥听了老翁的话，就像哑巴吃黄连，有苦说不出。堂堂的一个土司怎么能在众人面前食言呢！既然老翁对上了对联，就只得答应了老翁的求亲，娇小姐也只好嫁给了白发老翁。

◎ 拓展阅读

《训蒙骈句·下卷·六麻》（三）

黏角黍，饭胡麻。披风戴月，饮露餐霞。时酌新丰酒，初尝阳羡茶。珠履三千光错落，金钗十二影欹斜。诸葛行军，落落轮前挥羽扇；昭君出塞，忽忽马上拨琵琶。

解解解解元之渴

有个姓解的人，中了乡试第一名，成了"解元"。这天，他从外面回家，连声叫渴。侍女赶忙提壶沏茶。正好有一位朋友在坐，随口说了一句：

一杯清茶，解解解解元之渴。

解元一听，放下茶杯，连说"妙句！妙句！"一个"解"字，根据字音不同，竟连用四个。前两个是动词，读jiě；第三个用在姓氏上，读xiè。第四个读jiè。解元把此句写在纸上，到处征对，没有一个人能对上。

后来，有个乐师来到城里，巧的是他姓乐，连起来被称为"乐乐师"。一天，乐师在外面生了点气，回到家中闷闷不乐，妻子却在一旁弹琴。乐师责备她说："我心里不痛快，你还有心思弹琴？"妻子笑着说道：

半支雅曲，乐乐乐乐师之心。

乐师理解妻子的一番好意，猛然间想到，这句话，不正好能对上城里传说的那副"绝对"吗？他一脸愁云顿时消散，马上跑出去告诉朋友……

◎ 拓展阅读

《训蒙骈句·下卷·七阳》（一）

黄金殿，白玉堂。朱楼绣阁，画栋雕梁。玉琴横净几，珍簟展方床。梅碧正迎江岸雨，橘黄颣借洞庭霜。割麦山人，紧束黄云青满担；插秧野老，细分春雨绿成行。

进士装乞丐试真情

从前，张某、王某同朝为官，都是正义之士，很是谈得来，成了挚友。那一年，两家夫人都怀了孕，张家生男，王家生女，正好成对便结成了亲家。

几年之后，张某直言仗义，得罪朝中权贵，被贬至福州为官。张老爷被贬，心中抑郁，加上水土不服，不久便病倒了，过了几天，去世了。张家孤儿寡母从此家道日渐破败。还好小公子自小聪明伶俐，读书上进，十六岁那年就中了秀才，母亲也很高兴，想起小公子的婚事，便说道："听说你丈人已回到浙江老家，可去丈人处读书，求取功名之后，就在彼处早日完婚吧。"张公子听母亲这样说，就启程去浙江了。

王员外见女婿来访，很是高兴，可后来听说女婿家道中落，不想苦了女儿，便有悔婚之意。没想到女儿死活不肯退婚，员外只得暂留张生在家读书。

这一年正是大试之年，数月之后，张生进京赶考。考场几番拼杀，殿试名列二甲。他想到老丈人对他的态度，就扮着乞丐模样回到丈人家中，说是考场失利，没得功名，一路求乞回来。丈人见了，很不高兴，出联相讥：

鞭打黄牛背。

张生接口对道：

棍戳黑狗牙。

王员外听他反倒讽刺自己，心中恼怒，小姐忙出来圆场道："还是我出一联让相公对吧。"说毕吟道：

金銮殿上，站两厢文文武武。

不想，张生张口应道：

十字街头，喊一声爷爷奶奶。

那小姐见张生还是一口叫化腔，心中酸苦，只得认命，说道："相公即真为乞丐，我便跟着你要饭。"说毕，滴下泪来。

张生见状，知道她是个好女子。忙打开包袱拿出官服，穿在身上，说道："小姐休要悲伤，我已考中进士。"小姐破涕为笑，于是，两人成婚。

○ 拓展阅读

《训蒙骈句·下卷·七阳》（二）

开祖帐，踞胡床。弹丝品竹，劝酒称觞。樵歌来绿野，渔笛起沧浪。唤雨斑鸠喉舌冷，宿花蛱蝶梦魂香。天诏初传，仙女锦衣持虎节；大兵来出，将军绣衮压龙骧。

贾似道拍马屁邀宠

南宋末年有个大奸臣，叫贾似道。话说这贾似道是个不学无术的小人。年轻的时候，便好吃懒做、不务正业。他又是怎么当上宰相的呢？原来是他姐姐当了宋理宗的贵妃。借着这个皇亲，这个无赖才步步高升，官儿越做越大。

宋理宗死了以后，宋度宗继位。这其中，贾似道出了不少力，度宗当然对他另眼相看，一再重用。贾似道是个小人，没什么本事，拍马屁的功夫倒是一流，拍得宋度宗整天乐呵呵的。

有一年四月，宋度宗的生日要到了，他的生日是初九，凑巧的是母亲谢太后的生日是初八，母子俩的生日就差一天。贾似道当然不能放过这个拍马屁的大好机会。他叫手下人绞尽脑汁、挖空心思地去收集寿礼，最后还编了一副寿联献了上去。对联写的是：

圣母神子，万寿无疆，亦万寿无疆；
昨日今朝，一佛出世，又一佛出世。

"亦"当"也"讲，"今朝"就是"今天"。寿联是说，皇太后万寿无疆，皇上也万寿无疆，皇上和皇太后都是佛。

当时佛教流行，认为佛爷是至高无上、长生不死的。这娘儿俩看到贾似道这样奉承他们，心花怒放，乐不可支，又给他升官，又给他加爵。

贾似道掌握了朝廷的军政大权后，整天吃喝玩乐，胡作非为，对国家大事漠不关心。结果，导致了宋朝的灭亡。

○ 品画鉴宝 錾花银熏炉·南宋

◎ 拓展阅读

《训蒙骈句·下卷·七阳》（三）

麟应瑞，凤呈祥。蝠争昼夜，燕渺炎凉。夜月梧桐院，春风桃李墙。淼淼溪流分燕尾，迢迢山路绕羊肠。唐穆性贪，库内青钱化作蝶；初平术妙，山中白石变成羊。

蒋士铨自题楹联

蒋士铨是清乾隆朝的进士,字心余、清容,苕生,号藏园,江西铅山人。其诗颇有黄庭坚的风格,与袁枚、赵翼并称"江右三大家"。蒋士铨还很爱好对联,一生留下了很多名联。

蒋曾在厅堂题写了很多对联,讲到处世、治学的道理,很是精辟。大厅联谓:

至乐莫过读书,至要莫如教子;

寡智乃能飞静,寡营乃可养生。

上联源自于《史典·愿体集》:"至乐无如读书,至安无为教子。"

飨堂联曰:

富贵无常,尔小子勿忘贫贱;

圣贤可学,我清门便读诗书。

内堂联云:

欣戚相同,为人莫想欢娱,欢娱即是烦恼;

福命不大,处事休辞劳苦,劳苦乃得安康。

又一联为:

垂训一无欺,能安分者,即是敬宗尊祖;

守身三自反,会吃亏者,便为孝子贤孙。

"三自反"即三省,《论语·学而》载:"曾子曰:吾日三省吾身,为人谋而不忠乎?与朋友交而不信乎?传不习乎?"

蕉庐联云:

临水看云去,

钩帘待月来。

○ 品画鉴宝　粉彩木纹釉地松鹤图笔筒·清

○ 拓展阅读

《训蒙骈句·下卷·八庚》(一)

霞散绮,雪飞琼。虹消雨霁,斗转星横。月移花改影,风动竹生声。岭外云霞花下月,湖边烟雨柳梢晴。肠谷日华,仪凤羽毛新灿烂;洞庭浪暖,化龙头角独峥嵘。

106

揭时弊科场赋讽联

清康熙五十年,江南举行乡试,左必蕃和赵晋两人分别担任正副主考官,这两位看到了钱是什么事都做得出来的。将不学无术的盐商程光奎等人录取为举人。落第的考生们气急了,便把五路财神的塑像,从财神庙抬到文庙,又把科场大门上的"贡院"匾额,改成"卖完"二字,还在门上写了一副对联:

左丘明两眼无珠,
赵子龙一身是胆。

左丘明是《左传》的作者,传说他是一位盲人。赵子龙即赵云,是三国时五虎将之一,刘备曾夸他"浑身是胆"。这副对联巧用典故,痛骂他们"两眼无珠",不识贤愚,见利忘义,"一身是胆",无法无天。这样一来,朝廷知道了,将这两人罢了官。

雍正十三年,少司空(工部侍郎)顾镇和学士戴瀚,出任顺天乡试正副主考。有个叫许秉智的秀才用了很多手段,打通关节,得中解元(乡试第一名)。俗话说,没有不透风的墙,有人写了一副讽刺对联:

顾司空,顾人情不顾脸面,
戴学士,戴关节未戴眼睛。

◎ 拓展阅读

《训蒙骈句·下卷·八庚》(二)

占凤偶,结鸥盟。开笯放鹤,跨海斩鲸。刘伶成酒癖,李白擅才名。月明何处衣砧响,风细谁家玉笛横。援笔祢衡,江夏裁成鹦鹉赋;吹箫弄玉,笛楼巧作凤凰声。

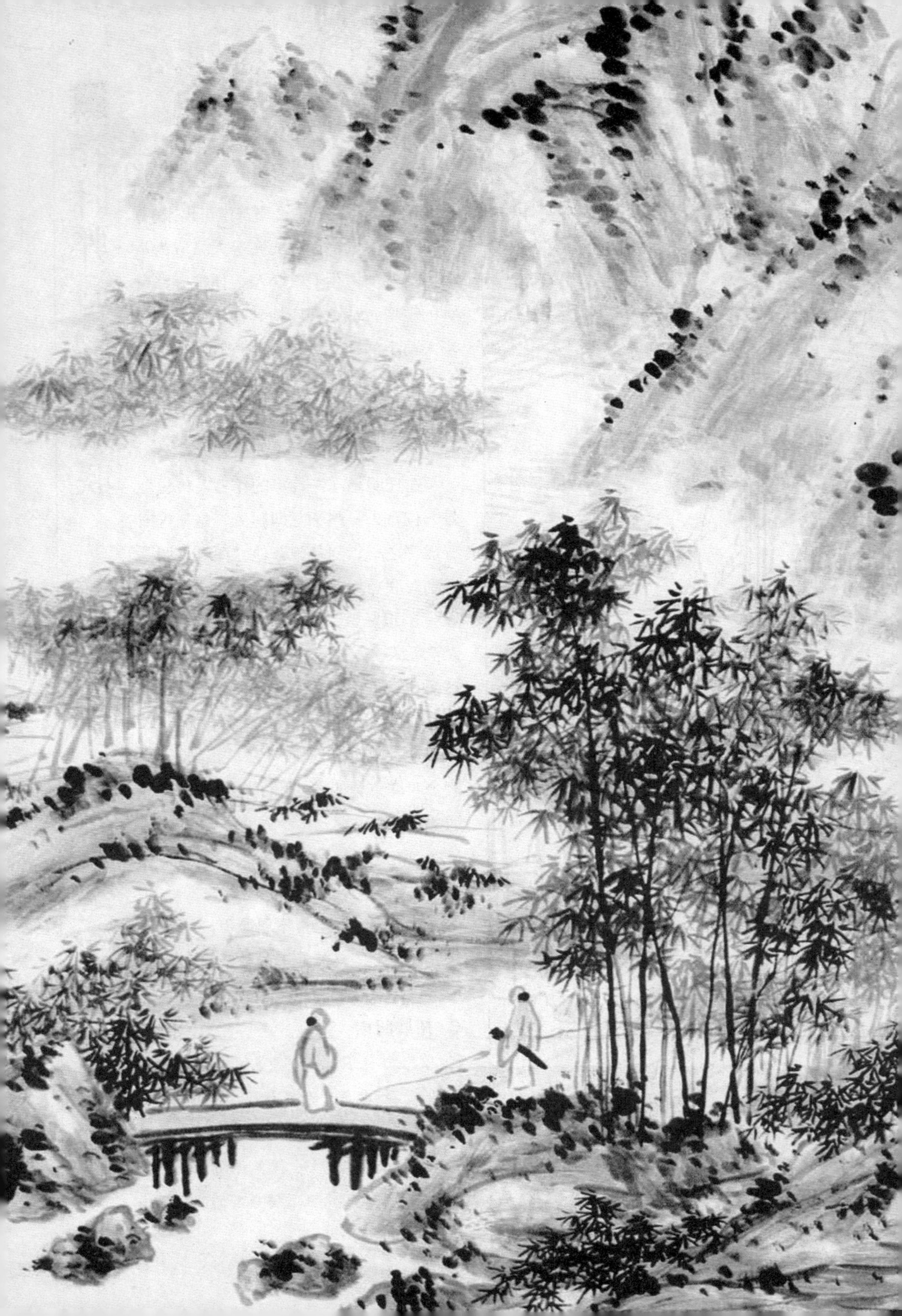

L篇

李调元趣对侯补道

李调元是清代戏曲理论家、文学家,四川绵州(今绵阳)人。乾隆年间,李调元出任广东学政,从长江顺流而下,出三峡,途径湖南。湖南巡抚在洞庭湖畔为他设宴接风。

宴席上,一位叫张文斌的候补道想在巡抚面前卖弄才华,就即席施礼说:"学政大人,久闻蜀水巴山,诗人辈出,才子云集,不唯能诗善文,而且长于趣对,不才想求教于学政大人,不知大人肯不合赐教乎?"首席的湖南巡抚,晓得这位候补道肚中确有墨水,正好借机试试李调元的才华,于是拈须微笑,任凭幕僚和属下的文人闹去。

李调元含笑说道:"学生才疏学浅,但盛情难却,只好班门弄斧,还望诸公不要见笑。"那位候补道见有抚台大人暗许又自恃自幼善对,便吟出上联:

洞庭湖八百里,波滚滚,浪滔滔,大人由何而来?

上联一出,巡抚面带喜色,众属下交口称赞,都认为这一联既有地方特色,又不易对。不料,李调元不假思索,一口饮干杯中之酒,对出下联:

巫山峡十二峰,云霭霭,雾腾腾,本官从天而降。

这么神速地对出下联,使得巡抚也忘了身份,举手要敬李调元一个双杯。唯独这个候补道还不死心,又出了一对:

四维罗,夕夕多,罗汉请观音,客少主人多。

这上联刁钻古怪,而又挖苦刻薄,候补道要将李调元比为观音。男尊女卑在当时属于正统思想,似乎罗汉总比观音强。哪知李调元冷冷一笑,随口对曰:

弓长张,楂楂槿,张生戏红娘,男单女成槿。

这一联,不仅用典有据,对仗工整,而且针锋相对,候补道顿时瞠目结舌,连巡抚和其他幕僚宾客也觉得很没面子,暗暗怪他多事。

可是那位候补道并不罢休,随手在湖畔的一颗果实累累的李子树上摘下一个李子,扔在洞庭湖中,笑出上联:

李打鲤,鲤沉底,李沉鲤浮。

吟罢说道:"学政大人,此对属眼前之景,抒胸中之情,下联若能如此,当甘拜下风!"李调元见他这样说,也只得站了起来,观景联对。当时,正值仲夏,瓜花献蜜,蜜蜂飞进飞出,李调元眼观此景,口中吟出了下联:

风吹蜂,蜂扑地,风息蜂飞。

此联一出,众皆叹服。那位候补道至此方知天外有天,从此无心仕途,回家养老去了。

◎ 拓展阅读

《训蒙骈句·下卷·八庚》(三)

炊麦饭，忆蓴羹。搜肠茗叶，适口香粳。啼鸟惊春梦，鸣鸡促晓行。孟尝门下三千客，小范胸中百万兵。韦固良缘，旅舍殷勤逢月老；裴航佳偶，兰桥邂逅遇云英。

李调元巧对农妇联

据传，有一年夏末秋初，李调元告病还乡。乡下的生活虽然清苦，倒也悠然自得。一天下午小憩之后，顺着田间小路，观赏野外风光，发现几个农家妇女晒谷子，就径直朝那个地坝走去。

众人中间有一个农妇，认得李调元，见他走过来，赶快端了一条凳子，一边请他坐，一边又倒了碗清茶递过来，说："李大人，听说您对句很厉害。我们有时候也对对，还请李大人赐教。"

李调元一听农妇也有对子，又吃惊又高兴，正好凑个乐子，连忙说："好，好，好。大嫂，您且说来！"话刚说完，突然从场院那头跑出一群各色各样的鸡，拼命地啄食晒坝上的早稻谷子。那位农家大嫂见了，顾不得跟李调元说，就准备过去吆鸡。可是，还没等她赶到，从一家屋檐下，跑出两个手拿竹筒的小孩来，挥舞着竹筒把那群鸡吆喝走了。那位农家大嫂见状，便拍着巴掌，从稻场坝那头走到李调元面前，说出上联：

饥鸡盗稻童筒打。

李调元一听，晓得这是一种谐音叠字趣对，在对联中是堪称上品的，他不由得惊叹出对人的才思，又为自己一时间想不出下联，而急得背着双手在稻场坝踱起步来。

大约过了一袋烟的功夫，李调元还没想出头绪，难道一世的英明就要败在这位大嫂的手中？他皱着眉，望着古老陈旧的农家小屋屋梁陷入了沉思。忽然，他看见屋梁上瓦片下，一只老鼠伸出头来，机灵的小眼睛盯住底下的一切，探来探去，煞是有趣。过了一会儿，晒场上风车卷起一股灰尘，扑面而来，呛得李调元憋气不住，一阵猛咳，老鼠也从梁上惊窜而去，李调元触景生情，心中一动，连说："有了，有了！"指着惊窜过梁的老鼠，道出下联：

暑鼠凉梁客咳惊。

农家大嫂们也被这来自生活的通俗易懂的趣对折服了。

◯ 拓展阅读

《训蒙骈句·下卷·九青》（一）

宣紫诏，拜黄庭。凫飞北阙，鸿搏南溟。蟠桃千岁熟，丹桂九秋馨，曳杖寻僧来古寺，提壶饯客到长亭。水面游鱼，冲散浮萍千点绿；岗头过马，踏开芳草一痕青。

李调元古刹巧对

川东的一座山上有一座古刹，钟声阵阵，烟雾缭绕，香火甚是兴旺。一天，李调元前去烧香，来到这人来人往的庙中。庙中的和尚都听说过李调元的大名，长老和尚赶紧亲自前来接待。

长老和尚很好客，带着李调元山前山后、庙里庙外地参观，给他介绍寺中众物的来龙去脉。看得差不多了，就把他请入方丈室中，里面早就准备好了一桌丰盛的素席。席上，长老和尚几次欲言又止，李调元见了，料定他有事相求，就主动问他。长老和尚这才道出原委。

原来，这位长老和尚的师祖画了一幅画，一直藏在寺中。画上有三两枝出水的荷花，此画笔法简洁，晕染得法，恰似真的一样，让人感受到夏天的清凉。奇怪的是，画上只题了一句上联，而没有下联。据说，当时的长老和尚画了这幅画之后，听说江南四大才子之一的唐伯虎在寺中游玩，老和尚因仰慕唐伯虎的才华，就请他在画上题字留墨。唐伯虎是个豪气的才子，看这幅画画得不错，也来了兴致，悬腕展臂，龙飞凤舞写下几个大字：

画上荷花和尚画。

老和尚刚要问，唐伯虎已经收了笔，说道："今天偶得佳联，但是下联我却百思不得，今后若有人能对出此对的下联，必是奇才！"说完转身而去。

李调元本来就是个联对的天才，听说长老和尚有这么奇妙的联，顿时来了兴趣，马上要长老和尚把画给他看。长老和尚真是求之不得，当即焚香净手，揭开方丈室中那一面挂在墙上的红缎。大家往那画上看去，果然画好字绝。李调元望着这幅画，看到这个对子，寻思开了，才发现其中的妙处。原来，这句七字对，无论分念顺读，其字音韵是一样的，难怪连唐伯虎也没有对出来。

李调元走来踱去沉思了好久，突然微微一笑，向长老和尚说道："请长老借墨砚一用！"长老和尚急忙将一支大号毛笔蘸好了墨，捧到李调元面前说："请大人锦上添花！"

只见李调元提笔在手，运气在腹，紧靠唐伯虎对联之旁，写下七个大字：

书临汉帖翰林书。

真乃绝对！从此，这幅画就作为这座寺庙的镇寺之宝，永远流传了下来。

◎ 拓展阅读

《训蒙骈句·下卷·九青》（二）

观稷稼，验尧蓂。庄周梦蝶，车胤囊萤。水浪风翻白，山藓雨掠青。汉水雨余龟曳尾，华山月冷鹤梳翎。鲁阳倒戈，薄暮指回三舍日；渔父泛棹，清宵摇动一湖星。

李调元博采众长拟对联

李调元在朝中做官,因性情刚直,得罪权臣,被安了个"莫须有"的罪名,充军伊犁,后来又赦放归家。老夫妻久别重逢,感慨万千。叙完离别之情,他的妻子出了上句:

月圆月缺,月缺月圆,年年岁岁,暮暮朝朝,黑夜尽头方见日。

夫人的出句,引起李调元的复杂感情,这些情感长期压抑在胸中,不得舒展。他感叹地对道:

花落花开,花开花落,夏夏秋秋,暑暑凉凉,严冬过后始逢春。

对罢,夫妻两个老泪纵横,相视而笑。一旁侍立的丫环听了,也高兴地说:"夫人的上联出得好,老爷的下联对得妙,老爷,何不用羊毫写在红绫纸上?"李夫人一听,心有所动,又出一个上句:

羊毫笔写红绫纸。

李调元一听,以为很容易对,再一思量,发觉有些难,想来想去,当晚竟没有对出来。第二天,他什么事也不做,还继续思索对句。忽然听到丫环和几个家人聊家常,还挺有趣。

丫环正在庭院晾晒衣服,说:

鹿角权晾紫罗裙。

厨子收拾着柴禾,接口道:

牛鼻索捆青枫柴。

轿夫听了,急忙也说出一个对句:

虎头靴套麻草鞋。

又说:"老爷常常取笑我吃饭的时候像是'猪拱嘴'。"于是又对出一句:

猪拱嘴吃青海椒。

坐在门口补鞋的鞋匠听了,也插了一句,说:

马蹄刀切黄牛皮。

这些对句,第一个字都是动物类,第五个字都是颜色类,都能成为夫人上联的下联。

李调元听了家人们的对句,很惭愧,跟夫人讲了这件事。同时,更加懂得了"三人行,必有我师焉"的道理。以后与这些丫环、厨子、轿夫、鞋匠们也谈诗论句起来,学问是百尺竿头,更进了一步。

○品画鉴宝 秋坪闲话图·清·汤贻汾 图中山坳间秋树掩映楼阁,坡石上有两人正对坐而语。整幅画面笔墨简淡但意境幽深,笔法细秀但苍劲有力,反映出作者高超的绘画技艺。

◎ 拓展阅读

《训蒙骈句·下卷·九青》（三）

千顷稻，一池萍。露冻石乳，风撞花铃。山随帆影转，水被石机停。云迷石洞花眉碧，日晒金城柳眼青。唤友黄鹂，声逐暖风飘院落；失群鸟雁，影随寒月下江汀。

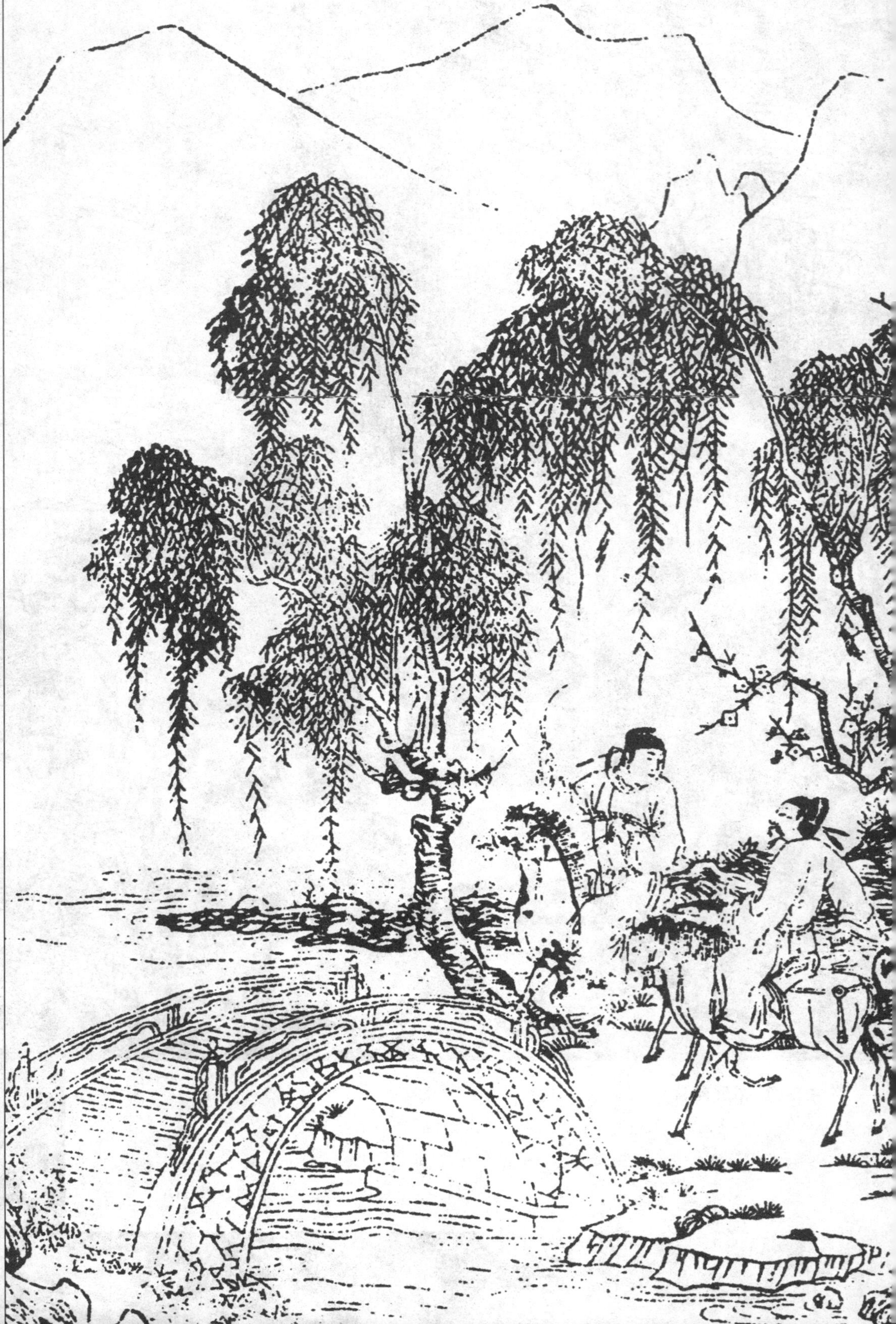

李宋二先生，木头木脚

清朝乾隆年间，广西有两个秀才，虽然屡试不中，但自认为很有才气。他们一个姓李一个姓宋，常常互相夸耀，并以此自得。有一次他俩结伴旅游，一路观山赏景，纵情山水，联诗对句，好不自在。

一天中午，太阳高照，两个秀才又累又渴，便想找个地方休息一下。见前面树荫下坐着一位慈眉善目的老者，身边放一水桶，正在纳凉，便上前讨水喝。

老者打量两人一眼说："两位贵姓？"秀才连忙报上自家姓名，并说明来意。老者听了，说道："看两位都是秀才，我这里水有的是，不过要对对子，对得上方可饮水。"两秀才想，那还不是小菜一碟？就欣然同意了。老和尚听罢，略微想了一会儿，说：

李宋二先生，木头木脚。

原来老者将两人姓氏嵌入联，成了一个上联。两秀才听毕，见对联是讥笑自己，想出句下联回报一下老者，可对了半天也没对上，只好作罢。不仅得不到水喝，还讨了个没趣，快快而去。

据说，这句上联到现在还没有下联呢！

○ 品画鉴宝　掐丝珐琅云龙纹文具·清

◎ 拓展阅读

《训蒙骈句·下卷·十蒸》（一）

霜凛冽，日炎蒸。金乌西坠，玉兔东升。潭清潦水尽，山紫碎花凝。林泉偶座堪留客，竹院相逢却话僧。苏轼神驰，祛橐附床投黠鼠；王思心急，停毫拔剑追飞蝇。

李时珍自幼善对

中国有部著名的药书叫《本草纲目》，是明代的李时珍写的。李时珍，字东璧，是个伟大的医学家。李时珍自幼聪颖善对，还没上学就跟着父亲认熟了好多字。到了八岁，他入了族里的公学。刚入学时，私塾先生想试试他的智力，就望着被树木环抱的远山，出了个上联：

远声隔林静。

李时珍当时年纪虽小，但见老师试他，也不胆怯。见朝霞分外明媚，路上过往旅客不绝，便脱口对道：

明霞对客飞。

先生大为吃惊，觉得李时珍长大后必有一番成就，决心加倍督促其学习。

李时珍还有一个故事也广为流传。据说，有位药铺主人，膝下有一个女儿，聪慧而美貌，为了给女儿选择一个才华出众的男子，决定用药名作上联征婚：

玉叶金花一条根。

许多求婚者对那姑娘都很仰慕，都来对对，但是看了这上联之后，都望而却步，因为这联太难了。同街有一位姓周的青年，为人忠厚，只是略欠文才，对药店的小姐很有感情，所以他去求李时珍帮忙。

李时珍是个助人为乐的青年，想了一会儿，脱口对道：

冬虫夏草九重皮。

铺主见周公子有了下联，很高兴，又交给他一句上联，限一天对上。这上联是：

半枝莲见花照水莲。

周公子只得又来请李时珍帮忙，李时珍说道：

一粒珠玉碗捧珍珠。

铺主看周公子又有了下联，更高兴了，随即再出上联：

白头翁牵牛耕熟地。

限半天对出。周公子无奈三求李时珍。李时珍好事做到底，于是对道：

天仙子相思配红娘。

铺主十分满意，当即答应订婚。

当地郝知府对医药略知一二，也很喜欢对联。常常与李时珍切磋技艺。有一天，郝知府去拜访李时珍。走进院后，看到丛竹，不禁赞叹：

烦暑最宜淡竹叶。

李时珍随口对道：

伤寒尤妙小柴胡。

郝知府看到几株玫瑰，不胜感叹：

玫瑰花小，香闻七八九里。

李时珍笑着答道：

梧桐子大，日服五六十丸。

郝知府是外地人，见李时珍如此投机，又吟出一联：

做官者四海为家不择生地熟地。

李时珍笑道：

行医人一脉相承岂分桃仁杏仁。

郝知府拿起李时珍刚开好的处方，自言自语：

纸白字黑，酸甜苦辣咸五味皆有。

李时珍手中毛笔尚未放下便说：

杆硬尖软，采晒炒切炙百合俱全。

就这样，宾主唱和属对，沉浸在妙思雅兴之中，不觉天色已晚，郝知府起身告辞，出门说道：

神州到处有亲人，不论生地熟地。

李时珍笑道：

春风来时尽著花，但闻藿香木香。

◎ 拓展阅读

《训蒙骈句·下卷·十蒸》（二）

裁蜀锦，织吴绫。儒传一贯，释悟三乘。月殿凌空入，云梯遂步登。鹏达亏程天万里，龙翻禹穴浪千层。鹓列鹭班，袅袅仙台朝玉辇；龙蟠虎踞，巍巍帝阙起金陵。

李东阳气暖风和

明代有个大学士叫李东阳，他从小勤奋好学，常常昼夜学习，再加上天资不凡，因而进步很快，尤其善于对对子。长大以后，他的诗闻名天下，当时的人们都很敬重他的才学。

相传李东阳小时候，有一天，家里来了一位客人，这位客人爱开玩笑，听说李东阳善于对联，便将"李东阳"嵌入句中，出了一个上联：

李东阳气暖。

这联句的意思是说，李树的东头阳气回升，显得格外温暖。

李东阳一听这上联，觉得这联句挺有意思，也暗暗佩服客人的才华。于是，他认真思考起来，一会儿，就想出了一个下联：

柳下惠风和。

柳下惠是春秋时鲁国大夫，以讲究贵族礼节著称。这副联语对仗工整，而且"阳"与"惠"都是一字两用，既是人名的一部分，又是联句中重要字词。

客人听了下联，连声叫好。

◎ 拓展阅读

《训蒙骈句·下卷·十蒸》（三）

酤酒帜，读书灯。菖蒲九节，莪术三棱。烦蒸如坐甑，极冷似怀冰。西堂梦草谢灵运，远地思莼张季鹰。山妇供厨，旋斫生柴炊野菜；舟翁泛艇，轻摇画桨采河菱。

○ 品画鉴宝　青花携琴访友图高足碗·明

李清照妙联对人名

○ 品画鉴宝　李清照像·清·崔错　图中画的是宋代著名女词人李清照，她淡妆素服，斜倚奇石而坐，右手托鳃，左手抚膝，默默无声作愁思状，或是在想念丈夫赵明诚，或是在为填词推敲字句。

　　李清照是南宋女词人，号易安居士，济南人。

　　一天，李清照和丈夫赵明诚邀请几位词人来家做客，酒宴之际当然要吟诗作对。但是总找不到新意，有人提议以当代名人之名写副对联。李清照叫了声好，当仁不让，口出一联：

露花倒影柳三变；

桂子飘香张九成。

　　此联一出，四座皆惊，众口称妙。妙在何处呢？让我们来看看这副对联。

　　柳三变即柳永，是当时著名的词人。柳永写过一首《破阵乐》，其中有一句写道"露花倒影，烟芜蘸碧，灵沼波暖。"可见上联是用人物柳永和他的词句来作对的。下联的张九成，字子韶，当年，高宗策试进士于讲殿，结果张九成得了第一。九成对策中有句云："险江泻练，夜桂飘香，陛下享此乐时，必曰：西风凄劲，两宫得无忧乎？"故李清照撰此联以纪之。用"张九成"对"柳三变"，除用数字对数字外，用"成"对"变"。按《周礼·大司乐》："乐有六变、八变、九变"。《礼记·乐记》有："再成、三成、四成、五成、六成。"《礼记》郑注："每奏武曲，一终为一成。"王学初先生在《李清照集校注》中解释曰："变也成也"。可见对仗非常精当，而且用了很多典故，是一副上上联。

◎ 拓展阅读

《训蒙骈句·下卷·十一尤》（一）

凌烟阁，得月楼。筑台拜将，投笔封侯。碧苔生陋巷，红叶出御沟。天际虹梁和雨躺，江边鱼网带烟收。唱晓灵鸡，两翅拍斜茅店月；排云孤鹤，一声泪落海天秋。

李开先幼年题妙对

明朝有一个文学家叫李开先,从小就很聪明,特别擅长对对子。有一天他的爷爷李聪过六十大寿,当地的一些乡绅名流都来祝寿。

李开先家里张灯结彩,大摆酒席,迎接贵客。那一年李开先才七岁,这么热闹的场面他还没见过,很是兴奋,忙着跟随他的父亲李淳接待来宾。

来宾当中有一个进士姓田,看到小开先长得眉清目秀,举止又文雅,透着几分灵气,又听说他常被乡里称为神童。今日见了小开先,果真有几分信了,但还是想亲自考考他。

饭后,趁众宾客还没走,田进士就走到小开先的身边,叫他对楹联。小开先心慌起来,自己一个小童,怎么对得过大进士?很怕当众出丑,谦虚地说:"我字还识不了几个呢,对楹联更是不通,怕要叫老前辈耻笑。"

田进士忙笑着说:"不要紧,先试试如何?"说着,便写了楹联的上联:

墙边柳,枕边妻,无叶不青,无夜不亲。

小开先听了,感到这下联有些难对。便认真地思索起来。他向外一看,见房檐下挂着几只鸟笼子,里边的百灵、画眉在笼子里正跳上跳下,一会儿吃米、一会儿喝水,很是可爱。心里一阵高兴——有下联了。立刻跑到书房,工工整整地写出下联:

笼中鸟,仓中谷,有架必跳,有价必粜。

好一比下联!好一个神童!众宾客都高兴得拍起手来。

◎ **拓展阅读**

《训蒙骈句·下卷·十一尤》(二)

青兜鞬,白狐裘。焚琴煮鹤,卖剑买牛。疾风吹雨脚,新月挂云头。月落洲留沙上雁,云飞水宿浪中鸥。庠序间人,茗碗香炉对古史;江湖散客,笔床茶灶载扁舟。

李群玉与盐客妙对

李群玉是唐朝诗人，字文山，湖南澧州人，工诗文，善书法，爱吹笙，性情旷达。相传李群玉年经时进京赶考那天，途中遇雨。由于大雨倾盆，他疾步赶到一家屋檐下躲雨。

这时，有一个挑运食盐客也和他在同一处屋檐下躲雨，屋檐水如注般泄入两只盐筐中。盐客见李群玉是书生打扮，料定他是进京赶考的。便说："我出一上联，你对对看。"说着，吟半联道：

盐客挑盐檐下站，檐水滴盐。

李群玉初听此联句，觉得肤浅易对。可一经仔细琢磨，方知颇有讲究，其中有三个"盐"字与两个"檐"字同音迭用，非常难对。李群玉虽搜索枯肠，反复试对，均不如意，心里万分惭愧："说什么饱读诗书，满腹经纶，竟然连个挑盐脚夫的联句都应付不了，还考什么京试？就是考了，恐也无望。"遂放弃了进京应试的念头。雨停后，他硬要和挑盐的盐客结伴而行，得回旧路。虽经盐客再三劝说，还是执意不肯上京赴试。

摆渡的船夫见李群玉进京赶考又折了回来，觉得奇怪，问怎么又回转来了。李群玉便将盐客出联相试一事述说了一遍。摆渡的船夫一听，朗声笑道：这有何难，我替你对——

舟人驾舟洲上来，洲岸停舟。

盐客一听，连连叫绝。船夫对李群玉说："这下你可以宽心地去应试了"。盐客再三相劝。谁知李群玉不仅未能宽心，反倒越发觉得自己才疏学浅，竟说连家也无颜面回去了。盐客和船夫深感内疚，再三苦苦相劝。李群玉说什么也不愿回去，下决心从此过流浪苦学的生活。从此，他饱尝了生活的艰辛，终于学有所成。

◎ **拓展阅读**

《训蒙骈句·下卷·十一尤》（三）

鸳鸯浦，鹦鹉洲。天寒鸦聚，水暖鱼游。张良诚事汉，王粲原依刘。对雪佳人吹凤管，御寒公子拥狐裘。春宴佳宾，雅酌琼浆宽酒量；夜吟骚客，闲收花露润诗喉。

○ 品画鉴宝 唐时生活图·壁画

李自成对句惊蒙师

李自成是明末农民起义军领袖,陕西米脂李继迁寨人。传说他自幼天赋聪敏,但顽皮异常,父母也管教不住。六岁的时候,李自成入塾读书。可是在学塾里,老师就更管不住了。李自成一天到晚欺侮同学,轻慢蒙师。

有一次,启蒙老师叫各位同学熟读四首古诗。讲好了放学时谁要是背不上,就打二十板手心。可等老师一走,李自成就坐不住了,拿着老师的板子去欺负小同学。老师看见了,很生气,罚他现在就背诵这四首诗,错漏一字打三下手心。谁知李自成成竹在胸,一点也不怕。他头一昂,一口气背完四首诗,只字不错。老师气得没法,只好饶了他这一次。

十三岁那年,李自成的母亲去世了。没有了母亲的管教,李自成更加顽皮。他经常逃学在外,领着一批还未上学的孩子,自称"猴王",到处惹祸。他不遵守学规,欺负同学,老师打他,他也不怕;罚他写字、对句,他随口就来。启蒙老师简直拿他没有办法。

有一个夏天的傍晚,天气变化快,时晴时雨。老师出一联曰:

雨过月明,顷刻呈来新境界。

李自成头也不抬,不假思索地对道:

天昏云暗,须臾不见旧江山。

启蒙老师听了,惊叹地说:"此子奇才,吾不能教也。将来成则为王,败则为寇。"

◎ 拓展阅读

《训蒙骈句·下卷·十二侵》(一)

青萍剑,绿绮琴。书天木笔,刺水秧针。卞和三献玉,杨震四知金。墙内杏花红出色,门前桑柘绿成阴。元亮归来,新竹旧松多逸趣;子期去后,高山流水少知音。

李品芳要求让一点

李品芳是清朝道光年间一个有名的才子，浙江东阳人。后来他考中进士，官至内阁学士。李品芳为官清正，从不收受贿赂，因此生活非常俭朴。他也是个不太讲究穿着的人，平常就穿着家乡的土布衣服。

话说有一次，李品芳因病回家休养了三个月，病好之后便立刻赶回京城，途中投宿在一家客店。客店老板见有客人来自然欢天喜地，给了他一个干净的客房。又见他气度不凡，是个不俗的人，便有心求教。李品芳用过晚饭，老板便端了些茶水上去，请他品茶。喝了几杯之后，对李品芳说："这位先生，我看你是个有些来历的人，这里有一上联，还请赐教！"李品芳笑了一笑，说："在下不才，愿闻教诲，老板请讲。"

老板出了这样一句上联：

宦官寄宿穷家寒窗寂寞；

李学士听了，大吃一惊，这上联出得巧，将十个带宝盖的字串组在一起，是个妙句。这个难句倒激起了他的兴致，决心要好好来对。

过了一会儿，学士对老板说："这个上联太难，不知可否让我一点？"老板听了，让一点就让一点吧，就爽快地说："先生请对，可以不拘小节。"

李品芳见老板同意了，就对出下联：

冢宰客寓富室宇宙宽容。

"冢宰"是周代官名，后来为尚书的代称。原来"让一点"是指"冢"字，比宝盖"少一点"。

○ 品画鉴宝　携琴访友图·清·上睿　图中一湾清流横贯，水榭幽轩隔岸斜对，中有板桥，一位老者与其携琴随从正过桥，意欲拜访幽居之好友。整幅作品构思简洁，人物刻画入微，景物聚散合度，意境开阔，引人注目。

◎ 拓展阅读

《训蒙骈句·下卷·十二侵》（二）

松郁郁，竹森森。孤峰绝壑，远水遥岑。桓伊三弄笛，虞舜五弦琴。淑气渐催莺出谷，夕阳忙促鸟投林。武将承恩，面带霜威辞凤阙；使臣奉诏，口传天语到鸡林。

李白联斗杨国忠

唐天宝二年，朝廷三次下诏，请李白到当时的首都长安去。李白到了京城之后，受到了唐玄宗的格外赏识，被授以翰林供奉之职。他行为清高，性格狂放，不肯阿谀逢迎权臣贵戚，更看不惯权臣贵戚谋取私利，钩心斗角，弄权作奸。时间一长，各种恶意攻击、中伤李白的谣言便散布开来。

唐玄宗的宠臣杨国忠，嫉恨李白之才，总想借机会奚落李白。一日，杨国忠约李白斗三步对句，即仿效子建七步对诗之法。李白刚一进门，杨国忠因蓄谋已久，便迫不及待地提出斗对之议，并将早已想好的上联念了出来：

两猴伐木山中，问猴儿如何对锯（句）？

侮辱李白应约前来杨府是"猴儿对句"。

李白听了，微微一笑，说："请宰相起步。"

杨国忠不知是计，还以为李白真要让他走三步。他刚跨出第一步，李白便指着他的脚对下联道：

匹马陷身泥内，看畜牲怎样出蹄（题）！

李白回敬杨国忠的是"畜牲怎样出题"。

这一下大出杨国忠的意外，气得发狂。加之李白曾当着唐玄宗的面命高力士脱靴，又因诗作惹恼了杨贵妃，这些权臣们合伙在唐玄宗面前陷害李白。李白认为长安已不便再留，便主动请求辞职。唐玄宗当然是顺水推舟，予以"恩准"了。

◎ 拓展阅读

《训蒙骈句·下卷·十二侵》（三）

回俗驾，涤尘襟。鱼穿荷影，雉伏桑阴。月寒花溅泪，风冽鸟惊心。泳絮才姬挥妙笔，寄衣戍妇捣寒砧。雍伯成婿，一函尽献圆中璧；秋胡戏妇，两袖轻携桑下金。

○ 品画鉴宝 太白醉酒图·清·苏六朋
此图画的是李白醉酒于唐玄宗宫殿之内，内侍二人搀扶侍应的情形。图中李白头戴学士帽，五绺清须，面露高傲之态，正侧目下视被侍的内监。

林大钦对联趣话

林大钦是清代的状元,出生于广东潮州。在少年时代,林大钦就留下了很多对联的故事。

据说有一天,一位姓叶的私塾先生想考一考他的真才实学,便诙谐地对林大钦说:

竹笋初生,何时称得林大秀?

林大钦随声答道:

梅花放发,那曾见有叶先生?

叶先生闻听之后,倍加赞叹,认为林大钦以后必定高中。

林大钦在私塾中读了几年书,后来因家穷辍学,往银湖村去当私塾先生。主人家见他生得矮小,面黄肌瘦,怕他没有真才实学,便在席上出对考他,想以此来决定去留。主人的出对是:

银湖院后虎耳草。

林大钦一时答不上来,也不等主人开口便收拾包袱出了门。走到金石宫前,忽然一阵风吹过,飘下来几朵龙眼花落在他的头上。他灵感突发,有了下联,连忙返回去对主人说:

金石宫前龙眼花。

主人见林大钦对得很工整,想来是个有学问的人,便留他在家里教书了。

◎ 拓展阅读

《训蒙骈句·下卷·十三覃》(一)

锄嫩笋,切香柑。阳奇阴偶,朝四暮三。冬冰铺冷沼,秋月浸寒潭。雁逐夕阳投塞北,鸿拖秋色下江南。海水将潮,花底黄蜂衔已罢;山云欲雨,阶前白蚁战方酣。

刘凤诰殿对中探花

清朝时，有个叫刘凤诰的人，才学很高，但却是一目失明。古时候做官不仅要才学好，而且相貌也很重要，像刘凤诰这样其貌不扬的人，才学再高，也是当不了官的。可是刘凤诰却中了个探花，这里面还有个对联的故事呢。

原来在殿试的时候，清帝见刘一目失明，就有些犹豫，想不点他，可是看他才高八斗，又有些可惜。于是思忖片刻，清帝便决定出对考他，上联是：

独眼不登龙虎榜。

刘凤诰一听便对道：

半月依旧照乾坤。

此对含义深刻。清帝也不禁为之嘉许，但还想要再试试，于是，又出了一联：

东启明，西长庚，南箕北斗，朕乃摘星汉。

顷刻工夫，刘凤诰信口答道：

春牡丹，夏芍药，秋菊冬梅，臣是探花郎。

答问对仗工整，韵律和谐，清帝十分高兴，随即拿笔圈点刘凤诰为探花，登上金榜，一时传为佳话。

◎ 拓展阅读

《训蒙骈句·下卷·十三覃》（二）

听蜀鸟，养吴蚕。谢安高卧，王衍清谈。春暖群芳丽，秋清万象涵。庞德遗安来陇上，曹彬示病下江南。风起寒江，密雪乱堆渔父笠；月斜古路，闲云深护老僧阉。

○ 品画鉴宝 烹茶洗砚图·清·钱慧安 图中有一傍石而建的水阁，阁内琴桌之上有茶具、书画，一位中年男子正倚栏而坐。阁外有两侍童，一侍童正在水边洗砚，水中数条金鱼游向砚前；另一侍童手拿蒲扇，正对着小炉扇风烹茶。整幅画作设色古雅悠淡，人物仪容生动闲适，表现了作者绘画技法的纯熟高超。

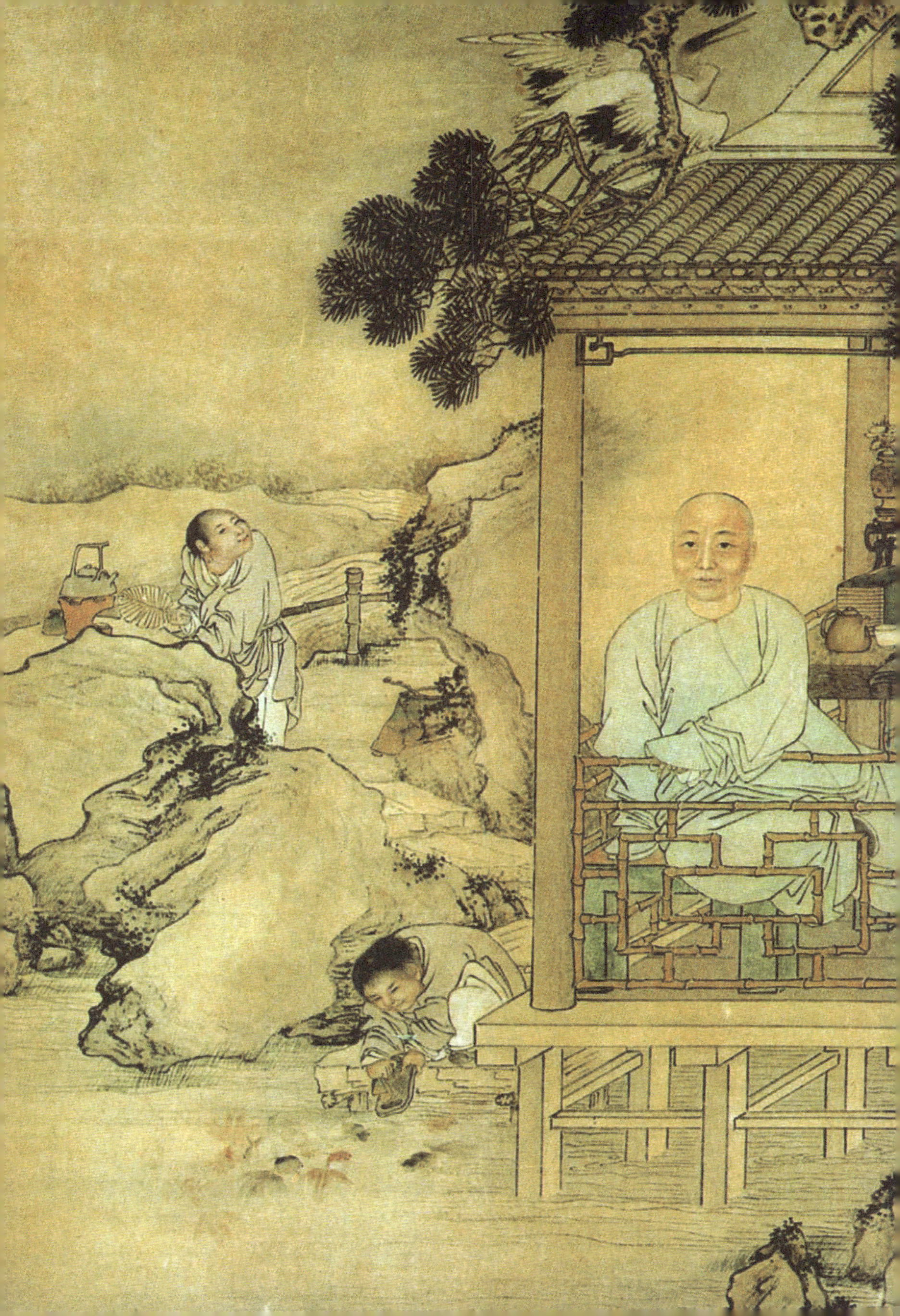

刘靖宋教训歪秀才

刘靖宋是清代的一个才子,很小就领悟力很高,大人一教,他就会,而且能诗善对,在乡里名声远扬。在刘靖宋的家乡,住有一富户人家,少爷叫李富阳。他仗着自己也会几句对联,家里又有钱有势,就横行乡里,经常用对联来取笑别人,从中取乐。乡里人既很讨厌他,又有些怕他,送他一个外号叫"李歪才"。

李歪才听说刘靖宋很会对对联,很不服气。有一天就找到刘靖宋要较量一番。两个见面行礼之后,刘靖宋问道:"先生贵姓?"李歪才一仰头,说:

骑青牛,过函关,老子姓李。

说完,眼睛一斜,反问道:"贵姓?"

刘靖宋见这个人出口不逊,以老子自称。于是,马上回答:

斩白蛇,入淞吴,高祖是刘。

高祖,孙子称祖父的祖父为高祖,在汉族人中辈份很高。刘靖宋在下联中,借用了汉高祖刘邦斩蛇起义的典故,以汉高祖的庙号,一语双关,我是你的高祖呢。针锋相对,有过之而无不及。

刘靖宋这个下联实在是对得好,没让李歪才占到一点便宜。李歪才一听,觉得自己比不上人家,只好灰溜溜地回家了。

◎ 拓展阅读

《训蒙骈句·下卷·十三覃》(三)

花侍女,草宜男。龙车凤辇,鹤驾鸾骖。风筛淇澳竹,霜熟洞庭柑。苑上王孙游未返,花前公子醉方酣。野店行人,霜高睡短鸡偏促;穷途过客,雪滑泥长马不堪。

老地主戏改旧楹联

相传，在襄阳城内住着一位老地主，他自己没读过几天书，却又极喜附庸风雅，以文人自居。

一年，正是他老母亲六十大寿。到了那一天，他为母亲悬灯结彩，大开筵宴。想在大门贴副大红对联，却又舍不得花钱请人写，只好叫账房先生将常见的"天增日月人增寿，春满乾坤福满门"写出来贴在门上。账房先生正写时，老地主忽然想起，这是为老母亲祝寿，应该写得具体切题才好。于是，让账房先生把上联改为：

天增日月娘增寿。

老地主看了很得意。不过，上联既然改了，下联也该相应改动才算工整。他想了一下，又叫账房先生把下联改为：

春满乾坤爹满门。

账房先生听了，真有点哭笑不得，说："东家，这么改可不行呀！"老地主听了不以为然，还一本正经地说："你懂个屁！'爹'对'娘'不是十分工整吗？"

◎ **拓展阅读**

《训蒙骈句·下卷·十四盐》（一）

风料峭，雨廉纤。夜愁种种，春思厌厌。水痕霜后没，山色雨中添。姑去尽留云母粉，客来只醉水晶盐。月转书楼，莲漏数声催晓箭；风生绣阁，檀香一缕透香帘。

老秀才联对斗状元

元末明初的时候，有一位秀才叫李大鹏。他十年寒窗，终于金榜题名。但是从此自负才华，骄傲起来了。

一次，李状元回家省亲，在家里大摆宴席，宴请众乡亲。席间吟了自创的一些新诗词和对联，引得众人交口称赞。状元听了不禁有些得意，笑说："'高处不胜寒'啊，难觅对手，苦无知音啊！"

座上一位老秀才有些不满，踱步而出，拱手说道："状元公，老朽有一联，不知能赐教否？"状元笑道："请——"老秀才于是指着庭前荷塘说道：

藕出佳莲荷必喜。

状元一听，顿时面红耳赤，原来这是个谐音联，意为——"偶出佳联何必喜？"状元看到秀才手指的荷花，由于缺少昆虫授粉，虽然花瓣飘摇，但是囊内空空，于是眼珠一转，纸扇一收，对曰：

瓣生不蒂籽堪尤。

老秀才一听，顿时脸就红了。原来状元的下联也是个谐音联，意为——"半生不第子堪忧！"

一时满堂喝彩，众人皆鼓掌赞叹。老秀才虽脸上不愠不躁，却也一时无言以对。一时也收起轻视之心，暗想：不愧是状元，胸中还是有些学问。不过年轻人毕竟太猖狂，不是好事，得趁此机会挫挫他的锐气。

在状元正是得意，享受称赞之时，抬眼见那荷塘，花姿飘摇，微风轻拂，鱼游波下。状元触景生联，对着那老秀才大声说："好，轮我出题大家对对了。"于是吟道：

鲢游莲下涟波起。

众人一惊，乍叹奇妙，又不乏一番赞许之词。原来三字同音不同意，共用偏旁"连"，对得又极为顺畅，合情合理。难，难，难，一时众议纷纭，不知如何对答。

状元一见，愈发得意，当下拿出元宝一锭，说道："普天之下，若有谁能对得下联，愿以此赠之！众人都想拿到元宝，但苦于腹内空空，对不出来。一时鸦雀无声。

正在这时，老秀才旁边有一个小童站了出来，对老秀才

品画鉴宝 静深秋晓图·清·吴历

言道："师傅，允许徒儿献丑吗？"老秀才想：这小童天资聪慧，必是有了佳对。于是就含笑允许了。小童指着桌上一盘肥肥的海鲜多爪鱼，说道："鱿生胧赘犹不觉。"众人皆惊，注目桌上，果然，多软肉的鱿鱼油油肥肥的，长点赘肉又怎么会觉得呢。顿时掌声四起，一是感激小童为大家解了个围，二也都为他小小年纪的才华叹服不已。小童也不禁得意，仰首望师傅盼赞许。

状元看到竟然被这小童对了出来，脸上就有些挂不住。偏还是老秀才的学生，更是不能忍。拍案叫道："此对不妥，我说的是'鲢'，你却对'鱿'，一样为鱼，不算！"

众人哗然，却也不好说什么。小童更是委屈，泪眼都流出来了，对老秀才说："师傅，真的有此限吗？徒儿怎么不知？"

一阵凉风吹过，掀起老秀才鬖鬖白发，他抚着小童的肩头，说道："苛刻中是有此一说，孩子，别急。你看——这荷塘中怎的只有一只鸳鸟嬉戏，愁而不鸣呢？你就以此为对吧。"

小童听了，顿时转怒为喜，说道："谢谢师傅。"随之吟出下联：

鸳戏苑里怨声愁。

鸳鸯本是同林鸟，找不到鸯，你说愁不愁？妙对！……顿时满堂皆喜。

◎ 拓展阅读

《训蒙骈句·下卷·十四盐》（二）

蜗篆壁，雀驯檐。一端绵绮，三尺素缣。骄阳红烁石，密雪白堆盐。清霜冷透鸳鸯瓦，落月斜穿翡翠帘。舞剑孙娘，佩声袅袅知腰软；辨琴蔡女，弦韵悠悠觉指纤。

133

两虚词联讽洪承畴

明朝万历年间有个进士叫洪承畴,到崇祯时当上了兵部尚书,同时封为蓟辽总督,握有重兵,权倾一时。他感戴崇祯知遇之恩,发誓要为明朝尽忠。所以,他在自家客厅上悬挂了自撰的一副对联:

君恩深似海。
臣节重如山。

崇祯十五年,洪承畴督师与清军战于松山,兵败被俘。但当时消息不灵通,传到京师,都以为洪承畴已经殉国。崇祯听了大痛,亲自设灵祭悼其亡灵。谁料到此时洪承畴已经降清,并为清廷积极筹划,成了叛国的逆臣。一时京城士人大哗。后来清军入关,坐了江山,洪承畴也就成了清朝的红人,成了大官。

却说有一年春节早上,洪府大门上贴起了一副新对联,上下联均是当年洪承畴旧句,不过后面各添了一个字,成了:

君恩深似海矣!
臣节重如山乎?

两个虚词,一叹一问,极尽讥讽。洪承畴看着只好苦笑几声,撕联作罢。

又有一年,正好洪承畴六十岁生日,这一天洪府门前车水马龙,宾客盈门,来祝寿的人络绎不绝。正在这时,忽然闯进来一个披麻带孝的人。人们看时,却是洪承畴以前的门生。他到大厅之后号啕大哭,还大声朗读当年崇祯祭洪谏文。大厅顿时鸦雀无声,洪承畴被弄得无地自容,那门生哭罢,在桌上摊开一副对联,扬长而去,大家偷眼看那对联,见上面写的是:

史鉴流传真可法;
洪恩未报反成仇。

上联嵌抗清名将史可法姓名,下联"成仇"谐音"承畴",一褒一贬,跃然纸上,洪承畴面红耳赤,呆若木鸡。

◎ 拓展阅读

《训蒙骈句·下卷·十四盐》(三)

摇画扇,卷珠帘。九重蜡炬,万轴牙签。落花狂蝶绕,飞絮游蜂黏。看经老子头斜兀,刺绣佳人指露肩。秋老风寒,乱飘红叶落山路;夜深雪急,故伴绿梅穿户檐。

○ 品画鉴宝 人物故事图（之一）·明·仇英

两只秀目，怎可无眉

相传清末的某年，江南有个姓李的秀才，到杭州参加乡试。他当然很重视这次考试，提前两天就到了杭州，当时又没什么事做，便一个人到西湖游玩，放松一下自己。

李秀才在西湖边一路走来，这无限的景致真是美不胜收。秀才想起历代文人描写西湖美景的诗文，禁不住摇头晃脑，吟诵一番。吟诵到动情之处，他还手舞足蹈了起来，像着了魔似的。

人们看到他这般模样，以为出了什么事，大家都围过来看。正在这个时候，几个丫环簇拥着一顶小轿路过这里。原来，这是杭州城里一位姓杨的官员的千金来游西湖。她听到人声嘈杂，想看一看是怎么回事，就微微掀起轿帘，露出一张俊俏秀美的脸。

恰巧这时李秀才似乎也感觉到了人们奇怪的目光，想来是自己失态了，便立时停了下来，向四处张望。他一转头，便看见了人群中那顶轿子和轿子里的美人。当时杨小姐也正好朝这边看。四目相对，情从中来，两人几乎都愣住了，像是身处梦境：这一个眉清目秀，大家闺秀；那一个浓眉大眼，斯文书生。杨小姐到底还是闺中少女，感到不好意思，羞涩地放下了轿帘，继续前行了。

小姐一走，这位李秀才就不知怎么办好，鬼使神差般地跟了上去。一会儿，轿子和人到了一座亭子，杨小姐就与丫环停下来赏景。李秀才一看机会来了，便走到亭子旁的湖岸边，故意对着湖水大声吟道：

湖水涟漪，一碧深情，何不生莲？

这上联字面上是在问湖水怎么不长莲花呢？其实，"莲"谐音"怜"，实际是对小姐说：我跟了你这么远，能不能对我有一点怜爱之心，看我一眼呢！

杨小姐也是饱读诗书之人，当然听出了他的弦外之音，便在亭中说道：

秋波含笑，两只秀目，怎可无眉？

"眉"字指"媒"，小姐的意思是没有媒人，我们不好见面，让秀才请媒人来提亲。

李秀才听到此言，转而一想，高兴得直想跳起来。过了几天，他参加完三场考试，感觉特别顺利。考完之后，匆匆回乡请媒人提亲。当然，这门亲事一说便成了。

◎ 拓展阅读

《训蒙骈句·下卷·十五咸》（一）

红罗帐，黑石函。琴横徽轸，乐奏英咸。花香蜂竞采，泥暖燕争衔。塞上寒霜迟寄袄，江头斜日促归帆。陇上梅开，寄赠故人犹可折；阶前草长，丁宁童子不须芟。

罗隐失意作讽联

唐代有个叫罗隐的诗人，本名罗横，其诗非常有名，但是相貌丑陋。他觉得自己才华横溢，就有点看不起别人。

在封建社会，这样的人为腐败的官场所不容，所以连考十次都榜上无名，也只好死了这条心。有一年，他和诗人顾云一同去拜访淮南节度使高骈，想在他府上找个差事。这位顾云长得一表人才，罗隐相貌丑陋，高骈见了，有留下顾云之心，对罗隐却不怎么热情。

罗隐见高骈以貌取人，心里很是愤慨，决心离开此地，回武陵老家，著书立说。分别当天，高骈设宴为他饯行。当时正是盛夏酷暑，官府里虽然条件好，干净，但还是有只苍蝇飞了进来。高骈一看，这还得了，立刻让家人把苍蝇轰出去，并随口说道：

青蝇被扇扇离席。

罗隐听了不是味儿，觉得高骈是借着对联说他是苍蝇。偏偏这时候顾云又在旁边打趣："高大人真是高才，即席出对句，罗兄也是才学过人，不妨一答，以助酒兴。"罗隐又以为顾云也不怀好意，决心报复，就连声说好。

罗隐抬头一看，见门上挂着一幅《白泽图》。传说白泽是一种神兽，黄帝在桓山将它捕获，画在图上，告知天下，唐朝仪仗中也有白泽旗，罗隐便对了下联：

白泽遭钉钉在门。

愤言有才学的人总是得不到重用。

◎ **拓展阅读**

《训蒙骈句·下卷·十五咸》（二）

飘舞袖，脱征衫。风清月白，河淡海咸，断碑凝土蚀，古镜被尘缄。凛凛清霜寒橘柚，蒙蒙细雨暗松杉。供韭林宗，夜向灯前冒雨剪；思莼张翰，归来江上挂风帆。

榴花洞佳联奇遇

相传唐末的时候，有户官宦人家住在九仙山下，主人叫吴仲，进士出身，膝下无子，只有一女，名叫吴青娘。这年青娘十八岁，正想找个人家，不想黄巢起义，世道混乱，全家出逃，可惜失散了。

青娘与家人失散之后，一个人日夜奔走，想找回家人，不觉来到一个洞边。只见洞口泉水清清，旁边有棵石榴树，果实累累，想想此地有吃有喝，便暂时安下身来。

到了晚上，皓月当空，忽然洞外传来哭哭啼啼的声音，便走出洞去查看。只见石榴树上吊着一个人。吴青娘立即上前把这个人救了下来，拖到洞中。仔细一看，原来是个文弱书生，便让他在洞内休息。

第二天书生醒来，两人便交谈起来，青娘得知他叫周启文，乃福州名士周朴之子。过了些日子，周启文发现洞中所存粮食不多，便不想再拖累青娘，欲离开此洞到别处逃生。

青娘与他住了几日，也有些感情，不想让他就此走掉。很想试试他的才华，便说："你也不必着急，粮食自然会有，奴家这里有一上联，如对得好，与君充饥，如对不出，听君自便。"说完，便出上联：

既有石榴（实留）何须桃（逃）？

周启文一听，不待思索便随口对道：

若无橄榄（敢揽）焉得藕（偶）？

青娘听周启文对得又快又好，十分高兴，说道："公子高才，令人钦佩，不如结为兄妹！"说完他们结拜起来。

外面战乱纷纷，洞里的两个人却谈古论今，说天道地，好不快活。这样过了些日子，战乱渐渐地平息下去了。青娘和周公子就启程回九仙山。

到了青娘家，将事情来龙去脉禀告一番，父母自是大喜，看他们情投意合，不像兄妹，活脱脱一对小夫妻，就为两人操办了婚事。吉期那天，自然热闹非凡。酒残客散之后，两人携手入了洞房。启文这时触景生情，随口念道：

感青娘有心即为情。

意思是说"青"字加个竖心旁就变成"情"字了，感谢青娘救他性命。

青娘想了片刻对道：

羡玉章无点不如玉。

对罢，两人相视而笑。青娘有心考验新郎，见房内有一只铜炉，上点十几支兰花香，对启文道："小妹还有一对，请赐教。"

琉光之下，数条香众云拱月。

启文搜肠刮肚，想了很久，终于对出一联：

宝镜之中，一口气寸雾漫天。

青娘听了，连连叫好。

◎ 拓展阅读

《训蒙骈句·下卷·十五咸》（三）

樊迟圃，傅说岩。一川花柳，千里松杉。云峰形突兀，石壁势岩巉。野店黄鸡声喔喔，屋梁紫燕语喃喃。炉上酒香，对月几回频举盏；案前书满，临风一笑却开缄。

○ 品画鉴宝　簪花仕女图·唐·周昉　图中描绘的是唐贞元年间宫廷贵族仕女于春夏之交，在庭园中嬉游的情景。两位贵妇丰颊肥体，衣着华丽，高髻簪花，正在与一宠犬嬉戏。图画以简洁有力的线条，浓艳而丰富的色彩，颇为传神地塑造了不同的人物形象。

联句巧配姻缘

相传河南省某县有一姓穆的青年书生，聪明过人，诗词对联，很是在行。一日，他带着比他小几岁的学友马生到外面踏雪。突然觉得要解大便，此处又没有方便之处，只好要马生给他撑伞，遮一遮丑。

这时候大雪纷纷扬扬，越下越紧。穆书生见马生站在风雪之中，冻得发抖，还给自己撑伞，心里就有些愧疚。方便之后，两人继续踏雪游玩，抬头忽见远处有几只乌鸦，便对马生说："我出一副对子，给你一天时间，看你是否对得出来。"接着，说出上联：

雪地乌鸦，好像白纸落上几点墨。

马生听了上联，便认真地思索起来。可是到第二天吃早饭时，还是没有对出来，就坐在桌边两眼发呆。马生的姐姐见了，便问他原因。马生便讲了昨天对联的事。姐姐想了一想，说："这个上联好对，我来帮你对一个，你先吃早饭吧。"

吃过早饭，马生高兴地带着下联来找书生。穆书生一看，上面写道：

云边芦雁，仿佛青天描下八行书。

这副对子的确对得工整，可这"描"字用得奇怪。男人很少有对"描"的，只有女人才能随手用一个"描"字。想了一想，便对马生说："这对子不错，可不是你对的，你说对子是谁对的？"

马生见瞒不过去，就如实说出。穆书生一听是马小姐所作，心里就有了点想法。数日后，又出了一联交与马生对，马生自然又去请姐姐对。

姐姐一看，上面写道：

春惹佳人眠树下。

她想了一下，便写了下联：

月移花影上栏杆。

穆书生一看这下联，心中大喜，暗想，难道是马小姐有心于我，约我三更上楼去幽会？心中还拿不定注意，忽然见盆中鸡冠花，随手写了一句上联：

盆里鸡冠花未放。

马小姐一看上联，觉得书生以鸡冠花比喻她，很是生气，便随手写了下联：

园中狗尾草先生。

穆书生一看马小姐以狗尾草骂他，心里也生气，可是一想，既然她约我幽会，就不计较了，打是情骂是爱嘛。倒不如再出一联探探路，随即又出一联：

山高路险，叫樵夫如何下手。

姐姐对道：

鹰急犬快，逐狡兔赶紧离窝。

穆书生一想，又怎的辱我！我非到县衙告你。县官是一个两袖清风的好官。接案后，知道双方都是误会。看了堂下一对珠联璧合的人儿，知县有意成全，便把惊堂木一拍，大喝一声："大胆狂徒，有辱斯文，调戏良家女子，重打四十大板。"

马小姐一见，也舍不得书生挨打啊，就急忙跪倒求情。县令一看，又喝道："胆大女子！敢替歹徒求情，定是坏人，来呀，痛打四十大板。"

穆书生一见，急得喊道："县令大人，都是我的错，请饶了小姐，就打我一人吧。"县令哈哈大笑，随即批下结案语：

"窈窕淑女，君子好逑。青山永固，碧水长流。姻缘巧配，喜结鸾俦。"

◎ 拓展阅读

《声律启蒙》

清朝康熙年间车万育所作的著作。该书是训练应对、掌握声韵格律的启蒙读物，分为上下卷。其中内容按韵分编，涉及天文、地理、花木、鸟兽、人物、器物等诸多门类。从单字对到双字对，三字对、五字对、七字对到十一字对，声韵协调，琅琅上口。我们将在下面的文章中依次列出其内容。

刘秀才巧对结姻缘

相传唐朝的时候，尹家府有个刘秀才，苦读十年之后，终于考了个举子。但是福无双至，就在他接到消息时，忽然得急病死了，撇下孤儿寡妇。

话说秀才妻子出身书香门第，又长得貌美，远近闻名；儿子从小聪明伶俐，惹人喜爱。妻子见丈夫中举，接着去世，真是悲喜交加。想到儿子年纪尚小，还要读书受教，就跟父亲商量，想请个教书先生。

父亲听女儿说得有理，就答应了。这天到城里去拜访一位朋友，正巧在茶馆里碰到一个落榜的举子。交谈之中，觉得这位举子才学不凡。于是就请他到家当教书先生。

这位先生就在这里安顿下来，既教书又读书。一天，大雨过后，一只青蛙跳到门槛上，头朝屋里，双眼圆睁，很是可爱。先生来了兴致，说道：

槛上青蛙如虎卧。

小孩听了，觉得挺有趣的，就记住了。晚上吃饭时，说给了娘听。娘听罢，就对了个下联，说我也教你一句：

沟中蚯蚓似龙盘。

第二天上课，先生在上课前，叫小孩把昨天学的背一遍。小孩背道："槛上青蛙如虎卧，沟中蚯蚓似龙盘。"

先生听了，大吃一惊，心想：小孩如此聪明，不得了，我是教不下去了。转念一想，也可能是有人教他，就问他："我昨天教你一句，你今天却背出两句来。那一句是你自己想的吗？"

小孩答道："是我娘教的。"

先生一听，果然有人教他，可见他娘的才学也不低啊。我不妨再试试，随即又教小孩一句：

北斗七星水里观天十四点。

晚上吃饭时，小孩照例背当天先生教的联句。小孩背完，他娘又教小孩一句：

南来孤雁日中顾影翼双飞。

上课了，小孩把前天教的背了一遍，也背了他娘教的"南来孤雁日中顾影翼双飞"，先生一听，更觉得不简单。来来去去，也很是有味道，于是又教小孩：

六尺白绫，三尺系腰，三尺坠。

晚上，小孩娘听完小孩说的联句，心想：好你个举子，好话不说，就会笑话我是寡妇，我还有一个小孩，你却是光棍一个。就教小孩一句：

一床棉被，半床遮体，半床闲。

第二天，小孩照样又背给先生听。先生听了这句子，心中想道：半床遮体，半

床闲,看来她对我有意……于是他就教小孩一句:

山高林密,问樵夫何时下手?

晚上,小孩的娘听了先生的句子后,又教他一句:

浪大海阔,劝渔翁早些回头。

这样一来一去,教书先生和小孩他娘竟日久生情,不久就结为夫妻了。

○ 品画鉴宝　三彩女立俑·唐

◎ 拓展阅读

《声律启蒙·上卷·一东》(一)

云对雨,雪对风,晚照对晴空。来鸿对去燕,宿鸟对鸣虫。三尺剑,六钧弓,岭北对江东。人间清暑殿,天上广寒宫。两岸晓烟杨柳绿,一园春雨杏花红。两鬓风霜,途次早行之客;一蓑烟雨,溪边晚钓之翁。

灵隐寺老僧妙对

唐初的时候有个诗人叫宋之问,很是虚心好学,因此学问也很不错。一天,来到杭州灵隐寺寄宿。时值秋夜,心里又有些事,夜不能寐,于是出来走走。看到月色朦胧,秋风萧瑟,他触景生情,口占一句:

岭边树色含风冷。

他想吟个下联,不料一时对不出来,便在殿前殿后反复吟诵这句诗。

正在这个时候,一位老僧走了过来,蓦然回头说:"少年公子,何必这么看重眼前的景色,为一句诗,如此苦搜枯肠?"

宋之问听这个和尚讲出这样的话来,吃了一惊,便问:"还请师父赐教。"

老僧说:"贫僧不善吟咏,偶得了一句,请听。"老僧道:

石上泉声带雨秋。

宋之问听罢,果然是个好句,纳头便拜:"老师父既出口成章,必然读过很多书,肯定是个诗人,请受晚生一拜!我见灵隐风景秀美,想吟一首诗纪念,却只吟了一句,怎么也接不下去了,还请师父赐教。"说着,随即吟出:

桂子月中落,天香云外飘。

老僧想也不想,接着吟道:

楼观沧海日,门对浙江潮。

宋之问听了,更加佩服这位老僧。后来,经过一番长谈,才知道这个老僧就是隐居在此的著名诗人骆宾王。

◎ 拓展阅读

《声律启蒙·上卷·一东》(二)

沿对革,异对同,白叟对黄童。江风对海雾,牧子对渔翁。颜巷陋,阮途穷,冀北对辽东。池中濯足水,门外打头风。梁帝讲经同泰寺,汉皇置酒未央宫。尘虑萦心,懒抚七弦绿绮;霜华满鬓,羞看百炼青铜。

刘伯温得助无名僧

刘伯温是朱元璋的军师，很有军事天才，为朱元璋出了好多计策。朱元璋得到刘伯温的扶助，如虎添翼，很快灭了元朝，建立了大明政权。

刘伯温还是文学家，文章写得非常好。这一天刘伯温从老家探亲回来，忙着赶回朝廷。半道上，他坐在船里，给朱元璋写奏章。可写到半截儿，不知道怎么写了，难住了。就在这时，忽听岸上有人喊："请船停停，请船停停——"

刘伯温探头一看，原来是岸上有个和尚想要搭船。刘伯温便让船靠了岸，让和尚上了船。

和尚来到舱里，看到刘伯温皱着眉头，若有所思，像遇到什么难事了。他就问："大人，不知有何难事，可否对老僧一讲？"刘伯温见这老和尚也不像坏人，就实话实说了："我正在写一份奏章，写到'蹉跎岁月，五旬有三'就写不下去了，还请长老赐教。"

和尚听了，随口就说："大人，不如写上'补报朝廷，万分无一'。如何？"

刘伯温听了，吃了一惊说："妙！师父真是高才。"这副对联是：

蹉跎岁月，五旬有三；

补报朝廷，万分无一。

意思也很明白。上联是说，时间白白过去很多，一晃已经到了五十三岁。下联是说，我为报皇恩，所做的事，却还不到万分之一！表示刘伯温在皇帝面前忠心耿耿，诚惶诚恐，鞠躬尽瘁的决心。

刘伯温见这和尚是个有才华的人。就留和尚在船上多住了几天，共同探讨了一些国家大事。快到京城的时候，刘伯温打算推荐他当官，好为国效力。可和尚死活不去。刘伯温没有办法，知道也强留不得，只好让他下船去了。

◎ **拓展阅读**

《声律启蒙·上卷·一东》（三）

贫对富，塞对通，野叟对溪童。鬓皤对眉绿，齿皓对唇红。天浩浩，日融融，佩剑对弯弓。半溪流水绿，千树落花红。野渡燕穿杨柳雨，芳池鱼戏芰荷风。女子眉纤，额下现一弯新月；男儿气壮，胸中吐万丈长虹。

刘攽与苏轼联对

刘攽，字贡父，北宋著名史学家，与苏轼交往甚密。

有一天，刘攽设家宴招待文坛史苑的诗朋书友，苏轼当时也应邀前往。

正当大家兴致勃勃、对酒当歌之时，苏轼的门人前来传话，说府上有急事，请他速归。刘攽挽留，幽默地吟出一句绝妙的上联：

幸早哩，且从容。

这比上联字数虽只有六个，含义却甚为复杂。从字面看，是说时间尚早，劝苏轼从容些，不必着急。但字音却谐了三种水果、一味中药："幸"谐"杏"，"早"谐"枣"，"哩"谐"梨""李"，"从容"谐"苁蓉"。苏轼机敏地应声对下联道：

奈这事，须当归。

这比下联，从字面看，是说事出无奈，必须回去，字音亦谐三种水果和一味中药："奈"谐"柰"，"这"谐"蔗"，"事"谐"柿"，当归即中药"当归"。在场的文朋诗友们无不赞叹此联奇绝无双。

◎ 拓展阅读

《声律启蒙·上卷·二冬》（一）

春对夏，秋对冬，暮鼓对晨钟。观山对玩水，绿竹对苍松。冯妇虎，叶公龙，舞蝶对鸣蛩。衔泥双紫燕，课蜜几黄蜂。春日园中莺恰恰，秋天塞外雁雍雍。秦岭云横，迢递八千远路；巫山雨洗，嵯峨十二危峰。

伦文叙妙对考状元

明朝正德年间，广东南海县有个叫伦文叙的人，家中贫苦，以卖菜为生，人们便称他是"卖菜仔"。不过伦文叙并没有被贫穷压倒，他努力读书，加上自幼聪明过人，到了十八岁，吟诗作对，样样皆通，未遇敌手。

某年某日，他上京赶考，途中遇着一些考生，便泊舟江边，到岸上游玩。那些考生见山边水岸，微风送暖，江中三两渔舟，正在往来捕鱼，不觉谈论起船高竿缩的问题。船中渔翁听到那些书呆子不着实际的谈论，觉得很好笑，说要跟他们对对联，能对得上的，可得到十斤鲜鱼，接着说出上联：

水涨船高，蠢子无知称竿缩。

这些考生听了上联，没想到这船老大也能出这么难的对子，一时难以答对。其中有一个叫陶读甫的还有些小聪明，诈称肚子痛，去找伦文叙请教。伦文叙见船老大有意嘲笑读书人，就对了句下联：

风吹草动，愚人不识话山摇。

渔翁听了，甚为赞赏，只好送了鱼。

伦文叙抵京后，遇到一个湖北来的考生柳先开。柳先开狂妄自大，视本科状元为囊中之物，并在会馆贴上一联曰：

广东花未发；

湖北柳先开。

伦文叙看了，想治治他的傲气，就回敬一联曰：

湖北柳开未得中；

广东花发状元来。

科场考试之后，在评卷的时候情况更复杂了。有一派支持取柳先开为状元，这些人有主考赵仕德，还有武宗皇帝；另一个主考梁储比较公正，坚持以才学为录取标准，又念跟伦文叙有同乡之谊，都是广东人，就支持伦文叙。考完"八股"，大家还是争执不下，只好以"五步成联争优胜"。

当时梁储有感东边林中鸦一声。出联曰：

鸦扑丫枝，丫折鸦飞丫落地；

这联有实词、虚词，又有叠音，同时又有动作描写，有些难度。柳先开对曰：

豹过炮口，炮响豹走炮冲天。

伦文叙接着对曰：

鹄立菊叶，菊垂鹄去菊朝天。

两个人都对得不错，还是解决不了问题，只好以写诗定状元。

伦文叙吟诗云：

147

潜心奋志上天台，睇见嫦娥把桂栽。
偶遇广寒官未闭，就将明月捧回来。

这首诗写得好，连柳先开都不得不承认，只好认输。武宗皇帝不得不选伦文叙为状元。

◎ 拓展阅读

《声律启蒙·上卷·二冬》（二）

明对暗，淡对浓，上智对中庸。镜奁对衣笥，野杵对村舂。花灼烁，草蒙茸，九夏对三冬。台高名戏马，斋小号蟠龙。手擘蟹螯从毕卓，身披鹤氅自王恭。五老峰高，秀插云宵如玉笔；三姑石大，响传风雨若金镛。

○ 品画鉴宝　听萧图·明·刘俊　图中一白衣渔翁，惬意坐于船头，悠然吹奏横笛，美妙的笛声使正在江边水榭中独坐攻书的文人不禁闭目聆听。整幅画作用笔简洁放纵，意境幽然超逸，给人以心旷神怡之感。

林则徐结交名医联

当年，林则徐在江苏任巡抚，忽然患了软脚病，久治不愈，请了很多有名的医生，也没见好。后有人介绍名医何书田，经过他的悉心治疗，才得以痊愈。林则徐很是感激，赠给他一副对联云：

菊井活人真寿客，

空山编集老诗豪。

何书田原是秀才出身，祖传几代都是行医的，医术很高明，在江、浙等地颇有名气。自从治好林则徐的软脚病后，声誉更大。从此，两人成了朋友，也经常谈些时政。

又有一次，林则徐不知为了什么事，向何书田询问东南一带的形势。何书田写了《东南利害策》十三道，林则徐觉得切中要害，采纳其中九道，并赠手书道：

读史有怀经世略，

捡方常著活人书。

这副对联既赞扬了他医道的高明，又说明他对时政的关切。

有人用"清廉常怀爱国志，医人多负怜悯心"的对联，赞誉林则徐与何书田的结交。

◎ 拓展阅读

《声律启蒙·上卷·二冬》（三）

仁对义，让对恭。禹舜对羲农。雪花对云叶，芍药对芙蓉。陈后主，汉中宗，绣虎对雕龙。柳塘风淡淡，花圃月浓浓。春日正宜朝看蝶，秋风那更夜闻蛩。战士邀功，必借干戈成勇武；逸民适志，须凭诗酒养疏慵。

○ 林则徐像　林则徐（1785—1850），中国近代民族英雄，曾于道光十九年四月二十二日（1839年6月3日）在虎门海滩当众销毁鸦片237万余斤。

○ 品画鉴宝　高山烟云图·清·武丹

刘禹锡落难题联

刘禹锡是唐代著名诗人,他为官清正,刚正不阿。贞元年间任监察御史,看到朝廷里宦官当道,地方藩镇割据,唐王朝岌岌可危,就直言了几句,要皇帝改革图新。不想宦官势力强大,非但建议没有被采纳,反倒自己被贬和州。

相传刘禹锡来到和州当通判,按照朝廷制度,可以在县衙里住,而且有三间住房。可是和州知县是个小人,见刘禹锡被贬而来,没有什么前途,就不让他住在衙门内,说刘禹锡是个大诗人,起居需要安静,在县衙里住不合适。只在城南靠江边的偏僻之地找了两间破旧房子给他。刘禹锡见这知县不是同道中人,也没什么好说,就搬到了江边的居所,乔迁之日,写了一副对联贴在门上,联曰:

面对大江观白帆;
身在和州思争辩。

消息传到知县耳朵里,知县冷笑了两声,便找了个借口,让刘禹锡从南门搬到北门比原来更破旧的一间半房子里居住。此房位于德胜河边,河堤两边种着一排排柳树。刘禹锡见此情景,又在门上贴了一副对联:

杨柳青青江水平;
人在历阳心在京。

旧时和州又称历阳,这副联是说,我刘禹锡虽被贬和州,身居陋室,但是心怀国家。那位和州知县看了对联,很不服气,还想为难刘禹锡,就说江边风大,对大诗人身体不好。让刘禹锡搬进一间只能容纳一床、一桌、一椅的小屋内,刘禹锡住在这样的房子里,还是不考虑个人的得失,仍心怀国家的安危。搬进小屋之后,心有所感,便写下了千古传颂的《陋室铭》。文章写道:"山不在高,有仙则名;水不在深,有龙则灵。斯是陋室,唯吾德馨……"刘禹锡为了明志,请人将文章刻于石上,立在门前,日日观看,夜夜背诵。

刘禹锡日后由于裴度举荐,复官加爵。可这县令不久就被罢了官。

◎ 拓展阅读

《声律启蒙·上卷·三江》(一)

楼对阁,户对窗,巨海对长江。蓉裳对蕙帐,玉磬对银釭。青布幔,碧油幢,宝剑对金缸。忠心安社稷,利口覆家邦。世祖中兴延马武,桀王失道杀龙逄。秋雨潇潇,漫烂黄花都满径;春风袅袅,扶疏绿竹正盈窗。

刘鹏程写联漏一字

刘鹏程是清朝时的一个才子，江西德安县人，饱读诗书，特别擅长书法。许多人都请他书联题匾，以得到他的"墨宝"为荣。

有一年，九江府巨商张其财七十岁大寿。其人虽富，却也附庸风雅。某天特地请来刘鹏程为他书写寿联，并赠陈年老酒一百坛作为"润笔"费。刘鹏程见有酒相赠，立刻答应了，打开酒坛，满满斟上一碗，一饮而尽，乘兴写了一副：

大寿同南山松不老；

巨富如陶朱公有□。

张其财得了这副对联，如获至宝，立即把它挂在厅堂上，供人观赏。一个年轻秀才看到了，觉得有些奇怪，说："这对联上八下七，文理不通。"有人听了，立刻站出来告诉他："刘鹏程先生是何等样人，你也配评论？这是他的真迹，左边七个字，右边八个字，与众不同，一定有来历，你不要少见多怪！"谁知那秀才还是坚持己见，说："上下联字数各异还能叫对联吗？"一位老举人听了，走过来打了秀才一记耳光，训斥道："你小小年纪，读过多少书？不知天高地厚，妄加评论！"秀才很是委屈。

过了几天，巨商举行寿宴，大宴宾客，尊刘鹏程为上座。那位年轻秀才也在邀请之列，他看到刘鹏程来了，就想亲自请教。便走上来向刘先生施礼，说："老师，您这副对联为何上联八个字，下联七个字呢？"刘鹏程听罢哈哈大笑，在座的人也跟着笑起来，谁知刘鹏程点点头说："后生可畏，后生可爱！是我喝醉了酒，写对联时漏了一个字。"然后站起来，提笔在末尾加上一个字。原来，下联应该是：

巨富如陶朱公有余。

刘鹏程高兴地拉着年轻秀才入席，和他坐在一起，二人成了很好的朋友。

◎ 拓展阅读

《声律启蒙·上卷·三江》（二）

旌对旆，盖对幢，故国对他邦。行山对万水，九泽对三江。山岌岌，水淙淙，鼓振对钟撞。清风生酒舍，白月照书窗。阵上倒戈辛纣战，道旁系剑子婴降。夏日池塘，出沼浴波鸥对对；春风帘幕，往来营垒燕双双。

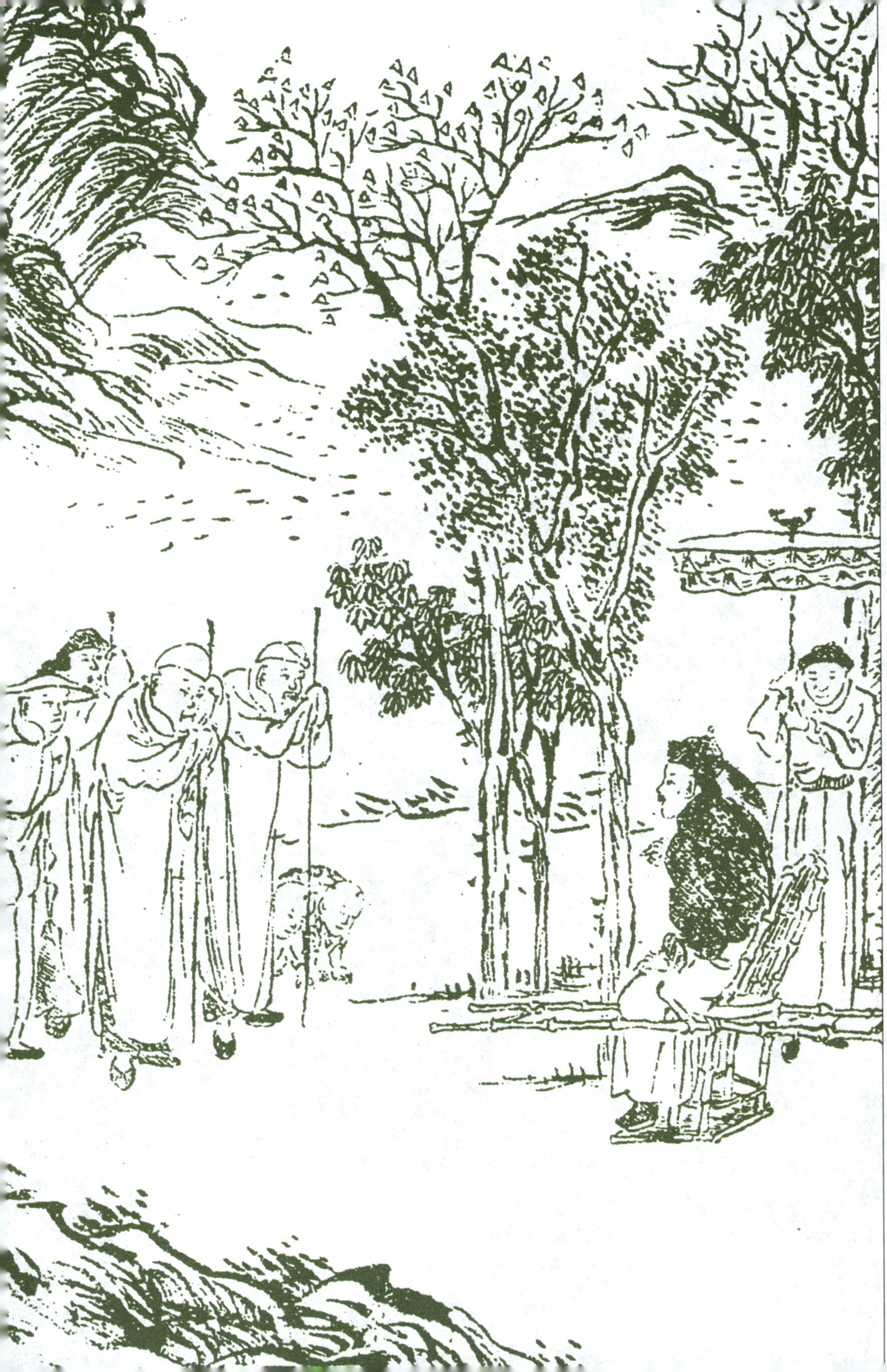

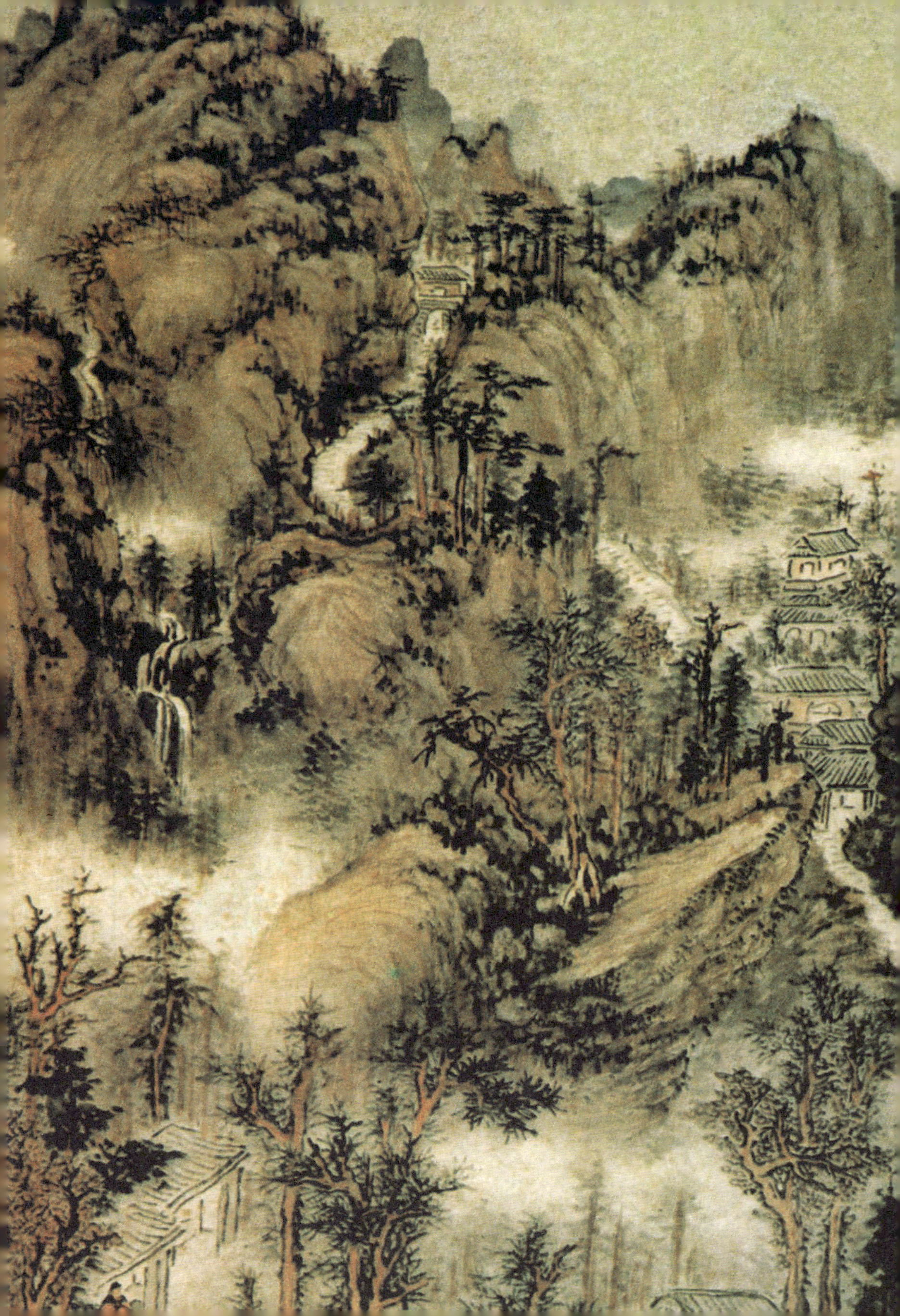

M篇

莫宣卿巧联戏知县

唐代有个状元叫莫宣卿,是封川(今广东封开)人,被誉为"岭南八大才子"之一。

他自小十分聪明,志向远大,大家都称小莫宣卿为神童。却说有一个姓梁的知县,听到大家都在说这个小神童,就很想见识见识是真是假。

有一天,梁知县路过封川,一行人便来到莫家。随从在门口大喊一声"梁大人到",莫宣卿听了,急忙出来迎接,对县老爷行了大礼。

梁知县看前面的小孩,长得倒有几分聪明伶俐之相,就笑着问:"莫非前面就是大名鼎鼎的莫家公子?"莫宣卿立刻回答:"正是,大人。"知县一听,心里好笑,想:我说你"大名鼎鼎",你倒一点也不谦虚。于是想难为一下他,便出了个上联:

廿日小孩岂称大。

"廿""日""大"三个字合在一起为"莫",是说你这个小孩也太狂妄了。莫宣卿心想:"大名鼎鼎"是你自己说的,我承认了你又不高兴,就对了个下联:

三两木头不成官。

"三""刄"(商业上对"两"的俗写)"木"三字合起来是个"梁"字,说你这个姓梁的度量这么小,不配当官。知县今天算是见识了莫宣卿的神,心里也很佩服。莫宣卿也就越来越"大名鼎鼎"了。

相传,莫宣卿七岁时,就作了一首明志的诗:

英俊天下有,谁能佐圣君?
我本岭南凤,岂同凡鸟群。

这首诗一直到今天还广为流传。

○ 拓展阅读

《声律启蒙·上卷·三江》(三)

铢对两,只对双,华岳对湘江。朝车对禁鼓,宿火对寒缸。青琐闼,碧纱窗,汉社对周邦。笙箫鸣细细,钟鼓响摐摐。主簿栖鸾名有览,治中展骥姓惟庞。苏武牧羊,雪屡餐于北海;庄周活鲋,水必决于西江。

莫奇联对不怕虎

明朝嘉靖年间，方献夫是当朝的丞相，又是几朝的老臣，权势非常大，人称方国老。

后来，方国老辞官归故里，住在广东鹤山县方屋村。为了显其威风，就大兴土木，要在家乡修建方大夫祠。修祠少人力，就在大木牌上写了一条这样的告示："凡经此处的各色人等，一律干杂活一天。"这丞相的命令谁敢违抗？过往行人没有办法，只好白白干一天活。

过了几天，有个叫莫奇的少年听说了这件事。这莫奇可不是一般人，他自小聪慧过人，加上读书又用功，变成了远近有名的小才子。他觉得方国老也欺人太甚了，决心在老虎头上捉虱子。

第二天一大早，莫奇故意从修建方祠的工地经过，自然被方国老的仆人拉住了，要罚他做苦工一天。莫奇不慌不忙，问道："你们这样任意拉人做工，难道就没有王法了吗？"

"丞相的话就是王法！"仆人指着木牌说。

"小木牌我都会做，圣旨才是王法。"

"你这小子不要命了？还敢顶嘴？把他捆起来。"仆人不耐烦地说。

正在这时，方国老听到外面吵起来了，就过来看看，见闹事的是个乳臭未干的小子，又见他长得清秀，想必有点才学，倒不如考考他。想到这里，方国老走过去，把脸一沉，说："哪里来的小童，年纪轻轻，竟然违抗老夫的命令，该当何罪？老夫这里有一上联，对上了赦你无罪；对不上，加罚三个月苦役！"说完吟道：

岭顶苍松久经风霜方国老。

莫奇一听，知道他在夸耀自己，略一思索，便脱口对道：

池边春草未逢雨露莫先生。

这对联是说，我并不比你方国老差多少，只是我年纪尚小，机缘未到。方国老见了这下联，不得不佩服莫奇的学识和胆略，只好赦他无罪放行了。

◎ 拓展阅读

《声律启蒙·上卷·四支》（一）

茶对酒，赋对诗，燕子对莺儿。栽花对种竹，落絮对游丝。四目颉，一足夔，鸲鹆对鹭鸶。半池红菡萏，一架白荼蘼。几阵秋风能应候，一犁春雨甚知时。智伯恩深，国士吞变形之炭；羊公德大，邑人竖堕泪之碑。

马皇后以联警夫

马皇后出身贫贱,很体恤下情,常常规劝当皇帝的丈夫要与大臣们交好,有事多同臣下商量。她常对朱元璋说:"陛下不忘和我贫贱时的日子,也不愿忘记和群臣走过的那些艰难历程。如能常常这样想,有始有终,才是好事呢!"

有一次,朱元璋一意孤行,要杀开国勋臣刘基。刘基是朱元璋当大元帅时拜请的军师,战功赫赫。后多亏众大臣极力保举,才免一死。但仍被迫告老还乡。朱元璋将这件事告知马皇后。马皇后听后,连忙以联句形式劝道:

君君臣臣,商商量量,对对对。

朱元璋明白夫人所言是一副对联的上联,便以宫中嫔妃每天朝拜的情形对出了下联:

姐姐妹妹,整整齐齐,排排排。

洪武十五年八月,马皇后不幸病逝,时年仅五十一岁。

◎ 拓展阅读
《声律启蒙·上卷·四支》(二)
行对止,速对迟,舞剑对围棋。花笺对草字,竹简对毛锥。汾水鼎,岘山碑,虎豹对熊罴。花开红锦绣,水漾碧琉璃。去妇因探邻舍枣,出妻为种后园葵。笛韵和谐,仙管恰从云里降;櫓声咿轧,渔舟正向雪中移。

○ 朱元璋像 朱元璋建立了全国统一的封建政权,在政治、经济、军事、思想等方面大力加强了君主专制的中央集权统治。

妙联宋湘讽状元

清朝时候，某村有一权贵官绅人家，过去是个状元，后来儿子也考中状元，父子自恃权势，横行乡里，鱼肉百姓，无恶不作，乡人敢怒而不敢言。某年过春节，他家门前贴的一副对联，极尽吹嘘炫耀之能事。联曰：

诗第一，书第一，诗书第一；
父状元，子状元，父子状元。

"诗"是指我国古代最早的一部诗歌总集《诗经》；"书"是指我国最早的历史文献《尚书》，后人称之为"书经"。此联吹嘘自己家是诗书礼仪之家，父子状元，天下第一，无人可比。

当时的著名才子宋湘路过这里，一看这副对联，又可气又可笑，他早就听说这家人是当地一"霸"，坏事做尽，又目空一切。当他发现"状元府"的斜对面有个大药店时，心里立即有了主意，便去跟药店的掌柜商量，要帮他写副对联以招揽生意。

药店掌柜一听才子肯给自己写对子，自然求之不得，喜出望外，马上裁纸研墨。于是，宋湘挥笔写了一副针锋相对的"咒联"：

生地一，熟地一，生熟地一；
附当归，子当归，附子当归。

生地、熟地、附子、当归都是中药名，"归""附"二字又有谐音"龟""父"。故此联又可理解为：

生地一，熟地一，生熟地一；
父当龟，子当龟，父子当龟。

借以嘲讽权贵卑鄙、龌龊，臭不可闻，不久当一命归西，因为此联又可理解为：

生地一，熟地一，生熟地一；
父当归，子当归，父子当归。

全村及附近百姓看后，无不拍手称快。

◎ 拓展阅读

《声律启蒙·上卷·四支》（三）

戈对甲，鼓对旗，紫燕对黄鹂。梅酸对李苦，青眼对白眉。三弄笛，一围棋，雨打对风吹。海棠春睡早，杨柳昼眠迟。张骏曾为槐树赋，杜陵不作海棠诗。晋士特奇，可比一斑之豹；唐儒博识，堪为五总之龟。

卖酒姑娘巧对刺史

唐朝池州刺史杜牧,是一位大诗人,平时又喜爱喝酒,听说城南有家小酒店,卖正宗的绍兴老酒,不免要去光顾一番。

这一天,他便衣打扮,带着一个年轻的书童,骑着一头小毛驴,来到这家酒店。走进店内,见正面堂中挂有一扇木板虎壁,虎壁正中挂着一幅水墨《醉八仙》,两旁还写了一副对联:

座上客常满;

杯中酒不空。

古时候,一般酒家都有些这样的装饰。这家店堂却另有特别,在中间摆着一张四方桌,上放文房四宝,以供那些文人墨客喝酒来了兴致,咏诗题联之用。杜牧看了暗想:这家主人倒懂得文人的心思。便在一张空桌旁坐下。这时,只见一个眉清目秀的姑娘走了出来,到杜牧桌前,招呼道:

先生,初次光临小店,幸甚!幸甚!

杜牧也不回话,只把眼睛朝身边瞄了一下,示意叫书童回话。这书童跟随杜牧多年,肚子里也有些墨水,平常咏诗联句,没有问题。这时候立即上前答话:

姑娘,几番欣闻大名,拜访!拜访!

姑娘一听,也是对仗的,便想书童有如此口才,主人一定更了不得,正好求教。于是又问:"先生,请点美酒佳肴,以助雅兴。"这时,杜牧开口了:"随便来点什么吧。"姑娘一听,乐了,原以为他有什么妙语相对呢,就来这么一句!她细看这位客人,四十岁上下,举止端庄,气度不凡,也不像是无能之辈。她想着,一边下厨房去取酒菜。

一会儿,姑娘上来了,一手端着两碟菜,另一手持酒壶酒杯,把两碟菜摆在桌上,放好杯筷说:

一把酒壶手中拿。

书童一边给杜牧筛酒,一边望着姑娘绯红似霞的两颊,顺口说道:

两朵杏花腮边开。

姑娘听了,也不娇羞,只想试探他们到底是不是饱学之士。她说:"先生,小店女喜欢对联,很想请教。"

杜牧这时看到那银光闪闪的白锡壶,便抑扬顿挫地说:

白锡壶腰中出嘴。

姑娘一听,以为挺简单,不假思索地指着桌上竹筷说:

金竹筷身上刺花。

杜牧笑了一笑,一本正经地说:"姑娘,你对得速度很快,不过,请来看,我这上联是拟人化的，'腰'乃是人的躯干部分，而'嘴'是五官之一。你的下联'身上刺花'，'花'可不是人的一部分啊？"

姑娘听杜牧一剖析，感到这下联确实平庸，再想想也没有好的了。便转身照顾别的客人去了。待她又过来时，书童故意说："姑娘，你的下联没有对上，我们相公这酒可喝得没有味道啊！"姑娘两颊红了，半晌答不出话来。接着书童又说："要是对不出，你的酒店可就开不了啦，拿一把铜锁锁上吧！"

聪明的姑娘听到"铜锁"二字，忽然灵机一动，有了下联：

柴铜锁脐内生须。

杜牧一听，不错，赞道："真是个聪慧的姑娘。"说完又畅饮了几杯。饮毕，和书童欲走。姑娘忙上前问道："请教先生贵姓大名？"杜牧笑了一笑，我的名字是：

半边林靠半坡地，

一头牛挂一卷文。

姑娘低头琢磨，啊！原来是刺史杜牧大人！便"扑通"往下一跪："刺史大人恕罪！民女不知，请恕罪！"杜牧当然不会怪罪于她，于是扶起姑娘。书童却对这聪明的姑娘有了意思，一旁又问她："姑娘，你姓什么？"姑娘笑道："民女名和姓都在酒店正面那副对联上。"杜牧和书童望去，那副对联是：

但凭水流浇红杏；

借助火光烧彩云。

书童一琢磨，这名好猜，上下联的末一个字合起来就是"杏云"二字，可姓什么呢？一时解不开。杜牧笑道："有水能'浇'，有火方'烧'，如无水火呢？"

书童恍然大悟，"啊"了一声说："杏云姑娘姓'尧'！"

◎ **拓展阅读**

《声律启蒙·上卷·五微》（一）

来对往，密对稀，燕舞对莺飞。风清对月朗，露重对烟微。霜菊瘦，雨梅肥，客路对渔矶。晚霞舒锦绣，朝露缀珠玑。夏暑客思歌石枕，秋寒妇念寄边衣。春水才深，青草岸边渔父去；夕阳半落，绿莎原上牧童归。

马元龙与女巧对

明朝万历年间,有个叫马元龙的才子。他诗词书画无一不通,至于对句,那更是他的拿手好戏。到了二十岁那年,马元龙参加科举,一举夺魁。

却说某一天,马元龙外出游玩,途中见一户人家门口围着好多人,就走过去看热闹。原来这户人家正在对联招亲。马元龙一打听,原来是一户姓王的人家,这家的女儿生得天姿国色,又从小读书,能诗善对,因此想找个才子为夫。马元龙一听,大声叫妙,想这等好事叫我碰上了,一定要会会。再仔细看那门上的上联:

颈瓶斜插四枝花,杏桃梨李。

马元龙一见这联,心想这还不是小菜一碟,随口就来:

案头横挂一轴画,松梅竹兰。

丫环将对联送入闺房后不久,小姐高兴得不得了,立刻同意了婚事。不过马云龙有没有同意,可就不得而知了。

◎ 拓展阅读

《声律启蒙·上卷·五微》(二)

宽对猛,是对非,服美对乘肥。珊瑚对玳瑁,锦绣对珠玑。桃灼灼,柳依依,绿暗对红稀。窗前莺并语,帘外燕双飞。汉致太平三尺剑,周臻大定一戎衣。吟成赏月之诗,只愁月堕;斟满送春之酒,惟憾春归。

孟昶奇联测国运

五代时，有个叫孟知祥的趁乱在成都建立了一个小国，叫后蜀国。刚登基半年，便一命归天。死前立下遗嘱，由第三个儿子孟昶做国君。

话说这位三儿子才十五岁，当了皇帝之后，吃喝玩乐，声色犬马，样样来得，就是不理朝政。不过，他虽爱玩，但爱好文学，有个写春联的癖好。自他当了皇帝之后，每年都让朝里的文人雅士写宫里的春联，贴在寝门左右。

公元964年除夕，孟昶忽然将学士辛寅逊召进宫来，对他说道："今年的桃符，由你来写。"

辛寅逊看今年皇上一改惯例，一时不知道皇上到底在想什么，但是皇上叫写，也没办法。约摸过了一个时辰，辛寅逊便呈上自己所作的春联。孟昶看了对联，觉得不妥，摇摇头："你写得不好，还是我来吧！"侍女赶紧捧来笔墨纸砚，铺在桌上，辛寅逊在一旁肃立。只见孟昶稍加思索，便龙飞凤舞写道：

新年纳余庆；

嘉节号长春。

这副对联流传很广，被称为谶语，也就是预言。第二年，也就是965年，宋灭了后蜀，成都太守就叫吕余庆；还有，宋太祖定自己的诞辰为长春节。余庆、长春几个字都在春联里出现了，仿佛孟昶预见到自己成了亡国之君。

◎ 拓展阅读

《声律启蒙·上卷·五微》（三）

声对色，饱对饥，虎节对龙旗。杨花对桂叶，白简对朱衣。龙也吟，燕于飞，荡荡对巍巍。春暄资日气，秋冷借霜威。出使振威冯奉世，治民异等伊翁归。燕我弟兄，载咏棣棠韡韡；命伊将帅，为歌杨柳依依。

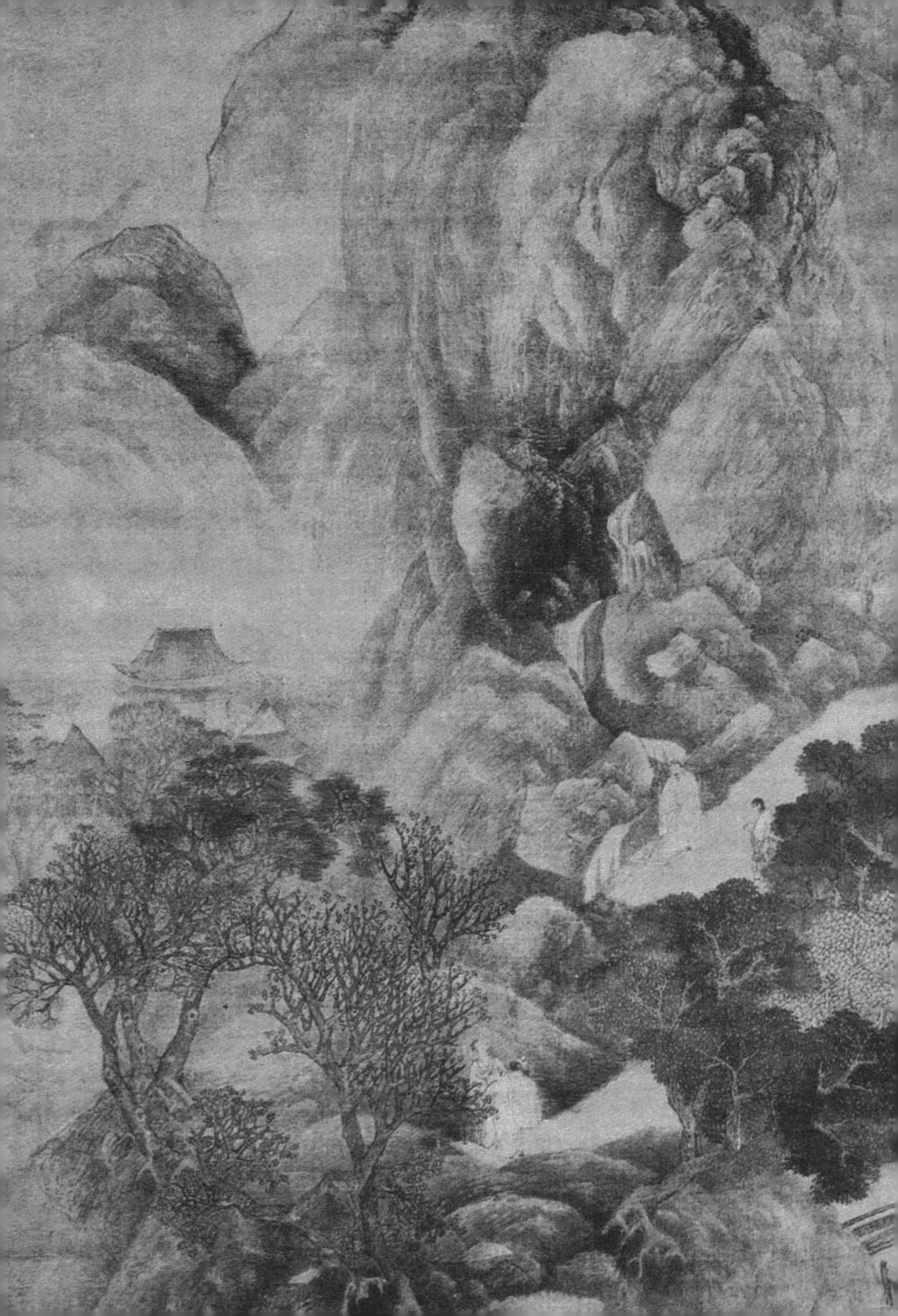

N篇

年富拜师对奇联

年富是安徽怀远县杨家楼人,少年时天资聪颖,再加上家学渊源,到了十岁,便能吟诗答对,常为乡间邻里写春联,受到人们的喜爱。他父亲看到儿子聪明又好学,十分高兴,决定好好培养他成才。

有一天,老父亲不惜重金从外乡请来一位名师,专门给年富上课。这位老师是个落第的秀才,才华出众,教书育人,只看人,不看财。要是学生聪明好学,分文不收,要是学生蠢笨贪玩,再多的钱也请不动他。

这天,老师来到年富家。年家自然为老师设宴,还请来当地有学问的人坐陪。酒过三巡,明月高照。主人撤了酒席,换上茶点。满座人还兴致不减,坐在那里谈古论今,都想看看老师如何试徒。

正在这个时候,忽然一阵狂风将门前树枝刮断,连树上的一个鸟窝也被吹落了,落在地上的小鸟吓得叽喳乱作一团。老先生见景生情,站了起来,随口出一上联:

风坠雀巢,二三子连窠及地。

这上联后几个字是谐音,希望年富"连科及第",早日考中进士。

年富听了,心里赞叹,觉得这真是一位有学问的老师。可要对下联,却一时无从对起。便在屋里踱来踱去,过了一会儿,他顺着落枝看去,发现落下来的树枝把鸡窝砸塌了一角。那公鸡突然看见月光,以为天已经破晓,便拍打翅膀,喔喔地啼了起来。年富顿时有了下联,向老师深鞠一躬,然后说出下联:

月穿鸡屋,四五声金膀啼鸣。

这下联也是谐音,表示自己一定不辜负先生的教导,以后定当"金榜题名"。

老先生听罢,哈哈大笑,当即表示要留下来给年富当老师。小年富见了,很是高兴,马上趴在地上给先生叩了一个头,说声"老师在上,受学生一拜"。

◎ **拓展阅读**

《声律启蒙·上卷·六鱼》(一)

无对有,实对虚,作赋对观书。绿窗对朱户,宝马对香车。伯乐马,浩然驴,弋雁对求鱼。分金齐鲍叔,奉璧蔺相如。掷地金声孙绰赋,回文锦字窦滔书。未遇殷宗,胥靡困傅岩之筑;既逢周后,太公舍渭水之渔。

○ 品画鉴宝 秋林舒啸图·清·颜峄 图中青松如染,枫叶如丹,碧朱相映,艳丽多彩。一高士舒啸于林间磐石之上,相随侍者停车于路旁。整幅作品笔墨苍劲,质理分明,刻画精微,突显了写景抒情的真实之感。树木枝干蛇曲龙盘,参差交错。

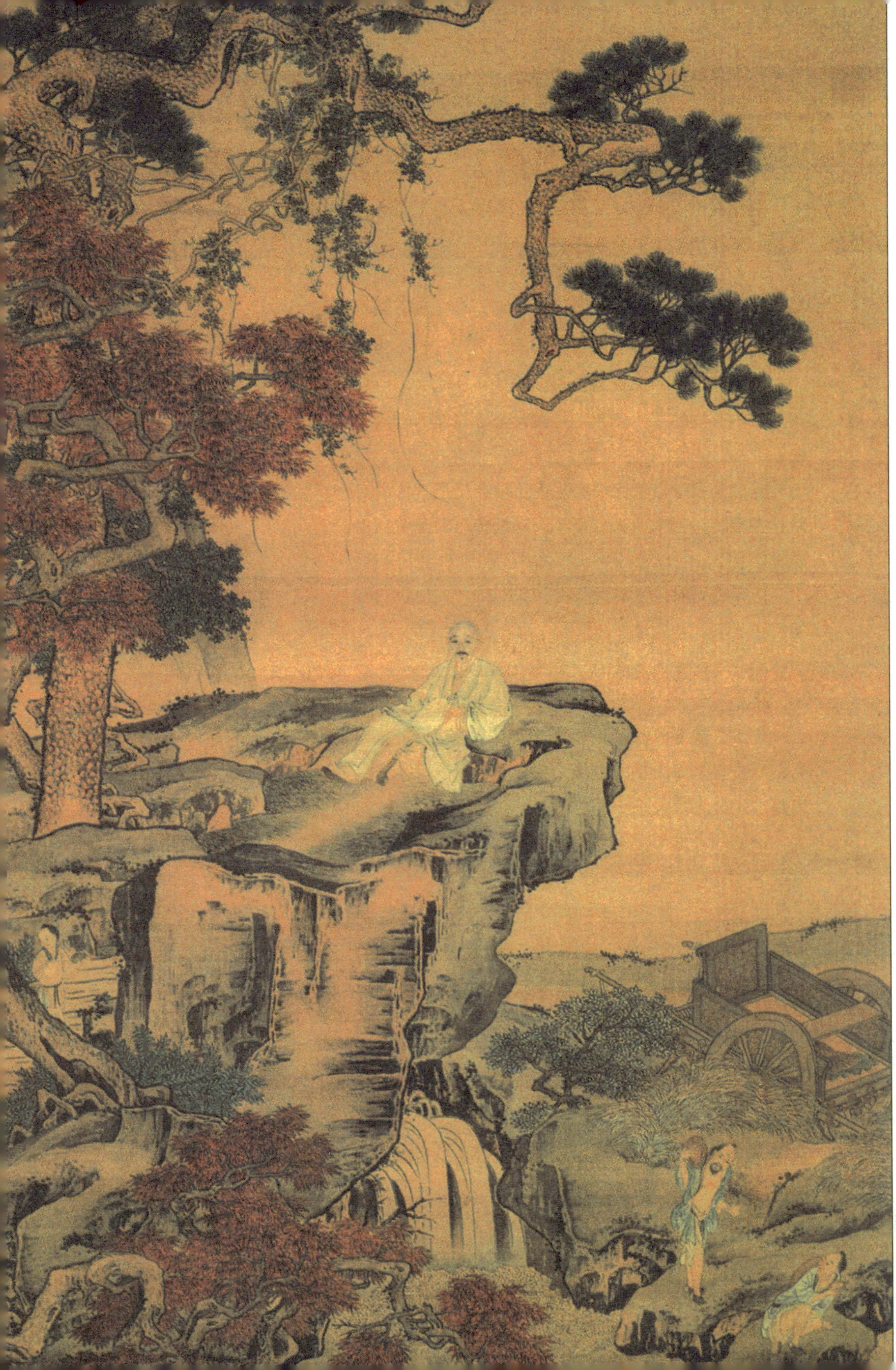

倪元璐容不得半点骄

倪元璐是明朝末年的重臣，在文学上也很有一番成就，并在历史上留下了不少著作。

一次，倪元璐去一个朋友家做客。在客厅里闲谈的时侯，看见墙上挂着一副对联：

囊无半卷书，唯有虞廷十六字；

目空天下士，只让尼山一个人。

联中所谓的"十六字"，是古代修心养性的十六字诀，即人心惟危，道心惟微，惟精唯一，允执厥中。尼山，当然是孔子。倪元璐心想：这位老兄把这样的对联挂在墙上，也未免太狂妄了，竟把自己和圣贤相提并论。

倪元璐当时也没有说什么，回到家中，叹息一番，便写了一联，挂在墙上：

孝若曾子参，方足当一字可；

才如周公旦，容不得半点骄。

曾子，就是曾参，孔子的学生，以孝顺母亲而著名；周公旦是周武王的弟弟，有名的贤相。对联的意思是：一个人像曾子一样尽了孝道，也只能算是做到为人道德的一方面；一个人才如周公，也不能有半点骄傲。

过了几天，这位朋友到倪家回访，看见墙上这副对联，不是与自己的那副刚好相反吗？心里就明白了倪元璐的意思，不禁脸红，赶快回家改对联去了。

◯ 拓展阅读

《声律启蒙·上卷·六鱼》（二）

终对始，疾对徐，短褐对华裾。六朝对三国，天禄对石渠。千字策，八行书，有若对相如。花残无戏蝶，藻密有潜鱼。落叶舞风高复下，小荷浮水卷还舒。爱见人长，共服宣尼休假盖；恐彰已吝，谁知阮裕竟焚车。

◯ 品画鉴宝 五彩人物纹盘·明

○品画鉴宝 山居闲眺图·明·赵左

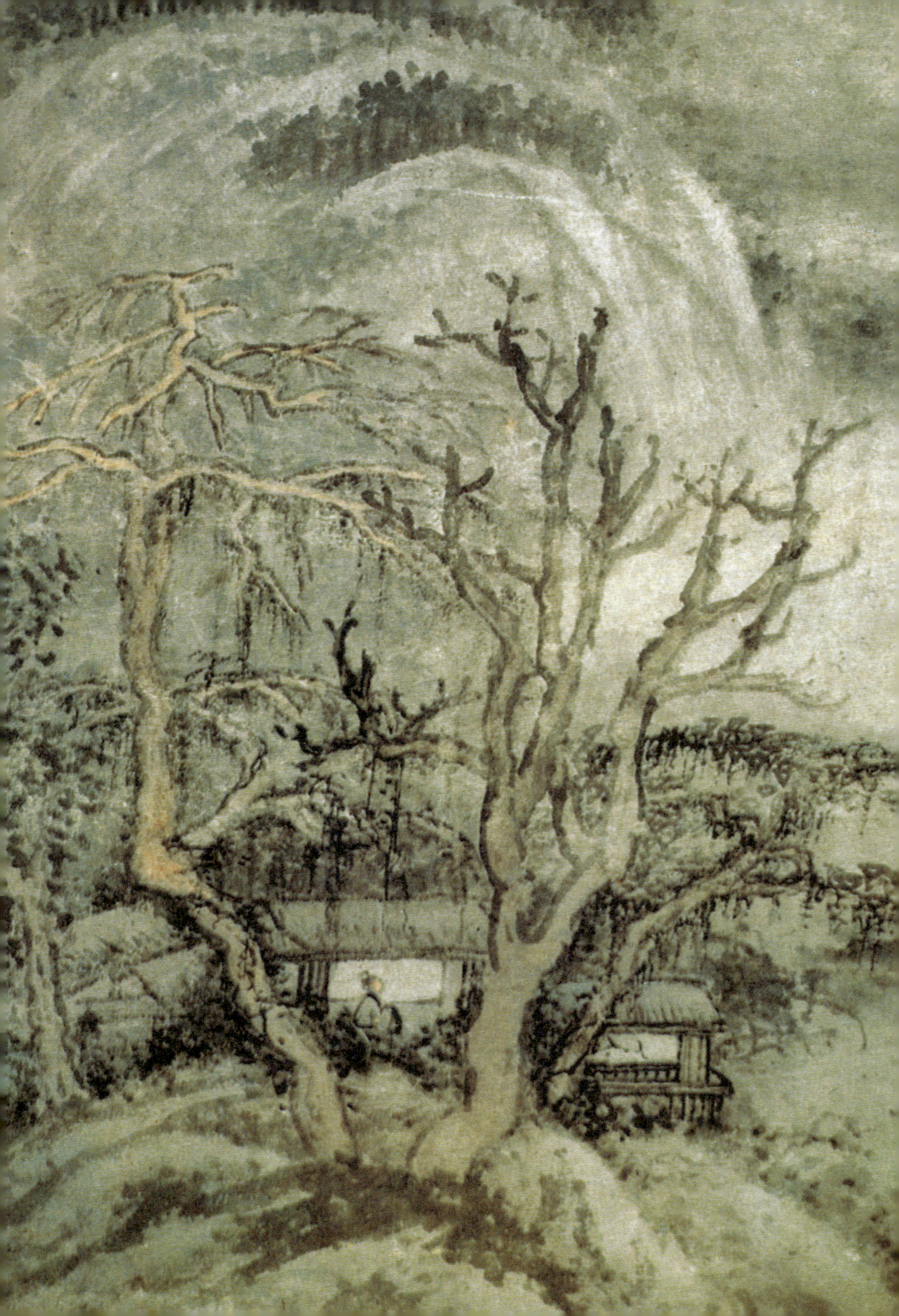

P篇

皮匠揭榜获娇妻

相传清朝的时候，江苏镇江某镇的皮革生意很是兴隆。集市上住着个青年皮匠，他心灵手巧，手艺娴熟，生意很好，也很受当地人的喜欢。皮匠虽然出身贫苦，但聪明好学，也读过几年书，又加上在集市上人来人往的，交往的人多，学到不少知识，在对联上很有一手。

有一天，镇上有个刘老板，是做粮食生意的，贴出榜文，说要以对联招女婿。大家都知道刘小姐不但长得眉清目秀，极为漂亮，又聪慧好学，善于琴棋书画，是远近有名的才女。所以镇上的年轻小伙虽然心里很想娶刘小姐，但谁都不敢贸然前去揭榜应对。皮匠听说了这件事之后，久久不能入眠。

皮匠心想：要是能把刘小姐娶回家，那真是天大的福气啊。对对联有什么难的，不就是"上对下，左对右"吗？要是没对好，也没什么好丢脸的。想到这里，他怕榜被别人揭走了，一刻也不再迟疑，立即赶到刘家门外，揭下榜文。家人一看有人揭榜，很是高兴，马上把他领到了刘家客厅中。

这个时候，母亲正让刘小姐给舅舅写信。刘小姐听到镇上的小皮匠揭了榜，现在正坐在客厅中呢！小姐想：你个小皮匠也癞蛤蟆想吃天鹅肉？门不当、户不对的，也敢揭榜。但转念一想，既然小皮匠来了，也许真有些本事呢。试试又有何妨？于是，她见了皮匠，就以自己写信为题出句道：

羊毫笔写白鸾笺，鸿雁传书，南来北往。

这上联句中有"羊""鸾""雁"三种动物名，"白"颜色和"南""北"两个方位词。内容丰富，称得上是个好句。

小皮匠听了，脑子便转开了，心里说：你用笔，我用刀；你写信，我割皮。便以自己的皮匠活对道：

马蹄刀切黄牛皮，猪鬃引线，东扯西拉。

小姐听了，以"马""牛""猪"与出句的动物名相对，贴切而又生动，确属不易。为了试其才学，她又出一句：

冬夜灯前，夏侯氏读春秋传。

写的是自己平常读书的情景，上联中含"冬""夏""春""秋"四季。

小皮匠脑子转得很快，一会儿联想到去年有南京人在自己家附近唱戏，场面非常热闹。于是联上心来，答对道：

东城楼上，南京人唱北西厢。

小皮匠在下联中巧妙地以"东""南""北""西"四方，对上联的四季，合情合理。

小姐听了，心中暗喜。想终于遇到一个才子了，想到终生有托，又出一句：

万语千言，只考联文三句。

小皮匠一听，只要对出这一句，老婆就到手了，心里乐开了花。马上对道：

五湖四海，全凭扁担一肩。

两个年轻人就这样结合在了一起。

◎ **拓展阅读**

《声律启蒙·上卷·六鱼》（三）

麟对凤，鳖对鱼，内史对中书。犁锄对耒耜，昳洽对郊墟。犀角带，象牙梳，驷马对安车。青衣能报赦，黄耳解传书。庭畔有人持短剑，门前无客曳长裾。波浪拍船，骇舟人之水宿；峰峦绕舍，乐隐者之山居。

庞振坤联对戏知州

庞振坤是清朝乾隆年间河南邓洲府（今邓县）人，人称"中州才子"。

一天晚上，他打着灯笼上街，遇到与他有些过节的潘高。潘高看见庞振坤从前面走来，正是仇人见面，分外眼红，观察得特别仔细，想找点碴。突然看到他灯笼上写着"我是天子"四个字，先是吓了一跳，很快又乐了，这个庞振坤，你吃苦头的时候到了。

话说潘高告了官，这知州汤似慈是个糊涂官。听了潘高的话，有人自称天子，那还得了？马上吩咐捕快，将庞振坤捉拿归案。

庞振坤被带到，汤似慈升堂。惊堂木一拍，喝问："大胆庞振坤，你知罪吗？"庞振坤答："何罪之有？"汤似慈嘻嘻一笑："还敢狡辩？你自称天子，狂妄之极，犯了欺君杀头之罪。"庞振坤反问："有什么证据？"潘高一看，立功的机会来了，便一把递过灯笼，说道："大人请看，他灯笼上写着'我是天子'四个大字。"汤似慈摇起了扇子，问："铁证如山，休想抵赖！"

庞振坤哈哈大笑："潘高是个小人，狗眼看人低，看不清上面的字。难道连知州大人也看不清吗？请大人仔细看看灯笼上的字。"

汤似慈连忙下得堂来，凑近一看，原来"我是天子"的下面还有"一小民"，这三个字写得很小。他暗想：这不是故意戏弄本官吗？这口恶气怎么咽得下去？

于是又审问道："大胆刁民，为什么把'一小民'写得这么小呢？"

庞振坤答道："小民怎敢和天子一般大呢？当然要把天子写大，小民写小了。想必你是只见天子，不见小民的昏官啊！"

汤似慈听了，张口结舌，说不出话来，只好拿潘高出气，打了他三十大板，说他戏弄朝廷命官，了结了这个案子。

过了几天，汤似慈五十大寿，搜罗了不少金银珠宝，绫罗绸缎，古玩字画，真是大捞了一把。庞振坤也来凑热闹，送了一副"寿联"：

似者像也，像虎像豹像豺狼、不像州主；
慈者爱也，爱金爱银爱钱财、不爱黎民。

横批是：不成汤水

一副对联，把汤似慈的寿筵搞砸了。

◎ 拓展阅读

《声律启蒙·上卷·七虞》（一）

金对玉，宝对珠，玉兔对金乌。孤舟对短棹，一雁对双凫。横醉眼，捻吟须，李白对杨朱。秋霜多过雁，夜月有啼乌。日暖园林花易赏，雪寒村舍酒难沽。人处岭南，善探巨象口中齿；客居江右，偶夺骊龙颔下珠。

蒲松龄联讽两进士

清代,在淄川县,周登第和周登科两兄弟同科中了进士。周家兄弟虽说有些文采,但是中了进士之后,便自认为一代文豪,连本来一起切磋诗文的文人墨客都看不起了,更不用说一身穷酸的蒲松龄了。听大家都说蒲松龄学识渊博,很不服气,总想找个机会一较高低。

这年三月初三,照例在城西三台山举行庙会,热热闹闹的,大家都喜欢参加。戏还没开场,周家兄弟远远看到蒲松龄好像在前面,便连忙赶过去。三个文人见面,免不了客套。你来我往一番之后,周登第比较急,就想先发制人,说:"蒲先生,敝人有句上联,却怎么也想不出下联,先生高才,还请赐教!"说罢吟道:

三月三,三台山,三天大戏。

这上联看起来浅显,却在里边嵌了四个"三字",又是即景写实,对起来就有些难度了。蒲松龄见这两兄弟是有意试他,也不在意,向北看了一眼高耸入云的二道岭,对道:

二月二,二道岭,二只小犬。

周登科见蒲松龄把他们两兄弟比作小犬,气得不得了。你蒲松龄虽然写了一部《聊斋志异》,有些名气,但终究是一介寒儒,终身不第。而我们一举成名天下知,是何等荣耀。周登科想到这里,心中也动了气,就说:"兄弟也有个上联,请蒲先生赐教。"

琼林宴后千钟禄,招赘女状元,花魁独占白玉带。

这上联猛一听看不出什么奥妙,细一琢磨,却比周登第的上联难对得多。原来上联中连缀了《琼林宴》《千钟禄》《相府招赘》《女状元》《卖油郎独占花魁》《白玉带》六个剧名,而且明显露出金榜题名的得意口气。蒲松龄等他说完,想了一想,便对道:

汾河湾边万里缘,教子双官诰,墙头马上黄金台。

这下联也用《汾河湾》《万里缘》《三娘教子》《双官诰》《墙头马上》《黄金台》六出戏名连接成句。联中"教子双官诰"一句,是说他蒲松龄教子有方,两个儿子双双登第。这轻轻五个字就把两位进士贬做了"聊斋先生"的晚辈。

◎ 拓展阅读

《声律启蒙·上卷·七虞》(二)

贤对圣,智对愚,傅粉对施朱。名缰对利锁,挈榼对提壶。鸠哺子,燕调雏,石帐对郇厨。烟轻笼岸柳,风急撼庭梧。鸜眼一方端石砚,龙涎三炷博山炉。曲沼鱼多,可使渔人结网;平田兔少,漫劳耕者守林。

破陋习徐本题戏联

相传在清朝时，杭州有一种乡俗，就是所谓"迎神赛戏"。到了赛会的时候，大家在空地上搭起好几个戏台，每个乡请一个戏班，几个戏班互相竞赛，日夜不休。最后哪个戏班胜出，请那个戏班的乡也引以为荣。这种"迎神赛戏"，既宣传迷信又劳民伤财。

话说，这年杭州城来了一个人，他就是徐本。徐本为官正派、清廉，是康熙、雍正两朝的元老。这时候，正好是他辞官回乡闲居。看到这种劳民伤财的乡俗，想制止，又不好直接表达出来。恰在这时，又值赛会，一个员外请他为戏台写对联。他一想，机会来了。于是，挥笔写道：

防贼防奸防火烛；

费钱费力费工夫。

横批是：赛戏无益。

乡民们来看戏的时候，都看到了他这副对联，想想说得也有道理，迎神赛戏的陋习也就逐渐被破除了。

○ 品画鉴宝　松鼠葡萄水呈·清

◎ 拓展阅读

《声律启蒙·上卷·七虞》（三）

秦对赵，越对吴，钓客对耕夫。箕裘对杖履，杞梓对桑榆。天欲晓，日将晡，狡兔对妖狐。读书甘刺股，煮粥惜焚须。韩信武能增四海，左思文足赋三都。嘉遁幽人，适志竹篱茅舍；胜游公子，玩情柳陌花衢。

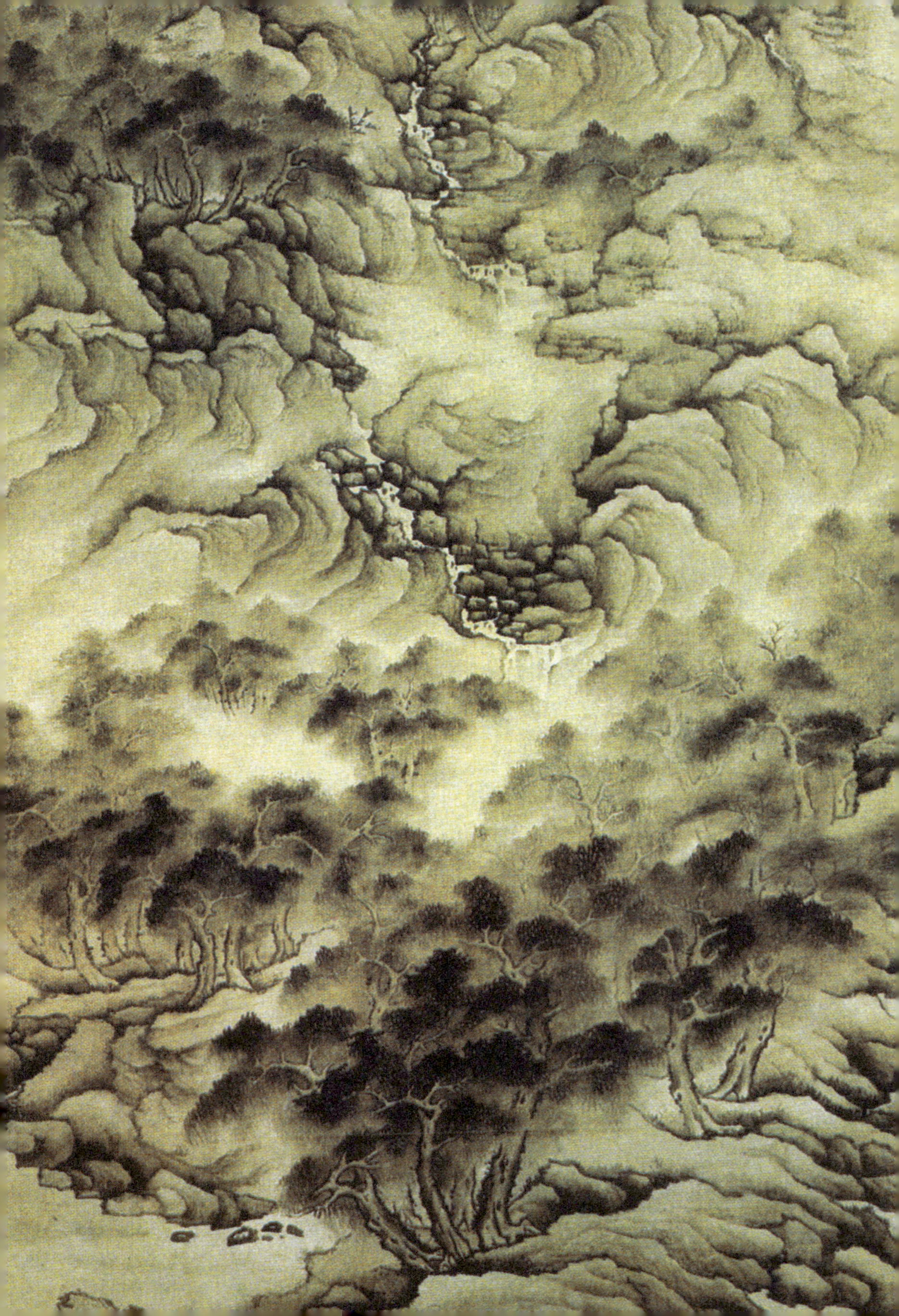

Q篇

千里重金锤

从前,有个上京赶考的秀才,走到中途,饥肠辘辘。恰在这时,看到路边有个卖汤元的小摊,摊主是个老头儿,正打出几碗热气腾腾的汤元,敲响着勺子,向人兜揽生意。

秀才停下来,想吃上两碗,好继续赶路。但是,当他伸手摸钱时,才发觉已经身无分文,只好站在那里,两眼望着汤圆,不停地咽着口水。

卖汤元的老头一看书生这个样子,就明白了几分。便对他说:"来吧,年轻人。只要你能对上我出的对联,我这汤元就白送你——我看你是个读书人,这条件该不算苛刻吧!"

秀才想:一个卖汤元的老头儿,量他不会出什么高深的对联。于是,就坐下来吃了他两碗汤元。老头等秀才吃完,说道:我是个卖汤圆的,就以粉字出句上联,请你应对,我这上联是:

八刀分米粉。

秀才听后,联想自己的身份,想找个有代表性的字来拆开作对。可是,想了半天,抓破头皮,也没有找到这个字。汤圆已经吃到了肚子里,也没法吐出来了。怎么办呢?

卖汤元的老头见他实在为难,便说:"年轻人,赶路要紧;等你中了状元,回头再对也不迟。""不!"这个秀才虽穷,却是个有骨气的人。他不愿白吃人家的东西。心想:连一个普通老百姓出的对联都对不上,这状元能考得上吗?于是决心不对出来不走。

他对卖汤元的老头说:"老人家,我要是对不出您的下联,还谈什么考状元呢?我愿替您推磨,混口饭吃;什么时候对出下联,什么时候再走!不知您老人家是否同意?"

卖汤元老头的觉得这青年有志气,不想让他扫兴,所以欣然同意了他的要求。他把秀才带回家,腾了一间房子让他住下。

这天夜里,秀才毫无睡意,只在房里踱来踱去,口里不停地念着"八刀分米粉"。天快亮了,他实在疲倦了,这才倒在床上,但心里仍然想着那对联的事。这时,房梁上爬来了一只老鼠,弄掉了梁头墙上的一块土,落下去打在一口铁锅上,发出"铛——"的一声。

听到这"铛——"的一声,秀才心里一震,产生了灵感。他翻身从床上跳下来,一面喊着"有了,有了!"一面奔出房去,紧拍卖汤元老头的门。

"谁呀?"老头被敲门声惊醒,高声问。

"老人家,对子对出来了,对出来了!"

"秀才，你说吧，我听着呢！"老头在屋里答道。

"老人家，你听着，我对的下联是：

千里重金锺。"

老头一听，十分高兴："对呀，秀才千里迢迢上京高考，就是为了要敲响金钟，中状元嘛！"他连忙起来，开了门，请秀才进屋内叙话。

秀才向卖汤元的老头告辞说："此去要是金榜题名，我回程将感谢你帮教的恩情。"

老人见他赶路心切，不好挽留，回身取出一包碎银，送到秀才的面前，请他收下当盘缠，并说："秀才，我希望你，敲响金钟而不忘米粉。"

秀才谢过老人，匆匆上路去了。据说，这个秀才后来真的考上了状元，还专程来找过这位卖汤元的老人呢。

○ 品画鉴宝　山水图（扇面）·清·谢荪

◎ 拓展阅读

《声律启蒙·上卷·八齐》（一）

岩对岫，涧对溪，远岸对危堤。鹤长对凫短，水雁对山鸡。星拱北，月流西，汉露对汤霓。桃林牛已放，虞坂马长嘶。叔任去官闻广受，弟兄让国有夷齐。三月春浓，芍药丛中蝴蝶舞；五更天晓，海棠枝上子规啼。

181

巧撰联羞辱公子

相传,古代一位给谏大夫有个儿子,长得虽然堂堂正正,一表人才,却不学无术,腹内空空。这一年,又是大考之年。给谏大夫亲自送儿子赴考场应试。

这位空有一幅好皮囊的公子到了考场,就像进了监狱,浑身不自在,竟将"才郎"写成"豺狼","权也"写成"犬也",别字连篇,洋相百出。考官把他的卷子一看,不假思索地判了最末的一等——六等。想不到这位公子的妻子倒是个烈性的女子,得知丈夫不学无术到了这步田地,羞愧得无地自容,盛怒之下上吊自尽了。

给谏大夫知道儿子没读过什么书,但是也想让他中个秀才,脸面上好过得去,就去拜访考官。这时候考官方知这位公子是给谏大夫的儿子,马上将其改为一等,正所谓官官相护。

次日,不知谁得到了这个消息,弄得满城风雨。有人看不过去,悄悄写了一副对联贴在给谏大夫府上。其上联曰:

权门生犬子。

大家看了,人人拍手叫好。再看下联:

才女嫁豺狼。

大家都为给谏大夫儿媳烈性而捂掌叹息,从此以后,这位"给谏"公子也就多了个雅号——"六一居士"。

◎ 拓展阅读

《声律启蒙·上卷·八齐》(二)

云对雨,水对泥,白璧对玄圭。献瓜对投李,禁鼓对征鼙。徐稚榻,鲁班梯,凤崽对鸾栖,有官清似水,无客醉如泥。截发惟闻倪母,断机只有乐羊妻。秋望佳人,目送楼头千里雁;早行远客,梦惊枕上五更鸡。

○ 品画鉴宝　梓檀刻山水笔筒·清

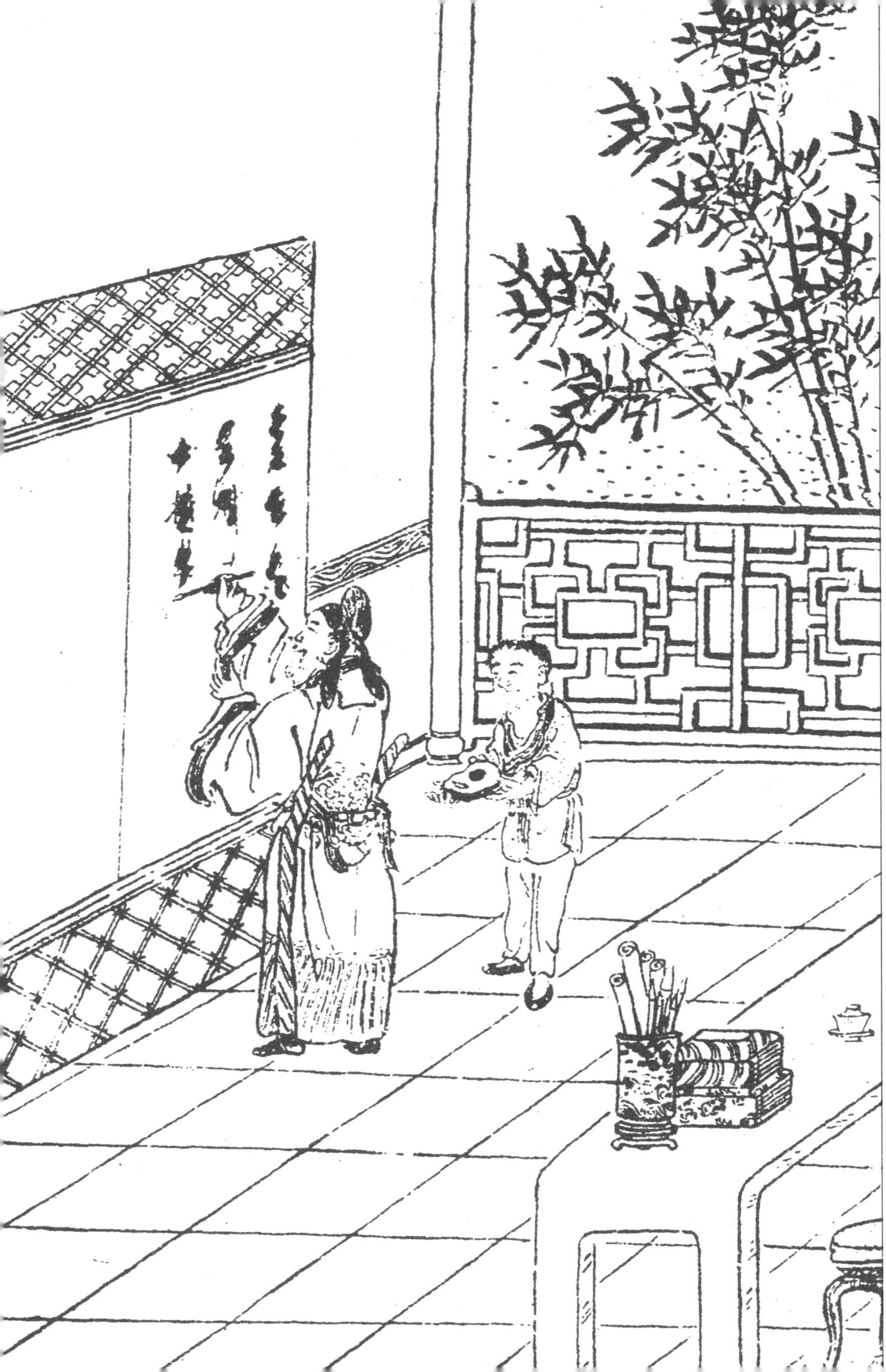

乞丐善对得佳人

唐朝某地，有个财主叫高三星，家里良田千顷，房屋百间。但是到了六十岁，还是膝下无子，还好，生了一个女儿，便特别宠爱。高三星重金聘请名师，教女儿读书识字，弹琴绘画。加上高小姐从小聪明伶俐，肯下功夫，几年时间过去，琴棋书画，无所不通。父亲看有这样的好女儿，心里稍感快慰。

光阴似箭，转眼到了婚嫁年龄。媒婆纷纷找上门来。但高小姐心高气傲，一概回绝。原来，她早已拿定主意，一定要嫁个有学问的才子。怎么办呢？自己当面出联征对，选择如意郎君。高财主见女儿心意已决，也没有办法，只得顺从自己的宝贝女儿。

过了几天，三星堂前高楼搭建好了，高小姐就在珠帘内出对招亲。这天，城里的很多文人才子都拥到了高家门口。高小姐看这么多人来，心里有点慌，但是也只好如此了，便开始想上联。她心里想着：长到这么大，还不知今生此身属谁？想到这里，她出句道：

红白未分，看处不知南北。

句中既含"红白"两种颜色，又有"南北"两个方位词，下联也要有相应的词来对应，而且要回答问题，有点难度。站在门口的人们看小姐出了题，都争先恐后地来看题，但看了之后，便一声不响地走开了。很长时间无人对出。

眼看日落西山，高家人也都很着急，怕没人对得出来，不是嫁不出去了吗？正在这时，人群中挤过来一个乞丐。这乞丐看这里这么多人，以为是谁家有喜事呢！想着也许能讨点东西吃。便开口说：

青黄不接，特来讨点东西。

真是无巧不成书，这句话恰好对上了高小姐的上联。以"青黄"对"红白"，以"东西"对"南北"，非常工整。

高小姐听了，觉得这下联倒是对得工整，但一看这人是个乞丐，心凉了半截，转而一想：常言道，人不可貌相。此人有如此才华，现在是个乞丐，他日前途不可限量，也不能轻易错过这桩姻缘。于是，叫人把他接入大厅，再考。

小姐走出来，又出一联。

三星堂上，站着亲亲友友；

乞丐本想要点饭吃，没想到被请了进来。正不知所措，听到小姐发话，忙开口道：

十字廊前，喊声奶奶爷爷。

还是要饭。可"十"与"三"数字相对，"上"与"前"方位词相对，"奶奶爷爷"与"亲亲友友"叠词相对，都对上了。高家上下看他衣服破烂，但是对句神速，想都不用想。就以为此人真有学问，只是身藏不露而已。便就此机会，为他们举行婚礼。

这一身乞丐装总不能拜堂进洞房吧，他马上被人领去沐浴更衣。从丫环的口中他才知道交了天大好运了。便喜滋滋地与小姐拜了天地，后又被人引入洞房。

洞房中，小姐等候已久，想想就要与自己选中的郎君共享这花烛之夜了，心里非常高兴。低头一看，平时喜爱的一只小花猫依偎在她脚边，还舍不得离去。她便抬脚把猫踢开，随口道：

踢猫三寸足。

乞丐进了洞房，东看看，西瞅瞅，似乎在找什么。小姐正望着他纳闷，他开口了：

打狗一条鞭。

原来，他是在想着自己的打狗棍在哪呢。但这句话对上了高小姐的上联，而且无可挑剔。

小姐听了，更加坚信自己嫁了个才高八斗的才子了，马上吹灯就寝，做她的黄粱美梦去了。

◎ 拓展阅读

《声律启蒙·上卷·八齐》（三）

熊对虎，象对犀，霹雳对虹霓。杜鹃对孔雀，桂岭对梅溪。萧史凤，宋宗鸡，远近对高低。水寒鱼不跃，林茂鸟频栖。杨柳和烟彭泽县，桃花流水武陵溪。公子追欢，闲骤玉骢游绮陌；佳人倦绣，闷歌珊枕掩香闺。

○ 品画鉴宝　上林苑驯兽图·西汉　图中表现的是古时候驯兽时的情景。画面上共有三个人，右边一人右手执斧，左手握鞭，正在驯兽。左边是一驯兽表演的小丑，表情滑稽可笑。中间是一官吏，正侧首观看前方。

亲亲嫡嫡，子子孙孙

汉朝的时候，在中原某地两个相邻的村庄，住着李、杨两家。两家十几年前成了儿女亲家，十几年以后，李家的儿子又与杨家的女儿订了亲，也就是人们常说的姑表亲，真是"亲上加亲"了。古时候，人们很喜欢这种定亲的形式，认为知根知底，靠得住。

按照当地婚俗，迎亲那天，男方要在迎亲的花轿门一侧贴个上联，让女方来对，以求吉祥如意。李家就贴了句上联：

先是老亲，后是新亲，亲上加亲，亲亲嫡嫡。

这个上联用尽了"亲"字，概括了两家两代的婚事和情谊。又含"先""后"和"老""新"两对反义词，表达不同的意思，很是巧妙。

话说这迎亲的队伍从李家出发，一路吹吹打打来到了杨家大门外。杨家也早已请好了私塾先生，准备对轿上的对联。私塾先生看到轿子来了，急忙上前看对联。他不看不要紧，一看吓了一跳。如此上联，读书几十年，都没见过。岂不是故意难为人！但对还是要对，他只好退到一边，冥思苦想，过了一会儿，连汗都下来了，但还是没有对出来。

乡里的规矩是：对不出下联，姑娘就不能上轿。前几天就有户人家因此将喜事变成了坏事。杨家人当然非常着急，连一位蹲在旁边抽烟的轿夫，也有些不耐烦了，发话道："先生，我常听人家算卦的说，婚姻大事是月老定下来的，谁也改不了！难道就因为这轿联对不上，就不能成亲了？"

私塾先生一听，站起来大笑了三声，过去亲热地拍了一下轿夫的肩膀，说道："好了，好了！"连忙提起早已准备好的笔，蘸了墨，将对联写在红纸上：

乾为男子，坤为女子，子又生子，子子孙孙。

这下联以六个"子"对六个"亲"，又用了"乾""坤"和"男""女"两对反义词，正好与上联相对。在意思上也表达了子孙满堂、多子多福的祝愿。

轿夫这一句提醒，成全了塾师，更是成全了一对新人。

◎ 拓展阅读

《声律启蒙·上卷·九佳》（一）

河对海，汉对淮，赤岸对朱崖。莺飞对鱼跃，宝钿对金钗。鱼圉圉，鸟喈喈，草履对芒鞋。古贤尝笃厚，时辈喜诙谐。孟训文公谈性善，颜师孔子问心斋。缓抚琴弦，像流莺而并语；斜排筝柱。类过雁之相挨。

187

劝渔翁切莫劳心

相传清末时候，有个秀才颇具才学，但家里贫穷，无力再继续读书应考。为了生计，便受聘到一家姓杨的员外家，做了塾师。这杨家有个女儿，从小聪明好学，今年刚好十七岁，长得美丽动人，更难得的是，她对琴棋书画无一不通。

一天，秀才讲完了课，在花园中散步。恰好小姐也在花园赏花，秀才偶然见了小姐一面。从此心中生出一段痴情，就想办法接近。

这一天，先生发现员外的幼子在塾中不好好听课，在纸上画一条龙，大怒。先生说道："你这孩子，不好好听课，不要说是龙了，就是一条虫，你也是条笨虫！这里有个对子，回家去对，明天要是对不出来，打板子！"

先生的出句是：

纸上画龙龙不动。

学生字还不认得几个呢，如何对得上这联。没有办法，只好去问姐姐。杨小姐一看，这上联倒还有些意思，就代小弟对道：

鬓边插凤凤难飞。

第二天，学生交上了作业。先生一看，便怀疑不是学生所作，一问，果然是他姐姐代写的。先生转念一想，不禁喜从中来，觉得找到了接近小姐的办法，便又出一句：

有客敲门惊午梦。

学生拿着上联，又跑去求姐姐。杨小姐看了上联，想了一想，在纸上写道：

无人伴枕苦春思。

先生一见对句，这小姐不是思春了吗？有些想入非非。可是老这样对联也不

是长久之计，要约会才行，就写了个上联问小姐：

山深林密，叫樵夫如何下手。

杨小姐看这联，这才恍然大悟，原来是自己的无心之作引起了先生的误会，这样下去非出事不可，就回道：

水清石现，劝渔翁切莫劳心。

先生见此对句，愁眉苦脸了一会儿，但是转念一想，可能杨小姐是在卖关子呢，非直截了当地点明不可：

院内奇花，蝴蝶一心要采。

杨小姐一看，误会越来越深，这下只好明确地拒绝了：

画中仙果，猕猴百计难偷。

先生还是不太明白小姐的意思，出联道：

李杏桃梅，这些花谁早开放？

杨小姐这下生气了，出句骂他：

稻麦黍稷，此几种是何先生？

看到这个下联，先生终于醒了，原来是自己误会了小姐的意思，一直是"单相思"而已，也就不给学生布置作业了。

◎ 拓展阅读

《声律启蒙·上卷·九佳》（二）

丰对俭，等对差，布袄对荆钗。雁行对鱼阵，榆塞对兰崖。挑荠女，采莲娃，菊径对苔阶。诗成对六义备，乐奏八音谐。造律吏哀秦法酷，知音人说郑声哇。天欲飞霜，塞上有鸿行已过；云将作雨，庭前多蚁阵先排。

切瓜分客连对

○ 品画鉴宝　掐丝珐琅万寿如意纹三足炉·明

　　蒋焘是明代有名的文学家，他从小聪明过人，加上受父亲的影响，努力读书，在吟诗作对这方面，长进很快。

　　有一次，家里来了位贵客，是他父亲的一个很有学问的朋友。客人和他父亲坐在堂上，讨论诗文，很是热烈。

　　正在这个时候，外面下起了小雨，打湿了窗户。客人见景生情，马上出了一比上联，让在座的人答对：

　　冻雨洒窗，东二点，西三点。

　　这个上联把"冻""洒"两字析成"东二点""西三点"，很是奇妙。在座的人听了，只是赞叹这上联的妙处，但是下联却没有一个人对上来。一时间，堂上静悄悄的，气氛有点沉闷，连切好的西瓜都忘了吃了。

　　这个时候，恰好蒋焘站在一旁。他听了上联，也开动了脑筋。望着桌子上切好的西瓜，灵机一动。一句下联有了，他随口答道：

　　切瓜分客，横七刀，竖八刀

　　下联中把"切""分"析为横"七刀"、竖"八刀"，正是切合上联。

　　在座的众人听了，齐声叫好。这西瓜吃的甜了。

◎ 拓展阅读

《声律启蒙·上卷·九佳》（三）

　　城对市，巷对街，破屋对空阶。桃枝对桂叶，砌蚓对墙蜗。梅可望，橘堪怀，季路对高柴。花藏沽酒市，竹映读书斋。马首不容孤竹扣，车轮终就洛阳埋。朝宰锦衣，贵束乌犀之带；宫人宝髻，宜簪白燕之钗。

劝君也来两杯

据说在清朝的时候，湖北松滋有个古乐乡。这个乡有些了不得，乡民都爱学习诗文，平日里以此为乐。不论男女老幼，都能对对子。

石清泉是清朝乾隆年间的一位文人，他无心科举，浪迹天涯。这天他走进古乐乡的一个村庄，看见在一棵大树下，有几位村夫围坐在一起，正乘凉聊天。他就在旁边静听。

这些农夫说起话来非常文雅。忽然，听见一个老者高声说道："再添三盏！"这时，石清泉情不自禁地说了一句：

高朋满座，尽是有识才士。欢声笑语，呼人再添三盏。

众人听到后面有人说话，才发现有一个外乡人在这里。想不到不说则已，一说还连了个对句。各位农夫不想败给外乡人，就努力思考下联，一时间却没人答得上来。

还是老者见多识广，站起身来，拱手一揖，说道：

先生过誉，不知何方贵客？酒短情长，劝君也来两杯。

这个下联不但工整，而且表达了村民的好客之情。说罢，众人纷纷起立，请客人入上座。大家便一起高谈阔论起来，好不痛快。

○ 品画鉴宝　耕织图·清·焦秉贞

◎ 拓展阅读

《声律启蒙·上卷·十灰》（一）

增对损，闭对开，碧草对苍苔。书签对笔架，两曜对三台。周召虎，宋桓魋，阆苑对蓬莱。薰风生殿阁，皓月照楼台。却马汉文思罢献，吞蝗唐太冀移灾。照耀八荒，赫赫丽天秋日；震惊百里，轰轰出地春雷。

穷秀才对联刺员外

相传褚善对是个秀才，读了很多书，才思又敏捷。到了清明，外面风光大好，嫣红柳绿。褚善对雅兴大发，独自出门，观赏风景。哪知刚走到外面，天公不作美，下起雨来。他急忙躲入五里亭内，暂避一会儿。刚坐稳，只见一位穷秀才也走进来躲雨，望着外面的春雨自言自语：

雨打行人，谁为行人之主。

穷秀才说完上联，哈哈大笑，很是得意。又自言自语地说："不知道褚善对能不能对出下联来？"褚善对听了感到好笑，马上接腔：

风吹过客，我为过客之东。

这穷秀才听了下联，倒也服气，便走上前去，恭敬地拱手道："先生高才，请问先生贵姓？"

"我就是褚家洲的褚善对。"

"多有得罪，还请先生见谅。"穷秀才又施上一礼道，"适才先生说'为过客之东'，学生正想登门求教"。

褚善对一听，后悔不已，只好来个缓兵之计，说："我交结的都是文人雅士，你我今日对联相续，你对得上，我就设宴相陪，还奉送路费白银十两，对不上，就留我家做长工一年。"他想，穷秀才一定会被吓住的。谁知秀才听了毫不犹豫，还让褚善对前面引路。褚善对没有办法，就同他来到屋前。这时候褚善对停住脚，挥手一指：

前面芭舍，便为老夫居处。

秀才一步不停，还往前走，口里说道：

仰瞻大厦，堪容旅客栖身。

二人说完，进入客厅。褚善对吩咐家人：

客至堂前，快些安排茶水。

秀才刚坐下来，就手指伙房，含笑而答：

娘忙厨内，必定准备例餐。

正在这时，一位邻居送来一条鲜鱼。褚善对连忙接过，道：

举网得鱼，幸有双尾之鲤。

秀才喝了口茶，站起身来，又对道：

阃内养禽，岂无五德之鸡？

褚善对一听，好个穷秀才，到我家打劫来了。只得杀鸡弄鱼，摆上桌来。酒过三巡，褚善对举杯说道：

杯中日月，为天上日月。

秀才想了一想，望着主人，手指桌上佳肴：

眼内鸡鱼，是面前鸡鱼。

秀才独酌慢饮，时间过得很快，楼上传来鼓声阵阵，已是二更。褚员外听到鼓声，联上心来：

城楼上，鼓冬冬，三更三点，如是时也。

此言一出，秀才忙端起酒杯，举到主人面前道：

锡壶内，酒滚滚，一杯一口，不亦乐乎。

说完，一饮而尽。

褚善对想：这一夜，是对不过这穷秀才了，只好睡觉，明天再来。第二天一起床，忽听得外面阵阵磨刀声。连忙穿好衣服，往外一看，原来是穷秀才在磨刀。便挖苦骂道：

好意待嘉宾，为何持刀自刎。

穷秀才脱口而出：

无故惹贤东，只得杀身以报。

褚善对一笑，答道：

倘若如此，岂不一条人命；

这穷秀才正色而言：

如果不然，除非十两白银。

褚善对道：

倾尽家私，只有六贯六百。

穷秀才对道：

约以数计，还欠三两三钱。

褚善对一听，说：

如此恶客，快去，快去。

秀才对褚善对点头挥手：

这样贤东，再来，再来。

说完，心满意足地走了。

◎ 拓展阅读

《声律启蒙·上卷·十灰》（二）

沙对水，火对灰，雨雪对风雷。书淫对传癖，水浒对岩隈。歌旧曲，酿新醅，舞馆对歌台。春棠经雨放，秋菊傲霜开。作酒固难忘曲蘖，调羹必要用盐梅。月满庚楼，据胡床而可玩；花开唐苑，轰羯鼓以奚催。

樵夫联对训秀才

相传，从前有个秀才读了几年书，以为自己学得差不多了，就上京赶考。走到一个三岔路口，不知哪条路通往京城，见路旁有个樵夫在树下歇息，便上去问道："喂，砍柴的！本书生要去京城赶考，快给我指个方向，别耽误我的时间！"

樵夫一听这话，见来人长得斯文，怎么说话像个恶吏？心里很不高兴，想教训一下秀才，便站起来说道："原来相公是要上京应试啊，失敬，失敬，想必是才高八斗，老汉有一上联，苦于无对，还请指教。若对上了，自然将上京之路告诉你。"

秀才想，这山野村夫，哪里可能出什么难题？就满不在乎地说："题诗作对正是我的拿手好戏，有对尽管出吧！"

樵夫听了，笑了一笑，指着对面山岩上一株枯死的大树说：

山石岩，岩上一古木，古木枯，此木为柴。

秀才一听，这上联又有实景，里面又有拆字的关系。想了很久，竟然对不出来。

樵夫看到秀才愁眉苦脸的样子，说道："这位相公，我老汉出的题，你都对不上来，你还能答出皇帝的题吗？不如回家多生几个儿子吧！"

秀才一听，也自觉惭愧，满脸通红地转身回家了。回到家中，妻子见了十分奇怪，怎么刚去赶考，又回来了呢？秀才便把问路、对联的经过说了一遍。妻子一听，笑道，这有何难。我有下联，你明天去把下联对上便是。便如此说了一遍。第二天，秀才高高兴兴地跑到三岔路口，对那个樵夫说出下联：

长巾帐，帐里一女子，女子好，少女真妙。

樵夫听了笑着说："此下联倒是对得工整。可这里面尽是女子妙好，怕是夫人所对吧？"

秀才一听，傻了眼，想想自己学问确实不够，上京赶考也是白花路费，不如回家再读几年。于是转身谢过老汉，回家去了。

◎ 拓展阅读

《声律启蒙·上卷·十灰》（三）

休对咎，福对灾，象箸对犀杯。宫花对御柳，峻阁对高台。花蓓蕾，草根荄，剔藓对剜苔。雨前庭蚁闹，霜后阵鸿哀。元亮南窗今日傲，孙弘东阁几时开。平展青茵，野外草草软草；高张翠幄，庭前郁郁凉槐。

○品画鉴宝 仿黄鹤山樵松溪高逸图·清·奚冈 图中群山苍翠，古松林立，在深山密林之中，有几处茅屋若隐似现。山溪中有一小舟，舟上坐一高士，似在聆听松涛之声，又似在读山阅水，不亦乐乎。此图之境是古代士大夫所深切向往的，反映了当时的审美情趣。

青草红花除心病

有一年春天，蒋士铨刚回到故乡，就听说当时铅山县城西北面的风波亭上时常闹鬼。他根本不相信，就亲自来到风波亭，想看个究竟。

原来，不久前有三个秀才在这风波亭里高谈阔论，吟诗作对。碰巧一个打鱼草的农民经过此亭，以为秀才们在讲故事，便想进亭子里听一听。一个胖秀才见他满身泥巴，一身鱼草味，也来凑热闹，很不高兴地说："你坐在这里干什么？我们在此吟诗联对，你又不懂，还不快走？"

打鱼草的农民一听，怒气顿生，想了一阵道："我虽不会写诗，却会出对。我有一上联，如果你们能对出下联，愿送鲜鱼三百斤。要是对不出来，你们也别假装斯文，干脆跟我学养鱼算了。"

三个秀才听了，放声大笑。胖秀才抢先说："你尽管出句，我就是死了也要对出来。"

打鱼草的农民脱口出句道：

青草鱼塘，青草鱼口衔青草。

三个秀才一听，大眼瞪小眼，额头直冒汗，很久也对不出来。打鱼草的农民见天色不早，挑起鱼草道："我要去喂鱼了，你们慢慢对吧！"

自那以后，胖秀才回到家中，日夜不停地念叨着这上联，直折磨得他坐立不安，饮食无味，后来竟忧郁成疾，病入膏肓，临死前叮嘱家里人说，死后要把他的棺材停在家中，等有人对出下句再安葬。

后来，每天傍晚那个胖秀才的魂魄就在风波亭上念那上联，搅得四周百姓不得安宁，成了当地人的"心病"。

蒋士铨听完这段奇闻，笑着说："没有鬼神的，胖秀才也太迂腐了。"他问了问邻近村庄的名字，人们告诉他叫"红花村"。蒋士铨放眼远眺，只见有一伙姑娘正在山下采茶，一个个戴红系绿、惊喜万分地说："有了！我对一下联，解你们的疑心。"说着，吟下联道：

红花村庄，红花女头戴红花。

据说，自从蒋士铨对了下联后，人们的"心病"果然消除了。胖秀才也得以安葬。"风波亭"再也不"闹鬼"了。

◎ **拓展阅读**

《声律启蒙·上卷·十一真》（一）

邪对正，假对真，獬豸对麒麟。韩卢对苏雁，陆橘对庄椿。韩五鬼，李三人，北魏对西秦。蝉鸣哀暮夏，莺啭怨残春。野烧焰腾红烁烁，溪流波皱碧粼粼。行无踪，居无庐，颂成酒德；动有时，藏有节，论著钱神。

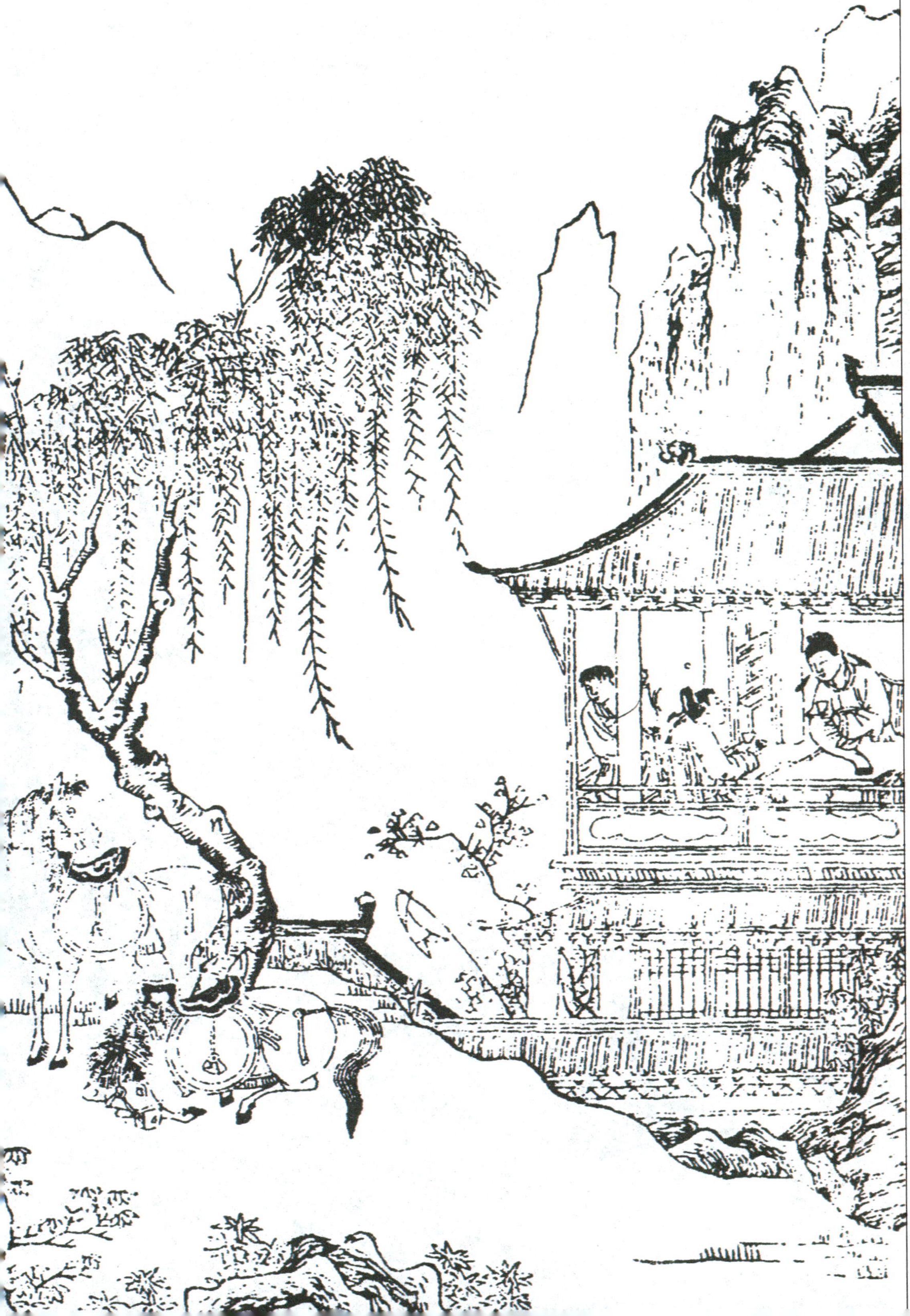

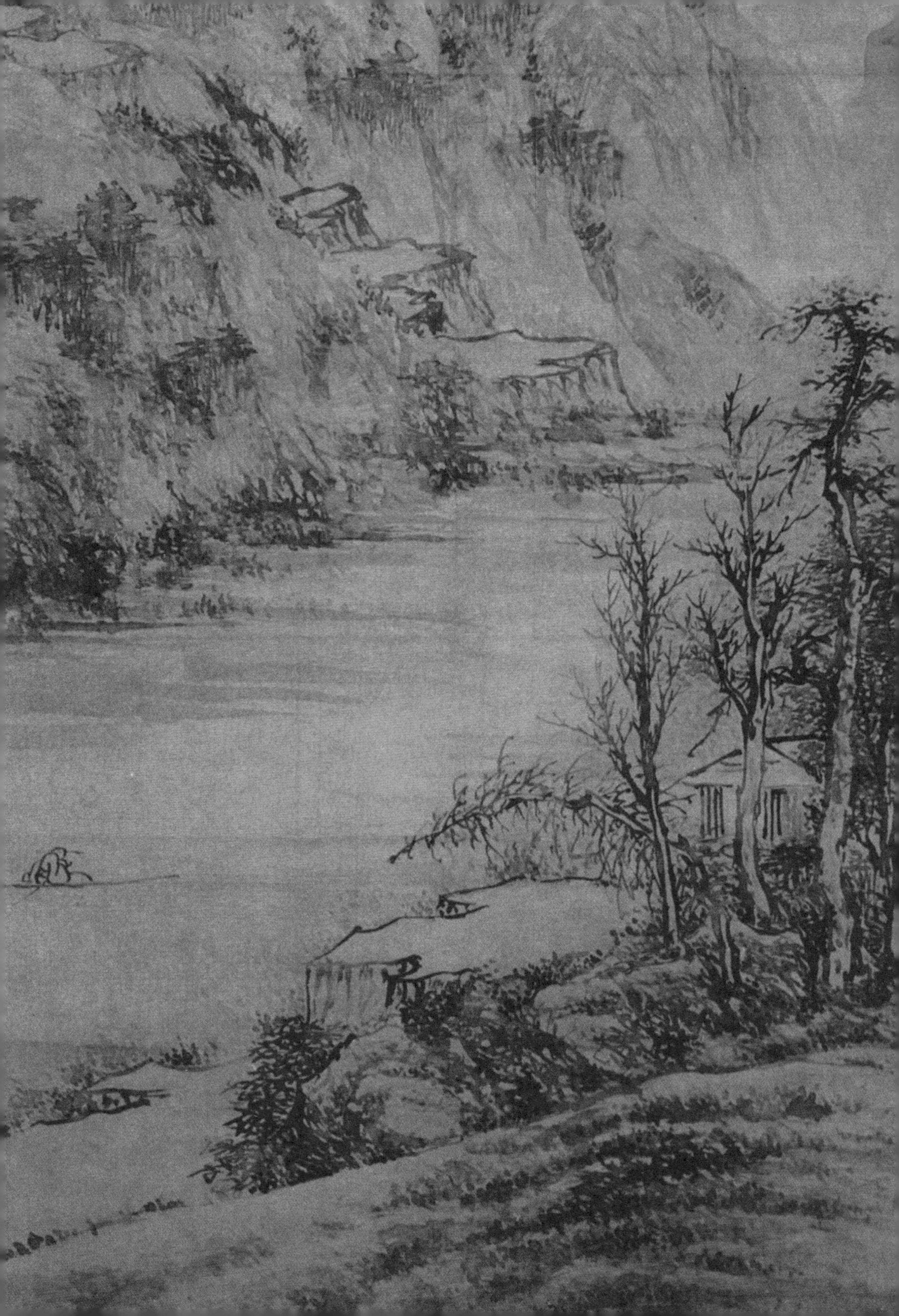

S篇

苏小妹夜对巧联

苏东坡在京城为官。有一次，苏小妹到京城看望哥哥。兄妹相见，家常娓娓道来，又谈诗论文。苏东坡见苏小妹几年不见，才识增长不少，想考考她，便对苏小妹说："大家说你天资聪明，才智不凡。我最近得了个好上联，你如能在一个晚上，对出这对子，哥哥就佩服你。"苏小妹笑笑说："哦？究竟什么对子要一个晚上？你快说吧。"苏东坡说：

水仙子持碧玉簪，风前吹出声声慢。

苏小妹听了上对，暗暗叫好，却一时想不出下对。这时，月光下，一个丫环朝房里走来，端着酒菜，给他们送夜宵来了。苏小妹见景生情，灵机一动，便脱口而出，对出了下联：

虞美人穿红绣鞋，月下引来步步娇。

苏东坡听了妹妹的下联，禁不住拍案叫绝。原来，这副对联暗藏玄机，上下联巧含"水仙子""碧玉簪""声声慢""虞美人""红绣鞋""步步娇"六个曲牌名，而且将它们拟人化了，赋予具体情景，想象丰富，引人入胜。

◎ 拓展阅读

《声律启蒙·上卷·十一真》（二）

哀对乐，富对贫，好友对嘉宾。弹琴对结绶，白日对青春。金翡翠，玉麒麟，虎爪对龙鳞。柳塘生细浪，花径起香尘。闲爱登山穿谢屐，醉思漉酒脱陶巾。雪冷霜严，倚槛松筠同傲岁；日迟风暖，满园花柳各争春。

苏东坡戏联友名对

秦观和柳永（屯田）都是苏东坡的好朋友。有一次，苏东坡同秦观、柳永一起喝酒。酒至半酣，苏东坡来了兴致，随口将二人的名字和绰号连成一副对联：

山抹微云秦学士；

露花倒影柳屯田。

秦、柳二人一听，同声大笑，深服东坡诙谐的文才。这副联是怎么回事呢？原来，秦观因为写了一首《满庭芳》，特别是第一句"山抹微云"，为大家传颂一时。因而时人便称秦观为"山抹微云"。而柳屯田的《破阵乐》词中，也有一为人传诵的名句"露花倒影"。于是时人也称柳屯田为"露花倒影"。

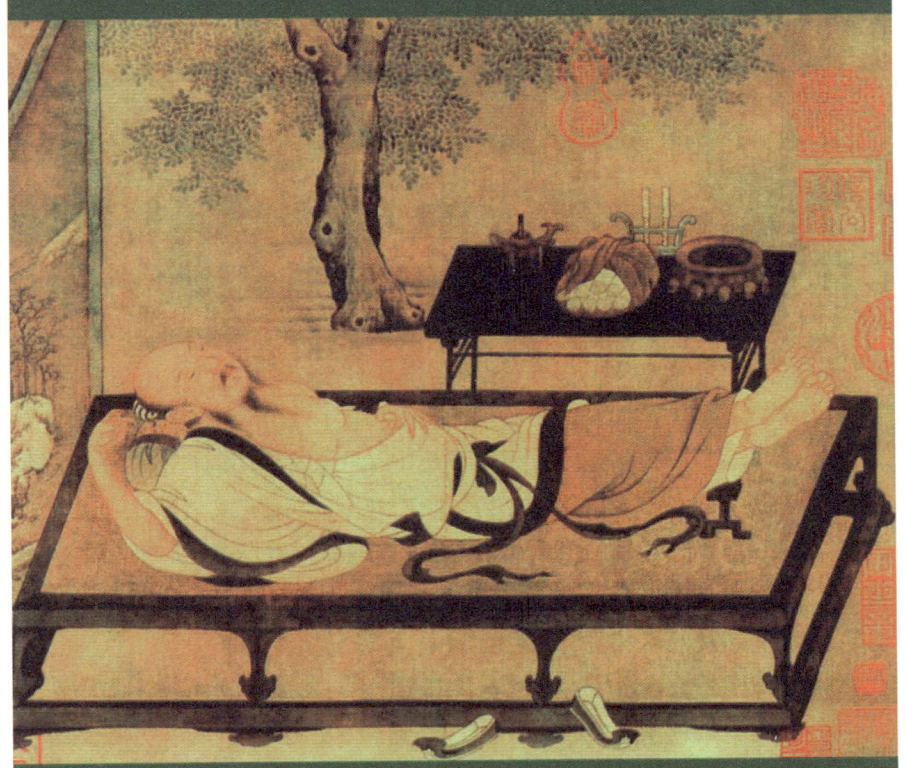

○ 品画鉴宝　槐阴消夏图·宋

◎ 拓展阅读

《声律启蒙·上卷·十一真》（三）

香对火，炭对薪，日观对天津。禅心对道眼，野妇对宫嫔。仁无敌，德有邻，万石对千钧。滔滔三峡水，冉冉一溪冰。充国功名当画阁，子张言行贯书绅。笃志诗书，思入圣贤绝域；忘情官爵，羞沾名利纤尘。

苏东坡对联趣闻

苏东坡是我国北宋时期著名的文学家和政治家。他不仅为官清正，而且在诗文、书法、绘画上造诣很深。民间流传着很多关于他的楹联故事。

苏东坡诗风豪迈清新，与黄庭坚并称"苏黄"，两个人经常相互切磋。有一天，黄庭坚与苏东坡饭后出去散步。黄庭坚见暮霭沉金，水天一色，渔歌唱和，悠扬悦耳。于是出对道：

晓霞映水，渔人争唱《满江红》。

苏东坡稍加思索，对道：

朔雪飞空，农夫齐歌《普天乐》。

上下句均以曲牌名《满江红》《普天乐》入对，甚为自然，一时传为名对。

又有一天，苏、黄两人在松树下对弈围棋。对弈间，一阵风吹来，便有几颗松子掉在棋盘上，苏东坡触景生情，随口念道：

松下围棋，松子每随棋子落。

真是无巧不成书，这时候对面湖边有一渔夫在柳下悠闲垂钓。黄庭坚想了一下，应声对出下联：

柳边垂钓，柳丝常伴钓丝悬。

有一次，苏东坡奉了朝廷的命令，接待辽邦派来的使臣。辽使知道苏东坡是有名的才子，便有意要为难他，对他说："苏学士乃中原名士，在下有一个上联，只有五个字，请苏学士属对。"说罢，辽使得意地念道：

三光日月星。

苏东坡一听，倒也吓了一跳。因为联语中有个规矩，数量词一定要用数量词来对。上联用了个"三"，下联就应当用"三"以外的其他数字，而"三光"之下只有三个字，那么，无论你用哪个数字来对，下面的字数，不是多于三，就是少于三。这是副绝对呀！这时候苏东坡想起了小时候熟读的《诗经》，他略一思索，就在《诗经》里找到了下联。于是立即对道：

四诗风雅颂。

这下联对得真妙。以"四"对"三"，妥贴。但如果"四"以下，跟着要提出四个字，那就不能跟"日、月、星"相对。妙就妙在他提出的"四诗"，只有"风、雅、颂"三个部分。原来《诗经》中的"雅"这一部分，有"大雅"和"小雅"之分，所以称为"四诗"。辽使听了，不禁连连点头，更加佩服苏东坡的才学了。

北宋有个词人叫秦观，字少游，很有才华。有一次，他与苏东坡一起出游，同乘一船。东坡忽见岸上有一个醉汉，骑着驴东倒西歪地向前走着，不禁出对戏道：

醉汉骑驴，步步点头算酒账。

○ 品画鉴宝　影青盘龙灯盏台·宋

少游一时对不出来，过了一会儿，忽见船尾艄公，摇着船一仰一俯，于是联上心来，说道：

艄公摇橹，深深作揖讨船钱。

老艄公听了，亦大笑不已，深感两位名士的才华了得。

后来，秦观听说苏东坡之妹苏小妹，不但长得端庄秀丽，而且能诗善词，便有爱慕之心。一天，他去苏家求婚。苏洵也是个爱才的人，就让每个求婚者写一篇文章，由女儿定夺。小妹看到少游的文章，心里赞叹他的才华，批道："不与三苏同时，当是横行一世。"苏洵知道了苏小妹的意思，便把她许给了秦少游。

成婚那天，小妹有意要考考少游。开始两题秦少游都顺利过关。小妹便拿出了她的拿手好戏——对对子。

闭门推出窗前月。

少游想这上联倒也不难，只是怕对得平淡不能显示自己的高才，便坐在池塘边苦苦思索，欲想一个绝妙的下联。三更已过，月高星疏。苏东坡出来看看妹夫入得洞房没有，却见少游在池塘边不住念着"闭门推出窗前月"，知是小妹有意为难，便悄悄拾起石子朝池塘中投去。秦少游忽听"砰"的一声，池中月影散乱，灵感突发，对出下联：

投石冲开水底天。

这时，洞房门也"呀"的一声开了。

苏东坡后来被贬到黄州做团练副使，借助讲学以排遣心头郁闷，慕名而来的学子络绎不绝，黄州一时成了学子文士荟萃交流的地方。于是苏东坡的名声日增，不知怎得惊动了朝廷。朝廷便派来一名考官，名为巡视讲学，实为查看动静。经过一番密访，并没有发现苏东坡有什么越轨之处。但考官还是不甘心，想方设法要为难苏东坡，把他的名声压下去。

一天清早，他对苏东坡说："苏学士名扬四海，想必高足也是文采了得的，能否请几位来,让本官见识见识?"东坡即刻挑了十名学生。考官与东坡并肩坐在堂上,学生们横着坐在堂下,周围站满了看热闹的人。考官心想,今天一定要当众出苏轼的丑,给他来个拿手好戏。他站起来,清了清嗓子说道:"今天不考别的,只要你们对一副对子。请听题。"于是,他指着外面山上的宝塔说:

宝塔尖尖,七层四面八方。

这些学生哪里会想到要对对子,都以为要考的是四书五经诗词歌赋,完全没做思想准备,就感觉很紧张,越着急越对不出来,越对不出来越感到对不起老师。一个个站在堂下,大汗淋漓,满面羞愧。考官见状大为得意,哈哈大笑,指着第一个学生问:"你对出来了吗?"那个学生低着头,不好意思开口,伸出手摇了摇。考官又指着第二个学生:"你呢?"那个学生也同样把手摇了两摇。考官一直问到最后一个,结果都一样。这时他直视着苏东坡,带着嘲笑的口吻说:"苏学士,这……"还没等他说完,苏东坡忙说:"这样简单的试题,如何能考住他们?"

"哦?那怎么他们都不说话呢?"

"他们都对出来了。"

"他们明明摇手表示不会对,你怎么说他们都对出来了?"

"考官大人,其实这手势就是他们对的下联。"

"苏学士,我倒要请教。"

"考官大人,你的上联是:

宝塔尖尖,七层四面八方。

他们对的下联是:

玉手摇摇,五指三长两短。"

这时台下的学生如释重负,都抬起了头,露出了笑容,周围的人更是赞叹不已。这时候考官却目瞪口呆,无言以对,只好自我解嘲地说:"苏学士真是名不虚传,佩服佩服!"

◎ 拓展阅读

《声律启蒙·上卷·十二文》(一)

家对国,武对文,四辅对三军。九经对三史,菊馥对兰芬。歌北鄙,咏南薰,迩听对遥闻。召公周太保,李广汉将军。闻化蜀民皆草偃,争权晋土已瓜分。巫峡夜深,猿啸苦哀巴地月;衡峰秋早,雁飞高贴楚天云。

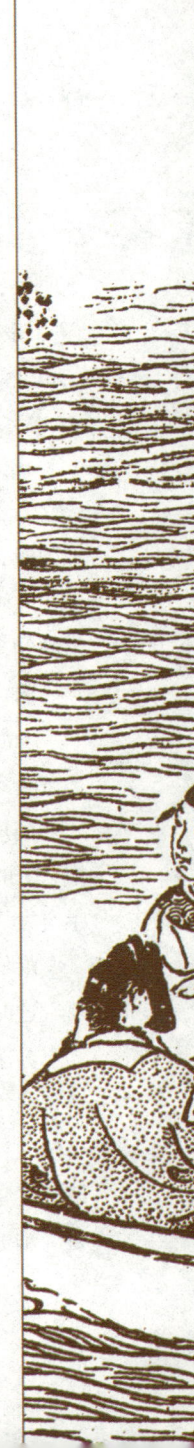

苏东坡"未对"之绝对

对联有时候既巧合，又深奥，就连大文豪苏东坡，也有对不出联句的时候。

相传苏东坡任杭州地方官时，有一年清明节，一些达官贵人、文人学士请他登舟游西湖，吟诗作对，苏东坡欣然应邀前往。正当苏东坡与同僚以及当地文人学士一起泛舟西湖上，赋诗唱和，兴致勃发之时，急匆匆走来一位手提锡酒壶的歌女，却一不小心把锡酒壶掉进西湖之中。当即有人以此为题出了半联：

游西湖，提锡壶，锡壶掉西湖，惜乎锡壶。

当时此句一出，满船叫绝，但却无人应对，大家你看看我，我望望他，最后都把目光和希望寄托在苏东坡身上。然而，斗对天才苏东坡虽左思右想，反复试对，也无法对出妙句，只好佯装醉酒，游玩不欢而散，成了一直认为"天下无语不成对"的对联天才苏东坡终生未能足对的"绝联"之一。

◎ **拓展阅读**

《声律启蒙·上卷·十二文》（二）

欹对正，见对闻，偃武对修文。羊车对鹤驾，朝旭对晚曛。花有艳，竹成文，马燧对羊欣。山中梁宰相，树下汉将军。施帐解围嘉道韫，当垆沽酒叹文君。好景有期，北岭几枝梅似雪；丰年先兆，西郊千顷稼如云。

○ 品画鉴宝 深堂琴趣图·宋

苏东坡写联立志

苏东坡从小就很聪明，又苦读诗书，才华过人，得了很多赞誉。苏东坡听了这些美言，便渐渐骄傲起来，觉得自己天下第一，无人可敌了。

有一年春节，他来了兴致，写了一副春联贴在门上：

识遍天下字；

读尽人间书。

瞧这口气，的确不小。过往行人看了，有说好的，夸他少年有大志，也有说不好的，说是少年狂妄。

有一天，来了一位白发老者，登门拜访，要见苏东坡。老人说："听说苏才子天下的书都读遍了，老朽特来请教。"苏东坡见这么大岁数的人都来请教自己，心中更得意了。他便为老者让了个座，笑着问道："老先生有什么疑难，尽管讲来。"老人听了，也没说话，笑吟吟递过一本书来。苏东坡接过书，翻开第一页，看到头一行，脸突然就红了。为什么呢？原来，在第一行就有两个字不认识。再往下看，生字越来越多。再也看不下去了，脑门上都是汗。老人看到这个情况，说："苏才子身体不舒服吗？何故流汗？"说完笑吟吟地走了。

苏东坡已是呆若木鸡，老人走了都不知道。等了半个时辰，才恍然大悟，心里非常感谢老人。赶忙拿起笔来，在门上添了几个字，将这对联改成：

发奋识遍天下字；

立志读尽人间书。

他这样说的，也是这样做的。后来，他果然成了我国著名的大文豪。

◎ 拓展阅读

《声律启蒙·上卷·十二文》（三）

尧对舜，夏对殷，蔡惠对刘贲。山明对水秀，五典对三坟。唐李杜，晋机云，事父对忠君。雨晴鸠唤妇，霜冷雁呼群。酒量洪深周仆射，诗才俊逸鲍参军。鸟翼长随，凤分泊众离长；狐威不假，虎也真百兽尊。

苏东坡以联识才

有一次，苏东坡去江苏宜兴。途中，他看到一个小孩读书很用功，便停下来询问这个小孩学的是什么功课。小孩回答说："正学对课，望大人赐教！"苏轼见这孩子勤奋好学，又有礼貌，十分高兴。又问："既学对课，我出一上联，你敢不敢对？"

"为何不敢？对不出时再请大人指教就是了。"小孩回答得既坚决又委婉。

见孩子应允，苏东坡便出上联道：

衡门稚子玉雕器。

语出《诗·陈风·衡门》。句云："衡门之下，可以栖迟。"衡门，即以横木为门。用以指简陋的房屋。稚子，即幼儿。杜甫《江村》有诗云："老妻画纸为棋局，稚子敲针作钓钩。"《法言·寡见》有句曰："玉雕，不作器。"苏东坡所出此句的意思是：出身贫穷的子弟也可以成为稀世之才。

小孩听了，明白是眼前这位和善的大人在激励自己，更加谦恭地说："倘若对得不工，尚请大人当面赐教。"说毕，吟对下联道：

翰苑仙人锦绣肠。

"翰苑"是翰林院的别称。"翰苑仙人"指的是才学优异好似神仙降人间的那些学者之豪。苏东坡因诗文高绝，不同凡响，被尊为文坛之冠，美名为仙。《王直方诗话》说："子瞻文章议论，独出当世，风格高迈，真谪仙人也。""锦绣肠"，语出李白《冬日于龙门送从弟问之淮南序》："常醉目吾曰：'兄心肝五脏皆锦绣耶？不然，何开口成文，挥翰雾散'。"小孩所对这比下联，既有称颂苏东坡之意，又有抒发壮志之用心。苏东坡听罢，欣喜地抚摸着小孩的头，赞扬说："真美玉也！"

这个小孩，就是后来的大观进士孙觌。孙觌字促益，别号鸿庆居士，历官翰林学士，吏、户二部尚书。

苏东坡不仅善于识才，爱才重才，视才若宝，而且对自己的门生循循善诱，诲人不倦。更为难能可贵的是，即使对那些相知尚浅或从不认识的后辈，也同样满腔热情地予以帮助。

钱塘（今浙江杭州）有个书生，名叫王琪（一作王祈、王淇），年轻时十分自负。有一次，他在竹园赏玩，见青竹丛丛，枝叶挺秀，触景生情，写了一副对联：

叶攒千口剑；

茎耸万条枪。

写成此联后，他自己很得意，拿给朋友们看，并悬挂在墙上，扬言"有能挑别一字者，愿以十金相奉"。三天过去了，没有人挑毛病。又过了三天，仍然没有动静。因他久闻苏东坡大名，倾慕不已，便带着对联，找到苏东坡，希望得到苏

○ 品画鉴宝　醉吟先生五友图·清·王树谷

东坡这位大文豪的指点。

苏东坡接过对联一看，并未嘲讽王琪，也没有摆自己的架子，而是和蔼地笑着问王琪："你写的竹子、叶子何以如此之少？只是十竿一叶。"王琪一听，有些紧张，一时无言以对。苏东坡便耐心地开导他说："你掐指头算算，你写的竹子是一万根，但却只有一千片叶子，岂不是十竿一叶吗？走遍天下，怕也见不到叶子如此之少的竹子吧！"王琪听了，顿觉脸红。苏东坡又耐心地对他说，写诗填词作赋为文，描绘世间千事万物，均须顾及生活和事物本身的真实性及其内在的规律性，万不可顾此失彼。不然，就会像你作的对联这样，让人看了不可信，甚至惹人发笑。

王琪听罢，若有所思，无限感激地走了。

◎ 拓展阅读

《声律启蒙·上卷·十三元》（一）

幽对显，寂对喧，柳岸对桃源。莺朋对燕友，早暮对寒暄。鱼跃沼，鹤乘轩，醉胆对吟魂。轻尘生范甑，积雪拥袁门。缕缕轻烟芳草渡，丝丝微雨杏花村。诣阙王通，献太平十二策；出关老子，著道德五千言。

苏东坡联戏张三影

北宋有个词人叫张先,字子野,特别善长写描写男女之情的慢词。他的"云破月来花弄影""帘压卷花影""堕轻絮无影"这三个句子很是有名,也因此获得"张三影"的雅号。他晚年辞官退居乡间,还是喜欢写男女之情的词。

有一次,苏东坡去拜访他,看到他家中尚蓄有歌妓,便赠了一副对联,对张先进行戏嘲。对联写道:

诗人老去莺莺在;

公子归来燕燕飞。

联中引用了唐代元稹的《莺莺传》的故事,将张先比作拈花惹草的秀才张珙。

张先得联,也不生气,笑了一笑,亦制一联,写道:

愁似鳏鱼知夜永;

懒同蝴蝶为春忙。

这副对联,对自己作了表白,表明自己与那些好色之人是截然不同的,且韵辞俱佳,深为苏东坡赞赏。

◎ 拓展阅读

《声律启蒙·上卷·十三元》(二)

儿对女,子对孙,药圃对花村。高楼对邃阁,赤豹对玄猿。妃子骑,夫人轩,旷野对平原。鲍巴能鼓瑟,伯氏善吹埙。馥馥早梅思驿使,萋萋芳草怨王孙。秋夕月明,苏子黄岗游绝壁;春朝花发,石家金谷启芳园。

苏东坡莫干山联妙对

　　苏轼接任杭州通判后，赶忙起程走马上任，在路上晓行夜宿，不久就到了浙江莫干山。但见山青水秀，别是一番景致，便决定休息一下，上莫干山游玩一番。

　　苏轼本来穿的是官服，但为了不惹人注意，便在官服之外套了件布衣。当他健步登上莫干山，远远看见山上有一座寺庙，便信步朝寺里走去，这寺的住持和尚，名叫一空，是当时有名的高僧，法号佛印。佛印见苏轼衣着简朴，以为是一般游客，并未把他放在眼里。又见苏轼进寺东瞧西看，便用手指着寺内一个座位，冷冷地说："坐！"

　　苏轼坐在佛印指给自己的座位上。佛印见苏轼并未言语就落了座，便按照惯例，向小和尚挥挥手道："茶！"

　　不一会儿，小和尚托着茶盘到苏轼跟前递茶。苏轼仍不言语，接杯在手，品了两口，才与佛印答话。他先问了这座寺庙的历史，接着评点了寺中保存的几通石碑和碑铭。佛印渐渐觉得这个游客见多识广，心想可能来历不寻常，便宴请苏轼进厢房叙话。

　　到了厢房，佛印对苏轼谦让道："请坐！"又吩咐小和尚："敬茶！"接着，便问苏轼"高姓大名"。

　　当佛印得知来客是久闻大名、如雷贯耳的赫赫名士苏轼时，惊得"啊"了一声，忙请苏轼到客厅里去叙。

　　一进客厅，佛印抢上一步，用衣袖拂去桌椅上的微尘，立正打躬，毕恭毕敬地说："请上座！"又高声吩咐小和尚："敬香茶！"

　　二人一经深谈，都为对方过人的才华和渊博的知识所倾倒。苏轼深识佛印有经世之才，便劝佛印入仕为官。佛印一眼看见苏轼穿的便服内有一物，状似玉带，便有了主意，说："我有一比上联，你若对得下联，入仕为官之事，尚可再议。若对不出，请赠随身所佩玉带，以镇山门。"苏轼不禁暗暗佩服佛印的眼力，慨然应允。佛印遂出句道：

　　四大本空，五蕴非有，内翰欲于何处坐？

　　苏轼吟哦良久，不能脱口成对，只好赠以玉带。佛印唤小和尚近前，将苏轼所赠玉带悬于山门。尔后，佛印又取出自己

○ 苏东坡像。苏东坡，名轼，字子瞻，号东坡居士，眉州（今四川眉山）人，他在词、诗、书法等方面皆有突出成就。

的一袭袈裟，赠给苏轼。从此，这个"带袈互赠"的经历，使佛印和尚这位身入空门的佛门高僧与文坛领袖苏轼，结下了毕生的友谊，并传为青史佳话。

苏轼怕误了路程，便起身告辞。佛印知道挽留不住，连称"机会难得"，恭请苏轼为寺庙题副对联，以便方木镌刻，挂于门边。

苏轼并不推辞，命捧来文房四宝，微笑着提笔濡墨，一挥而就。原来写的是：

坐，请坐，请上座；

茶，敬茶，敬香茶。

佛印看罢，不免心中有愧，连连向苏轼赔礼、道歉，苏轼却宽厚地大笑不止。

此后，佛印与苏轼频频往来，谈诗论文。苏轼又曾多次劝佛印入仕为官。但这个看破凡尘的佛印，无心做官，只想在佛门之内找点精神寄托。苏轼见佛印矢志难移，便放弃了自己的念头，对佛印更加敬佩。

◎ 拓展阅读

《声律启蒙·上卷·十三元》（三）

歌对舞，德对恩，犬马对鸡豚。龙池对凤沼，雨骤对云屯。刘向阁，李膺门，唳鹤对啼猿。柳摇春白昼，梅弄月黄昏，岁冷松筠皆有节，春喧桃李本无言。噪晚齐蝉，岁岁秋来泣恨；啼宵蜀鸟，年年春去伤魂。

苏东坡巧对『鱼』联

一天，适值大雪，苏轼独自一人在书房里一边填词，一面吃鱼喝酒。为了推敲一个词句，他放下筷子，眺望窗外雪景，忽然发现佛印不声不响地踏雪朝自己的书房方向走来。"残渣余肴，杯盘狼藉，怎好用它来招待朋友？"想到此，苏轼赶忙把鱼、菜盘子和酒放到一个书架顶上，又连忙藏起酒具，装出一副一心一意推敲词句的样子。

谁知这佛印和尚脚快，眼快，鼻子尖，进门一见苏轼的神色，又嗅了嗅书房内的气味，看看房内的摆设，已猜出了苏轼的秘密，但又不直接说出来，便向苏轼请教"苏"字的写法。苏轼当时并未认真想，便随口道："草头下面，左边是鱼，右边是禾"（苏字的繁写：蘇）。

佛印却笑着说："把草头和鱼字旁换个位置行不行？"

苏轼还是没有觉察出佛印话里有，只是又摇头又摆手。

佛印知道苏轼已上了自己的"小圈套"，微笑着指指苏轼书架顶上的盘子，说："那就把鱼从上边挪下来吧！"

苏轼这才恍然大悟，明白了佛印的心思。二人抚掌大笑，便用那些残鱼剩菜，在书房里开怀畅饮起来。

第二天，苏轼到佛印的住处去回访佛印。刚进门坐定，一股鱼肉的香味和淡淡的酒香便冲鼻而来。苏轼四下里望了望，没有发现什么痕迹，房内除了一只大磬外，别无可以藏鱼藏酒之处，心中便有了主意。

佛印看见苏轼进屋后东张西望，像猫找耗子似的神情，明知他已发现了秘密，却故意装作没看见，不露神色地等待着。

苏轼见佛印没有什么反应，便说："今天请你对对联。"

"请先出句！"佛印不知这是苏轼的一计。苏轼笑着出句道：

向阳门第春常在。

佛印一听这是一副人们常用的对联，人人皆知，便不假思索地顺口对道：

积善人家庆有余。

苏轼见佛印果然中"计"，大笑道："哈哈！既然磬（庆）里有鱼（余），为何还不拿出来让我尝尝？"

佛印这才发觉上了当，笑道："真是一报还一报，你还没忘昨天那件事呀！"说完，笑盈盈地端出鱼和酒，关了房门，与苏轼举杯同饮。

饮酒毕，苏轼与佛印出外踏雪赏梅，二人又即景对出一副妙联。佛印上联道：

雪里白梅，雪映白梅梅映雪。

苏轼目视一丛翠竹，应声对道：

风中绿竹,风翻绿竹竹翻风。

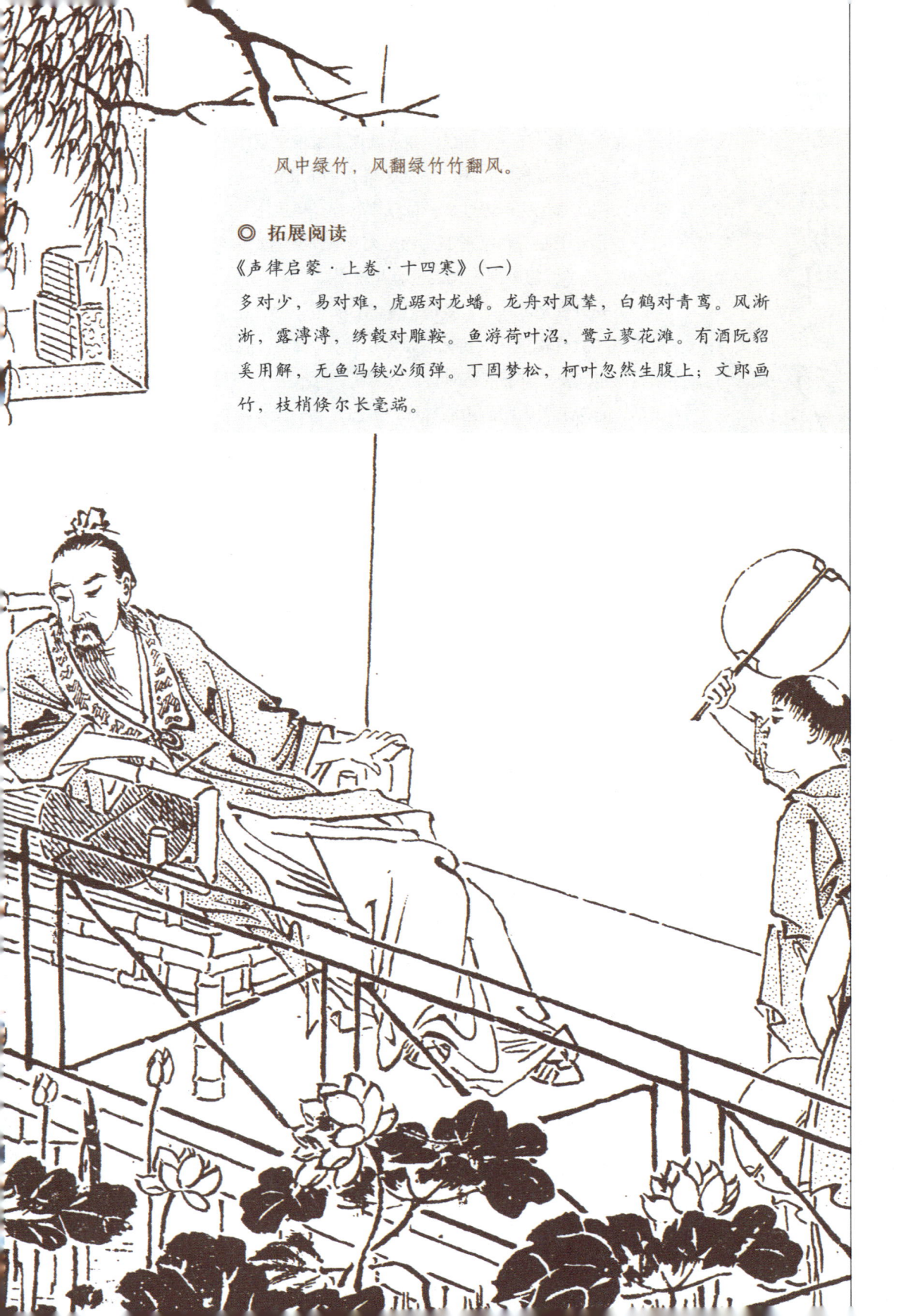

◎ 拓展阅读

《声律启蒙·上卷·十四寒》(一)

多对少,易对难,虎踞对龙蟠。龙舟对凤辇,白鹤对青鸾。风淅淅,露漙漙,绣毂对雕鞍。鱼游荷叶沼,鹭立蓼花滩。有酒阮貂奚用解,无鱼冯铗必须弹。丁固梦松,柯叶忽然生腹上;文郎画竹,枝梢倏尔长毫端。

苏东坡斗嘴巧对联

北宋年间,有一年春季,苏东坡携书童前来泰山游玩。两人边走边看,心情很是舒畅。不知不觉中来到了佑庙前。

正在这时,从东边过来一位气宇轩昂、风度不凡之人。苏东坡仔细一看,喜上心头,原来那人竟是大文豪王安石。苏东坡连忙招呼:"真是太巧了,想不到王大人也有此雅兴。"

王安石见是苏东坡,爱理不理的,头也不回,还在观赏碑文,一边答道:"只许你这位大诗人观赏泰山风光,就不许我这粗人来凑凑热闹?"苏东坡知道王安石对自己有意见,也不生气,只是辩解道:"哪里话,能与王大人同游佑庙碑林,实乃人生一大幸事!"说完用手一指身后:"这是福德。"王安石用嘴一撇右前方那位小童,说:"学智!"

王安石话音刚落,福德便跑过去与学智打招呼,谁知学智一副拒人于千里之外的样子,只是"哼"了一声,便走开了。

四人相遇之后,便一起不紧不慢地边看碑文,边朝前走。过了一会儿,来到一块微微向东倾斜的石碑面前时,四人止步,品赏起来。福德因刚才看学智态度不太友好,心中不快,想出口气,就上前一步,说道:

安石不正影子歪!

学智也是聪明人,一听人家福德用联来讽刺自己的主人,岂肯罢休,脱口接道:

东坡前倾根基斜!

听见两位斗嘴,王安石插话说:"学智说得很对啊,此碑确实根基斜了,原因就是东坡前倾啊!"苏东坡"哦"了一声,接口说道:"王大人言之有理,不过,福德说得也没错,人不正影子才歪嘛!"说完,王安石与苏东坡相视着"哈哈"大笑起来。

见主人大笑,福德与学智也跟着笑了几声。

◎ 拓展阅读

《声律启蒙·上卷·十四寒》(二)

寒对暑,湿对干,鲁隐对齐桓。寒毡对明暖席,夜饮对晨餐。叔子带,仲由冠,郏鄏对邯郸。嘉禾忧夏旱,衰柳耐秋寒。杨柳绿遮元亮宅,杏花红映仲尼坛。江水流长,环绕似青罗带;海蟾轮满,澄明如白玉盘。

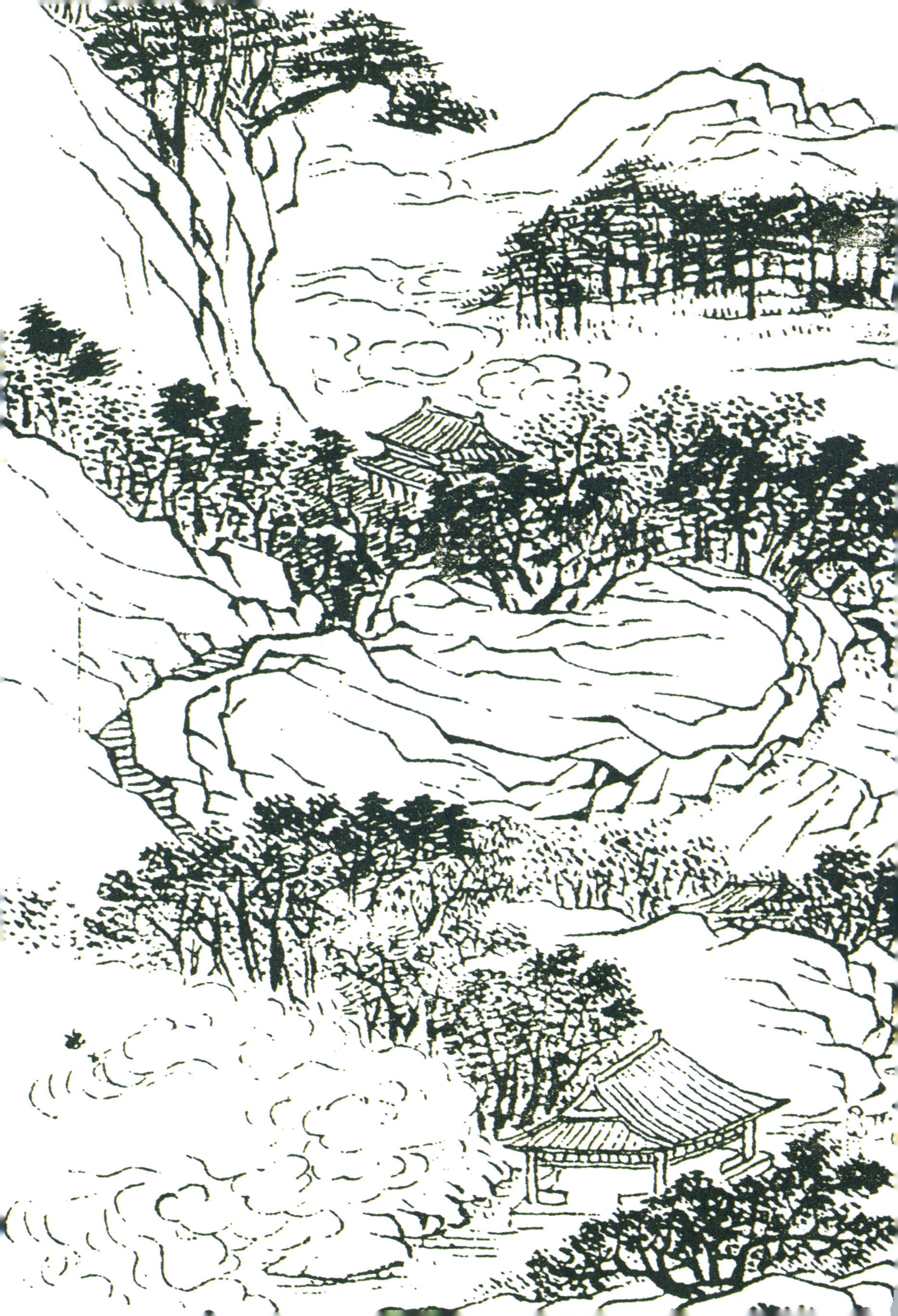

随从巧对乾隆帝

相传乾隆皇帝带着一大批随从游江南的时候，经过一个叫通州的小镇。他想河北省也有个地方叫通州，于是就以通州为内容写了句上联：

南通州，北通州，南北通州通南北。

并要他的随从在三天之内对出来。随从们没有几个是读过书的，拿刀弄枪虽然个个了得，但是要对对子，个个便急得像热锅上的蚂蚁，找资料，翻县志，也弄不出个所以然来。

一天，一个平时默默无闻的随从上街游玩。他发现通州这个地方虽然不大，但是当铺很多，望着门口进进出出典当东西的人，这个随从脱口吟出：

东当铺，西当铺，东西当铺当东西。

乾隆皇帝知道了，拍手叫好，当即下令嘉奖，给他升官三级。

◎ **拓展阅读**

《声律启蒙·上卷·十四寒》（三）

横对竖，窄对宽，黑志对弹丸。朱帘对画栋，彩槛对雕栏。春既老，夜将阑，百辟对千官。怀仁称足足，抱义美般般。好马君王曾市骨，食猪处士仅思肝。世仰双仙，元礼舟中携郭泰，人称连璧，夏侯车上并潘安。

叔嫂联对『三对面』

有一天，阿嫂对小叔子宋湘说："人家都说你是粤东才子，不知是否名副其实。我今朝临妆时，想到半联，不知你能否对来。"宋湘年少自负，尤其在阿嫂跟前哪肯服输，不假思索地对阿嫂说："联诗续对，对我来说还不是信手拈来的小事！"阿嫂听罢，并不多言，只是笑笑，不慌不忙地念出出句：

双镜悬台，一女梳妆三对面。

宋湘一听，大感意外，只见他的脸由红润变得苍白，一时竟羞愧得无地自容。半联的十一个字中，嵌入了三个数目字："双""一""三"；又用了三个动词："悬""梳""对"；首尾还用了四个名词："镜""台""女""面"，如此虚实夹杂、数字铺陈，是非常难对的。也难怪宋湘这位"粤东才子"要大感意外了。

宋湘一时苦思不得对句，直后悔自己大言不惭，只好请求阿嫂宽限几天。

过了几天，有一天下午，时临日暮，适值邻人来访，家人上灯伺候，稍顷，客退挥别。一时间，灯壁摇影，触发了宋湘的灵感，他忍不住举手过头，连声高喊："找到对句了，找到对句了！"一边喊，一边奔到阿嫂跟前，念出了对句：

孤灯挂壁，两人作揖四低头。

与阿嫂的出句珠联璧合，天衣无缝，阿嫂无可挑剔，这才深信小叔子"粤东才子"之称名不虚传。

阿嫂考过小叔子一次，意犹未了，总想寻机会再考小叔子一次。

过了数日，阿嫂又对宋湘说："前几天我去看庙会，见那庙里的送子观音香火旺盛，有一妇人自忏不生子，要为其夫纳妾，为此求签，预卜吉凶。真是无巧不成书，就在那签筒摇动的声音里，阿嫂我悟得半联。"言毕念道：

妻娶妾，妻娶妾，签筒摇来妻娶妾。

宋湘一听，不敢大意，可他越思越想，眉头就皱得越紧。原来这比出句表面上看好像平淡无奇，实则极不寻常，其中前两个"妻娶妾"乃是谐音双关字，一方面具有"妻娶妾"的本意，另一方面谐的是广东梅县地方的客家方言，签筒摇动的声音，就像客家方言中的"妻娶妾"之音。

宋湘苦思良久，忽然想到一次他看到有一个卖唱的盲妇，以手扶其夫之肩，在其夫的洞箫伴奏声中，边走边唱。想到那洞箫的呜咽声，音犹在耳，顿然想出了对句：

妇扶夫，妇扶夫，洞箫吹出妇扶夫。

前两个"妇扶夫"也是谐音双关字，一方面具有"妇扶夫"的本意，另一方面谐的是洞箫吹奏之音。如此巧妙地对出阿嫂所出的难度极大的题目，阿嫂自然是击掌赞叹不已了。

○ 品画鉴宝　授徒图·明·陈洪绶

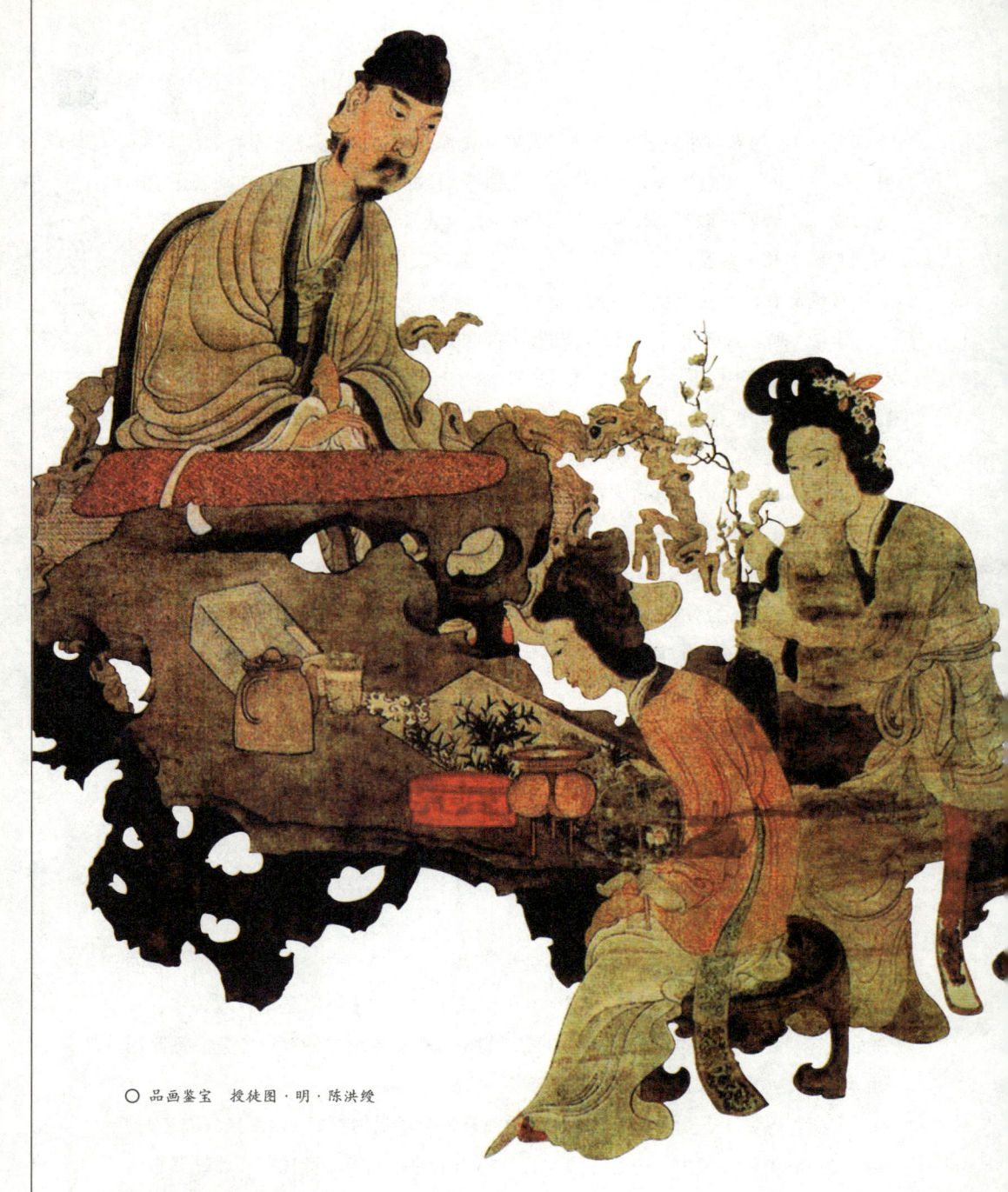

◎ 拓展阅读

《声律启蒙·上卷·十五删》（一）

兴对废，附对攀，露草对霜菅，歌廉对借寇，习孔对希颜。山垒垒，水潺潺，奉璧对探镮。礼由公旦作，诗本仲尼删。驴困客方经灞水，鸡鸣人已出函关。几夜霜飞，已有苍鸿辞北塞；数朝雾暗，岂无玄豹隐南山。

书面页落，灯心花开

彭鲁溪和袁与山是明代正德、嘉靖年间的著名文人，他们结社为友，谈诗论道。袁与山的儿子袁太冲八岁时，已经读了不少书了，常常随父亲与人交游，自称"小相公"。

有一次，彭鲁溪出了个上联来逗袁太冲：

愿为小相。

"小相"，在古代是傧相的谦称。在这上联里，彭鲁溪是针对袁太冲自称"小相公"而言的，将"小相公"略称、歪批为"小相"，有调笑的意思。

袁太冲听了，呵呵一笑，顺口答对道：

窃比老彭。

"老彭"，是传说中长寿的彭祖。说既然你称我为"小相"，那我就把你比作"老彭"吧。

彭鲁溪听了哈哈大笑，又让袁太冲背书，见他的书本破旧，问他怎么不爱惜书本，弄成这个样子。袁太冲回答："不是我不爱惜，是因为看多了。"

彭鲁溪据此又出句：

书面经年页落，为恁风霜？

句中以"页"谐和音"叶"，意思是书这么破，是因为用了好几年了吗？

袁太冲看彭鲁溪有意为难，想了想，机智地对道：

灯心彻夜花开，因何雨露？

下联的意思是，如果书页掉落是因为"风霜"的话，那么灯花日夜开放，难道是因为"雨露"的浇灌吗？那么这雨露又是从哪里来的呢？

一个下联倒把彭鲁溪难住了，他极为赞赏袁太冲的机智和才华，当即决定要把女儿许配给他。

◎ 拓展阅读

《声律启蒙·上卷·十五删》（二）

犹对尚，侈对悭，雾鬓对烟鬟。莺啼对鹊噪，独鹤对双鹇。黄牛峡，金马山，结草对衔环。昆山惟玉集，合浦有珠还。阮籍旧能为眼白，老莱新爱着衣斑。栖迟避世人，草衣木食；窈窕倾城女，云鬓花颜。

宋湘丢脸卖学问

有一次，宋湘扛着一根甘蔗去赶集，路上见到一位聪明俊俏的村妇，他便故意用扛着的甘蔗撞乱了村妇头上挽着的发髻，村妇出句要他对句赔礼。出句是：

大蔗八尺长，撩动凤髻。

这比出句，字面上看去虽很平常，但内涵比较复杂，并不那么简单。"大蔗"谐当地地名"大柘""八尺""凤髻"均属附近地名。宋湘答对不出，满脸羞愧。

村妇借机开导宋湘说："你年龄尚小，不知用心读书，整天调皮淘气，无事生非，将来成人，一事无成，人骂草包，可知羞耻？"

还有一天，宋湘见本村一个渔姑，手提竹篮子准备上街卖鱼，紧走几步，缠住渔姑，又卖弄起自己的学问来。

渔姑素知宋湘秀才的为人，也不想听他胡诌，便打定主意要治治宋湘的"毛病"，当即打断宋湘的话，半开玩笑半认真地说："秀才大人，看你满腹经纶，我念出个对子，请你来对，如何？"说罢，指指自己手提的鱼篮，吟道：

鳅短鳝长鲢阔口。

宋湘听了，抓耳挠腮，面红耳赤，苦思冥想了好一阵，虽然口中念念有词，却怎么也对不出句来。

渔姑看他窘迫不堪，意犹未了，讽刺道：你整天摇头晃脑地吟诗作赋，见人就卖弄你的文才，我当你有多么高深的学问呢。闹了半天，却是个绣花枕头———草包，中看不中用。我没时间和你磨牙，还要上街卖鱼呢！说完，转身快步要走。

宋湘连忙躬身作揖，陪着笑脸说：小生有眼不识泰山，愿听大姐指教！

渔姑道："对句我这鱼篮里就有！"

宋湘以为鱼篮里真有对句，伸过头来看了半天，除了鱼、鳖之外，什么也没有。

渔姑又好笑又好气地斥责道："说你笨，你越发笨得没治了！"说完，从鱼篮里抓出一只龟、一只鳖、一只蟹，对道：

龟圆鳖扁蟹无头。

渔姑的一副奇联妙对确实治了宋湘的"毛病"。从此，宋湘再也不在人前卖弄了，学习也更加刻苦用功了，终于成为"粤东才子"。

◎ 拓展阅读

《声律启蒙·上卷·十五删》（三）

姚对宋，柳对颜，赏善对惩奸。愁中对梦里，巧慧对痴顽。孔北海，谢东山，使越对征蛮。淫声闻濮上，离曲听阳关。骁将袍披仁贵白，小儿衣着老莱斑。茅舍无人，难却尘埃生榻上；竹亭有客，尚留风月在窗间。

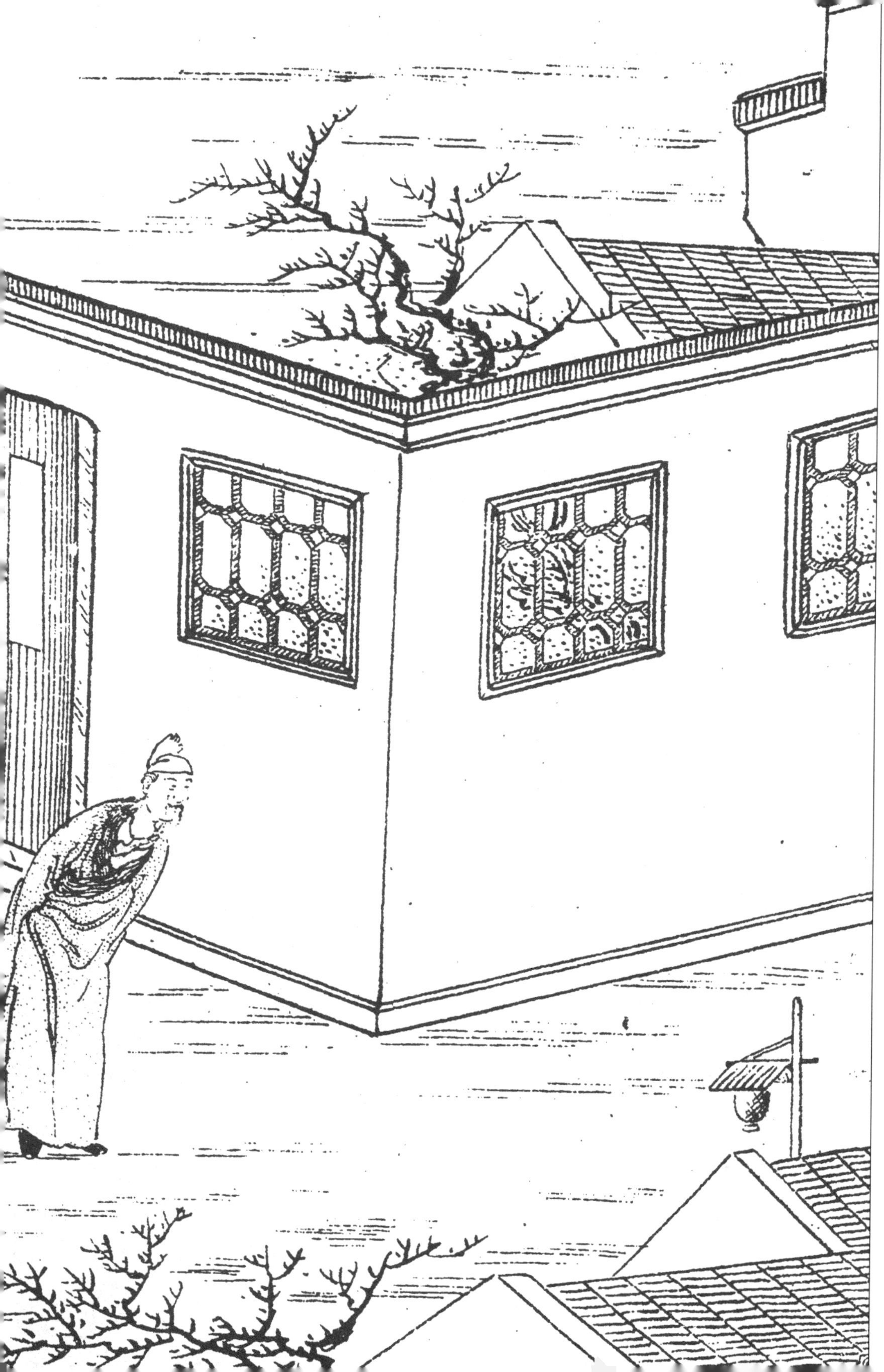

宋湘巧对塾师

宋湘九岁那年,年关将近,村塾的塾师正忙着向蒙童的家长们索取年节例规的赏钱。宋湘与一帮同学见老师出了门,也就放开胆子在那悬有"大成至圣先师"孔夫子的圣像前,玩起捉迷藏的游戏来。

不料玩得正在兴头上,不知哪个同学将老师的一盆水仙花不慎撞翻在地,竟将老师心爱的景德镇名瓷花盆摔成几片。众同学一个个吓得不知如何是好。宋湘却并不惊慌,他一面叮嘱同学们不要慌张,也不要声张,一面匆忙跑进塾师的厨房,取了些剩粥,拣起瓷花盆的碎片,将就着粘了一番,照原样放回原处。值得庆幸的是,养水仙花的花盆里只放卵石,不用放水,因而从外表看去,倒没有太显眼的痕迹。

待塾师归来,众学生正在认真温习功课,个个缄口,没有一个玩耍的,但却难免一个个神色紧张,引起了塾师的怀疑。

相持了一段时间,塾师决定以"敲山震虎"之法,诈一诈学生们,便即情即景借题发挥,出半联让学生们对。塾师的出句是:

童子莫非有诈?罚之可也!

众学生闻句,一个个心惊胆颤,相视失色,眼看着就要露馅,受责罚,全不知如何是好。

到底还是宋湘的脑子转得快,在这"关键"时分,挺身而出,对句道:

先生敢是不才,赏亦难哉!

此句对仗工整,贴切自然,且又针锋相对,犀利无比,简直可以说是"以其人之道还治其人之身"。同学们见老师哑在那里愣住了,无不欢欣鼓舞,那股高兴劲,就甭提了,只见一个个手舞足蹈,离塾而去。

◎ 拓展阅读

《声律启蒙·下卷·一先》(一)

晴对雨,地对天,天地对山川。山川对草木,赤壁对青田。郏鄏鼎,武城弦,木笔对苔钱。金城三月柳,玉井九秋莲。何处春朝风景好,谁家秋夜月华圆。珠缀花梢,千点蔷薇香露;练横树杪,几丝杨柳残烟。

师生春游共谐对

李调元是我国古代有名的才子，在联对上更是有深厚的造诣。

有一年春天，李调元跟他的父亲李化楠到郊外去春游，一起去的还有老师赵亮。傍晚时分，他们来到百花渠。

前面有人正在碾米，老师便拉过调元的手说："你看那边有人忙什么呢？我以此为题出一联，你来对。"李调元明白是要考他，就恭敬地说："老师，您说上联。"

老师指着碾米的人，吟道：

一木压滚调圆（元）。

把名字用谐音法嵌入到句子中，倒也有趣。李调元也想学学，便认真思考起来。过了一会儿，他们来到山脚下，李调元看见远处半山上有座古庙，古庙门前杆上还挂着一盏彩灯，在风中摇摆。此情此景，让他想出了下联：

两石夹柱照（赵）亮。

李调元的爸爸听了，想到儿子反应这么快，心里很高兴，但觉得小小的孩子直呼老师的名字，太不礼貌了，就沉下脸来，说："小孩子不得无礼！"

赵亮老师看到学生的进步这么快，哈哈大笑，说："老师和学生的名字一起入联，这倒前所未有，真是孺子可教啊！"

◎ **拓展阅读**

《声律启蒙·下卷·一先》（二）

前对后，后对先，众丑对孤妍。莺簧对蝶板，虎穴对龙渊。击石磬，观韦编，鼠目对鸢肩。春园花柳地，秋沼芰荷天。白羽频挥闲客坐，乌纱半坠醉翁眠。野店几家，羊角风摇沽酒斾；长川一带，鸭头波泛卖鱼船。

孙髯翁巨笔写长联

清代有位姓孙的人家，住在陕西三原。某一年，生下一个儿子，这个儿子有些怪异之处，就是生来便有胡子。父亲便给他取名孙髯。

想不到这个怪儿子，从小聪明异常，又努力读书，长大之后，博学多才，诗文成就很高。有一年，参加童子试，他进考场时，官兵要搜身检查有没有夹带。他看到这个情况，认为这是对学子们的污辱，不再参加考试了。断了科举之路后，这位诗人到了昆明，住在圆通寺，靠算命卜卦为生，平时自然也外出四方云游。相传，他有一天在大观楼前摆了卦摊。

话说这大观楼，是一处绝好的景点，环水面山。楼前人来人往，热闹非凡。中午时分，在孙髯卦摊前面，来了几位秀才，他们看到这美丽风景，便想附庸风雅，作一个赞咏滇池的对子。可讨论了半天，也凑不成一副。孙髯听了，不禁笑了起来。秀才们听到有人发笑，就转过身来看，一看是个算命先生，便拱手问道："先生有何指教？"孙髯说："在这大好山水面前，诸位读了这么多年书，难道就作不成一副好对儿吗？"

秀才们一听，脸刷地红了。但还不服气，觉得你这算命先生能有什么好对，就问道："难道先生有妙句不成？"

孙髯正等着这一问呢！只见他毫不客气，从容地取出一张纸来，递了过去。秀才们看到写了满满一张纸，像是一篇文章，先是一惊，待读完文字，更觉一奇。这对联是：

五百里滇池，奔来眼底。披襟岸帻，喜茫茫空阔无边。看东骧神骏，西翥灵仪，北走蜿蜒，南翔缟素，高人韵士，何妨选胜登临。趁蟹屿螺洲，梳裹就风鬟雾鬓；更苹天苇地，点缀些翠羽丹霞。莫辜负四围香稻、万顷晴沙、九夏芙蓉、三春杨柳。

数千年往事，注到心头。把酒凌虚，问滚滚英雄谁在？想汉习楼船，唐标铁柱，宋挥玉斧，元跨革囊，伟烈丰功，费尽移山气力。尽珠帘画栋，卷不及暮雨朝云；便断碣残碑，都付与苍烟落照。只赢得几杵疏钟、半江渔火、两行秋雁、一枕清霜。

秀才们看到这样的长联，大声叫好，还要拜他为师。从此，这副长联，便不胫而走，在各地流传开，被誉为"海内第一联"或"海内长联第一佳者"。后来昆明名士陆树堂用行书写成，镌刻在大观楼的楹柱上，成为大观楼最吸引人的一处景点。

◎ **拓展阅读**

《声律启蒙·下卷·一先》（三）

离对坎，震对乾，一日对千年。尧天对舜日，蜀水对秦川。苏武节，郑虔毡，涧壑对林泉。挥戈能退日，持管莫窥天。寒食芳辰花烂熳，中秋佳节月婵娟。梦里荣华，飘忽枕中之客，壶中日月，安闲市上之仙。

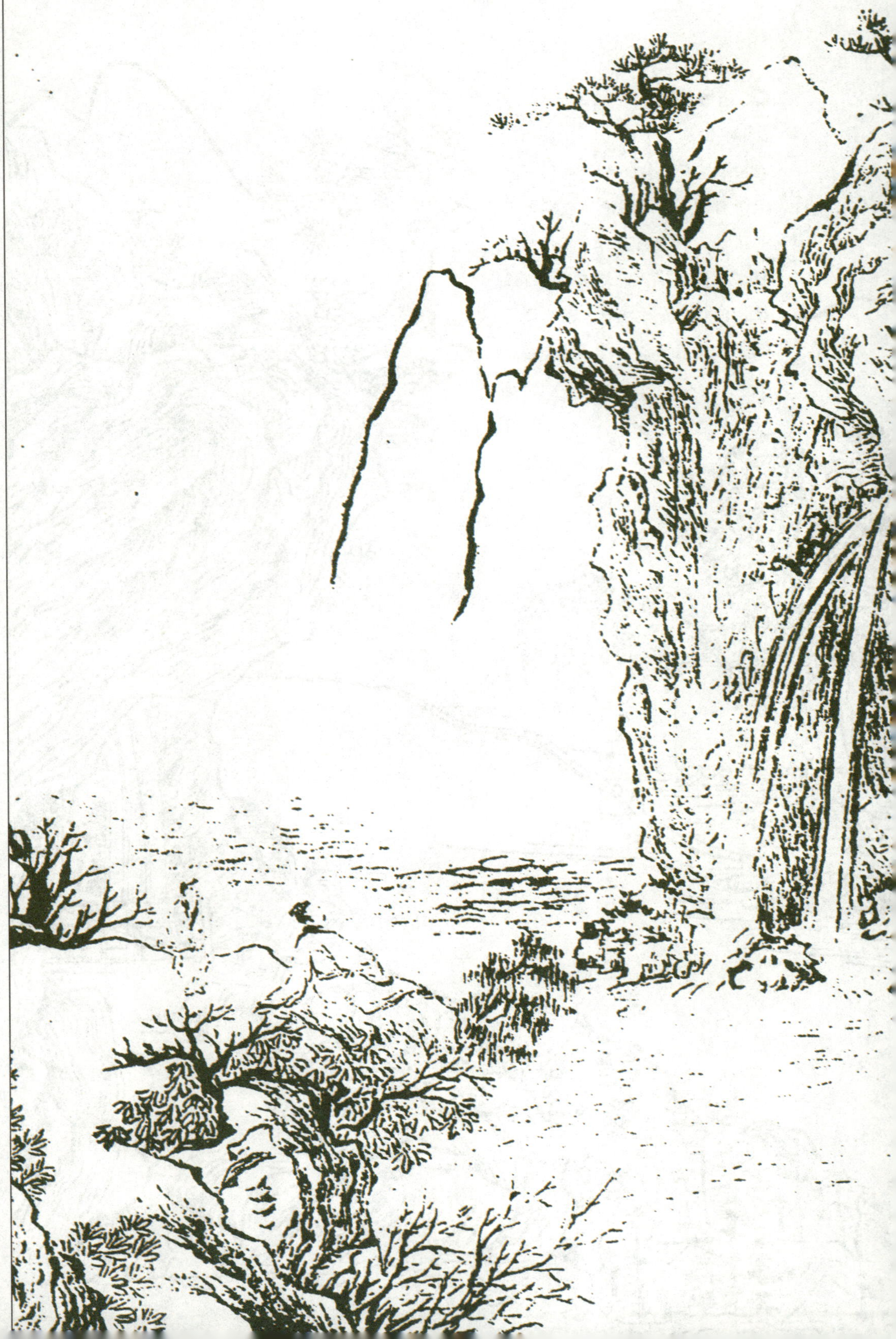

四 苏饮酒巧联对

一天，苏轼与父亲苏洵、弟弟苏辙及胞妹苏小妹四人围坐在一起，由父亲出句，对起诗钟来。苏洵所出题目，是限以"冷""香"二字为题，要求用"雁足格"联对。雁足格是嵌字格对联中的一种。即在两联句末嵌入限定的两个字。在嵌字对联中，因所嵌文字的位置不同而有很多名目。从嵌第一字到嵌第七字，依次起名为"凤顶""燕颔""鸢肩""蜂腰""鹤膝""凫胫""雁足"；有时因所嵌文字的字数不等及位置不同，故又有"魁斗""蝉联""卷帘""鼎峙""鸿爪""碎流""碎联""五杂俎"等格；有时则因不用嵌字但却限定主题，故又有"合咏""分咏"等格，门道甚多。

父亲"老苏"出题后，首成一联：

水向石边流出冷；风从花里过来香。

苏轼兄妹三人一齐上前，为父亲敬酒。一杯美酒下肚，铜钱才落入盘中。

稍顷，"大苏"苏轼也吟成一联：

拂石坐来夜带冷；踏花归去马蹄香。

苏辙上前，为哥哥斟了一杯酒。苏轼举杯在手，一饮而尽。许久，铜钱才落入盘中。

苏小妹性子最急，她见苏轼已先出句，怕自己落在人后，赶忙上前点燃香头，赶在铜钱落盘之前，吟成一联：

叫月杜鹃喉舌冷；宿花蝴蝶梦魂香。

吟毕，不待人让，也满吟了一杯。苏辙早已想好了联句，只是不愿与苏小妹相争。轮到他时，他故意慢吞吞地拖延时间，看看铜钱即将附盘，方才吟出自己早已想出的好句：

隔院风疾紫燕冷；卷帘人瘦黄花香。

苏小妹以为苏辙真的文思迟缓，硬要罚苏辙吃酒。可苏洵与苏轼早已看出苏辙是故意装出来引逗小妹的，禁不住大笑起来。

◎ 拓展阅读

《声律启蒙·下卷·二萧》（一）

恭对慢，吝对骄，水远对山遥。松轩对竹槛，雪赋对风谣。乘五马，贯双雕，烛灭对香消。明蟾常彻夜，骤雨不终朝。楼阁天凉风飒飒，关河地隔雨潇潇。几点鹭鸶，日暮常飞红蓼岸；一双鸂鶒，春朝频泛绿杨桥。

227

"四仙桥"偶对"十佛寺"

相传，宋朝的时候，京郊有一座寺院叫"十佛寺"。为什么叫这个名呢？原来寺内有十尊泥塑金身、十分威严的佛像。当地老百姓都说这些佛很有灵性，有求必应，因此寺内香火十分旺盛。每逢春闱开科考试时，赴京赶考的书生们，也喜欢住在寺院里，借一借这里的灵气，以求考得一个好功名。

十佛寺里有一位老和尚，博览群书，学富五车，满腹文章，学问很是了得。同时又很爱才，他想当今正值春闱，天下贤才齐聚京城，何不趁此机会考考这些读书人的才学呢！于是，他提起笔来，在寺院大门写了上联：

万砖千瓦百工造成十佛寺。

上联巧妙地说出了寺名，还用了十、百、千、万的数字，道出了建寺的艰辛。贴出联后，看了的书生秀才都摇头，觉得有些难。过了很多天，也没人能续出下联。

一天，寺里又住进来两个书生。他们看了上联，沉思良久，不得其解。晚上接着思索，也没个头绪。第二天清晨，他们外出游玩。来到江边，登上一叶小舟。船到江心，他们不禁被沿河两岸的绮丽风光陶醉了。船夫轻悠悠地摇着双桨，船桨划破清澈的河水，一路顺风，穿过一座石板桥。看那石桥构造特别，书生便向船夫打听："请问船家，那座横江卧波的石桥，是什么桥？"船夫回答说："这就是远近闻名的四仙桥。"话音刚落，另一位书生哈哈大笑，说："天助我也，下联有了！"

两人立即叫船夫调转船头，来到岸上，返回寺院，取来纸笔墨砚，在门上写下下联：

一篙二橹三人摇过四仙桥。

老和尚看了，自然称赞一番。

◎ **拓展阅读**

《声律启蒙·下卷·二萧》（二）

开对落，暗对昭，赵瑟对虞韶。轺车对驿骑，锦绣对琼瑶。羞攘臂，懒折腰，范甑对颜瓢。寒天鸳帐酒，夜月凤台箫。舞女腰肢杨柳软，佳人颜貌海棠娇。豪客寻春，南陌草青香阵阵；闲人避暑，东堂蕉绿影摇摇。

书生联试新妇才德

相传某书生婚后三年没有子女，便领养了一子。又过了三年，书生之妻生下一子，却因产后受风不治而亡。没有个女人，家便不成个样子，再加上两个小孩，书生的日子过得凄凄惶惶。想要再娶吧，又怕后娘虐待，两个幼子受苦；不娶吧，年迈双亲无人照应，再说家中没个女人，自己也是苦得很。真是左右为难。

一天，有位学友来访，见他日子过得不成样子，便诚心诚意地说："我家有一表妹新寡，少年的时候读过几年书，有点文才，总想找一文士再醮，兄台的学问，小弟是知道的，兄若有意，定然圆满！"书生想了想，道："此事关系重大，让我考虑两天，三天后去弟府上拜访，定有结果相告。"学友去后，书生想来想去，不能做个决断，又怕日后孩子受苦，便去征求岳父意见。岳父说："你正壮年，续弦是理所当然的，但娶了新妇，要是反害老父幼子受苦，就事与愿违了。"书生见岳父有反对之意，只得告辞回家。恰巧，第二天，舅父来访，书生便向他征询意见。舅父说："你一个人孝敬双亲抚养子女，是有点难为你了，要是女子贤慧，娶回当然是件好事。我支持你。"书生见舅父赞同，心中甚喜。

舅父去后，书生又向父亲征求意见。父亲说："鳏夫续娶，理之当然，孀妇再醮，古有先例。"书生见父亲也支持，非常高兴，但转念一想，岳父的话也有些道理，若是以后又子，虐待前妻之子，怎么办呢？书生书读多了，反倒有些犹豫不决，整整想了两天，一个主意涌上心头。

第三天，他去学友家中说："听说你表妹很有文才，我有一上联，她若对得，我便娶她为妻；若对不好，只得作罢。"说完，递上一个信封，请学友交给女方。

却说那女子接过信封，拆开一看，里面纸上写的上联是：

岳父舅父生身父，三心二意。

女子一看，就明白了，原来是三位老人有两种不同意见，这一联肯定是试她的，她也清楚秀才家里的情况，于是提笔写道：

义子继子亲生子，一母三雏。

秀才看了女子的对联，知道她不会虐待小孩，就放心地娶她回家，过上了幸福的生活。

◎ **拓展阅读**

《声律启蒙·下卷·二萧》（三）

班对马，董对晁，夏昼对春宵。雷声对电影，麦穗对禾苗。八千路，廿四桥，总角对垂髫。露桃匀嫩脸，风柳舞纤腰。贾谊赋成伤鵩鸟，周公诗就托鸱鸮。幽寺寻僧，逸兴岂知俄尔尽；长亭送客，离魂不觉黯然消。

石达开的手段

话说太平天国起义，节节胜利，打下了大半个中国，建都南京。

有一天，翼王石达开到街上溜达，顺便体察民情。刚好碰到有一家理发店开张，店主看到石达开来了，便想请他给写副字。石达开也不是个摆架子的人，不假思索题了一联：

磨砺以须，问天下头颅几许？
及锋而试，看老夫手段如何。

店主一看，十分惊叹翼王的才华。石达开说："这也不是我现在想出来的句子，而是很早就有的。"

原来，在金田起义之前，石达开为了联络方便，在广西贵县资助李文彩开了一家剃头铺。他们利用剃头铺广交地方豪杰，为起义准备人才。剃头铺的门上少一副对联，冯云山就写了一副：

磨砺以须，天下有头皆可剃，
及锋而试，世间妙手等闲看。

石达开见了，想了想，直率地说："冯兄此联写得好，对仗工整，只是依小弟看来，还有点不够力量。"冯云山笑道："那么依石兄高见，应该如何？"

石达开站起身来，说："我来试一试，还请指教。"于是，他下笔改成一副气度非凡的对联，也就是为南京这家理发店所题的那副对联。

◎ 拓展阅读

《声律启蒙·下卷·三肴》（一）

风对雅，象对爻，巨蟒对长蛟。天文对地理，蟋蟀对螵蛸。龙生矫，虎咆哮，北学对东胶。筑台须全土，成屋必诛茅。潘岳不忘秋兴赋，边韶常被昼眠嘲。抚养群黎，已见国家隆治；滋生万物，方知天地泰交。

石达开对联抒壮志

相传太平天国起义之后，一路厮杀，打得清朝军队溃不成军。特别是翼王石达开的军队更是战无不胜，攻无不克，所向披靡。

有一天，一支太平天国大军正沿着湘西崎岖的山路挺进，这支队伍正是由翼王石达开率领的。石达开想起这几天进军顺利，心中高兴。一位近侍见石达开一脸兴奋，便想凑个趣，说："翼王，近来战事顺利，您又是吟诗的高才，何不赋诗一首，以作纪念？"

翼王听了，沉吟不语。这位近侍接着又说："想当初我们经过宜山白龙洞石壁，您诗兴大发，题了四副对联，合起来恰好是首绝妙的五言诗。"说着，他轻声吟诵起来：

挺身登峻岭，举目点遥空。
设佛崇天帝，移民效古风。
临军称勇将，玩洞羡诗雄。
剑气冲星斗，文兴射日虹。

石达开听了，想想这倒难为他了，亏他现在还记着，就称赞了几句。正在这个时候，一个小校来报："前面山路狭窄，人马拥挤，请翼王稍事休息。"

石达开见前面一时也走不过去，便随着小校驰马进了县府。县吏听说太平天国打过来了，早已望风而逃。偌大的县衙空空如也，显得有些凄凉。这时候，翼王来了诗兴，叫侍从拿过纸笔，一番龙飞凤舞，写下一副长联：

树三十面征旗，收来豪杰英雄，虎豹威，熊罴猛，吊民伐罪，只鼓一气渡黄灌。战必胜，攻必取，方收我诸夏之社稷。

享两百年国祚，放着贪官污吏，豺狼性，狐狸心，暴敛横征，周知万民皆赤子。得不易，失不难，何保尔夷狄之江山。

这副长联，气势磅礴，有大将军的气度。

◎ **拓展阅读**

《声律启蒙·下卷·三肴》（二）

蛇对虺，蜃对蛟，麟薮对鹊巢。风声对月色，麦穗对桑苞。何妥难，子云嘲，楚甸对商郊。五音惟耳听，万虑在心包。莴被汤征因仇饷，楚遭齐伐责包茅。高矣若天，洵是圣人大道；淡而如水，实为君子神交。

231

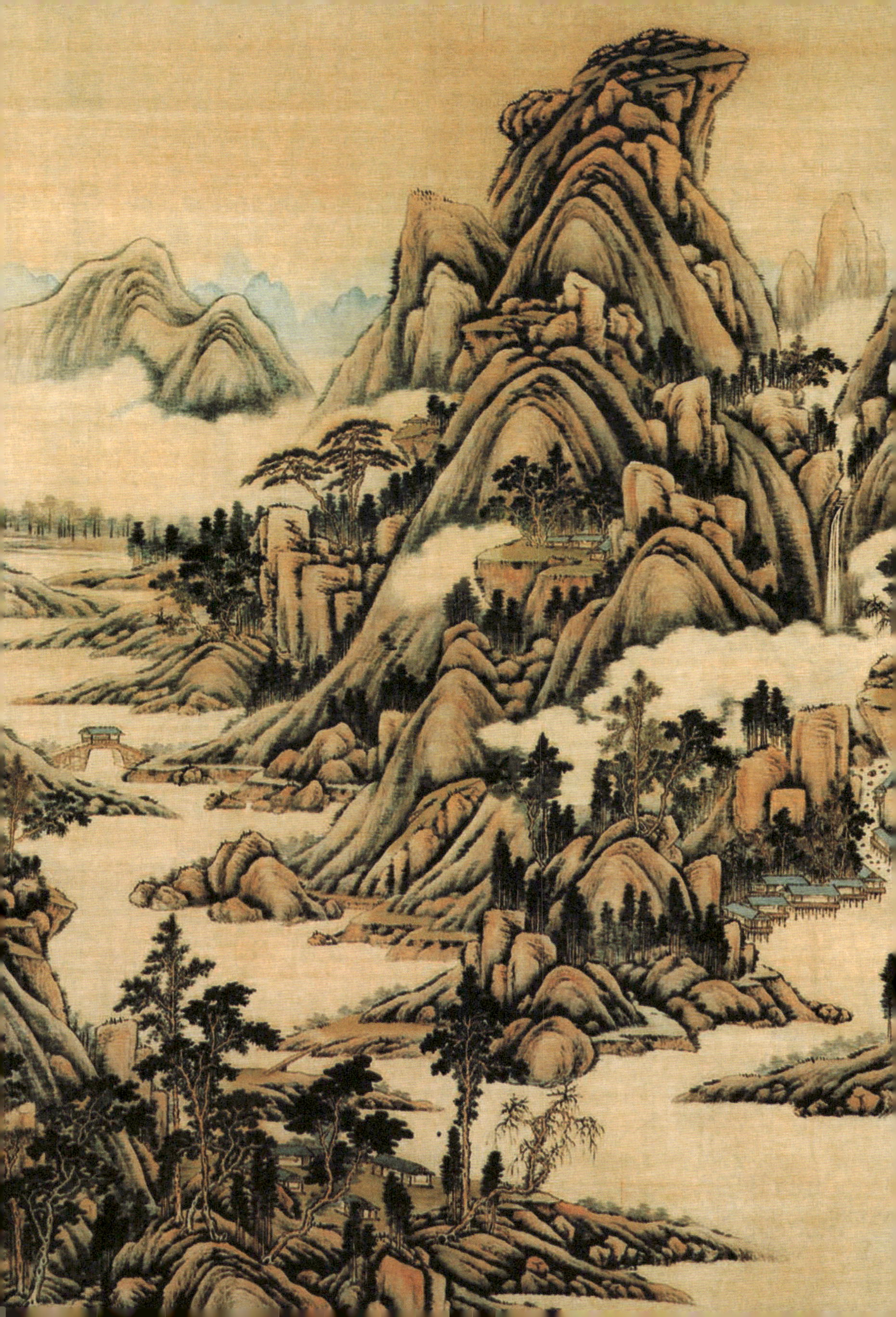

T 篇

唐玄宗亲试李泌

○ 唐玄宗像　唐玄宗即李隆基（685—762），又被称为唐明皇。他在当政前期，曾开创了开元盛世。

唐朝的时候，京城长安举行了一次神童考试。唐玄宗李隆基高坐城墙之上，亲自主持考试。城楼下设有高台，供神童们登台答题。一场场考试下来，一位叫员俶的孩子，出口成章，舌战群童，打败了所有的对手。

唐玄宗看到这个孩子长得也很好，非常高兴，将员俶叫到城上，问道："天下还有比你更聪明的孩子吗？"员俶想了一想，回答说，他的表弟李泌年方七岁，但是才学却比自己高出许多。玄宗听了，立刻派人飞马把李泌接来。

李泌来的时候，玄宗正与张说对弈。便让张说以象棋为题，试试李泌的才学。张说出句道：

方若棋盘，圆若棋子，动若棋生，静若棋死。

李泌想了一想，即对：

方若行义，圆若用智，动若骋材，静若得意。

玄宗听后觉得答得别致，而且寓意深刻，连忙把李泌拉在怀里说："本想封你个官，因为你年纪还小，如果七岁封官，不利于才智的发展。"便又嘱咐李泌的父母要用心教子，使其将来成为国家的栋梁之材。

后来，李泌确实不负众望，大展经纶，成为肃宗、代宗、德宗三个朝代实际上的宰相。

◎ 拓展阅读

《声律启蒙·下卷·三肴》（三）

牛对马，犬对猫，旨酒对嘉肴。桃红对柳绿，竹叶对松梢，藜杖叟，布衣樵，北野对东郊。白驹形皎皎，黄鸟语交交。花圃春残无客到，柴门夜永有僧敲。墙畔佳人，飘扬竞把秋千舞；楼前公子，笑语争将蹴鞠抛。

唐伯虎妙对点秋香

明朝有个画家、诗人，叫唐伯虎，是个风流才子。在一次赶庙会的途中，看到了华府丫环秋香之后，日思夜想，决定不管牺牲什么也要得到她。有一天，他来到华府，自称是一个落泊的读书人，愿意卖身到华府为奴。华老太师看他长得眉清目秀，就收留了他，并改名为华安。从此以后，唐伯虎成了华府的仆人，任务就是伴公子华文和华武读书。

时光易逝，转眼便是春天。一日，阳光明媚，华太师带着两个儿子去踏青，后面跟着教师爷和一群奴仆。看着郊外美丽的春色，华太师便想趁着这个机会考一考自己的儿子，看他们的学业是否有了进步。过了一会儿，一群人走进了一个花园，华太师看见园里到处是蒲叶、桃树和葡萄，便随口吟出上联来：

蒲叶桃叶葡萄叶，草本木本。

谁知这华文华武兄弟俩却是一对不爱读书的纨绔子弟，成日间嬉戏玩闹，却不读书，现在要对出这样难的对子，无异于上天入地。两个人自然是张口结舌，无词以对。想不到那师爷倒是个拍马屁的专家，他见自己的学生对不出来，不好交差。脑子一转，马上恭维道："太师的学问何其高也，想着世上芸芸众生，跟您谈诗论文的能有几个？这上联虽然是信手拈来，随口而出，但看这遣词造句，无疑是千古绝对。蒲叶和桃叶的谐音组成葡萄叶，草本木本又指出了它的科目，这实在是一首绝联，几百年后是否有人能对得出也未可知。在下实在是佩服！佩服！"

唐伯虎听了，觉得这师爷说得未必也太肉麻了，便独自一人在旁边暗笑。华太师得到师爷的恭维，也消了怒气，反而有点沾沾自喜，看见华安暗笑，不由勃然大怒，道："大胆的奴才！为何暗笑？难道你能对此联？"

唐伯虎跪下禀道："奴才愚钝，愿意一试！"

他边看花园里的景致，边思索这下联。突然目光停在那两旁的花丛中，哦！下联有了，他随口说道："梅花桂花玫瑰花……"念到此处却卡住，没有声音了。

华太师道："快对呀！"

唐伯虎也感到很尴尬，在那里张口结舌，汗流浃背，正考虑如何收场，突然看见自己心爱的姑娘秋香和另一个名叫春香的丫头站在华太师身旁，哈哈，老天助我，他脱口而出："春香秋香！"

华太师听了，不由得赞叹这下联的工整，道："梅花桂花的谐音是玫瑰花，春香秋香又指出它们开花的季节，'蒲叶桃叶葡萄叶，草本木本！梅花桂花玫瑰花，春香秋香！'对得好，对得好呀！华安！重重有赏！"

华太师回头看着自己的儿子，一副不成器的样子，感叹道：

鸡冠花未放！

华安向那师爷瞟了一眼，接口答道：

狗尾草先生！

从此，华太师就不敢小看华安了，慢慢地，就让华安当了两个儿子的老师。那两个公子由于得到唐伯虎的调教，后来在读书上大有长进，双双中举。华太师为了报答"华安"，允许他自选一个丫头为妻，于是唐伯虎的愿望就实现了，点了秋香为妻。

◎ 拓展阅读

《声律启蒙·下卷·四豪》（一）

琴对瑟，剑对刀，地迥对天高。峨冠对博带，紫绶对绯袍。煎异茗，酌香醪，虎兕对猿猱。武夫攻骑射，野妇务蚕缫。秋雨一川淇澳竹，春风两岸武陵桃。螺髻青浓，楼外晚山千仞；鸭头绿腻，溪中春水半篙。

○ 唐伯虎像　唐伯虎（1470—1523），名寅，吴县（今江苏苏州）人，他才华横溢但又玩世不恭，为明朝著名"江南四才子"之一。

唐伯虎游戏对联

一天，唐伯虎与好友祝枝山一同外出游山玩水，来到一个村庄前，见一位妇女在村头扫柴枝树叶，并呼唤其小叔子用绳子捆束，即口占上联请祝枝山对：

嫂扫乱柴，呼叔束。

祝枝山一时难以足对，二人便继续前行。走不多远，偶见一少妇手提一只破桶，让一位姑娘帮她修一修。祝枝山灵机一动，以此为题足对下联道：

姨移破桶，叫姑箍。

后来，二人又同游至一农舍，见农夫用水车车水，但见水车旋转，流水哗哗，农夫们笑语盈盈。祝枝山触景生情，先出上句：

水车车水，水随车，车停水止。

让唐伯虎对。唐伯虎急迫中亦难即对，窘迫得直摇扇子，忽觉可以扇为题足对此句，遂脱口对道：

风扇扇风，风出扇，扇动风生。

此副对联是用上句的末尾作下句的开头，使之上递下接，一环套一环，叫作"连珠"，俗称"顶针续麻"。

某日，唐伯虎与另一位好友陈白阳（字道复，号百阳山人）同在武昌城外游玩。唐伯虎说："陈仁兄，清游少趣，何不对联为戏，以助兴味？""甚好！"陈白阳答道。唐伯虎捷足先登，先出半联难为陈白阳：

眼下一簇园林，谁家庄子？

陈白阳乍一听，心中甚喜。暗想，如此简单的联句，岂能难住我？看来今天你唐伯虎请我是请定了。可是，一经琢磨，陈白阳觉得越来越不对劲，越想越觉得此联绝非自己开始所想的那么简单。联句不只是问眼前那簇园林是谁家的庄园，而且把历史著作《庄子》藏于句中，这才觉得此句很不简单，十分难对。

陈白阳一边沉思，一边漫步，不知不觉间走进了前村酒店，见墙壁上写着一副十分潇洒的对联：

杜康传技，

太白遗风。

不觉灵机一动，一把按住唐伯虎伸向武昌鱼盘的筷子说："且慢！下联有了！"接着说出下联：

壁上两行文字，哪个汉书！

这比对句把著名的历史著作《汉书》藏了进去，且语意双关，恰与出句珠联璧合，真是妙趣天成。唐伯虎听罢，连连称妙。

一次，唐伯虎正在两面是水的田埂上观赏田野风光，忽然一位老人家挑着一担河泥迎面而来。因为田埂太窄，必须有一人让路，才能通过。这时，老农先开口说："我出个对子你来对，对得上，我让路；对不上，你让路。如何？"唐伯虎认为公平合理，满口答应。老农便指着自己挑的担子说：

一担重泥拦子路。

唐伯虎一听，愣了好久，对不上来，只好脱鞋下水，为老农让路。原来，这是一比谐音妙对，一语双关，"重泥"谐音"仲尼"，即孔夫子孔丘，字"仲尼"。"子路"是孔子的学生。

过了好些时候，唐伯虎外出访友，路上遇见一个官老爷坐船观景，为风景所迷，命纤夫即时回船，纤夫们说说笑笑间将船驳回。唐伯虎见此情景，脱口吟出半联：

两岸纤夫笑颜回。

这也是一语双关，谐音巧用，联句的"纤夫"谐音庆父，是个罪大恶极的大坏蛋；"颜回"是孔子的得意门生。唐伯虎十分高兴自己终于足对了老农所出的联句。尽管迟了不少日子，但总算终于足对了。

又一日，名士张灵与唐伯虎偶然在街上邂逅，久别重逢，分外亲热，便相邀到一家酒楼上，选了个雅座，饮酒畅谈。

常言道："酒逢知己千杯少"，两位知心好友开怀畅饮，几乎饮了一整天，早已酩酊大醉。唐伯虎已醉得连椅子也坐不稳了。他从椅子上滑坐在地上，口中尚喃喃吟出半联：

贾岛醉来非假倒。

张灵也已经醉得不行了，躺在地上，但却视酒如命，仍握住酒壶往嘴里倒酒，醉眼朦胧中，听到唐伯虎所吟半联，便迷迷糊糊地接口对道：

刘伶饮去不留零。

虽然是醉汉联对，却把二人的醉态刻画得惟妙惟肖，用典、用字之妙，真是妙不可言。

◎ 拓展阅读

《声律启蒙·下卷·四豪》（二）

刑对赏，贬对褒，破斧对征袍。梧桐对橘柚，枳棘对蓬蒿。雷焕剑，吕虔刀，橄榄对葡萄。一椽书舍小，百尺酒楼高。李白能诗时秉笔，刘伶爱酒每啣糟。礼别尊卑，拱北众星常灿灿；势分高下，朝东万水自滔滔。

○品画鉴宝 松林书屋图·清·龚贤

唐伯虎趣对剃头匠

唐伯虎是个才华出众的风流才子，为了追求华府的秋香姑娘，从苏州千里迢迢来到无锡东亭，卖身相府，做了华府的仆人，华太师将他改名为华安。

做仆人就不能一副书生的打扮。第二天，老管家叫他到街上剃头改装。剃头师傅听说华安还会吟诗作对，就请他为店堂题写一副对联，作为剃头钱。唐伯虎身无分文，正中下怀，就写了一联：

长发长发长长发；

发长发长发发长。

剃头师傅看了，连声叫好。唐伯虎以为剃头师傅不懂对联，只是出于礼貌，才随便恭维几句，便笑着问道："妙在何处啊？"理发师傅指着对联道："这是一副千古难得一见的好联！虽整个对联只用'长''发'两个字，但含义丰富；'长'字，有长短的'长'、生长的'长'和解释为常常的'长'这三个，读音不同，意思也不一样。'发'字，有头发的意思，也可有发财的'发'这个意思，以音辨义，变化出不同的意思。"

唐伯虎见这位理发师傅竟然一语道破对联的奥秘，觉得他有很好的文学修养，就想试一试他的对句功夫。于是，便笑着说："昨天我到东亭，路上偶得上联，还请师傅赐教！"说罢吟道：

东亭阁阁东亭。

理发师傅听了，知是考他，想了一想，便对道：

虎丘石石丘虎。

唐伯虎见他对得工整，越加高兴，笑吟道：

无锡锡山山无锡。

理发师傅随即答道：

平湖湖水水平湖。

这位剃头师傅果然文思敏捷，连唐伯虎也没难住他。唐伯虎见他对答如流，便和他交了朋友。

◎ 拓展阅读

《声律启蒙·下卷·四豪》（三）

瓜对果，李对桃，犬子对羊羔。春分对夏至，谷水对山涛。双凤翼，九牛毛，主逸对臣劳。水流无限阔，山耸有余高。雨打村童新牧笠，尘生边将旧征袍。俊士居官，荣引鹓鸿之序；忠臣报国，誓殚犬马之劳。

同名巧对李梦阳

李梦阳，字献吉，又字天赐，号空同子，甘肃庆阳人，弘治时中进士，明代文学家。曾任户部郎中，著有《空同集》。

李梦阳性格诙谐，喜欢开玩笑，且非常爱才，常出联命对，考查后生们的学问。相传，有一年他在江西督学时，有一个童子和他同名同姓。李梦阳就来了兴致，在唱名时，开玩笑说："你怎么和我同名呢？现在我出联，你来对，对不上，你就改名，不要丢'梦阳'的人。"于是他随口念道：

蔺相如，司马相如，名相如实不相如。

这上联是借战国时期赵国的大臣蔺相如和西汉时期的文学家司马相如同名做文章。当然蔺相如的文采不如司马相如，隐含之意是说你这个童子比不上我这位大文学家。想不到，李梦阳这个童子也很有才学，他想了一想，对道：

魏无忌，长孙无忌，彼无忌此亦无忌。

魏无忌是战国时期魏国公子"信陵君"，也就是窃符救赵的公子无忌。长孙无忌是唐代大臣，唐太宗长孙皇后之兄。此联以其"无忌"，表明我们两人也不要因为同姓同名而有所顾忌。李督学觉得有理，非常赞赏这位童子的才智，经细心考察，悉心培养，亲自推荐，予以重用。

◎ **拓展阅读**

《声律启蒙·下卷·五歌》（一）

山对水，海对河，雪竹对烟萝。新欢对旧恨，痛饮对高歌。琴再抚，剑重磨，媚柳对枯荷。荷盘从雨洗，柳线任风搓。饮酒岂知歌醉帽，观棋不觉烂樵柯。山寺清幽，直跻千寻云岭；江楼宏敞，遥临万顷烟波。

天盟俯耳，海誓连心

相传明朝的时候，江南某镇南街有一位秀才，从小饱读诗书，但时运不济，几次参加科举都榜上无名。后来生活越来越清贫，又加上妻子病死，他就与幼小的儿子相依为命。

南街的对面是北街，北街有一家中药店，掌柜的是个年轻寡妇。她当年跟着当中医的丈夫，耳濡目染，也就会些诗文。她看到秀才的遭遇，非常同情，对那秀才的学识非常佩服，因此常常有些接济，帮帮忙。久而久之，两人生出爱慕之情。

有一年春节，秀才的儿子生病了，他就来寡妇的药房买药。但是手头没钱，想赊账一次。寡妇当然不会为难他，但为了试探秀才的学问，又为了聊聊天，联络一下两人的感情，有意吟道：

新春佳节何干葛？

这上联字面上是说，怎么过年的时候来买药？里面又包含着一层意思，新春佳节，家家团聚，你、我有何关系？"干葛"，即葛根，是一种药。秀才听了一惊，平日里以为这女老板粗人一个，想不到竟有如此才学，不但出口吟联出对，而且联里巧嵌药名，一语双关。于是，他以实相告，答对道：

孽子沉疴实苦生。

联里也用了药名，"苦生"，谐音"苦参"，说儿子生病，实在没有办法，过年了，人家团聚，我来买药。

女老板见他对得这么好，又是个诚实的人，就更同情他了。心想：不妨乘机再聊聊。于是，她又吟道：

本小利微，焉能欠实？

这联嵌进药名"芡实"，表示我这药店小本生意，不愿赊欠。

秀才当然知道她的意思，以为是怕他还不起钱，看不起自己，便对道：

言诚行果，自当明还。

谐音嵌入药名"明矾"，表示自己一定会把钱还了的。

掌柜的一听，明白是他产生了误会，急忙说：

人孰无情，薄意相帮君父子。

嵌入药名"附子"，表示要帮助他。

秀才明白了她有同情之心，非常感激，答对道：

嫂诚有意，高风可救我儿孙。

谐音嵌入药名"儿参"，赞扬了对方的"高风"，是个好人。

女老板见秀才明白了自己的心意，这才放下心来，谦虚地说：

效法古贤，行医独活人间命。

联中嵌中药名"独活"。秀才越来越感到这女子才华出众，便说了句祝福的话：

力行新德，乐善当归世上财。

女老板听对方巧用药名"当归"祝自己发财，高兴极了，也向秀才说道：

响彻马兜铃，收成喜有千金子。

联中用"马兜铃""千金子"两种药名，表示秀才一家将来一定会慢慢好起来的。

秀才听了，欢喜地答对：

鲜浓羊角叶，景气新添万年青。

两人你一比，我一比，感情越来越好。这时，女老板禁不住坦露了自己的心意：

玉竹冬青，也饶春意。

委婉地暗示了自己有意于秀才。

秀才听了，很是激动，连忙答道：

金花地锦，偏寓汉情。

一个有"意"，一个含"情"。这不是一拍即合吗？女老板又吟道：

天上人间，银河系里南星耀。

秀才脱口对道：

镇头店内，玉液浆中北味鲜。

夸她不仅貌美，而且善良。

女老板又出句：

陈皮连翘望。

秀才对道：

熟地合欢来。

表示愿意和她结为连理。女老板连忙说：

天盟能俯耳。

秀才更是爽朗地对道：

海誓愿连心。

不久，这一对有情人终成眷属，过上了美满的生活。

○ 品画鉴宝　松溪渔笛图·明·关思

◎ 拓展阅读

《声律启蒙·下卷·五歌》(二)

繁对简,少对多,里咏对途歌。宦情对旅况,银鹿对铜驼。刺史鸭,将军鹅,玉律对金科。古堤垂翳柳,曲沼长新荷。命驾吕因思叔夜,引车蔺为避廉颇。千尺水帘,今古无人能手卷;一轮月镜,乾坤何匠用功磨。

讨千金守林人联对

相传某朝，有个某相国的千金小姐，长得貌如天仙，从小又饱读诗书，自然满腹才华。不少名门大户托人前来求亲。相国小姐看这些人不是花花公子，就是相貌丑陋，还有的早已有了白胡子，年龄不般配，就都一一回绝了。相府上下，都为此事着急，年龄大了就不好嫁了。

有一天，小姐乘轿子到皇恩寺去烧香。到院门口的时候，她见几位年轻书生正谈诗论道，忽听一人高声吟诵："明月送僧归古寺。"

从寺院回府，那一句"明月送僧归古寺"时时回响在她的耳畔。于是，灵机一动，决定自己出句征对，选择佳婿。老相爷爱女心切，只好依了她，并发出话来：不论贵贱贫富，只要对得好，将以女相许。小姐的出句是：

寸土为寺，寺旁言诗，诗曰：明月送僧归古寺。

这个上联运用了析字、顶针、复字、引用等多种技巧："寸土"合为"寺"字，"寺旁言"又合为"诗"字，"寺""诗"分别顶针，末句引用一句古诗，"寺"字三次出现，"诗"字两次出现，且"诗"字中含"寺"字，"寺"字又与末句照应。如此奇巧，小姐的才华的确出众。

这副对联很快地传开了，一传十，十传百，几乎全国上下都知道了。但是大家看这副对联这么难，真是心有余而力不足，很长时间过去了，仍没人能对出下联。

消息从热闹的城市传到了偏僻的山林，一位守林的青年也得知了这个消息。他早年也读过书，只是后来家里贫困，就辍学以看林为生了。他想这倒是摆脱目前困境的好机会，就努力构思起来。突然联想起山林禁令中的一句话："非开禁之日，不得携斧斤入山。"灵机一动，对出了下联：

双木成林，林下示禁，禁云：斧斤以时入山林。

所用析字、顶针、复字、引用等技巧无不一一与出句相应，末句出自《孟子·梁惠王上》。"双木"合为"林"字，"林下示"为"禁"字，"林""禁"分别顶针，且"禁"字中含"林"字，末句则以古语对古诗。真可谓天衣无缝。

相国小姐等下联等了好些天，心里也很着急，忽然见来了对句，非常满意，马上命人召守林青年进城，举行了婚礼。

◎ 拓展阅读

《声律启蒙·下卷·五歌》（三）

霜对露，浪对波，径菊对池荷。酒阑对歌罢，日暖对风和。梁父咏，楚狂歌，放鹤对观鹅。史才推永叔，刀笔仰萧何。种橘犹嫌千树少，寄梅谁信一枝多。林下风生，黄发村童推牧笠；江头日出，皓眉溪叟晒渔蓑。

汤显祖洞房巧对联

汤显祖是明代著名文学家、戏曲家，江西临川人。从小聪明过人，长大后多才多艺，名噪一时。他父亲又给他说了一房媳妇，这位女子是当地的名门闺秀，知书达礼，是个才女。

相传，在新婚之夜，当客人散尽之后，汤显祖就急忙进了洞房。没想到还没见到新娘，就被丫环拦住了。丫环递上一张纸条，上面写了一句夫人出的上联，要求答对。想必是要考考汤显祖的才华。汤显祖一看，见上面写道：

红烛蟠龙，水里龙由火里去。

汤显祖看看洞房几对高烧描龙的红烛，觉得夫人的确才华过人，这对联词句文雅，意义深刻。想想新婚之夜，也不能败在夫人的手下。便沉吟思索起来。可是一时却怎么也想不出好的下联。只好在洞房里前前后后地徘徊。忽听夫人上前来，含情脉脉地对他说："汤郎，久闻郎君才高八斗，文思更是敏捷。想必这副对联一定是不在话下，妾就在此陪君想下联吧。"

汤显祖听了夫人这一席话，羞得满面通红，连忙把头低下了。这一低不要紧，却看到了夫人的绣花鞋。心中顿时一亮，脱口对出了下联：

花鞋绣凤，天边凤向地边飞。

"果然是我的好才郎！"夫人甜蜜蜜地说道，"天晚了，早点安歇吧！"

◎ 拓展阅读

《声律启蒙·下卷·六麻》（一）

松对柏，缕对麻，蚁阵对蜂衙。颁鳞对白鹭，冻雀对昏鸦、白堕酒，碧沉茶，品笛对吹笳。秋凉梧堕叶，春暖杏开花。雨长苔痕侵壁砌，月移梅影上窗纱。飒飒秋风，度城头之觱篥；迟迟晚照，动江上之琵琶。

汤显祖避雨巧答对

汤显祖是明代大戏曲家，江西临川人。汤家世代书香门第，他从小受家庭的熏陶，很小就开始读书论文，又加上天资聪颖，二十一岁便中了举人。

汤家到了显祖的时候，已趋没落，不干活只读书已不能维持生活了。为生计所迫，他到丰城来设馆授徒，一来借以栖身糊口，二来也好有个幽静的环境，继续攻读，考取功名。

有一次，他接到家里的急信，便从丰城学馆回家。天公不作美，中途突然下起雨来。他看到旁边正好有户人家，就急急忙忙跑进去躲雨。这家是当地的一户富户。家里儿孙成群，就专门请了一位老学究，在家里坐馆授业。

汤显祖突然进屋避雨，惊动了屋里的老学究。老学究见他长得斯文，可能是个读书之人，便随口问道："书生从何处来？到何处去？"

汤显祖见老塾师问自己，便鞠了一躬，口占一首打油诗：

"细撒一阵雨，彳亍两肢泥。

临川汤若土，丰城教书归。"

老学究一听，心里赞叹，自己果然猜得不错，的确才华过人。因而想进一步试其才学。老学究望着正在学堂做功课的七位学生，心有所动，吟一上联道：

牡丹花开，七子满堂皆春色。

语音刚落，汤显祖答上一联：

梧桐叶落，一根光棍打秋风。

老学究见他对得这么快，心里吃了一惊，连声夸奖道：

无意相逢，老朽喜识千里马，真乃三生幸事。

汤显祖听老师夸奖自己，谦虚地答曰：

有缘邂逅，小子胜读十年书，可谓百载良机。

这时老富翁从屏风后出来，听到两位正在对练过招，也起了兴趣。于是对汤显祖说道："这位客人博学高才，世所罕见，今日得见，三生有幸。我这里也有一联，还请赐教。若对好了，今晚就请暂且在我家歇宿，共话诗书，如何？"

汤显祖见主人也是个博学之人，便点头答应。

老富翁随即出对道：

客官宿寒家，穷窗寂寞。

这字字都是宝盖头的上联非常难对。汤显祖一时没有下联，苦苦思索。过了一会儿，看到厅堂富丽堂皇、宽敞明亮，心里也随之突然一亮，有了下联，脱口说道：

宠宾寓宦官，富室宽宏。

○ 品画鉴宝　仿张僧繇山水图·明·蓝瑛

这下联也是字字宝盖头，真是令人拍案叫绝的一副对联。

当晚，宾主秉烛夜谈，探讨诗文对联的妙处，很是欢畅。

◎ 拓展阅读

《声律启蒙·下卷·六麻》（二）

优对劣，凸对凹，翠竹对黄花。松杉对杞梓，菽麦对桑麻。山不断，水无涯，煮酒对烹茶。鱼游池面水，鹭立岸头沙。百亩风翻陶令秫，一畦雨熟邵平瓜。闲捧竹根，饮李白一壶之酒；偶擎桐叶，啜卢同七碗之茶。

陶安与朱元璋联对

陶安是明朝有名的大学士,也是朱元璋非常器重的大臣之一。朱元璋定都金陵(今南京)那年除夕,曾为陶安亲题一联相赠:

国朝谋略无双士;

翰苑文章第一家。

可见对陶安评价之高。

有一天,朱元璋来到陶安家中,见陶安以书作枕,便戏出半联道:

枕耽典籍,与许多圣贤并头。

陶安一时无言以对,抬头见朱元璋手握一把折扇,扇上绘一幅山河图,便脱口对道:

扇写江山,有一统乾坤在手。

朱元璋听后连连称妙。

◎ 拓展阅读

《声律启蒙·下卷·六麻》(三)

吴对楚,蜀对巴,落日对流霞。酒钱对诗债,柏叶对松花。驰驿骑,泛仙槎,碧玉对丹砂。设桥偏送笋,开道竟还瓜。楚国大夫沉汨水,洛阳才子谪长沙。书篚琴囊,乃士流活计;药炉茶鼎,实闲客生涯。

○ 品画鉴宝　红绿彩缠枝莲纹梅瓶·明　此瓶小唇口,丰肩,腹以下收敛,圈足。肩、胫部饰变形莲瓣纹,中间饰两组缠枝莲纹。瓶为明代景德镇民窑所烧,在民窑彩瓷早期作品中尤为少见,是一件十分难得的作品。

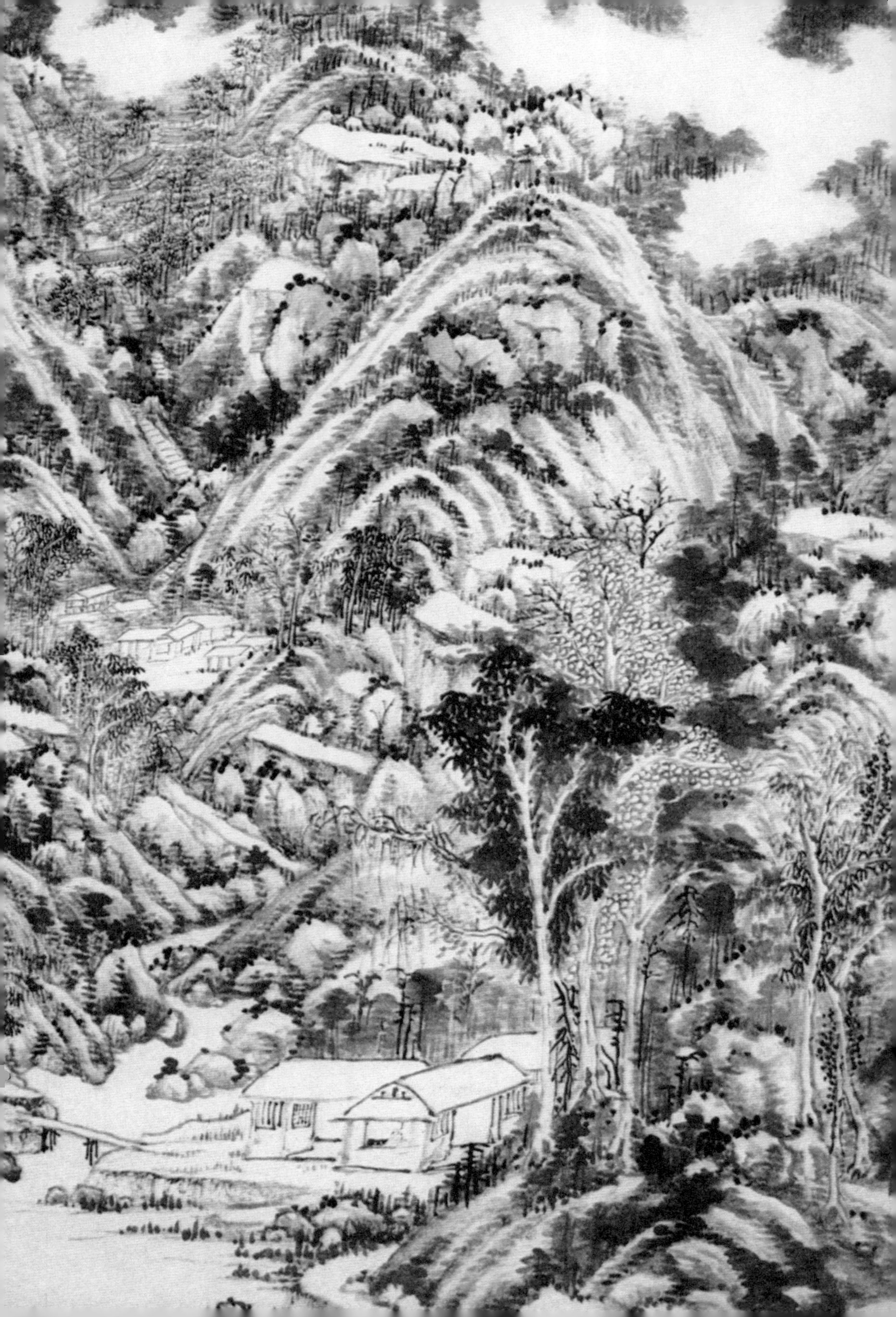

# W 篇

王羲之饺铺书佳联

王羲之是我国著名的书法家。他从小聪慧，勤学苦练。相传，他七岁时跟书法家卫夫人练习书法。三年的时间很快就过去了，王羲之笔力日渐沉劲，写起来顿挫生姿，也渐渐有了些名气。在方圆百里赞扬声中，十岁的王羲之觉得自己的字写得跟父亲差不多了。

有一天，王羲之到街上去玩，中午的时候，有些饿了，见不远处有一家饺子铺生意兴隆，想来口味不错，走到近前一看，里面人很多。他看到门口挂着一块招牌，上写"鸭儿饺子铺"五个大字，字虽大，但十分呆板，没有生气。

王羲之走进店铺，只见铺内设一口大铁锅，锅中水沸腾着，包好的饺子入锅之后，好似在水中嬉戏的小鸭子，快活地嬉戏。这一幕，他看呆了。坐下来品尝之后，他觉得饺子味道鲜美，吃下去回肠荡气，一小碗饺子转眼间就被吃完了。他觉得招牌上的五个字与这饺子太不相称了，就有意为这饺子店写一个招牌，便绕过矮墙去找铺主。

铺主是一位老妇人，正忙着揿皮包馅，动作非常娴熟，饺子一个一个从她的手中飞到旁边的大锅里。这套动作，太熟练了，好像她闭着眼睛也会准确无误。看到这里，他急忙问道："老妈妈，请教了，多长时间才能练成这么深的功夫？"老妪头也不抬，答："熟练五十载，深练需一生。"王羲之一听，想到他的书法，深有感触。便又问："您手艺如此高超，饺子味道又非常的好，可招牌上的字却写得不怎么样。何不请高手来写呢？"她一听王羲之提到这件事，便气不打一处来，说："现在这个世道，名家不好请啊！连那个刚学了几年的王羲之都请不动，就别提别人了！"听了老铺主的话，他心里羞愧极了，说出了自己的姓名，恭恭敬敬地认了错。又要来笔墨，写了"鸭儿饺子铺"五个大字，当作铺名，同时在门旁写了一副对联：

经此过不去；
知味且常来。

◎ 拓展阅读

《声律启蒙·下卷·七阳》（一）

高对下，短对长，柳影对花香。词人对赋客，五帝对三王。深院落，小池塘，晚眺对晨妆。绛霄唐帝殿，绿野晋公堂。寒集谢庄衣上雪，秋添潘岳鬓边霜。人浴兰汤，事不忘于端午；客斟菊酒，兴常记于重阳。

王羲之和戒珠寺

○品画鉴宝 羲之观鹅图·清·任颐

古城绍兴昌安门内，有一座高不过百米的蕺山。山南有一座戒珠寺，戒珠寺里面的陈设布置与众不同。在通常供奉弥勒佛的地方，却塑着一尊王羲之的坐像，两侧各有一个童子：一个手执拂尘，另一个怀抱双鹅。山门上还有一副幽默的楹联：

此处既非灵山，毕竟什么世界？

其中如无活佛，何用这样尊严。

相传戒珠寺是王羲之由山东南来会稽山阴当地方官时所置的别业。关于这副独特的楹联，还有一段故事。

据说王羲之除了练书法之外，还有一个独特的爱好，就是喜欢鹅。因此在家里养了很多鹅，以供欣赏玩乐。谁知这鹅却弄出了一宗冤案。

王羲之家里祖传一颗珠宝，他经常用来摩挲双手，活动手指关节，使书写时手指更灵活。有一天，这颗珠宝却突然找不到了。王羲之心里非常着急，怀疑是寄居在他家里的一个和尚偷去，虽然不好说什么，但对这个和尚从此就冷淡起来。这个和尚也是个聪明人，看到这种情况，心知肚明，也不申辩，竟绝食而亡。

事情过了不久，王羲之家中杀鹅时，发现珠宝被大白鹅吞下肚了。王羲之便把这座别业连同周围的山地，全部送给佛门作为寺宇，以表悔恨之意。蕺山从此被人称作"戒珠山"，而这座别业则被称为"戒珠寺"。

◎ 拓展阅读

《声律启蒙·下卷·七阳》（二）

尧对舜，禹对汤，晋宋对隋唐。奇花对异卉，夏日对秋霜。八叉手，九回肠，地久对天长。一堤杨柳绿，三径菊花黄。闻鼓塞兵方战斗，听钟宫女正梳妆。春饮方归，纱帽半淹邻舍酒；早朝初退，衮衣微惹御炉香。

253

王羲之妙书春联

东晋大书法家王羲之有一年到浙江绍兴去当官。正值年终岁尾,于是王羲之书写了一副春联,让家人贴在大门两侧。上面写道:

春风春雨春色;
新年新岁新景。

众所周知,王羲之书法盖世,为世人所景仰,很多人都想求一幅王羲之的墨宝。此联刚一贴出,就被人趁夜揭走,当作宝贝收藏起来了。家人告诉王羲之后,王羲之也不生气,又提笔写了一副,再贴出去。这副写的是:

莺啼北星;
燕语南郊。

谁知天明一看,对联又不见了。可这天已是大年三十,第二天就是正月初一,左邻右舍家家户户门前都挂上了春联,唯独自己家门前空空落落,显得有些冷清,急得王夫人直催丈夫想个办法。

王羲之想了一想,微微一笑,又提笔写了一副,吩咐家人先将对联剪去一截,只把上半截先张贴于门上:

福无双至;
祸不单行。

这样的对联,纵然是王羲之写的,却也无人敢要了。

初一清晨,王羲之即亲自出门将昨天剪下的下半截分别接好,此时已有不少人前来拜年,大家一看,对联变成:

福无双至今朝至;
祸不单行昨夜行。

众人看了,齐声喝彩,拍掌称妙。

◎ 拓展阅读

《声律启蒙·下卷·七阳》(三)

荀对孟,老对庄,鞞柳对垂杨。仙宫对梵宇,小阁对长廊。风月窟,水云乡,蟋蟀对螳螂。暖烟香霭霭,寒烛影煌煌。伍子欲酬渔父剑,韩生尝窃贾公香。三月韶光,常忆花明柳媚;一年好景,难忘橘绿橙黄。

王安石巧对成双喜

王安石是北宋时期的大政治家，在文学上造诣也很高，特别是家里有一位贤内助，更是让当时的人们艳羡不已。关于王安石如何一日之间既中进士，又得贤妻，这里有一段对联的故事。

庆历二年，又是一个大考之年。王安石已经二十岁了。经过十年寒窗，他自感对科举已是胸有成竹。眼看考期临近，王安石选了个黄道吉日，一人一骑一书童，赶往东京汴梁，赴试去了。

一日，来到了江宁一个叫马家镇的地方。只见街上人来人往，好不热闹。一打听，原来镇上住着一家马员外，正在以文择婿。马员外家有万贯钱财，膝下只有一女，视为掌上明珠。此女不仅长相俊美，而且自幼熟读《四书》《五经》，琴棋书画也是样样精通。但是到了十六岁，还没有找到满意的人家。马员外便想了一计，以文择婿。

这天，马员外在门上挂两盏硕大的走马灯，一盏上书：

走马灯，灯走马，灯熄马停步。

"步"为仄声，当是上联，对得下联的得姻缘。

王安石一看，赞叹道：真是好句。想了一下，也没有什么头绪，又没有时间在此地耽搁，只好继续赶路。

却说会试时，王安石飞书走笔，如有神助，答题完毕，便第一个交了卷子。主考官是当代著名文豪欧阳修，见王安石年少英俊，不由心中欢喜。便问道：答题如何呀？王安石谦虚，拱手道："自认尚可。"欧阳修便有心试一试他的文采，一指厅外的飞虎旗道：

飞虎旗，旗飞虎，旗卷虎藏身。

王安石知是主考官出联，"身"乃平声，应为下联。以下求上，往往难度较大。转念一想，不由想起了马家镇马员外的上联，心中"呀"了一下，便答道：

走马灯，灯走马，灯熄马停步。

欧阳修一听，见他如此才思敏捷，大喜。说道："尔真乃对联天才。"王安石却心中暗想：是那才女助我也。

拜别主考官，王安石急忙日夜兼程，赶往江宁马家镇。

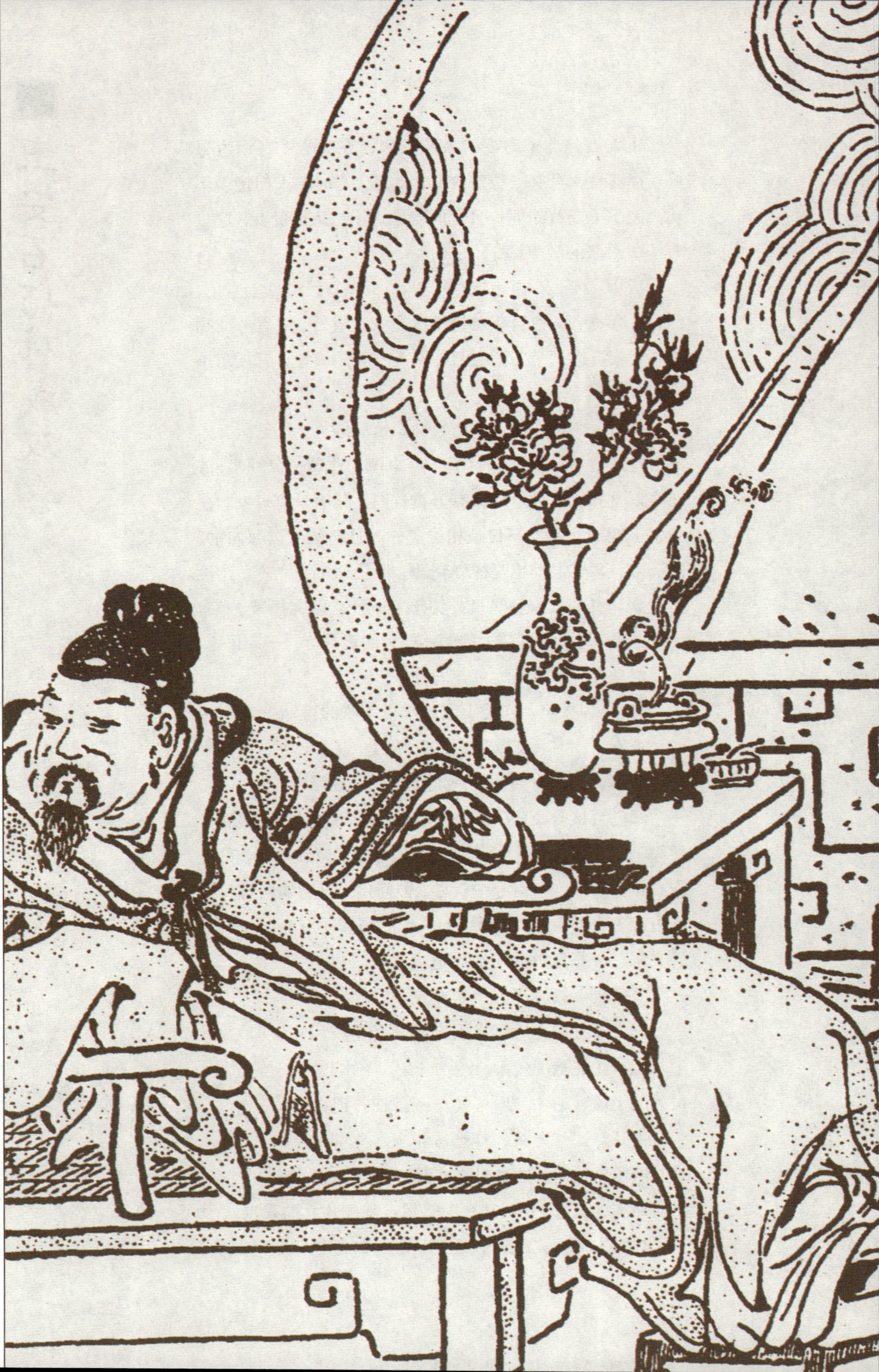

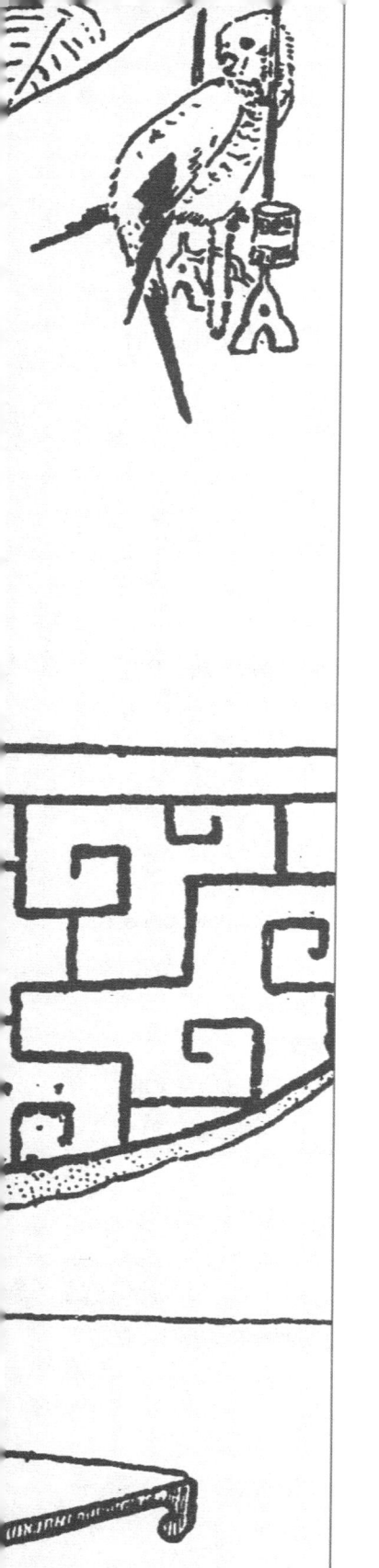

快马加鞭，过了几日，王安石主仆二人到了马家镇。但见路上冷冷清清，王安石心中一凉，以为马家小姐已择得了下联。急忙赶到马府门前，还好，见两只大灯笼依然挂在门前。一个有字，一个仍是空白。王安石大喜过望，急忙抢上前来。拿起笔，龙飞凤舞，一挥而就。一个家人懒怏怏地拿起，送入大堂。

以文择婿已近三个月，马员外见过无数各地才子，竟无一人被小姐认可，真急煞老员外了。这时家人送上对句，马员外急忙挥手叫丫环拿到内院，由小姐自看。

马家小姐心里也有些急，毕竟年纪不小了。但是大家闺秀，却又不便表露。她接过对句，展开一看，但见上书：飞虎旗，旗飞虎，旗卷虎藏身。笔法龙飞凤舞，好个大家气派。小姐看着看着，眼圈一红，骂道：冤家，你终于来了。

故事进行到这里，下面自然是热热闹闹的成亲大典了。真是应了那首诗：

久旱逢甘露，
他乡遇故知。
洞房花烛夜，
金榜题名时。

◎ 拓展阅读

《声律启蒙·下卷·八庚》（一）

深对浅，重对轻，有影对无声。蜂腰对蝶翅，宿醉对余酲。天北缺，日东生，独卧对同行。寒冰三尺厚，秋月十分明。万卷书客客闲客览，一樽酒待故人倾。心侈唐玄，厌看霓裳之曲；意骄陈主，饱闻玉树之赓。

257

王尔烈幼时趣对

清代乾隆、嘉庆年间,东北辽阳出了一位有名的神童才子,名叫王尔烈,字君武,号瑶峰,嘉庆年间中进士,官至大理寺少卿,好学有才,善诗文对联,曾当过嘉庆皇帝的老师。

有一年冬天,王尔烈戴一顶草帽在雪地里玩耍,有一个过路的客商见他穿戴十分滑稽,便随口出句戏谑道:

穿冬装,戴夏帽,胡度春秋。

不料王尔烈不饶不让,两眼一眨,以方位季节,对出下句:

走南方,窜北方,混账东西。

客商不但不恼,反倒夸他"奇才"。

王尔烈幼时曾在家乡魁星楼学馆就读。有一年秋天,老塾师带着他和另外几个同学一起去郊外游玩。面对金菊盛开的原野,老塾师联兴大发,当即出对,考众学生。老塾师所出的上联是:

野外黄花,好似金钉钉地。

众学生听了,大都面面相觑,不知所措,更无言以对,只待老师训斥。只有王尔烈独自一个人在一旁苦思。突然,他眼前呈现一幅十分壮观的图画:宝塔势如涌,高矗红日近,登临出世界,峥嵘泣鬼神。于是,他便以辽阳城内金代所建白塔为题,对下联道:

城内白塔,犹如玉钻钻天。

此句一出,老师欣喜,同学恭贺,倒让王尔烈有些不好意思了。

王尔烈自幼喜欢在大人们身边转,细心倾听长辈人谈论风土人情及国家大事,遇上书生举人们在一起作诗斗对,他也认真琢磨,搭腔试对。虽然他年少,但往往对句不俗,常有惊人之语,因此倍受人们喜爱。

千山无量观一位独具慧眼的老道人四处云游,一天来到王尔烈家,点名要王尔烈在名流聚会时斗对。上联是:

幽溪鹿过苔还静。

老道的出句太高妙了,在场的人都不知该怎样对,唯独王尔烈不假思索,应声对道:

深树云来鸟不知。

众名流闻句,无不夸赞他有捷才,日后定大有出息。

◎ 品画鉴宝　梅下赏月图·清·余集　图中数枝老梅下，立一高士，他身着袍服，头戴学士巾，反背双手，正漫步赏月，对景沉吟。空中一轮圆月，空旷幽淡，如玉盘高悬。整幅画作构图简洁，线条分明，人物传神，确属一幅精湛之作。

◎ 拓展阅读

《声律启蒙·下卷·八庚》（二）

虚对实，送对迎，后甲对先庚。鼓琴对舍瑟，搏虎对骑鲸。金匼匝，玉琤琮，玉宁对金茎。花间双粉蝶，柳内几黄莺。贫里每甘藜藿味，醉中厌听管弦声。肠断秋闺，凉吹已侵重被冷；梦惊晓枕，残蟾犹照半窗明。

王尔烈连对宽胸怀

有一天,王尔烈与各位朋友相约,去辽阳城外的千山郊游。中午时分,来到龙泉寺前。但见翠树参差掩映,青山高低相迭,好一幅春天的水墨图。

王尔烈看到这大好的风光,不禁诗兴大发。当即取出笔墨,在龙泉寺门柱上,写了一句上联:

近视千山五百出。

这句上联既有拆字,又有实景,非常难得:出字是两个"山",五百出,就是千山。各位朋友你看看我,我看看你,实在对不上来。过来围观的人越来越多,但还是没有下联。王尔烈站在门前,看着众生,不禁有些飘飘然起来。

不想这外面的喧杂之声,惊动了寺内的元空方丈。这方丈早年是个秀才,因看破红尘,遁入空门,很是有点学问。他走进人群,抬头看了看上联,吟了一遍,说道:"这上联确是好句,只是目光之中只有一座山啊,神州大地可不只有这千朵莲花一座山呀!"

王尔烈忽听有人说话,看到这个老和尚来挑毛病,就有些不快。他合掌问道:"哦?依长老之见,应该如何?"

元空说:"我这里倒有个下联,还请赐教。"说完,念道:

远望九州十八川。

下联拆"州"字为两个"川",文字对仗工整,立意深远,胸怀宽广,意境高远。

王尔烈听了,心中一惊。转念一想,这长老说得对,这下联对起我的上联来,可谓有过之而无不及。谢了长老之后,王尔烈回家更加刻苦攻读起诗书来。

◎ **拓展阅读**

《声律启蒙·下卷·八庚》(三)

渔对猎,钓对耕,玉振对金声。雉城对雁塞,柳臬对葵倾。吹玉笛,弄银笙,阮杖对桓筝。墨呼松处士,纸号楮先生。露浥好花潘岳县,风搓细柳亚夫营,抚动琴弦,遽觉座中风雨至;哦成诗句,应知窗外鬼神惊。

王应斗对句传奇

相传王应斗小时候聪颖过人,三岁识字,五岁成联,被当地老百姓称为神童。

王应斗六岁时,到当地三峰寺私塾读书,先生看到王应斗聪明伶俐,也很喜欢他。这天,到了农历八月十四,明天就是中秋节了。夜里,寺僧在厨房里做月饼,香气扑鼻。学生们闻到香气,都馋得流口水,纷纷趴到厨房的窗户偷看。一个老僧见了,问:"想吃月饼吗?"

众生舔舔嘴唇,回答"想"。"那好,"老和尚说,"有才华的人才吃到月饼,我这里有个上联,要是对上了,每人一块月饼。"老僧说出上联:

半夜二更半。

众生听了这个上联,虽然想吃月饼,但是左思右想对不上来,也没有办法,只好去找平日里的对联神童王应斗。王应斗一听这对联,觉得太简单了,就说:"各位同窗,不用着急,我保证大家有月饼吃。"

小应斗一边说,一边来到厨房,对老僧说:"你这上联太简单,快拿月饼来吧!"接着说出下联:

中秋八月中。

和尚一听,工整切题,只好给每个学生发一块月饼。

话说又有一天,某指挥使来到三峰寺看风景,还带了几个随从。三峰寺里听说要来这么大的官,连忙击鼓鸣钟,列队出迎。长老将指挥使一行接入方丈室待茶。这位指挥使见长老年老背驼,有意调笑。忽然看见案上有一青松盆景,便吟了一句上联:

缸里栽松弯弯曲曲长老。

并执意要长老回对。长老听了这个上联,想想平日里只顾诵经做课,哪里有功夫对联啊,就想认输作罢;又见指挥使这样无礼,心中实在愤慨,便想到去年中秋节对联月饼之事,急忙到西厢学馆来找王应斗,求他帮忙。

应斗听了长老的话,就明白了。在屋里想了一想,见到屋里的香炉,联上心来,脱口而出:

炉中化钱轻轻薄薄纸灰。

长老听了这个下联,高兴得不得了,顾不得感谢,就跑过去告诉指挥使。指挥使一听,脸上红一阵白一阵。原来此联用"纸灰"来指"指挥使",说他是个轻薄之人。

指挥使见这深山里也有对联的高手,就很想见一见,对个高低。只听指挥使问道:"这下联倒对得高妙,不知是何方高人所写?"老和尚匆匆答道:"此乃西厢私塾学童所作。"

指挥使听了，觉得一个小童竟能写出这么好的下联，实在难得，想了一下便说："如此神童，可否引见？"

老和尚也不敢说不，就带着指挥使来到了西厢房。指挥使来至西厢，却见一个六七岁的小孩正手抱梧桐树打转，口里唱着什么。长老说，这就是对出下联的学童王应斗。指挥使一听，心里很纳闷，如此乳臭未干的小娃，能对倒我堂堂指挥使？便有心再考考王应斗。指挥使拾级而上，来到树边，念道：

小孩子手抱梧树团团打转。

小应斗听得一清二楚，立即停止打转，鞠了个躬，不慌不忙道：

大将军脚踏石阶步步高升。

指挥使听了更加佩服了，觉得这个小孩大有前途，也不为难老和尚了。看了看寺内风景，就走了。

王应斗长大之后，娶妻孟氏。传说他们的婚姻还有着一段浪漫有趣的对联故事呢。

据传，孟小姐有一天夜晚睡觉时做了一个梦，梦见绣房里发生大火。惊醒后，一夜无眠，第二天便将此梦境转告父亲。这位父亲听了笑笑，说明天必有贵客驾临。于是第二天在门口设了一个茶摊，让过往行人免费喝茶解渴，顺便好观察行人，发现贵客。

就在这天，王应斗进京赶考，路过孟家。由于王应斗家境不太好，买不起马，就骑一头毛驴，另有一老长工跟随，叮当叮当，朝孟家这边走来。正值中午时光，他们赶了半天路，自然是又饥又渴又累，看见这家门口摆着一个小茶摊，便坐下喝茶歇息。孟老丈见这位小兄弟举止不俗，于是边喝茶边聊起了家常，知道他进京赶考，便奉承说：

祝相公三元及第。

王应斗不假思索，随口回答：

愿老丈四季发财。

孟老丈人一听，想这位书生了不得，真是出口成章，又看他气质不凡，难道今日所等的贵客就是他？想毕，便恭维说：

小年大器当能龙门饰紫。

王应斗闻声对曰：

老凤新声定教文苑垂青。

听到这里，孟老丈便又增加了几分信任，决意留他们在此过夜。王应斗正好晚上不用找旅店，也来了个"恭敬不如从命"，即留在孟家庄住下。当晚，孟老丈

262

盛宴款待。三杯酒之后，孟老丈出对曰：

野芹粗黍寒舍愧无醴酒。

应斗饮了一杯，随即应曰：

晋字唐诗尊堂忒显文明。

这一联说出来，惊动了一人，你道是谁？就是孟老丈的女儿孟小姐。她听到这位书生出口成章，长得又是一表人才，当即有心于他。就出了一联，叫丫环拿出来，看应斗能否对上。上面写道：

兰官待蕙东风袅袅迎佳客。

王应斗看到这样一个凰求凤式的联束，吓了一大跳。可是王应斗已经定了亲了，怎能再和孟家小姐谈婚论嫁？王应斗是个老实人，拿定主意，以诚待人，实话实说，遂提笔写出：

鹊巢居鸠西苑芫芫长拙荆。

可是孟家小姐见了这联，还是不死心，觉得这样的才子实在难找，就是做妾也是愿意的。孟老丈见是这样，也没有办法。王应斗只好将这件事告诉了父母。父母倒觉得男人三妻四妾不算什么，就同意了这段婚事。

◎ 拓展阅读

《声律启蒙·下卷·九青》（一）

红对紫，白对青，渔火对禅灯。唐诗对汉史，释典对仙经。龟曳尾，鹤梳翎，月榭对风亭。一轮秋夜月，几点晓天星。晋士只知山简醉，楚人谁识屈原醒。绣倦佳人，慵把鸳鸯文作枕；吮毫画者，思将孔雀写为屏。

263

王维应对得娇妻

王维是我国唐代杰出的诗人、画家。说起他的婚事，还有一段有趣的对联故事呢！

相传有一年，王维赴京应试。傍晚，到了一处地方，前不着村后不着店。突然见一茅舍，便立刻跑过去，想在此过夜。敲开门之后，出来一位姑娘，长得很是漂亮。王维说明来意，姑娘也不说话，转身就走。过了一会儿，又出来对王维说："我家只留宿读书之人，家父有命，要考你文才，若能对出下联，欢迎留宿；否则，请到别家。"

王维一想，这家待客之道倒也别致，就说："请姑娘出上联。"

少女吟道：

空空寂寞宅，寡寓安宜寄宾宿。

王维一听这上联，就知道出联之人必定才高八斗。这联中字字皆是宝盖头。思来想去，加上肚中饥饿，过了好些时候，也没对上来。少女见他默不作声，笑了几声，道："堂堂举子，还想进京赶考？连个联句都对不上。"说罢也不理王维，关门回去了。

王维见门关了，也没有办法，只好继续前行。这时候天已经黑了，前面黑乎乎的，看不清路了。王维倒也不想如何过夜，只是一路思考那姑娘出的上联。行至中途，悟出下联。随即折回，敲开茅舍，见了少女，便吟道：

迢迢逶迤道，适逢邂逅遇迷途。

少女闻后，非常高兴，连忙将王维迎进家中，殷勤款待。想不到这一邂逅、一副对联成就了一段姻缘。

◎ 拓展阅读

《声律启蒙·下卷·九青》（二）

行对坐，醉对醒，佩紫对纡青。棋枰对笔架，雨雪对雷霆。狂蛱蝶，小蜻蜓，水岸对沙汀。天台孙绰赋，剑阁孟阳铭。传信子卿千里雁，照书车胤一囊萤。冉冉白云，夜半高遮千里月；澄澄碧水，宵中寒映一天星。

○ 王维像　王维（701—761），字摩诘，唐朝时期著名诗人，被称为『诗佛』。

王勃少年舒胸怀

唐代大文学家王勃,绛州龙门(今山西河津)人。他与杨炯、卢照邻、骆宾王号称"唐初四杰"。其所作《滕王阁序》,千古传颂。相传他自幼聪明过人,七八岁即能作诗词,被称为"神童"。

王勃的父亲在朝廷做官,是个忠心清廉的好官。有一次,官场上一位姓朱的同僚生了儿子,父亲便带王勃同去祝贺。朱家人久闻王勃的大名,想当面试试这个神童的才华,便指着门上的珠帘,说道:

门上挂珠帘,你说是王家帘、朱家帘?

王勃听了,随口答道:

半夜生孩儿,我管他子时儿、亥时儿。

上联把"珠"拆成王朱,下联把"孩"拆成子亥,甚妙。众人听了,赞不绝口。

王勃的父亲听了也非常高兴,想让他参加科举考试,经受进一步的考验。恰逢这年京城大考,王勃便参加了。主考官见王勃是个矮小儿童也来赶考,想想不成体统,便有意为难,张口说道:

蓝衫拖地,怪貌谁能认。

王勃马上答道:

紫冠冲天,奇才人不识。

主考官听了一惊,觉得这小孩子确实有才学,不可小看,便让他考试。后考试成绩出来,果然考得不错。所以王勃十九岁时就做了朝散郎的官。

○ 王勃像 王勃(650—676),唐朝著名诗人,为"初唐四杰"之冠。

◎ 拓展阅读

《声律启蒙·下卷·九青》(三)

书对史,传对经,鹦鹉对鹡鸰。黄茅对白荻,绿草对青萍。风绕铎,雨淋铃,水阁对山亭。渚莲千朵白,岸柳两行青。汉代宫中生秀柞,尧时阶畔长祥蓂。一枰决胜,棋子分黑白;半幅通灵,画色间丹青。

王夫之联对拒仕

王夫之是明末清初的思想家，晚年住在湖南衡阳石船山讲学授徒，从者众多，大家都称他为"船山先生"。

明朝腐败，清兵入关南下，王夫之在湖南衡山地区起兵抗清。但是寡不敌众，失败了。后来，他隐居广东肇庆，又辗转到湘西深山隐居，始终无视清政权的存在，不听政令，蓄发不剃。

清朝得了天下之后，励精图治，广搜人才。得知王夫之才学世间少有，是人间奇才。朝廷便派高官来说服王夫之，要他归顺朝廷，并许以高官厚禄。王夫之见了来人，哪里听得进他的高官厚禄，连连摇手拒绝。清廷官吏见他意志坚定，也没什么办法，只得扫兴而归。

可是朝廷还是不死心，又派了更大的官，并且是王夫之以前的朋友前来相聘。王夫之事先得知消息，想想老熟人来了不好说话，便连夜躲到别的地方去了。

这位老朋友得了朝廷的命令，来找王夫之。到了王家，怎么也敲不开门，知道他肯定是躲开了。正要转身离开，看到茅屋门口贴着一副对联，上面写道：

清风有意难留我，明月无心自照人。

上联说清朝即使三番五次来请，许以高官厚禄，我也是不会动心的。下联说，我生是明朝的人，死是明朝的鬼，你们就不要白费心思了。

这副对联表明了王夫之对明王朝忠贞不渝之心，这位投靠清廷的老朋友见了对联之后，自己也羞愧不已，立刻赶回朝廷去了。

后来，王夫之没有了朝廷的打扰，在衡阳故居潜心钻研学问。十七年中，写下许多哲学、历史宏著。期间自撰一联，表达他无心政治、专心学问的决心：

六经责我开生面，
七尺从天乞活埋。

◎ **拓展阅读**

《声律启蒙·下卷·十蒸》（一）

新对旧，降对升，白犬对苍鹰。葛巾对藜杖，涧水对池冰。张兔网，挂鱼罾，燕雀对鹍鹏。炉中煎药火，窗下读书灯。织锦逐梭成舞凤，画屏误笔作飞蝇。宴客刘公，座上满斟三雅爵；迎仙汉帝，宫中高插九光灯。

王安石与苏轼巧对

一天,王安石到苏轼家拜访,和苏轼谈古论今,非常投机。他已隐隐感到苏轼恃才傲物,便有意开导开导。临走时,他以当年有两个立春节气又闰八月为题,出句让苏轼对。出句是:

一年二春双八月,人间两度春秋。

苏轼知道王安石是文坛巨匠,不敢轻视。经过仔细推敲,他发现上联巧妙地运用了"一""二""双""八""两"共五个数量词,实在不好对。他虽然才华过人,也费了不少脑筋,还是对不出来。

一联未曾对出,王安石又出半联命对:

七里山塘,行到半塘三里半。

原来,苏州阊门外至虎丘这一段路,人称"山塘",约有七里路程,中间有地名"半塘"。苏轼前不久去过此地,所以王安石出句诘难,他无言以对,又被难住了。

容不得苏轼进一步思考,王安石再出半联道:

铁瓮城西,金、玉、银山三宝地。

这"铁瓮城"乃镇江古名,面临长江,有金山、玉山、银山三座名山,山上有佛殿僧房,苏轼也曾到此地游览过,但仍无法属对。

王安石连出三句出句,苏轼均默然无对,心甚歉疚,深深感到山外有山,人外有人,学无止境,"初学三年剑,泰山不可当;再学三年后,不敢试锋芒"。这不禁使他联想到十二岁那年写对联后碰到的那个老翁请他辨认对联字句的事,深深懊悔自己的骄傲自大,从此越发虚心好学了。

直到好几年后,经过长时间的勤思苦想,仔细推敲,苏轼在金陵重会王安石时,才对出三比出句的对句。第一比出句,他对为:

六旬花甲再周天,世上重逢甲子。

第二比出句,他对为:

九溪溶洞,经过中洞五溪中。

第三比出句,他对作:

华夏国中,孔、孟、墨子一圣人。

◎ **拓展阅读**

《**声律启蒙·下卷·十蒸**》(二)

儒对士,佛对僧。面友对心朋。春残对夏老,夜寝对晨兴。千里马,九霄鹏,霞蔚对云蒸。寒堆阴岭雪,春泮水池冰。亚父愤生撞玉斗,周公誓死作金縢。将军元晖,莫怪人讥为饿虎;侍中卢昶,难逃世号作饥鹰。

武状元妙联难倒文状元

杨慎，是明代最有名的大学问家，明正德六年中状元。他这样的文状元，才华文采，自不必谈，但是在一次对对联时却输给了一位武状元。怎么回事呢？

相传杨慎状元及第后，便衣锦还乡，回家叙亲。说来也巧，路上又碰到了武状元衣锦还乡的船。同一时间，同一条江，行驶两条同一方向的状元船，真可谓千载难逢的盛事。但是，这里却产生了一个问题，两条船谁走前谁走后呢？两人都是少年得意，都要自己的船先行，并且各说各的理。争来争去，谁也说不清，只好以比试来定先后。

武状元道："文比武比都行。"

杨慎一听，也表示赞成。暗想自己一介书生，手无缚鸡之力，比武显然不敌武状元。既然说文比也行，当然要比文。武状元道："那好，我有一联，你若能对出下联，我便甘愿让你先行。"

杨慎一听，高兴得不得了。心想自己在题联对句上，还没有输给任何人，难道今天会输给他一介武夫，于是要武状元出上联。

武状元想也不想，随口说道：

二舟同行，橹速（鲁肃）哪及帆快（樊哙）？

武状元利用谐音，以物喻人，隐含地表达了"文不及武"之意。文思巧妙，意境深邃。也算得上是个绝对。杨慎虽是新科的文状元，但苦思冥想也没有对出下联。只得忍辱随其后。

从此以后，杨慎耿耿于怀，忘不了这件事，一直想对出下联。但几十年过去了，都未如愿以偿。直到有一天他的儿子结婚，他才从拜堂时响起的鼓乐声中受到启发，对出下联：

八音齐奏，笛清（狄青）怎比箫和（萧何）！

他的下联中的狄青是北宋中期的武将，正好对上联中的三国时期东吴的文臣鲁肃。萧何则是西汉开国功臣，正好对上联中的西汉开国武将樊哙，亦是既指物又喻人，含有"武不及文"之意，可谓对得天衣无缝。只可惜时间已过去了几十年，也没有行船先后的问题了，对他来说，仍是一件憾事！

◎ 拓展阅读

《声律启蒙·下卷·十蒸》（三）

规对矩，墨对绳，独步时同登。吟哦对讽咏，访友对寻僧。风绕屋，水襄陵，紫鹄对苍鹰。鸟寒惊夜月，鱼暖上春冰。扬子口中飞白凤，何郎鼻上集青蝇。巨鲤跃池，翻几重之密藻；颠猿饮涧，挂百尺之垂藤。

○品画鉴宝 秋山远眺图·明·丁云鹏 图中山峦起伏，连绵不绝；山坡上古木林立，丛林掩映；树木点簇勾勒，虚实结合，富于变化。整幅画作笔法秀雅，意境清旷，不愧为一幅绝美的秋山寒林图。

戊戌同体，己巳连踪

蒲松龄是我国的大文学家，写了一部《聊斋志异》，流芳千古。

《聊斋志异》中有一篇叫《狐联》。说的是一个关于对联的故事。传说章丘有一个书生叫焦生，日夜在后花园里读书。半夜时分，还在挑灯夜读。这时候，房间里不知不觉多了两个年轻女子，长得轻盈妩媚，国色天香。年纪大一点的有十七八岁，另一个只有十四五岁。两人悄悄站在焦生的书桌前，不说话，只是微笑。

焦生知道是碰上"狐仙"了，便接着看书，不理她们。过了一会儿，姐姐说："看这位先生的须髯，如画戟一般粗硬，为何却没有大丈夫的气概？"

焦生抬头答道："非礼勿视，我已经有了夫人。平生没想过要和第二个女子上床。"

那女子听了，笑着说："先生如此迂腐！在我们鬼神中，以黑为白，何况这床笫之事！良宵不容错过！"

焦生听了不以为然，拿圣贤之言斥责她一番。女子看其毫不动心，又想了一个办法，说："先生是圣贤之后吗？我有一联，你要是对上了，我们自然离开。"说完，吟出上联：

戊戌同体，腹中止欠一点。

"戊"字和"戌"字外形一样，只是"戊"字"欠一点"。语含双关，讽刺焦生的"腹中""欠一点"，不解风情，不会享乐。

焦生想了好久，还是不得对句。那女子见焦生苦苦对不出来，连上联中隐含的意思都没领会，便笑着说："现在名士就如此水平？算了！还是我说了下联吧！"随即，她又吟道：

己巳连踪，足下何不双挑。

下联中说"己"字和"巳"字本是同源的，要表达的意思是：将我们二人都留下来吧！

但是焦生还是不为所动，继续看书，两位"狐仙"没有办法，只好走了。

◎ 拓展阅读

《声律启蒙·下卷·十一尤》（一）

荣对辱，喜对忧，夜宴对春游。燕关对楚水，蜀犬对吴牛。茶敌睡，酒消愁，青眼对白头。马迁修史记，孔子作春秋。适兴子猷常泛棹，思归王粲强登楼。窗下佳人，妆罢重将金插鬓；筵前舞妓，曲终还要锦缠头。

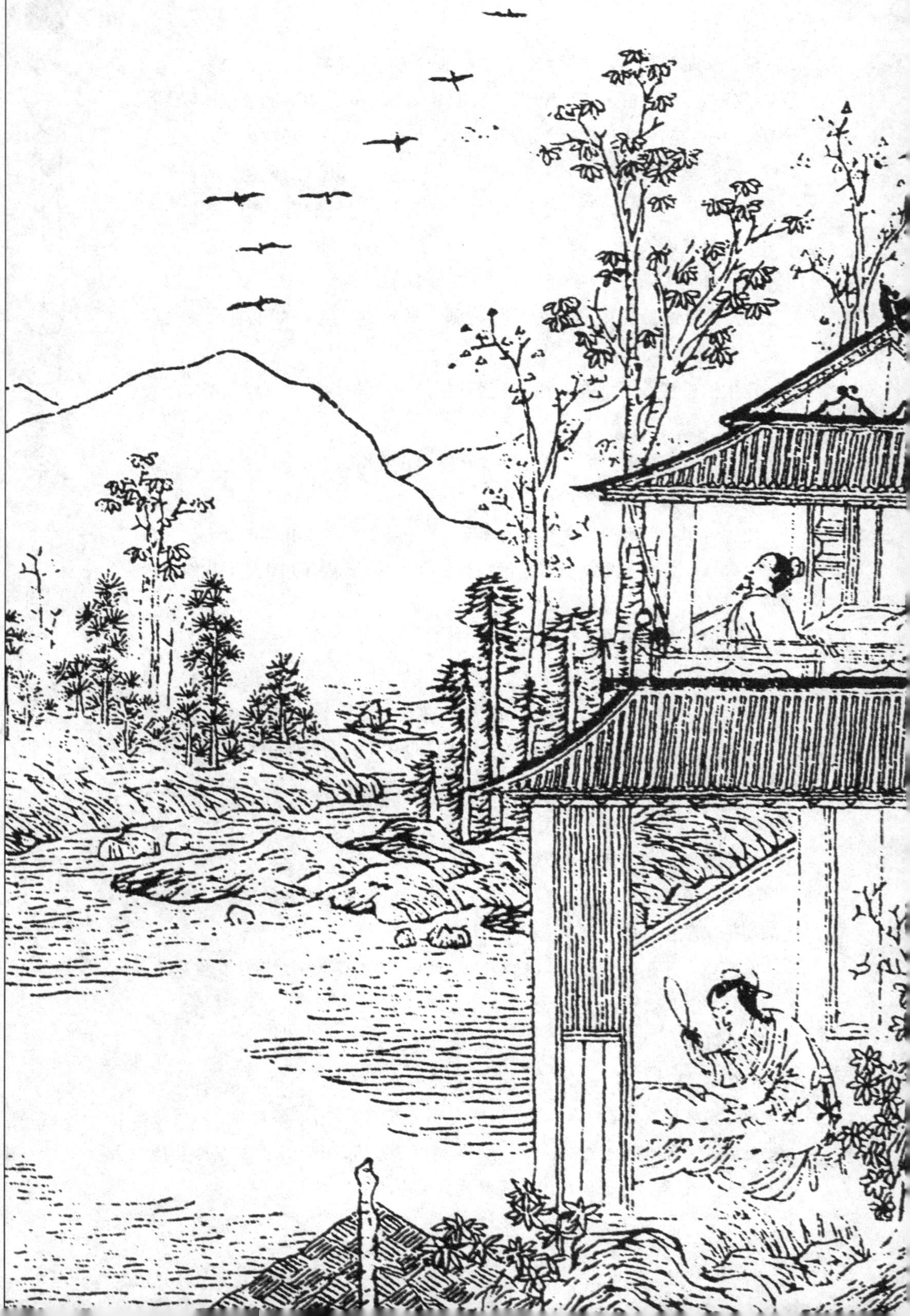

唯楚有才

湖北地灵人杰，历来是出文人才子的地方。明朝末年，湖北天门有钟惺、谭元春两个诗人，他们的诗文风格相近，广为传播之后，人们便称他们的诗体为"竟陵体"。他们办书院、收学生，培养了一批诗人和文学家，这些人被称为"竟陵学派"。"竟陵学派"壮大以后，有人送来一块写着"楚有材"的匾，挂在书院门上，赞扬"湖北（古代楚地）有人材（才）"。

有一位朝廷官员，到这里巡视，看了匾很不服气，想这地方的人也太狂妄了，便派人把匾取走。正取匾的时候，碰上了汉川文人黄良辉。

黄良辉一看有人取匾，连忙问道："大人每月拿朝廷的奉银，何必非爱这块小木牌呢？"

这位官员没有正面回答他，见旁边有一个渔翁正在称鱼，便随口出了一对：

秤直、钩弯、星朗朗，能知轻识重。

那意思是你和书院的人，连秤都不如，不能知轻识重，竟敢挂"楚有材"的匾。黄良辉抬头看见一个农妇正在推磨，也随口应道：

磨大、眼小、齿嶙嶙，可吐细吞粗。

这位大人见黄良辉果然出口不凡，很有才气，也不愧"楚有材"这三个大字。便和颜悦色地说："本官看楚地人才济济，应该写'唯楚有材'才合适。这块匾少了一个'唯'字，我要禀报朝廷，重新颁发一块。"黄良辉见他这样说，就让他们走了。

不知道后来朝廷有没有赠一块"唯楚有材"的匾给他们，但这个故事和这句话都流传下来了。

○ 品画鉴宝　素三彩海蟾纹洗·明

◎ 拓展阅读

《声律启蒙·下卷·十一尤》（二）

唇对齿，角对头，策马对骑牛。毫尖对笔底，绮阁对雕镂。杨柳岸，荻芦洲，语燕对啼鸠。客乘金络马，人泛木兰舟。绿野耕夫春举耜，碧池渔父晚垂钩。波浪千层，喜见蛟龙得水；云霄万里，惊看雕鹗横秋。

文必正巧对结姻缘

相传明朝时洛阳才子文必正,在一次庙会中与小姐霍定金邂逅相逢,相见之下,心中有意。这霍定金乃当朝霍天官霍荣之女,名门闺秀,文必正一见倾心,却苦于没有机会接近。思虑多日,得了一计,忍辱卖身到霍府当仆人,候机接近霍小姐。

一日,文必正想在天官面前显露自己的才华,便故意对霍荣道:"老大人,你这厅堂虽然敞亮,但似乎还缺少一物。"

天官听这仆人说出这样的话来,觉得奇怪,便问道:"我这厅堂之上,古玩字画,应有尽有,你倒说说看,还缺什么呢?"

"缺一个字。"文必正答道。

"好一个大胆的奴仆,竟敢在我天官面前卖弄文字!"天官心中恼怒,转念一想,"看这奴才长得清秀,不妨让他说说"。于是便叫文必正说出所缺少的一个字,要是讲不出道理来,罚三个月的工钱。文必正听了,却卖起关子来,他并未直说,而是随口吟了一首诗:

初下江南不用刀,
大朝江山没人保;
中原危难无心坐,
思念君王把心操。

吟毕,对天官说:"这个字就暗含在刚才念的这首诗中,恕小人斗胆,还请大人赐教。"

天官一听来了兴致,仔细玩味着文必正的这首诗。过了一会儿,恍然大悟,原来是一个"福"字,连声赞道:"好字,好字!"以后就对这新来的仆人另眼相看了。

后来天官把这件事告诉了霍定金,霍小姐觉得这个仆人很像是文必正,于是对父亲如此这般耳语了一番,天官若有所思地点点头。

一天,文必正终于得到机会,管家要他给小姐送花,他就来到霍小姐的绣楼,向她倾诉了长久的爱慕之情。霍小姐听了不敢贸然相信,便出了一句上联,试探眼前这个聪慧英俊的仆人究竟是不是才子。

吏部堂中,一史不读枉作吏。

文必正一听霍小姐出对,心中知道是有意考他,便暗自高兴,当即答道:

天香阁上,二人叙情夫为天。

你来我往,对得好不热闹。一来二去,霍小姐疑团慢慢消释,心里乐滋滋的。
文必正又念出一句同偏旁联,倾诉自己的相思之情。

寄寓客家，牢守寒窗空寂寞。

霍小姐心领神会，立即对出下联：

迷途逝远，返还达道游逍遥。

皇天不负有心人，文必正为情做奴，终于结成了百年姻缘。

○ 品画鉴宝　人物山水图·明·尤求　图中山峦高耸，山间云雾弥漫，苍翠密林间露一亭阁，内有一高士临窗远眺。山间小道上，另一高士正缓步而行，或要去拜访好友，或欲去观赏美景。整幅画作表达了作者宁静旷远、悠闲高雅的生活追求。

◎ 拓展阅读

《声律启蒙·下卷·十一尤》（三）

庵对寺，殿对楼，酒艇对渔舟。金龙对彩凤，颢豕对童牛。王郎帽，苏子裘，四季对三秋。峰峦扶地秀，江汉接天流。一湾绿水渔村小，万里青山佛寺幽。龙马呈河，羲皇阐微而画卦；神龟出洛，禹王取法以陈畴。

275

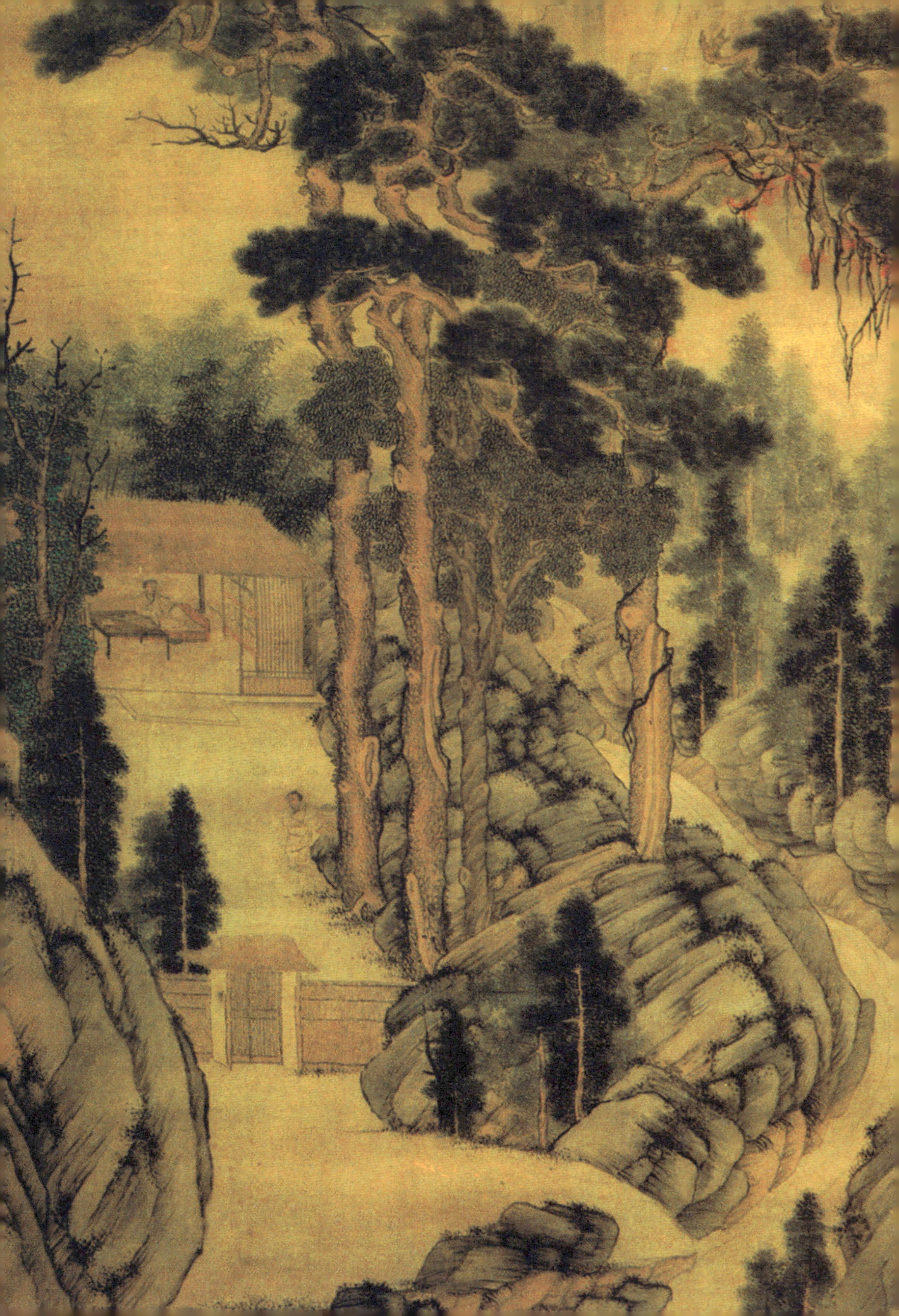

X 篇

解缙改对气地主

明代解缙，从小就很有文采，脑子转得也快，民间流传了许多关于他的对联故事。有一年除夕，父亲要他作一副对联贴在门上。当时他家对面有一片竹林，翠绿清新。竹子正直高尚，四季常青，是有志气人的精神象征。所以，他在听完父亲的嘱咐后，就以竹子为对联主题，来表达自己的志向。

他一面磨墨，一面构思，墨磨好后，对联的句子也想好了，提起笔来一挥而就：

门对千竿竹；家藏万卷书。

这片竹林是一家官僚地主的。地主得知解缙以竹喻己，作联言志，心里十分不满，骂道："这小子乳臭未干，竟敢自称藏书万卷，满腹文章？"他骂完了，令手下的人将竹子全砍了。

解缙发现竹子被砍，知道这是人家想叫他的对联不能成立，有意让他出丑。但他十分安然，裁了两小块红纸，写了"长""短"二字，分别贴在原来的对联下面，使它有了新的意义，成了这样一副：

门对千竿竹短；家藏万卷书长。

地主一看他改的对联，气得要死。立刻让手下的人，将竹子连根一齐挖掉。

解缙见竹子被挖了，心里说："这也难不倒我！"一面又裁了两块红纸，在原对联下再各加一字，使它变成：

门对千竿竹短无；家藏万卷书长有。

◎ 拓展阅读

《声律启蒙·下卷·十二侵》（一）

眉对目，口对心，锦瑟对瑶琴。晓耕对寒钓，晚笛对秋砧。松郁郁，竹森森，闵损对曾参。秦王亲击缶，虞帝自挥琴。三献卞和尝泣玉，四知杨震固辞金。寂寂秋朝，庭叶因霜摧嫩色；沉沉春夜，砌花随月转清阴。

◎ 品画鉴宝 树荚壶·明 在宜兴紫砂壶中，仿照树根、树干的造型较多，此壶通体赭中带黑，树干的塑造特别苍劲有力。

解缙说话吟诗

别看解缙个子长得小,但却聪慧绝伦,七岁便能触景吟诗,出口成章了。只是母亲高氏管教颇严,从来不许他胡吟惹祸。一天清早,母亲吩咐解缙扫地,解缙顺口应道:

打扫堂前地。

母亲在房中听见了,责备说:"缙仔,教你的话怎么又忘记了?小孩子要先学好做人,才能写出好诗文。不要胡言乱语了,扫完地快去把鸡放出来。"解缙又顺口应道:

放出笼中鸡。

母亲生气了,厉声道:"教你不要信口开河,怎么还要胡诌?"解缙分辩说:"娘,分明是说话,怎道我吟诗?"

母亲这下火了,举起手欲打解缙,解缙一看不妙,流星般地夺门而逃。

○ 品画鉴宝　小庭婴戏图·北宋　图中是四小孩在庭院之中嬉戏的一幕。小孩的神情举止天真活泼,表现了愉悦的气氛。全图用笔精工,设色丰富多彩,笔法柔润细致,以粉白沿勾线渲染,使画面富有一种明丽安逸的效果。

◎ 拓展阅读

《声律启蒙·下卷·十二侵》(二)

前对后,古对今,野兽对山禽。捷牛对牝马,水浅对山深。曾点瑟,戴逵琴,璞玉对浑金。艳红花弄色,浓绿柳敷阴。不雨汤王方剪爪,有风楚子正披襟。书生惜壮岁韶华,寸阴尺璧,游子爱良宵光景,一刻千金。

解缙巧改婚丧联

相传有个大户人家，腊月二十九这天举行婚礼，要娶媳妇。不料，这天刚刚吃过早饭，老当家的大概高兴过度，死了。这地方有个习俗：年前死了人，不能拖到年后。但是这年偏偏是个小年——没有大年三十，明天就是大年初一了。改婚期吧，也不行，亲戚朋友早已到齐，贺礼也收了。于是，只好婚礼丧礼一起举行。

但是这对联怎么写呀，是写喜还是写丧？账房先生写不来，就连村里的几个秀才也难住了。恰巧，解缙这天路过这里，有人见他挑着水桶走了过来，就连忙请他编一副对联，解解急。解缙放下水桶，想了一想，拿起笔来，蘸饱墨，"唰唰"写出了上联：

遇丧事，行婚礼，哭乎笑乎，细思想，哭笑不得。

账房先生一见，吃了一惊："啊呀，果真起笔不凡。"

解缙头也不抬，又是一阵龙飞凤舞，下联也写出来了：

辞灵柩，入洞房，进耶退耶，再斟酌，进退两难。

解缙把笔一放，头也不回，挑上水桶走了。

账房先生忙喊："啊呀，解先生，对联还没有横批哩。"

解缙回过头来，大声说道：乐极生悲。

◎ 拓展阅读

《声律启蒙·下卷·十二侵》（三）

丝对竹，剑对琴，素志对丹心。千愁对一醉，虎啸对龙吟。子罕玉，不疑金，往古对来今。天寒邹吹律，岁旱傅为霖。渠说子规为帝魄，侬知孔雀是家禽。屈子沉江，处处舟中争系粽；牛郎渡渚，家家台上竞穿针。

解缙巧对报家门

解缙是明代有名的才子,江西吉水县人。他从小聪明伶俐,刻苦好学,五岁成诗,对联更是拿手好戏。长大之后,被人们称为"对联大师"。

解缙小时候家里很穷,父母以开豆腐房为生。有一次,他在路边玩,遇到一个做官的人,大官下了轿,问了解缙一些当地的事情,最后又问他:"你的父母是干什么的?"

解缙不好意思说父母是卖豆腐的,想了想,就跟这人说了一副谜联,算是回答:

严父肩挑日月;

慈母手转乾坤。

这副对联是说,我父亲每天挑着担卖豆腐,从太阳初升,到深夜月儿高悬。我母亲就在家里磨豆腐。古时候,豆腐要用磨来把黄豆磨成粉,这个磨又是圆的,像个乾坤圈。那个当官的一听,起先还不知道这是什么意思,后来一想明白了,看解缙聪明伶俐,家里生活又这么辛苦,就给了十两银子。

◎ 拓展阅读

《声律启蒙·下卷·十三覃》(一)

千对百,两对三,地北对天南。佛堂对仙洞,道院对禅庵。山泼黛,水浮蓝,雪岭对云潭。凤飞方翙翙,虎视已眈眈。窗下书生时讽咏,筵前酒客日耽酣。白草满郊,秋日牧征人之马;绿桑盈亩,春时供农妇之蚕。

○ 品画鉴宝

青花开光人物图罐·明

解缙智对皇帝

朱元璋虽喜爱对联，且常以"绝联"难人，但与"对联大师"解缙比试起来，毕竟要稍逊一筹。

一天，朱元璋与众人闲话对联。朱元璋对解缙说："朕读《论语》时，看到《为政篇》中有一句话，虽然只有两个字，正好是一比上联，但却很难对。很久都无人对出下联。"

解缙问："是两个什么字，这么难对？"朱元璋说：

色难。

解缙一听，不假思索，应声答对：

容易。

朱元璋以为解缙正在思考这"容易"的对，便愕然不动，耐心等待。过了好一会儿，见解缙还不开腔，便问："既说容易，何不快快对来？"

解缙似颇为诧异地说："臣已足对过了！"朱元璋这才仔细琢磨"容易"二字，不禁恍然大悟，连连称妙："十分工整，合起来是一句平常的话，真如天造地设一般！"

到了明成祖朱棣时，北京的大明门竣工后，永乐帝朱棣命解缙题写门联。解缙略一思索，欣然命笔，写成一联：

日月光天德；

山河壮帝居。

明太祖朱元璋在他的政权稳定之后，大开杀戒，诛杀了一大批"功高震主"的开国元老，也杀死了不少"擅权枉法"的权臣。同时，还大兴"文字狱"，对那些不愿与他合作的文人进行残酷的镇压。朱元璋早年因家贫再加上天灾人祸，不得已曾当过和尚，因此连"光""秃""僧""生"之类的字眼也成禁忌。因犯此类禁忌而被处以死刑的官吏、文人不胜枚举。

解缙是个洒脱、耿直的文人，可也不得不时常自警。因为他深知"伴君如伴虎"的道理。有一天，解缙陪朱元璋在午门城楼上观赏春景，恰好看到武士们押解一伙"犯法"戴

枷的和尚从城楼下经过，他想到朱元璋当年做和尚的事，禁不住哈哈大笑起来。朱元璋似乎觉察出他笑的原因，盯住他，不快地问："你笑什么？"解缙看朱元璋的脸色和眼神不对，立即警觉，随即指着戴枷的僧人说："万岁，小臣见此情景，偶得一诗，颇堪玩味，故尔发笑。"朱元璋用鼻孔哼了一声，说："你吟给朕听听！"解缙瞥了一眼身旁垂头低眼、连大气也不敢出的文武百官，吟道：

知法又犯法，
出家又戴枷。
两块无情板，
夹个大西瓜。

朱元璋知道他是在嘲笑和尚，暗讽自己过去出家为僧的经历，顿时黑了脸。可仔细品味，反复推敲，发现诗中竟没有一个犯禁。默吟道"两块无情板，夹个大西瓜"两句时，竟被这生动、形象的比喻逗得哈哈大笑起来。

◎ 拓展阅读

《声律启蒙·下卷·十三覃》（二）

将对欲，可对堪，德被对恩覃。权衡对尺度，雪寺对云庵。安邑枣，洞庭柑，不愧对无惭。魏征能直谏，王衍善清谈。紫梨摘去从山北，丹荔传来自海南。攘鸡非君子所为，但当月一；养狙是山公之智，止用朝三。

○ 解缙像　解缙（1369—1415），有治国安邦之才，为明朝第一位内阁首辅。

283

解缙联斗锦衣卫

解缙虽然遵太祖朱元璋之命回乡刻苦攻读，"积累处世阅历"，但仍不改率直耿介的本性。重返京城并受宠之后，他依然该谏的谏、该做的做。锦衣卫头目纪纲为人险恶，爱告阴状，朝中文武百官都讨厌他，也都害怕他，唯独解缙不买纪纲的账。有一次在宴席上，纪纲诌了一副歪联，嘲讽解缙个子矮小：

塘里水鸭，嘴扁脚短叫呷呷；
洞中乌龟，颈长壳硬矮拍拍。

纪纲的儿子更是不学无术，胸无点墨，却极爱附庸风雅，到处卖弄，也随其父之后吟联嘲笑解缙说：

牛跑、驴跑跑不过马，
鸡飞、鸭飞飞不过鹰。

解缙一贯治学严谨，对那些没有真才实学、徒具虚名之辈是很瞧不起的。听了纪纲父子吟的两副似通非通的对子，禁不住捧腹大笑起来，说，我送你们父子一联：

墙上芦苇，头重脚轻根底浅；
山间竹笋，嘴尖皮厚腹中空。

在场的人联想到纪纲父子学问无长进，溜须拍马的本事倒高明的流氓德行，都暗暗夸赞解缙这副对联刻画得入木三分，不禁哈哈大笑起来。纪纲父子羞得满脸通红，无地自容，暗暗地又给解缙记了一笔仇。

◎ 拓展阅读

《声律启蒙·下卷·十三覃》（三）
中对外，北对南，贝母对宜男。移山对浚井，谏苦对言甘。千取百，二为三，魏尚对周堪。海门翻夕浪，山市拥晴岚。新缔直投公子续，旧交犹脱馆人骖。文在淹通，已咏冰兮寒过水；永和博雅，可知青者胜于蓝。

解缙联对得状元

按照惯例，会试及格者，要再经一次复试，地点在皇帝的殿廷，故又有"殿试"之称。殿试一般由皇帝亲自主考，选中的人分一、二、三甲，一甲只有三人，按照顺序为状元、榜眼、探花，赐进士及第；二甲若干人，赐进士及第；三甲也是若干人，赐同进士出身。

解缙这一次也参加了会试。解缙会试时所作的文章气势磅礴，笔锋犀利，言词朴实，博得主考刘三吾的好评，意欲点他为一甲状元，但还要经过殿试这一关。

当时的皇帝正是洪武帝朱元璋。朱元璋已看过解缙的文墨试卷，便问他的门第出身。解缙想：自己的祖父是做酒的，祖母是弹棉花的；母亲在家推磨做豆腐，父亲挑担在外卖豆腐。说实话吧，在门阀观念十分盛行的当时，会被视为出身下贱。不但不能位列朝班，还会招来人们的耻笑。说假话吧，一旦被查出来，就会被指犯了欺君之罪，不但功名无望，连脑袋也保不住的。正在为难之时，他突然想到了自己八岁那年曾应付过一位过路客人这样的提问，心中顿时一亮，便决定以对联形式回答皇帝的提问。于是回答道：启禀皇上，臣祖父母的职业是：

玉甑蒸开天地眼；
金槌敲动帝王心。

臣的父母则是：

父在外肩挑日月，
母居家手转乾坤。

朱元璋一听，误以为他出身于名门望族，心中大喜，当即御笔钦点为头名状元。但由于有人认为他"对策言论过高"，殿试后却被降为第七名进士，他大哥解纶、妹夫黄金华也同时高中三甲进士。

解氏"一门三进士"不仅轰动了吉水城，也震动了京师，万岁爷朱元璋听说解缙这位有名的"神童才子"尤擅对对联，便召来亲自试验。朱元璋说："皇宫中有一座大戏台，朕出上联，卿对下联。"解缙叩头道："万岁，臣遵旨！"

朱元璋吟上联道：

尧舜净，汤武生，恒文丑旦，古今来几多角色。

解缙接口便对：

日月灯，云霞彩，风雷鼓板，宇宙间一场大戏。

"好！"朱元璋听罢满心欢喜，又出句道：

日在东，月在西，天生成"明"字。

解缙立即续出下联：

子居右，女居左，世配定"好"人。

朱元璋顿时龙颜大悦。

◎ 拓展阅读

《声律启蒙·下卷·十四盐》（一）

悲对乐，爱对嫌，玉兔对银蟾。醉侯对诗史，眼底对眉尖。风飘飘，雨绵绵，李苦对瓜甜。画堂施锦帐，酒市舞青帘。横槊赋诗传孟德，引壶酌酒尚陶潜。两曜迭明，日东生而月西出；五行式序，水下润而火上炎。

○ 品画鉴宝　人物图·明·徐文长

徐文长挡道难太师

明代的时候，绍兴出了个奇才，叫徐渭，也叫徐文长。他从小就聪敏过人，十多岁时学问就已经很不错了。

有一年秋试，一个叫窦光鼐的来绍兴主试。老太师为了筹备考务，提前到绍兴之后，不免要在这古城里转一转。窦太师出行的时候，总是有一块"天下无书不读"的御赐金牌扛在前面，开路喝道，耀武扬威，自以为文章天下第一。

徐文长听说窦太师的御赐金牌之后，便想杀杀他的傲气。主意已定，他就赤身露腹地睡在东郭门内的官道中央。

"当当当……"鸣锣开道的声音越来越近，太师的队伍走过来了。头牌执事看见一个小孩睡在官道当中，就禀报老太师："有个小童挡官拦道！"窦太师听说拦道的是个小孩，也不以为然，自己出来看看。见那拦道的小孩睡得很熟，就把他叫醒。徐文长起来之后，故作恭敬，站在一旁，等候发落。窦太师问道："你睡在热石板上做什么？难道不知道老夫到来？"徐文长摇头晃脑地回答说："没什么，只是晒晒肚皮里的万卷书。"窦太师听他好大的口气，感到好笑，就对他说："既然你喜欢读书，一定还会对课吧。我出个课你对，对不出，就让道回避。"徐文长问道："如果对得出，那又如何？"窦太师想：一个孩子能有多大本事。就随口说："对得好，我把全副执事停在这里，老夫步行进学宫。"

于是窦太师随口念道：

南街三学士；

徐文长想这样简单的联怎么难得住我，便不假思索，回对：

东郭两军门。

窦太师听了，觉得南街对东郭，文官对武将，还算工整，而且这五个台门都是绍兴城内有名的，不由点头称赞。愿赌服输，窦太师只好步行到学宫去了。

◎ 拓展阅读

《声律启蒙·下卷·十四盐》（二）

如对似，减对添，绣幕对朱帘。探珠对献玉，鹭立对鱼潜。玉屑饭，水晶盐，手剑对腰镰。燕巢依邃阁，蛛网挂虚檐。夺槊至三唐敬德，栾棋第一晋王恬。南浦客归，湛湛春波千顷净；西楼人悄，弯弯夜月一钩纤。

徐文长联对受教

有一天，徐文长骑着一头毛驴到城外会友，经过一家农田，见一位老农正在田里插秧，秧苗随手落，插得又快又好，非常佩服。他翻身下了驴背，走到老农跟前，问："老人家，敢问你给田里插了多少株秧了？"

老农直起腰，微笑着反问道："先生，我也问你，你今日骑驴走了多少步了？"

徐文长一听，赶忙拱手向老农赔礼："刚才是我徐文长太冒失了，请你老不要见怪。"

老农一听他是大名鼎鼎的徐文长，十分高兴，赶忙走上前去，和徐文长谈古论今，十分投机，随后又执意请徐文长到家中用饭。

徐文长非常高兴自己拜了一位农民师傅，临别时特意为老农题书堂联一副：

读书好，种田好，学好便好；

创业难，守成难，知难不难。

回到青藤书屋，徐文长的心情久久不能平静，便摊开纸，磨好墨，笔走龙蛇，写了这样一副对联：

好读书，不好读书；

好读书，不好读书。

◎ **拓展阅读**

《声律启蒙·下卷·十四盐》（三）

逢对遇，仰对瞻，市井对闾阎。投簪对结绶，握发对掀髯。张绣幕，卷珠帘，石对江淹。宵征方肃肃，夜饮已厌厌。心谄小人长戚戚，礼多君子屡谦谦。美刺殊文，备三百五篇诗咏；吉凶异画，变六十四卦爻占。

半生落魄已成翁,独立书斋啸晚风。笔底明珠无处卖,闲抛闲掷野藤中。

天池

○ 品画鉴宝 墨葡萄图·明·徐文长

徐达遗恨"胜棋楼"

明朝开国元帅徐达,自小聪明过人,且善于象棋,被称为"象棋神童"。后来徐达、朱元璋农民起义军,辗转南北,推翻元朝,建立了明朝。明建都南京后,明太祖朱元璋因徐达战功显赫,封他为中山王,荣华富贵,尽其享用。

有一次,明太祖闲来无事,和徐达在莫愁湖畔下象棋。两人本来棋艺不相上下,历来下棋,各有输赢。这一次朱元璋来了兴致,他向徐达打赌,若是徐达赢了这盘棋,朱元璋就把莫愁湖赐给他。徐达同意了。俗话说,胜败乃兵家常事。到最后,朱元璋棋差一着,被徐达胜了。朱元璋也不食言,果然将莫愁湖赐给徐达,并在此建一座壮观的亭楼,名曰"胜棋楼"。

徐达因战功显赫,时时居功自傲,现在弈棋,又胜了皇帝,便有些飘飘然了。因此,胜棋楼建成之日,他在"胜棋楼"大摆宴席,请他的一帮同僚文武官员喝酒祝贺。席间,酒醉饭饱,少不了吟诗撰对取乐。

常遇春性子急,第一个站起来,就莫愁湖吟了一联。

占全湖绿水芙蓉,胜国君残棋一局;
看终古雕梁玳瑁,护家庭院燕双飞!

此联既写出了莫愁湖的美景,又蕴含明太祖弈棋输于徐达的故事。

轮到刘伯温吟诗,刘伯温看见徐达这样居功自傲,感到危险,就想点拨点拨他。抬头看见厅堂挂有一幅《龙吟虎啸图》,触景生情,说道:"徐老弟,我这里撰一上联,还请你来对下联,若你答得好,我喝三杯,若你答得不好,就加倍罚酒如何?"

徐达也是个爱凑热闹的人,说:"请军师赐教!"

于是刘伯温撰了上联,联曰:

残棋半局,车无轮,马无鞍,炮无烟火卒无粮,喝声将军,提防提防!

徐达听了上联,就思考起下联来,他看见厅堂上有一幅《龙吟虎啸图》,想到自己南征北战,为大明江山立下了丰功伟绩,于是,灵机一动,也随口吟道:

古画一轴,龙不吟,虎不啸,花不闻香鸟不叫,见此小子,可笑可笑!

席上,三清道观的清虚道长见徐达显出盛气凌人的气势,不禁摇头叹息,口中却说:"王爷!你对联象棋都是高手,真是令贫道佩服得五体投地啊!"

徐达听了,得意扬扬地说:"哼!说到弈象棋,不是我吹,可谓天下无敌,即使当今皇上,也输在我的手下!"

老道长见他如此张狂,便说:"王爷!官场如棋局,瞬息万变,错下一子,满盘皆输啊!我这里倒也有一副有关象棋的对联,请王爷赐教。"

徐达道:"请仙长赐教!"

道长于是口占一联，曰：

湖本无愁，笑南朝迭起群雄，不及佳人独步；

棋何能胜，因残棋误投一子，致教此局全输！

徐达听了，也没在意。大叫"喝酒喝酒"。散席之后，老道长摇头对刘伯温叹息说："军师！你提醒他'喝声将军，提防提防'，他就是不知提防啊！"

刘伯温说："这也许是天意！"

不久，徐达果然被洪武皇帝朱元璋所杀，应了老道长的预言。

◎ 拓展阅读

《声律启蒙·下卷·十五咸》（一）

清对浊，苦对咸，一启对三缄。烟蓑对雨笠，月榜对风帆。莺睍睆，燕呢喃，柳杞对松杉。情深悲素扇，泪痛湿青衫。汉室既能分四姓，周朝何用叛三监。破的而探牛心，豪矜王济；竖竿以挂犊鼻，贫笑阮咸。

○ 徐达像　徐达（1332—1385），字天德，濠州钟离（今安徽凤阳）人，辅佐朱元璋开创了大明王朝，为明朝开国军事统帅。

徐广义梦中成巧对

徐广义是明代著名文人，很有学问。他小时候天真活泼，聪明好学，机智过人。小徐广义有个朋友叫唐万阳，他们经常在一起游玩。

有一天，徐广义正在读书，突然觉得很困，想休息一会儿，就趴在灯下睡着了。唐万阳自己一个人读书没劲，就想叫醒他，一起出去玩。这时候徐广义正睡得迷迷糊糊，被他一叫，似醒非醒的的样子。唐万阳看到他这个样子，出了一个联句：

眼皮坠地，难观孔子之书。

却说徐广义这时候睡眼都没有睁开，听到有人出上联，就边打呵欠边对：

呵欠连天，要做周公之梦。

以"周公"对"孔子"，相当工稳适度。唐万阳一听，没想到徐广义在梦中也能对句，就更加佩服他了。

○ 拓展阅读

《声律启蒙·下卷·十五咸》（二）

能对否，圣对贤，卫瓘对浑瑊。雀罗对鱼网，翠巘对苍崖。红罗帐，白布衫，笔格对书函。蕊香蜂竞采，泥软燕争衔。凶孽誓清闻祖逖，王家能义有亚咸。溪叟新居，渔舍清幽临水岸；山僧久隐，梵宫寂寞倚云岩。

小童改联大臣惊

初唐，有位朝廷的大官从山西河津乘船渡黄河。忽然雷声阵阵，大官站在舱里看到外面风雨大作，诗兴大发，捋着胡须，吟出一联：

风吹河水千层浪；

雨打沙滩万点坑。

想不到在一旁的一个七八岁小童听了这联，忍将不住，笑出声来，天真地问道："老先生，此言差矣！这'千层''万点'，您数过吗？"大官见小孩子拿话问他，起初有些不悦，继而一想，他说得也有些道理，便转过身来，和蔼地说："小先生言之有理，那么我该如何改呢？"小童见老爷发问，深深作了一揖说："恕小子无礼，不如各易一字，您看如何？"不等老爷同意，小童脱口而出：

风吹河水层层浪；

雨打沙滩点点坑。

大官听后，想了一想，惊喜地说："妙，妙，妙！将来定是栋梁之材！"

你道这小童是谁？他就是初唐四杰之一的文学家王勃。

◎ 拓展阅读

《声律启蒙·下卷·十五咸》（三）

冠对带，帽对衫，议鲩对言谗。行舟对御马，俗弊对民岩。鼠且硕，兔多毚，史册对书缄。塞城闻奏角，江浦认归帆。河水一源形弥弥，泰山万仞势岩岩。郑为武公，赋缁衣而美德；周因巷伯，歌贝锦以伤谗。

293

小丫环联对训马远

相传，被人称为"南宋四家"之一的马远，小时候很是贪玩，不喜欢读书，那么后来又怎么成为文学大家的呢？这里就有一段关于对联的故事。

一天，马远正在学馆上学，看到老师有事出去了，便偷偷溜出学馆，跑到平常最爱去的池塘边玩。他卷起裤腿，捉起鱼来。正当他玩得开心的时候，一个丫环担着两只水桶走来提水。马远怪她吓跑了鱼，便想捉弄她一下。等到那丫环打满水刚要站起来走的时候，躲在树后的马远"啊呀"一声大叫。姑娘一听，吓了一大跳，跌倒在地，水泼了一身。马远还不罢休，摇头晃脑地喊道：

挑水丫头谁家女？

没想到那丫环也读过几年书，低头回敬了他一句：

混账小子隔墙人。

马远一听，想不到这丫环还能对联，便又出一联吟道：

翠芦碧荷，且问你谁人栽就？

此时，丫环已经重新把水打满了，她一边挑起水桶，一边回答：

绿蓼红蕖，原是它天然生成。

马远听了又是一惊，再想出联，那丫环却已挑着一担水，头也不回地走远了。

马远在丫环那里碰了钉子，也没心情玩了，无精打采地回到家里。正坐在房里生气，忽然听到窗外传来一阵笑声。他起身探头朝窗外一看，原来就是刚才那个挑水丫环，正偷他家的桑葚吃呢。报复的机会来了，马远想到。于是干咳一声，高声问道：

南院北邻近居，偷摘人家桑葚子，该也不该？

丫环听了，也不生气，双手扶墙，微微一笑，不慌不忙地对道：

东游西逛瞎混，不读古今圣贤书，羞也不羞。

一句话刺到心里，马远羞得哑口无言。

自那以后，马远就像变了个人，专心读起书来。

◯ 拓展阅读

《笠翁对韵》

是仿照《声律启蒙》所作。作者为清朝大才子李渔。李渔，原名仙侣，号天征，后改名渔，字笠翁，一字笠鸿、谪凡。是明末清初一位杰出的戏曲和小说作家。

此书主旨亦是在指导人们简单的对偶入门技巧。书中同样依照韵部顺次排序，使读者在学习对仗句的同时，对声韵也有了初步的认识。

受本书篇幅限制，我们将在后面的文章中列举出《笠翁对韵》的部分内容，以飨读者。

小道士联警大将军

南京边上有一座山，叫钟山。相传在明初的时候，住着一个得道的道士。人们都管他叫"铁冠道人"，因为他戴的帽子很特别，是用铁丝编的铁帽子。铁冠道人虽然有些奇怪，但对天下事了如指掌，被人们奉为神人。因此很多达官贵族，都愿意找他请教。

当时朝廷上掌握兵权的是一位叫蓝玉的大将，这位大将武艺高强，勇猛善战，在反元战争中为朱元璋立下赫赫战功。明太祖朱元璋念他功勋卓著，封他当了凉国公。有一天，大将军蓝玉来找铁冠道人，身边还带了一坛子好酒。

铁冠道人听说蓝将军来了，不慌不忙，穿着一身脏袍子，脚下拖着一双破草鞋出来了。看到蓝将军，道士冲着他一点头，就算是打招呼了。蓝玉一看道士对自己不怎么搭理，心里很不痛快。但是有求于他，没有办法，只好心里忍着。两个人就在堂上一块儿坐下喝酒。喝着喝着，蓝玉对道士说："久闻道长学问高深，我有个对子的上联，还请道长赐教。"接着，蓝玉看着道士的两脚说：

脚穿芒履迎宾，足下无履。

这个上联是说，你拖着两只破草鞋，来欢迎我这样高贵的客人，也显得太没礼貌了。"足下"字面儿上可以当"脚下"讲，也可以当"您"讲，用来称呼对方。"履"跟"礼"谐音，"无履"实际是说"无礼"。蓝玉将军是说，道长太无礼了。

铁冠道人听了蓝玉的上联，也没说什么，只是笑了笑，指着蓝玉手里用椰子壳做的酒杯，对了一句：

手执椰瓢作盏，尊前不钟。

这个下联说，你手拿椰壳作酒杯，在我面前喝酒，不成个样子。这里暗含的意思是，你对皇上不大忠心！

蓝玉一听，这还得了？不能跟这老家伙讲下去了，要不然非讲出个谋反的罪名来不可，于是一甩袖子走了。

◎ 拓展阅读

《笠翁对韵·上卷·一东》（一）

天对地，雨对风。大陆对长空。山花对海树，赤日对苍穹。雷隐隐，雾蒙蒙。日下对天中。风高秋月白，雨霁晚霞红。牛女二星河左右，参商两曜斗西东。十月塞边，飒飒寒霜惊戍旅；三冬江上，漫漫朔雪冷渔翁。

295

霞锦对月弓

施磐是明朝正统年间的才子,江苏吴县人。他出身于贫穷家庭,是个苦孩子。小时候一边读书,还要一边干活。但是他聪明过人,加上刻苦读书,从小就很有文才,方圆百里都很有名。乡亲们认为他长大了肯定会有一番作为,就想让他到好一点的私塾去读书。有位老人说他认识张都宪,便带着施磐来到了张都宪的家,恳求张都宪让施磐在张府私塾读书。

张都宪看小孩长得聪明伶俐,很是可爱,想想若是个才子,让他跟自己的小孩伴读也很好,就想考考这孩子。张都宪走出厅堂,指着天上的月亮问施磐:"你看天上的月亮像什么?""像弓。"施磐马上回答。

张都宪听了,自言自语地说道:

新月如弓,残月如弓,上弦弓,下弦弓。

施磐一听就知道张都宪这是在出对联考他呢。他想,这位老爷以月亮为题,我就以朝霞相对吧。想了一会儿,他对出了下联:

朝霞似锦,暮霞似锦,东川锦,西川锦。

张都宪一听,这下联对得既工整又有意义,心里很高兴,就答应免费让施磐进自己的家塾读书。

传说后来施磐少年时就考中进士第一名,被授予编修的官。

◎ 拓展阅读

《笠翁对韵·上卷·一东》(二)

河对汉,绿对红。雨伯对雷公。烟楼对雪洞,月殿对天宫。云叆叇,日曈朦。腊屐对渔篷。过天星似箭,吐魄月如弓。驿旅客逢梅子雨,池亭人挹荷花风。茅店村前,皓月坠林鸡唱韵;板桥路上,青霜锁道马行踪。

秀才联对抒才志

清朝末年，河南省汶上城南岗子村有一个读书人，名叫韩岩。他自幼聪明，才思敏捷，学习用功，读了几年书，便能写得一手好文章。

话说有一年正是大考之年，韩岩赴兖州考秀才。真是读书破万卷，下笔如有神。韩岩考试非常顺利，走出考场之后，自以为定能拿一个好名次。

主考官看了韩岩的文章，暗暗叫绝，但是好像有个地方读不通，就给他一个三等秀才。原来那读不通的地方是由于过去文章没有标点，考官误解了。结果榜张贴出来以后，韩岩见自己只中了个三等秀才，心中有些不服，但又无别的办法，只好听天由命。

张榜之后，主考官就要离开兖州，返回省城交差去了。得中的秀才们齐集兖州东金坝口上为恩师饯行。主考官看来者众多，各位又都是少年才俊，不由诗兴大发，对众秀才说道："众位，咱们师生一场，今日临别，不可无诗。老夫出个上句，请属对。"他的上句是：

今朝离别金口坝。

众秀才听后，觉得倒也不难，只是因来得突然，一时想不出什么好对。这时，只听送行队伍后面走出来一人，高声答道：

他日相逢白玉阶。

主考官听后一愣，立刻问道："答者何人？"只听有人答道："三等秀才韩岩。"

主考官心中暗暗吃惊，心想："我这个上联平淡无奇，而他对的下联却别有一番气势，此人必定不凡，又如何只取了个三等秀才？这其中必有原因。待我好生查查。"主考官想到这里，也不急着赶回省城了，对秀才们说，还有些事要办，今日暂且不走了。

考官回去后，把考生们的卷子拿出来，仔细复查。对韩岩的文章更是逐字逐句审阅，最后发现原来是自己断句有误，遂将韩岩改为一等秀才。

◎ 拓展阅读

《笠翁对韵·上卷·二冬》（一）

晨对午，夏对冬。下晌对高舂。青春对白昼，古柏对苍松。垂钓客，荷锄翁。仙鹤对神龙。凤冠珠闪烁，螭带玉玲珑。三元及第才千顷，一品当朝禄万钟。花萼楼前，仙李盘根调国脉；沉香亭畔，娇杨擅宠起边风。

喜怒笑骂皆成文章

明朝有个神童叫高则诚,六七岁时就读了很多诗文。难得的是,他对看过的书能够过目不忘,出口成章。但毕竟还是一副小孩脾气,顽皮快嘴,看见大人吟诗对句,弈棋绘画,他总要搅合搅合。

有一天,他父亲请一乡绅喝酒。快到中午的时候,他看到父亲立于门口迎客,也跑到门前左顾右盼。过了一会儿,那乡绅来了,便向父亲鞠躬施礼,父亲躬身还礼,他也随父躬身还礼。

正当父亲端来茶点待客之时,小则诚从桌上偷了两个"状元红"就吃。

乡绅见他如此有趣,故意对其父说:

小儿不识道理,上桌偷吃。

高则诚把头一歪,瞪他一眼说:

村人有其文章,中场出对!

"中场出对"一语双关:既怪客人不该对其父"告状",又对了下联。宾主大笑。

○ 品画鉴宝 卧云草堂图·明·蓝瑛 图中数间草堂临渚而建,亭榭俨然。堂中厅上有三人正凭几而坐,旁立侍童。堂外古木林立,树叶苍翠。整幅画景色优美,意境清雅宜人。

◎ 拓展阅读

《笠翁对韵·上卷·二冬》(二)

清对淡,薄对浓。暮鼓对晨钟。山茶对石菊,烟锁对云封。金菡萏,玉芙蓉。绿绮对青锋。早汤先宿酒,晚食继朝饔。唐库金钱能化蝶,延津宝剑会成龙。巫峡浪传,云雨荒唐神女庙;岱宗遥望,儿孙罗列丈人峰。

席佩兰反难孙原湘

孙原湘和席佩兰是一对夫妇，同为清代有名诗人。起先，席佩兰在大诗人袁枚门下学习。袁枚是个谨慎的人，看席佩兰是个女流，虽然很有文采，也不叫她多露面，只让她读些古人的文章。因此很少有人知道席佩兰是个才女。

孙原湘出身名门，从小就聪慧过人，博览群书，出口成章，父亲也常带着他见些世面。因此大家都晓得孙原湘是个才子。席佩兰的父亲看上了孙原湘，认为他日后必有一番作为，想想女儿年纪也不小了，故托媒人去孙家求亲。

不料媒人刚说起此事，便被孙原湘一口拒绝，还对媒人说："乡下会有什么才女，你们这些媒婆最会骗人，我非诗人不娶！"席家吃了闭门羹，面子上丢了人，也不好说什么。

可这件事传到袁老师的耳朵里，觉得太委屈席佩兰了。他想出一计，在门上贴出招亲告示："家有小女，年已及笄，非诗人不嫁，能者娶之。"大家见了这告示，想袁枚的女儿必定才华过人。许多青年纷纷上门求亲。孙原湘也敬仰袁枚的学问，便一腔热情上门求亲。

袁枚见是孙原湘来了，便请他进来。两个人坐在堂上谈诗论文。孙原湘不愧是个才子，满腹经纶，从屈宋谈到三曹，又讲到李杜，口若悬河，如数家珍。

正说得热闹，只听得环佩一声响，竹帘内出现一妙龄女郎。袁枚一指，说："这是小女。"孙原湘闻言，一面欠身施礼，一面忙把一叠诗稿托人递上去。

席佩兰漫不经心地把诗稿翻了翻，说："这诗不如日后再看。今日积雪正融，万物复苏，不如凭窗联对，你看如何？"孙原湘想：自己饱读诗书，七岁被称为神童，几句联句哪里难得住。于是连声答应："正合我意。请小姐即兴点题！"席佩兰听了，也不客套，看看窗外，只见阳光照着积雪，已经开始融化了，前两天，玩雪时塑的两个看门雪狮子也变小了，于是脱口道：

雪消狮子瘦。

孙原湘一听，急坏了。他前想后想，走来踱去，想破了脑袋，也没想出一句好对句。只好满面羞愧，回到家里。不想从此一病不起。

孙原湘的父母看儿子病了，无论求医吃药，均不见效，儿子的病一日比一日重，急坏了。老两口打听清事情的来龙去脉之后，只好亲自去向袁枚求教。袁枚听了哈哈大笑，说："我的女儿正是托人到你家求亲的席佩兰。'解铃还得系铃人'，看看她有什么办法吧！"

孙原湘的父亲又老着脸皮去见席佩兰。席佩兰心里也喜欢这样爱学问的人，便有心成全。笑着说："这里倒是有个办法，不知行不行？今天是十五，晚上您不如同他赏月。您可以从旁说，月亮真圆哪，月亮里桂树茂密，树下兔儿也肥了。他听了,也许会好。"

晚上,圆月高升。老人果真把儿子扶出来赏月,又把席佩兰的话讲了一遍。当说到"树下兔儿肥"时,孙原湘突然哈哈大笑,大声叫道:"有了!"老人以为儿子又说胡语,连忙要去请医生。孙原湘忙拦住,说:"那'月满兔儿肥'不正是'雪消狮子瘦'的下句吗?"当夜,孙原湘的病就好了。

第二天,又去求亲,这一次当然马到成功,携妇而归了。

○ 品画鉴宝　金屋春深图·清·华岩　图中一仕女独坐室内,神态安详,似有所思。人物为高古游丝描法所绘,线条精细,色彩艳丽。

◎ 拓展阅读

《笠翁对韵·上卷·三江》(一)

奇对偶,只对双。大海对长江。金盘对玉盏,宝烛对银釭。朱漆槛,碧纱窗。舞调对歌腔。汉兴推马武,夏谏著龙逄。四收列国群王服,三筑高城众敌降。跨凤登台,潇洒仙姬秦月玉;斩蛇当道,英雄天子汉刘邦。

相传某年，有一个张姓书生结婚，大喜之日宾客盈门。大家高兴，一人提议道："今日张兄大喜之日，我们读书人不可无对，我提议每人出个上联，请张兄对出下联，张兄要是对出下联，罚出上联者三杯。若是对不出，罚张兄三杯。诸位以为如何？"大家听了，觉得是个好主意，齐声赞同。于是，便有一位自告奋勇，以"茶"为题出上联：

竹炉汤沸邀清客。

张生读了这么多年书，亦非等闲之辈，略微思考，便想出下联：

茗宴风生遣睡魔。

出联者当即被罚了三杯，又有一个以"烟"为题，念出上联：

鼻观留香非含绿茗。

张生想这联倒是容易，对答如流：

胸襟解渴莫望青梅。

出联者也被罚三杯。张生虽有宋玉之才，但在众人的轮番进攻之下，也不免有应对不上的时候，几番下来，也被罚了几杯。他本不会喝酒，再加上一天的应酬辛劳，就想早点休息了。座中有几个玩世不恭者看到这种情况，便想捉弄一下新郎新娘，一位摇头晃脑地说道："我看张兄此刻身在华堂，心在洞房。张兄现在的心情倒应了古人的诗句，我说出来张兄属对。"

春潮带雨晚来急。

张生是个明白人，自然知道出题者的意思，又因新婚大喜之日，也不便反唇相讥，只是默不作声，另一位见状，以为得逞，拍手大笑道："张兄既然答不上来，小弟愿意代劳。新婚之夜，新娘一人空守新房，这也应了古人的一句诗。"于是怪声怪气地念道：

野渡无人舟自横。

大家乱笑一通。夜很深了，新郎久久不入洞房。新娘在洞房内也等急了。久等不见新郎来到，便悄悄来到大堂，见这一帮人在那里胡闹，便走上前去说道："张生早已江郎才尽，奴家倒有一上联，烦请诸位赐教。"

她的上联是：

太极两仪生四相。

众人听了，一个个搔首挠耳，想不出下联。新娘冷冷一笑说道："诸位既然客气，还是让奴家试对吧，奴家不才，也闻得一句古诗，请各位赐教。"说完后高声念道：

春宵一刻值千金。

众人听了，知道新娘在下逐客令了，刚才又领教了她的厉害，只好走了。

◎ **拓展阅读**

《笠翁对韵·上卷·三江》（二）

颜对貌，像对庞。步辇对徒杠。停针对搁竺，意懒对心降。灯闪闪，月幢幢。揽辔对飞艎。柳堤驰骏马，花院吠村尨。酒晕微琼香颊，香尘没印玉莲双。诗写丹枫，韩夫幽怀流节水；泪弹斑竹，舜妃遗憾积湘江。

新娘联对劝新郎

相传从前有个财主，生了个儿子。老财主自己没什么文化，希望儿子好生读书，长大了成为有用之材，就给他取了个名叫文成。再说这文成少爷，生在富贵乡里，哪里知道生活的艰难，也不好好读书，只是一味地贪玩，又交了些狐朋狗友，整日里呼来唤去，开始时还只是喝酒，后来渐渐地干起嫖妓赌博的勾当来。父母看他越来越不像样子，就商量着给他讨房媳妇，也许能安下心来。

过了几天，亲事说定，是一位邻村教书先生的女儿。那女子从小跟着父亲读书识字，人又聪明，又肯用功，才学自然了得。这位女子早已闻得文成不学无术，只是贪玩，本不愿嫁。无奈不能违抗父母之命，只得嫁了过来。

新婚之夜，新娘设下一计，要激丈夫上进。待到快要进洞房的时候，便对文成说："好男儿最重要的是有学问，成为国家的栋梁。听说官人也读过不少的书，值此良辰美景，不如我们各先赋诗一首，再进洞房，如何？"

新郎倒是上过几天学堂，但是只知戏耍，字都认得不多，哪里会吟诗？老婆面前，也瞒不住，只得老实作答："在下不会作诗。"

新娘说："无诗，作对也可，我出个上联。"说完，手指砚台道出上联：

点点杨花入砚池，近朱者赤，近墨者黑。

新郎听后，愣了半响，都不知道这上联是什么意思！就木在那里。新娘见状也不理会，独自进洞房睡觉去了。新郎非常惭愧，第二天一早就睡不着了，起得床来，低着头去找私塾的老师。

老师一听，不住地赞叹道："好一位才德兼备的女子！"他对新郎说："想当年，你不好好学习，今日败在一个女子手下，也算是得了个教训。你娘子这上联是讽劝于你，要你近君子，远小人，好好读书。"

新郎听后，羞愧难当，当即跪下，表示要跟先生再学上三年。老师见他确有悔改之意，便帮他对出下联：

双双燕子飞帘幕，同声相应，同气相求。

文成拿着这下联给了妻子，算是入了洞房。从此疏远了原先的一班酒肉朋友，刻苦读书，终于学有所成。

◎ **拓展阅读**

《笠翁对韵·上卷·四支》（一）

泉对石，干对枝。吹竹对弹丝。山亭对水榭，鹦鹉对鹍鹂。五色笔，十香词。泼墨对传卮。神奇韩干画，雄浑李陵诗。几处花街新夺锦，有人香径淡凝脂。万里烽烟，战士边头争保塞；一犁膏雨，农夫村外尽乘时。

303

巡抚联对识才子

话说某朝有个秀才，自小读了很多书，人又聪明，可惜家境贫寒，无钱打通考官，因此屡试不中。每年都是如此，家里实在难以维持，只好到江南游馆，想以教书谋生。

一天，秀才访友不成，便投宿在一家客店。看到同房的一位客人长得斯文和气，于是与他攀谈起来。那位客人说："先生既来江南游学，必是才华过人，鄙人有一联，无力属对，望予赐教。"秀才笑道："请先生道来！"

这晚正是八月十五中秋夜，窗外月色分外明亮，风景格外宜人。客人望着明月，念出上联：

秋月如盘，人在冰壶影里；

秀才听了，想这个上联倒也不俗，便认真思考起来。忽见室内床帐里挂着一幅《春山飞鸟图》，随即对道：

春山似画，鸟飞锦帐帷中。

客人听了大惊，觉得秀才确有才华，而且反应很快，便有心交结。于是叫店主拿来酒菜，二人饮酒赏月，谈诗论文，夜已三更，却毫无倦意。客人说："如此良辰美景，何不月下散步？"便与秀才出到店外，散步于星月之下。两人行至一个小池塘边，客人见池内水平如镜，说出一句上联：

小沼沉星，似仙人撒下金棋子。

秀才抬头看见山顶古松，随即对出下联：

古松挂月，如老龙擎出夜明珠。

到了第二天，秀才一觉醒来，已是大天亮，那位客人也不见了。正要洗漱上路，忽然门外来了一位公差，敲开门，恭恭敬敬地行了个礼，说："请先生快些上马，我家巡按大人有请！"秀才听了，感到纳闷，心想我怎么与巡按大人有过交结？但是也不好说什么，便上了马，跟着公差大哥来到了巡按府，心惊胆战地进去。行礼之后，抬头一看，秀才心里惊喜：昨日跟他称兄道弟的客人就是眼前的巡按！原来巡按昨日微服私访，很赏识秀才的学问，想到还缺个学管，便向朝廷推荐了他。

◎ **拓展阅读**

《笠翁对韵·上卷·四支》（二）

菑对醢，赋对诗。点漆对描脂。瑶簪对珠履，剑客对琴师。沽酒价，买山资。国色对仙姿。晚霞明似锦，春雨细如丝。柳绊长堤千万树，花横野寺两三枝。紫盖黄旗，天象预占江左地；青袍白马，童谣终应寿阳儿。

析字谜联刺贪官

清朝的官场非常腐败,同治年间,又出了个贪官叫柳儒卿。此人贪得无厌,平日里不干什么正事,只知道鱼肉百姓,搜刮民财,人们私下里叫他"柳剥皮"。

柳剥皮没读过什么书,但是总想附庸风雅,喜欢出头露面,出风头。有一年,县里举行灯会,广集灯谜。柳县官就想利用这个机会露一把脸。可他一不会猜,二不会制。想来想去,就找了个人代他作一谜。那人对知县大人的品性是略有耳闻的,想想这倒是教训一下他的好机会,就没推辞,代他制了一副谜联:

本非正人,装作雷公模形,却少三分面目,

掼开私卯,会打银子主意,绝无一点良心。

联末写道:各打一字。

柳剥皮看这字写得不错,以为是很高深的一个谜联,连声说:"好,好,好。"叫人贴在门前。

"非正人"指的是"亻","装作雷公模形,却少三分面目"指的是"需",因为需与雷形状相近,"面"去三横就是"而",上联合起来就是"儒"字。

下联中"掼开私卯",是说将"卯"分在两边,"会打银子主意,绝无一点良心","良"字"决无一点"就是"艮",合起来是"卿"字。上下联合起来,就是说柳儒卿毫无良心,只会剥削百姓。

晚上猜谜的人很多,一个人猜出来,一传十,十传百,很快大家都来看这个谜联,个个捧腹大笑。柳儒卿还以为是自己的谜联写得好呢!

◎ 拓展阅读

《笠翁对韵·上卷·五微》(一)

贤对圣,是对非。觉奥对参微。鱼书对雁字,草舍对柴扉。鸡晓唱,雉朝飞。红瘦对绿肥。举杯邀月饮,骑马踏花归。黄盖能成赤壁捷,陈平善解白登危。太白书堂,瀑泉垂地三千丈;孔明祀庙,老柏参天四十围。

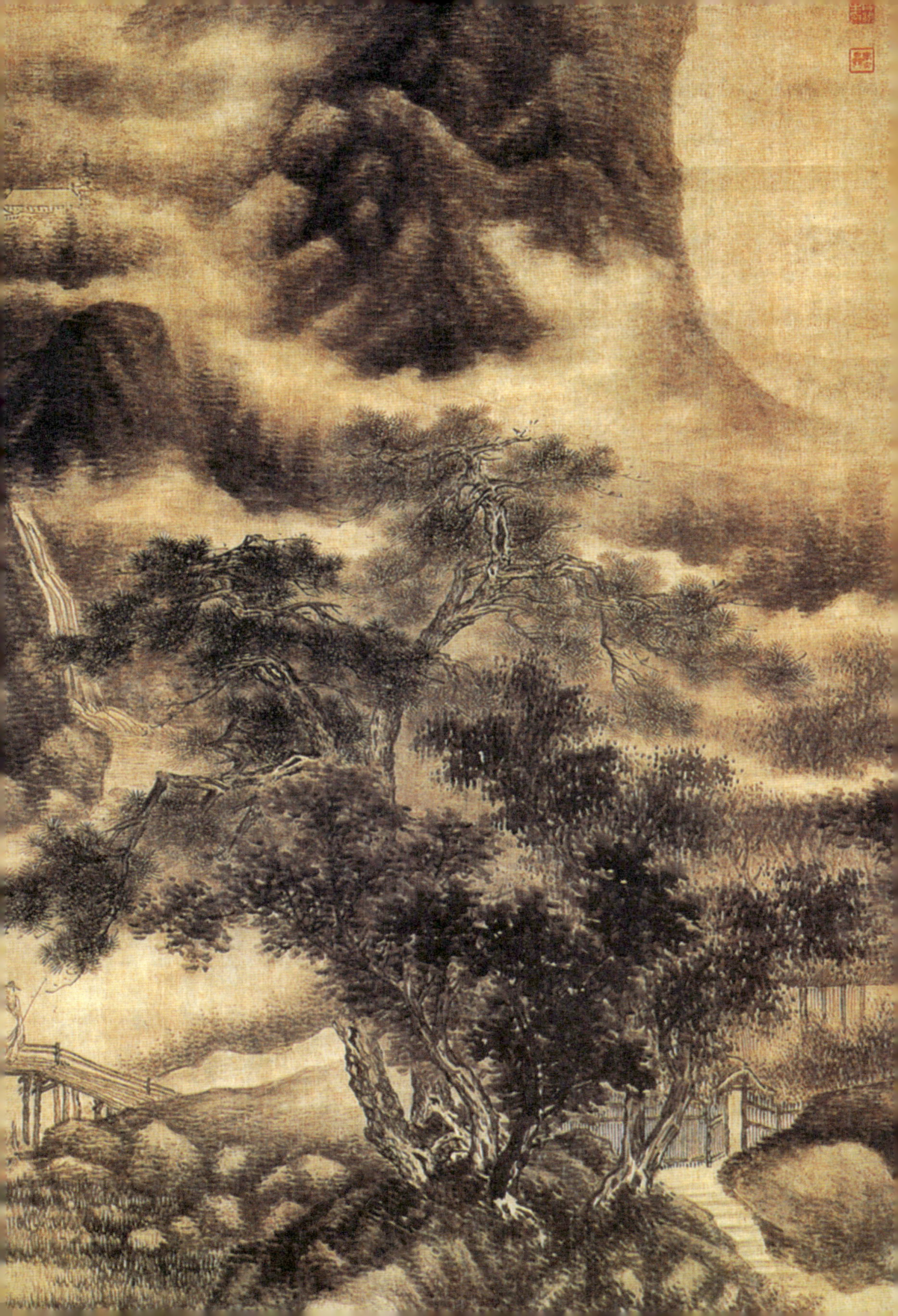

Y 篇

岳母联对试才婿

一天，解缙前来拜望岳父和岳母。岳母端来一杯茶放在他面前，就退到内室去了。解缙揭开茶杯盖一看，见是一杯白开水，就轻轻地将茶盖盖上，叹道：

徒有好清水，

可惜无鱼虾。

在内屋屏风后偷听动静的岳母闻言，这才另送上一杯龙井茶，摆上几碟果点。吃午饭时，岳母又故意为难解缙，只给他面前摆了一只竹筷，却端起杯来劝酒。解缙只是笑，不动手，道：

独角龙能飞，

独木桥难行。

岳母这才点头另取了一副象牙筷子摆到解缙面前。

午饭后，岳母拿出文房四宝，要解缙以山、竹、梅、月四字为眼，当场作一首五言绝句。解缙不假思索，提笔一挥而就：

云闲山秀丽，

风静竹平安。

诗兴梅边得，

琴清月下弹。

解缙一走，岳父徐泰笑着问老伴："怎么样，这下你该服气了吧！"老伴点了点头，随即又摇了摇头："不行，等端午节三个女婿到齐了再比试一番，看他们三个谁更胜一筹。"

端午节那天，三个女儿和三位女婿果然都来给岳父岳母拜节来了，合家团聚，好不热闹。一家围坐桌前，岳母提议让三个女婿联诗对句，以助酒兴。大女婿和二女婿相互挤眉弄眼，存心要给解缙出点难题。大女婿站起来，指着墙上挂的一幅孔圣人图和一幅关公像，吟出一比上联：

孔夫子，关夫子，两位夫子。

接着故作谦虚地说："才疏学浅，请小姨夫指点并对出下联。"解缙闻句，脱口即对：

写春秋，演春秋，一部春秋。

岳父大人闻对，高兴地喝彩道："妙，对得妙极了！"二女婿站起来，指着门前文水河边的龙王庙又出上联道：

朝朝朝朝朝朝应。

解缙一听，即刻明白了上联的含意，是说天天（朝朝）来朝拜，第二天（朝）都能应验。他望着滔滔不绝的文水河，立即足对：

长长长长长长流。

"好句!缙儿讲的是文水河,着实耐人寻味,别有情趣。"知书识礼的岳母也禁不住脱口赞美起来。

解缙对联对得工整新颖,特别是话说得令人舒畅。从此,岳母和岳父一样,也对他另眼相待了。

◎ 拓展阅读

《笠翁对韵·上卷·五微》(二)

戈对甲,幄对帷。荡荡对巍巍。严滩对邵圃,靖菊对夷薇。占鸿渐,采凤飞。虎榜对龙旗。心中罗锦绣,口内吐珠玑。宽宏豁达高皇量,叱咤暗哑霸王威。灭项兴刘,狡兔尽时走狗死;连吴拒魏,貔貅屯处卧龙归。

哑联兴味

相传苏东坡被贬黄州后,意志有些消沉,整日间只管吟诗作对,纵情山水。一天傍晚,他和好友佛印和尚泛舟长江,在船上饮酒作乐。忽然苏轼用手往左岸一指,笑而不语。

佛印顺着东坡的手望去,只见一条黄狗正在岸上啃骨头,顿有所悟,便随将自己手中题有苏东坡诗句的蒲扇抛入河中。

过了一会儿,两人面面相觑,不禁大笑起来。

原来,这是一副哑联。苏轼上联的意思是:

狗啃河上(和尚)骨。

佛印下联的意思是:

水流东坡尸(诗)。

○ 品画鉴宝　苏轼回翰林院图·明·张路

◎ 拓展阅读

《笠翁对韵·上卷·六鱼》(一)

羹对饭,柳对榆。短袖对长裾。鸡冠对凤尾,芍药对芙蕖。周有若,汉相如。玉屋对匡庐。月明山寺远,风细水亭虚。壮士腰间三尺剑,男儿腹内五车书。疏影暗香,和靖孤山梅蕊放;轻阴清昼,渊明旧宅柳条舒。

杨升庵妙对弘治皇帝

杨升庵是个有名的才子,特别在对联上很有造诣。相传,在他小的时候,便是个"神童"。

一日中午,杨升庵路过一所私塾,见老师正用戒尺责打学生,学生哭得可怜。便走上前去询问出了什么事。老师告诉他说:"今天早晨,我出了一下联,要他对上联,时过半日,还是对不出来,因而打他。"

年幼好学的杨升庵忙向老师请教下联的内容,老师说:

谷黄米白饭如霜。

杨升庵沉思良久,也对不出来,对老师说:"先生,这上联我一时也对不上,容我回去再慢慢思索。"

后来,他跟大学士的父亲杨廷和到北京住。一日,弘治皇帝在御花园宴请朝中大臣,升庵觉得能长见识,也随父前往。当时正好是三九寒冬,取暖的火盆中,木炭正燃着熊熊的红火。弘治皇帝因景生情,对众大臣说:"朕有一联,请各位大臣对下联。"接着念道:

炭黑火红灰似雪。

说完,笑望群臣,看哪个最先答出下联。

这时,那些平时都自以为博学多才的大臣们,个个低头沉思,一时间鸦雀无声,气氛显得有些紧张。"我来对!"杨升庵说道,随即站了出来。众大臣转头一看,原来是杨廷和的儿子杨升庵。只见他向前走了两步,对皇帝作了个揖,从容答道:"谷黄米白饭如霜。"弘治皇帝听了,不禁拍案称绝,高声赞道:"妙对,妙对!"可是谁又知道,正是这个下联,为难了杨升庵多少年。

◎ 拓展阅读

《笠翁对韵·上卷·六鱼》(二)

吾对汝,尔对余。选授对升除。书箱对药柜,耒耜对樏锄。参虽鲁,回不愚。阀阅对阎闾。诸侯千乘国,命妇七香车。穿云采药闻仙犬,踏雪寻梅策蹇驴。玉兔金乌,二气精灵为日月;洛龟河马,五行生克在图书。

焉知鱼不化为龙

邱琼山原名邱浚,广东琼州琼山县人。他很有文才,做官也十分清廉,后来一直当到宰相,所以人们把他的出生地作为他的名字,以示尊重。

邱琼山小的时候,在私塾上学。他很聪明又爱读书,远近闻名,可有个官宦人家的孩子却最不喜欢读书。有一天,老师外出办事去了,官宦人家的孩子一看机会来了,也赶紧逃学回家和丫环玩去了,只有丘琼山还在学堂学习。偏偏这时天下起了大雨,丘琼山的座位上方正好是个瓦缝,雨漏下来,滴在丘琼山的肩上。这哪里还能学习?丘琼山就把那个官家公子的座位移到漏雨的地方,把自己的座位换过去。第二天,官家公子看到丘琼山占了自己的地方,便向老师告状。老师对那富家公子有些不满,但是看在他父亲的面子上,又不好说什么,觉得这次应该教训他一下了。转头说道:"我出对子给你们对,谁对上了,就算谁有理。"接着说出上联:

点雨湿肩头。

丘琼山脱口答道:

片云生足下。

这个下联暗含自己将来会步上青云的意思,老师十分赞赏。

官家公子对不上,便回家向他父亲告状。他父亲大怒,立刻把丘琼山找来,又出个对联为难他:

孰谓犬能欺得虎?

丘琼山看着这父子俩,感觉有些好笑,答道:

焉知鱼不化为龙!

相传鲤鱼跳过龙门即化为龙,古人常以此比喻某人科举中第,一下子由平民变成高官,成语里也有鲤鱼跳龙门的说法。这位做官的听了丘琼山的话,很吃惊,暗想他将来怕是不同凡响,现在不好得罪,于是非但不计较换座位的事,反而好言安慰一番,送他回去了。

◎ 拓展阅读

《笠翁对韵·上卷·七虞》(一)

红对白,有对无。布谷对提壶。毛锥对羽扇,天阙对皇都。谢蝴蝶,郑鹧鸪。蹈海对归湖。花肥春雨润,竹瘦晚风疏。麦饭豆糜终创汉,莼羹鲈鲙竟归吴。琴调轻弹,杨柳月中潜去听;酒旗斜挂,杏花村里共来沽。

○品画鉴宝 蕉林酌酒图·明·陈洪绶 图中一高士正在蕉林中悠然独酌,他右手举杯,左手抚膝,脸上做沉思状。人物、石案、假山、蕉林均用线勾勒,染以淡雅色彩。作者笔墨古厚简净,将芭蕉奇石之清幽,人物神态之自如,尽显无遗。整幅作品色彩浓丽,线条细劲,富有情趣。

杨士奇写联训子

明朝有个四朝元老叫杨士奇,又名杨寓。他为官清正,办事勤恳,所以四朝的皇帝都很看重他,委以重任。可是他儿子杨稷,却没有父亲的本事,而且品质很坏。平日里仗着老子当官,鱼肉百姓,无恶不作。

家乡江苏泰和的老百姓恨他到了骨子里,有人就写状子告了御状。皇帝看了,把状子转给杨士奇,叫他亲自处理。

杨士奇一看儿子这么不争气,气坏了,连忙写了封信,让儿子改邪归正,别再祸害乡亲,不然别怪他心狠。在信中他还特意写了一副对子,警告儿子:

不畏官司千张纸,

只怕乡民三寸刀。

"三寸刀"指三寸舌,意思是虽然你老子在朝廷当大官,别人告你,我还可以保你,但是真正可怕的是老百姓整天戳你的脊梁骨骂你啊。

可是,这杨稷本来就坏透了,一副对联哪改得过来,继续胡作非为,一点也不把父亲的话放在心上。

后来,告状的人越来越多,皇上就下令把杨稷抓起来,关进监狱。杨士奇知道自己唯一的儿子被抓了,加上年岁也大了,一时气急,便死了。

○ 品画鉴宝　掐丝珐琅龙凤纹朝冠耳炉·明

◎ 拓展阅读

《笠翁对韵·上卷·七虞》(二)

罗对绮,茗对蔬。柏秀对松枯。中元对上巳,返璧对还珠。云梦泽,洞庭湖。玉烛对冰壶。苍头犀角带,绿鬓象牙梳。松阴白鹤声相应,镜里青鸾影不孤。竹户半开,对牖不知人在否?柴门深闭,停车还有客来无。

杨乃武撰联诉冤

相传清朝同治光绪年间，在杭州发生了一件轰动全国的冤案。有一个人叫杨乃武，字书勋，是个举人。他家居余杭县，旁边住着豆腐店伙计葛品莲、葛毕氏（人称小白菜）夫妇。有一年，葛品莲不知为什么得了暴病，没过几天就死了。葛母就诬告乃武与小白菜通奸合谋杀人。

余杭县令和杭州知府都偏听偏信，加上严刑拷打。杨乃武一介书生，屈打成招，被判斩首示众。浙江巡抚看了一眼案卷，就上报刑部，待秋后就行刑。

杨乃武被关在监牢里，想想自己天大的冤屈，看看这些糊涂官判刑不分青红皂白的样子，知道自己没有什么希望了，就向狱卒大哥要来纸笔，提笔写了一副自挽联：

举人变犯人斯文扫地；
学台充刑台乃武升天。

他的家人拿着这副对联赴京告状，甚至连西宫太后慈禧和东宫太后慈安都知道了这件事。有个给事中叫边玉泉，就上奏皇上，为杨乃武鸣冤。几经周折，最后大冤得雪。

这一副自挽联救了杨乃武一条命。

◎ **拓展阅读**

《笠翁对韵·上卷·八齐》（一）

鸾对凤，犬对鸡。塞北对关西。长生对益智，老幼对旄倪。颁竹策，剪桐圭。剥枣对蒸梨。绵腰如弱柳，嫩手似柔荑。狡兔能穿三穴隐，鹪鹩权借一枝栖。角里先生，策杖垂绅扶少主；於陵仲子，辟纑织屦赖贤妻。

因火生烟夕夕多

相传宋朝时有位秀才进京赶考,在一座独林桥上与一个挑柴担的樵夫相遇。樵夫一看秀才的行装和神色,就知道这秀才是赴京赶考的,便对秀才说:"相公,我这里有一对联的上联,你若能对出下联,我就让你先过这独木桥,如果对不出,你让我先过。"说完,念出上联:

此木为柴山山出。

秀才一听难住了。因为这上联巧用了析字修辞手法,将"柴"字析为"此木",将"出"字析为"山山",非常难对。秀才无奈,只好给樵夫让路。樵夫过桥后回头说:"你连这简单的析字七字对都对不出,恐怕日后功名无望。"

秀才听罢樵夫的话,羞愧难当,当即病倒不起,不久竟抑郁而死。当地山民把他埋葬在小桥附近的山坡上。

据说秀才死后精魂不散,变成一只山雀,整天四处飞翔,口中喃喃地念这上联。

到了清代某年,适逢王尔烈进京赶考又路过此地,听到黄雀的鸣叫声,感到奇怪。正好碰见一位樵夫,一打听,才明白了事情的真相,便决定代答下联,让那位秀才的魂灵得以安息。

他望着这座山四周的美丽景色,但见夕阳残照之下,茅舍点点,炊烟缭绕,景致美丽如画,灵机一动,当即吟对下联道:

因火生烟夕夕多。

樵夫听罢王尔烈的妙对,拍手赞叹道:"天衣无缝,天造地设,真奇才也,日后必成大器!"

据说那山雀听了下联后,就朝深山飞去了。从此以后,人们再也听不到这种山雀的鸣叫声了。

◎ 拓展阅读

《笠翁对韵·上卷·八齐》(二)

鸣对吠,泛对栖。燕语对莺啼。珊瑚对玛瑙,琥珀对玻璃。绛县老,伯州犁。测蠡对燃犀。榆槐堪作荫,桃李自成蹊。投巫救女西门豹,赁浣逢妻百里奚。阙里门墙,陋巷规模原不陋;隋堤基址,迷楼踪迹亦全迷。

于谦的"发式"联

于谦是明朝著名的政治家、军事家,他文武兼备,尤善对联。

相传于谦从小就喜欢对对子,而且远近闻名,少有敌手。六七岁的某一天,早上起来,要去上学,母亲给他头上梳了两个小抓髻。于谦就蹦蹦跳跳地上学去了。正走在路上,迎面走来一个叫蓝古春的和尚。和尚一看小家伙梳的头挺有意思,就想拿他开个玩笑,对着小于谦出了一联:

牛头喜得生龙角。

小于谦一想:这和尚怪缺德的,说我笨,是牛脑袋,还长了龙犄角?心里很不高兴,马上回敬一句:

狗嘴何曾吐象牙。

蓝和尚听了,半天说不出话来。小于谦就上学去了。

第二天早上,于谦跟母亲说:"人家都笑话我,您别给我梳抓髻。"他母亲想想也是,就给他改梳了三个发结。于谦就上学去了,真是无巧不成书,这天路上又碰上了蓝古春。和尚昨天吃了亏,今天看他头上的发式变了,又想戏弄他,说一句:

三角如鼓架。

说于谦头上三个发结,就像支鼓的架子,支出三根杈。于谦又想:好你个和尚,还来欺负我。看了看和尚的脑袋,回了一句:

一秃似擂槌。

这联是说和尚的头像个大鼓槌。蓝和尚听了心里很是佩服小于谦的聪明,于是跟他交了个朋友。

◎ 拓展阅读

《笠翁对韵·上卷·九佳》(一)

门对户,陌对街。枝叶对根荄。斗鸡对挥麈,凤髻对鸾钗。登楚岫,渡秦淮。子犯对夫差。石鼎龙头缩,银筝雁翅排。百年诗礼延馀庆,万里风云入壮怀。能辨名伦,死矣野哉悲季路;不由径窦,生乎愚也有高柴。

○ 于谦像　于谦(1398—1457),明朝著名政治家、军事家,与岳飞、张苍水并称"西湖三杰"。

有杏不须梅

○ 品画鉴宝　杏园雅集图（之一）·明·谢环

程敏政是明朝的神童，十岁的时候，诗词歌赋，无所不通，远近闻名。

安徽巡抚罗绮把他推荐给翰林院，他就在翰林院继续学习。大学士李贤看到这个学生聪明好学，很器重他，并且起了招他为女婿的心思。

一天，李贤请程敏政到家中做客。中午吃饭的时候，李贤指着桌上的藕片，试探着问了一句：

因荷而得藕。

这是一个由谐音而变成双关的上联。第一层意思是，有了荷花才得以生成藕。而"荷"与"何"谐音，"藕"与"偶"（配偶）谐音，这就有了第二种意思：你凭什么来为自己娶个好妻子呢？

程敏政知道李贤喜欢自己，看李贤学问这么大，他的女儿也肯定是个才女，早就起了求偶之心。想了一想，来了句下联：

有杏不须梅。

这下联也是个谐音双关。第一层是说，有了甜杏就不再需要酸梅了，更深一层意思是：我三生有幸（杏），得到未来岳丈的亲自关照，就不需要媒（梅）人了。李贤一听，哈哈大笑。

过了几年，李贤果真把女儿许给了他。

◎ 拓展阅读

《笠翁对韵·上卷·九佳》（二）

冠对履，袜对鞋。海角对天涯。鸡人对虎旅，六市对三街。陈俎豆，戏堆埋。皎皎对皑皑。贤相聚东阁，良朋集小斋。梦里山川书越绝，枕边风月记齐谐。三径萧疏，彭泽高风怡五柳；六朝华贵，琅琊佳气种三槐。

有规有矩，能屈能伸

话说清朝的时候，广东郁南县连滩珠冈村，出了一位神童，叫黄策行。他自小勤读诗书，且有文才，七岁诗对，八岁文章。后来成了一位有名的神医。

相传，黄策行小时候在私塾上学。一次，村里的先生出联考众童生：

小弟子严冬煨火笼。

大伙儿还没见过这么难的对子，面面相觑，答不上来。只见这个时候，七岁的黄策行悠然而对：

老先生炎夏摇葵扇。

私塾先生听了，心里一惊，连声称赞："神童也，日后必定成才。"从此以后，对他另眼相看，悉心培养。

黄策行十一岁时，塾师老先生又想测试一下他的学问长进，于是手指山边正在冒烟的砖瓦窑，出联考他：

绿水搅黄泥，红火黑烟，烧出青砖白瓦。

黄策行这个时候，心里便有了成龙成凤的志向，指着门前的翠湖波光，朗声答道：

翠湖凌紫阁，丹梁碧栋，俨浮玉殿金宫。

老先生听了，眉开眼笑，于是请这位神童共进晚餐。喝了几杯之后，圆月临窗，老先生来了兴致，不禁又吟：

圆月照方窗，有规有矩。

先生吟毕，用筷子在鲜鱼汤中夹了块鱼肉给黄策行。黄策行脑子一转，即以此为题，对道：

长竿垂短钓，能屈能伸。

◎ **拓展阅读**

《笠翁对韵·上卷·十灰》（一）

春对夏，喜对哀。大手对长才。风清对月朗，地阔对天开。游阆苑，醉蓬莱。七政对三台。青龙壶老杖，白燕玉人钗。香风十里望仙阁，明月一天思子台。玉橘冰桃，王母几因求道降；莲舟藜杖，真人原为读书来。

319

永乐乐不乐

永乐皇帝愈是信赖解缙,同僚中就愈是有人对解缙怀恨嫉妒,千方百计要离间解缙与永乐皇帝的关系。永乐皇帝朱棣好色,可最怕也最忌讳别人看到他有失体统的事。一天,一个受了他人贿赂的小太监跑到解缙的书房门口,说:"解学士,皇上请你到太和殿下棋,快去!"解缙信以为真,赶忙跑去。刚进门,就看见永乐皇帝正抱着一个漂亮的宫女在忘情地狂吻。解缙一看不好,刚想转身走开,神情尴尬的朱棣恼怒地喝问了一声:

解缙进不进?

解缙无法,只好停下脚步,把心一横,反问道:

永乐乐不乐?

朱棣见他随口一句竟对得如此绝妙,转怒为喜,招手把解缙唤到了身边。

◎ 拓展阅读

《笠翁对韵·上卷·十灰》(二)

朝对暮,去对来。庶矣对康哉。马肝对鸡肋,杏眼对桃腮。佳兴适,好怀开。朔雪对春雷。云移魂鹊观,日晒凤凰台。河边淑气迎芳草,林下轻风待落梅。柳媚花明,燕语莺声浑是笑;松号柏舞,猿啼鹤唳总成哀。

○ **永乐帝像** 永乐帝朱棣(1360—1424),朱元璋第四子,明朝第三位皇帝。在他当政时期,明朝的政治、经济、军事、文化都有一定的发展和进步。

一场对句结恩仇

蔡逢益是明朝万历年间的一个名士,家住福建泉州东石乡。他为人耿直,但是自恃学问高,就有点看不起别人。他在家一面开馆教书,一面苦读,准备上京赶考。

一天,他为学生留了作业,是一个对句:

木叶落尽山露骨。

学生们还没见过这么难的对子,谁也对不上。这时,村里路过一位卖书笔的小贩,看孩子们愁眉苦脸,问明原因,想了一想,帮助他们对出了下联:

莲房抽高水穿心。

第二天交作业,每个学生的下联都是这一句。蔡逢益便知道是别人代作的,在学生口中问得是卖书笔的小贩所作,心里有些怨他打乱自己的教学。就找来小贩,当面奚落他:

锡瓶圆广,何必旁边插嘴。

小贩回答他:

铁锁方型,岂知内里参差。

逢益见此人还敢教育他,这还了得?接着出对:

狂犬无知,敢入深山斗虎豹。

小贩见教书先生出言不逊,也针锋相对地说道:

困龙未遇,暂来浅水伴鱼虾。

逢益听了大怒,竟由动口变成动手。小贩怕事情闹大,只好忍辱离村。

却说这卖书笔的小贩是个有志气的人,受辱之后,从此苦心攻读,不想时来运转,竟科第连捷,后来出任广东布政使,你道此人是谁?就是林奏我。

这时,弃文从武的蔡逢益也已擢升为南澳总兵,刚好在林奏我管辖之下。本来,林奏我几十年对"一箭之仇"耿耿于怀,但他夫人很通情达理,说应该化干戈为玉帛,应将蔡总兵作恩人看待,没有他的羞辱,哪有你的今天?林奏我听了认为有理,就派人去请蔡总兵,准备和解。

哪知这蔡总兵性格刚烈,误以为林奏我肯定要来报复自己,此去凶多吉少,一时糊涂,便吞金自杀了。林奏我闻迅赶来,扶棺痛哭。

◎ 拓展阅读

《笠翁对韵·上卷·十一真》(一)

莲对菊,凤对麟。浊富对清贫。渔庄对佛舍,松盖对花茵。萝月叟,葛天民。国宝对家珍。草迎金埒马,花醉玉楼人。巢燕三春尝唤友,塞鸿八月始来宾。古往今来,谁见泰山曾作砺;天长地久,人传沧海几扬尘。

一副对联救道观

剧作家李渔对对联很有研究，历史上流传了他的不少好对联。

相传有一次，李渔到扬州拜访朋友，顺便游览桃花庵。方丈见是李渔来访，便亲自陪同游览。两个人路上谈得兴起，便登高释经赏月，方丈吟道：

有月即登台，莫论春夏秋冬。

李渔答道：

是风皆入座，不分东西南北。

话说又有一天，他和方丈登上蜀岗一座小山。在朦胧月色中，远看山头与云天相连，登上山头又觉得天高地阔。方丈又出上联道：

天近山头，到了山头天又远。

李渔听了，心里很是赞赏，俯首下望一轮溪月，顿有所悟，答道：

月浮水面，撬开水面月还深。

李渔的叔父李道士在江西庐山一所简寂观修行，观里的坏道士买通官府，企图霸占。李渔信奉道教，闻讯后立刻赶去，见庐山道观几乎被占光了。心中忿忿不平，便在简寂观老君殿上写了一副对联，联文是：

天下名山僧占多，也该留一二奇峰，栖吾道友；
世间好语佛说尽，谁识得五千妙谛，出我先师？

这副对联写得奇妙，很快传遍九江城。坏道士与官员们怕这事闹大了，又慑于李渔，就不敢霸占简寂观了。后人说起此事，都说是"一副对联救了道观"。

◎ 拓展阅读

《笠翁对韵·上卷·十一真》（二）

兄对弟，吏对民。父子对君臣。勾丁对甫甲，赴卯对同寅。折桂客，簪花人。四皓对三仁。王乔云外舄，郭泰雨中巾。人交好友求三益，士有贤妻备五伦。文教南宣，武帝平蛮开百越；义旗西指，韩侯扶汉卷三秦。

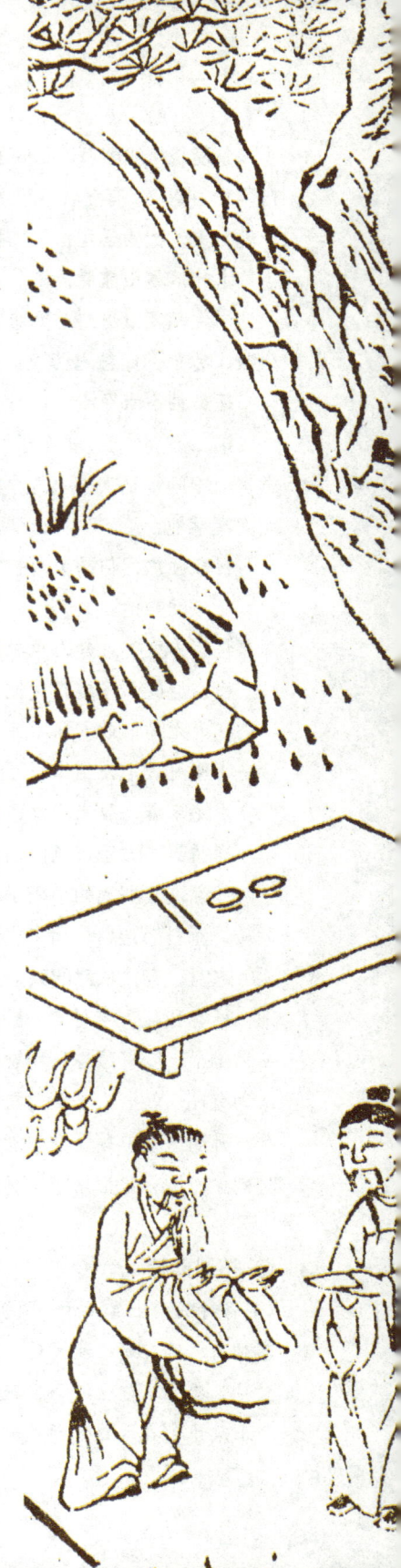

一谐联道出"老婆"由来

我们现在大都称妻子为"老婆"。为什么要把妻子称为"老婆"呢?这还要从一副对联讲起。

传说很久以前,有位才子叫麦爱新,读过不少书,也写得一手好文章。都说才子多风流,他见妻子年老色衰,便有些嫌弃,想讨一房年轻漂亮的妻子。于是,写了一副上联放在案头:

荷败莲残,落叶归根出老藕。

其妻看到后,已明白了丈夫的意思,提笔续写了下联:

禾黄稻熟,吹糠见米现新粮。

"禾稻"对"荷莲","新粮"对"老藕",不仅对仗工整,比喻贴切、形象,"新粮"与"新娘"谐音见义,道出了麦爱新的小心思。他读了之后,不禁拍案叫绝,想到其妻才思敏捷,夫妻恩爱几十年,现在抛弃,实在负心内疚,就打消了弃原配娶新妻的念头。重新和妻子和好后,妻子见丈夫有悔改之意,又出了一联:

老公十分公道。

麦爱新也随之续了下联:

老婆一片婆心。

老婆就包含着丈夫要跟妻子白头偕老之意。渐渐地,妻子的爱称——"老婆"就传开了,一直沿称到今天。

◎ 拓展阅读

《笠翁对韵·上卷·十二文》(一)

忧对喜,戚对欣。五典对三坟。佛经对仙语,夏耨对春耘。烹早韭,剪春芹。暮雨对朝云。竹间斜白接,花下醉红裙。掌握灵符五岳篆,腰悬宝剑七星纹。金锁未开,上相趋听宫漏永;珠帘半卷,群僚仰对御炉熏。

○ 品画鉴宝
人物故事图(之一)·明·仇英

药联情动得贞娘

相传宋朝的时候，镇江有家"同春堂"药店，老板姓刘，医道高明，为人心善，可是膝下无子，唯有一个女儿，取名叫贞娘。贞娘漂亮聪慧，刘老板便想为女儿选个才德俱佳的女婿。于是决定以药名联征对，选中者为婿。

第二天一早，刘老板在药店大门外挂出了一副药名联：

刘寄奴插金簪、戴银花、比牡丹、芍药胜五倍，以容出阁，含羞倚望槟榔。

大家见是对联招亲，感到非常新奇，纷纷前来观看。过了很久，无一人能对上。

过了两天，情况还是没有好转，刘家心里很是着急。恰在这个时候，一位衣着寒酸的青年站了出来，大声对道：

徐长卿持大戟、跨海马、与木贼、草寇战百合，旋复回朝，车前欲会红娘。

刘老板一听，这联对得不错，可见他破衣烂衫，心里好笑，又出了上联讥讽他说：

一身蝉衣怎进将军府？

谁知那青年听了非但不恼，而且很快对出了下联：

半枝木笔敢书国家事！

刘老板见他出口不凡，便有意再试他，又出一联：

扶桑白头翁有远志。

青年应对：

淮山红孩儿不寄生。

刘老板听了这下联，更是欢喜，像这样一个有才华又有志向的青年很是难得的。便把青年迎进家中，交谈起来，得知他名叫徐炎，上京赶考，路上遇到强盗，被洗劫一空，所以落难至此。刘老板听他讲起不幸的遭遇，又出上联问他：

遇木贼，入生地，安能独活？

徐炎答道：

待半夏，进天门，定摘玉桂！

刘老板点头称好，想这么有才华的青年，日后必定有一番作为。就将贞娘许配给他，还筹足盘缠，让他上京赶考。

◎ 拓展阅读

《笠翁对韵·上卷·十二文》（二）

词对赋，懒对勤。类聚对群分。鸾箫对凤笛，带草对香芸。燕许笔，韩柳文。旧话对新闻。赫赫周南仲，翩翩晋右军。六国说成苏子贵，两京收复郭公勋。汉阙陈书，侃侃忠言推贾谊；唐廷对策，岩岩直谏有刘蕡。

叶落枝枯，刀砍斧劈

清朝时有个叫胡统一的人，读过几年书，又有一副好心肠，好打抱不平，特别是看不惯贪官污吏，曾告垮了几任知县。新知县久闻他的厉害，不敢贸然上任。知府听说了，便想亲自会会。

到了县衙，知府把胡统一传来，在堂上冷笑一声，发话道："听说你是个光棍？"

"我是棍子，不假，但是上面有刺。"胡统一泰然地说。

"今天本大人要削削你这刺棍子！"知府眯着眼睛又说："好几任知县被你告倒了，我倒要看看你文理如何，本府出个对子，你快对来，对不出就别怪本大人不客气。"接着念出上联：

叶落枝枯，看光棍如何结果？

胡统一略一沉思，说："府台大人，这下联有倒是有了，只是不敢说出口。"

知府哼了一声，说："讲，恕你无罪。"

胡统一便把下联高声念出：

刀砍斧劈，是总苑（督）也要拔根。

可笑这知府，本要削胡统一这根刺棍子，反而被"刺棍子""拔了根"，气得发抖，但又有言在先，明摆着理亏，没有办法，只得放他出衙。

◎ **拓展阅读**

《笠翁对韵·上卷·十三元》（一）

卑对长，季对昆。永巷对长门。山亭对水阁，旅舍对军屯。扬子渡，谢公墩。德重对年尊。承乾对出震，叠坎对重坤。志士报君思犬马，仁王养老察鸡豚。远水平沙，有客泛舟桃叶渡；斜风细雨，何人携榼杏花村。

应无惭巾帼英雄

浦霖是清代嘉庆年间的福建巡抚,为官清正。但是,他当年为秀才的时候,还经历过一桩公案。话说浦霖曾与某家姑娘定了婚,有一次这位姑娘外出时,被某参将看到。这参将是个好色之徒,动了坏心,想把这姑娘搞到手。

第二天,参将重贿媒婆,说如果能娶到那姑娘为妾,愿拿一千两银子为酬。媒婆见钱眼开,哪管得了道德伦理这等事情。她知道浦霖住在某寺中读书,就与寺中僧人设计陷害他。买了个美貌少年,给他剃了头发,当作小沙弥。让他去纠缠引诱浦霖。浦霖哪里是那等好色之徒,当然正色拒绝。

僧人见这个办法不行,就杀了那少年,故意将尸体放在浦霖门口。第二天到衙门里,诬告他为鸡奸小沙弥不成,害死了他。参将当然也是积极行动,向办案的官员行贿,还为此事证明。收了贿赂,当然要与人消灾。最后浦霖被陷害,送进了监牢。

媒婆知道浦霖入了狱,就连忙到女家,说浦霖犯了人命案,苦等无益,不如将小姐另行择配。姑娘的父母想想也是,就被说动了,便向浦家退了婚。这时候,参将急忙备了厚礼来求亲。女方父母就把女儿嫁给了参将。

不几天,便拜了堂,成了亲。姑娘也没有办法,只好与参将过起日子来。有一天,参将多喝了几杯,趁着酒兴,对那女子说:"想我费尽了机谋,才把你弄到手,哈哈,今生不枉活矣。"女子听了,吃了一惊,想这里必有花样,就沉住气,问他如何成功的。参将酒后吐真言,一五一十,讲了个明明白白。女子听了,如天打雷劈一般,想想还有大仇未报,只好强忍羞愤之情,暂时不动声色。

又过了几天,女子对参将说,要去拜访总督的内眷,参将也不好不答应。女子暗中在里边穿上素服,到了督署,见到总督,她忽然脱去外衣,露出素服,披散着头发,大呼"冤枉"。

总督当然一时转不过弯来,问她有什么冤情,女子便将参将酒后所讲一一道来。总督听了,怒气冲天。当天将参将、媒婆、僧人捉拿归案,审讯明白后,分别依法论罪。

浦霖冤案得解,便从狱中被释。想回家再娶那女子为妻,谁知女子竟当堂自尽。浦霖悲从中来,发誓不再娶妻,以此来纪念那女子。后来,有一个做道员的萍乡人文树臣听说了这件事,为女子的刚烈和智谋所感动,写了一副挽联:

烈女不事二夫,但能为夫报仇,略迹原心,当可免春秋责备;
凡人最难一死,毕竟以死明志,成仁取义,应无惭巾帼英雄。

○ 品画鉴宝　游骑春郊图·清·罗聘　图中一马、一马夫，均以清劲柔韧之笔勾勒而成，并略施以赭墨渲染，颇有赵孟頫鞍马人物之遗风。

◎ 拓展阅读

《笠翁对韵·上卷·十三元》（二）

君对相，祖对孙。夕照对朝暾。兰台对桂殿，海岛对山村。碑堕泪，赋招魂。报怨对怀恩。陵埋金吐气，田种玉生根。相府珠帘垂白昼，边城画角对黄昏。枫叶半山，秋去烟霞堪倚杖；梨花满地，夜来风雨不开门。

一联斗倒张居正

艾自修和张居正,是明朝某科同时中举的两个才子。本来有了同榜之谊,在仕途上应该互帮互助,但是他们两个却成了不共戴天的的仇敌。为什么呢?原因就出在一副对联上。话说艾自修在那次科举考试中,虽上了榜,但名列倒数第一。张居正看到了,开玩笑地题了一联:

艾自修,自修没自修,白面书生背虎榜(末名)。

这一联虽说是当笑话讲的,但是官场小人多,渐渐地广为传播,艾自修的脸上挂不住,便产生了报复的心理。他把这半副对联时时吟诵,激励自己发奋图强,同时,他还处处注意着张居正的言行,要抓住他的把柄,意图报复。

几年过去,张居正当了大学士,成了一人之下万人之上的首辅了。加上皇帝年纪小,不懂朝政,张居正便独揽大权,权势极大。没想到就在这时,一个致命的把柄落到了艾自修手里。

一天清早,艾自修赶在上朝前拜访张居正,商量朝中大事。当他来到相府,听说张居正在花园里练剑,便朝花园走去,进了园门,只见张居正立在假山旁,原来是一块石板卡住了他的一个袍角,正拉扯着。拉扯不开,张居正就抽出随身佩戴的宝剑,割下这个袍角,离开了花园。当时艾自修没有作声,也离开了。

这是怎么回事呢?艾自修心里有个难解的谜。为了解开这个谜,艾自修决定弄清石板下面藏着的秘密。于是,他趁张居正外出的一个机会,借故来到花园,掀开那个石块,却发现里面是个很大的地道。原来这地道直通宫内,地道的出口便是太后娘娘的卧室。

艾自修得知了这个情况,掌握了张居正不可告人的勾当,如获至宝,因为报复的机会终于来了。他把作出的下联写在一块黄绢上,呈给了皇帝(神宗)。

皇帝打开丝绢,见绢上端端正正地写着一行字:

张居正,居正不居正,黑心宰相卧龙床。

皇帝虽然人小,但也懂得这个意思,顿时龙颜大怒,要捉拿张居正问罪。艾自修连忙说道,"这事关系到皇家的体面,不宜声张。"他献上了一计。

皇帝听了觉得也对,就采用了艾自修的计策,传出圣旨:钦定腊月初八日为晒袍节。到时,凡京城官员,都要将朝服挂到天坛大院,由礼部派人一一查照,破旧的重新换过。张居正听到圣旨下来,慌了。他知道要是把那被割破的官袍拿出去,就是犯了欺君之罪,小则罢官,大则人头不保。夫人见他急得不行,便去请了个能工巧匠,给他的袍角仿造了一角,才使他定下神来。

不过假的就是假的,张居正仿造的袍子角怎能瞒得过大家的眼睛呢?神宗皇帝当下就定了张居正"亵渎皇恩"的罪名,把他削职为民,发配边疆,永不赦返。

张居正被发配的时候，艾自修前来向他送行，并送给一小块纸，纸上写的正是：张居正，居正不居正，黑心宰相卧龙床！这时，张居正才恍然大悟。要不然他还蒙在鼓里呢。可是现在还有什么办法呢？

◎ 拓展阅读

《笠翁对韵·上卷·十四寒》（一）

家对国，治对安。地主对天官。坎男对离女，周诰对殷盘。三三暖，九九寒。杜撰对包弹。古壁蛩声匝，闲亭鹤影单。燕出帘边春寂寂，莺闻枕上漏珊珊。池柳烟飘，日夕郎归青琐闼；砌花雨过，月明人倚玉栏干。

晏殊巧逢"燕归来"

一次，宋代词人晏殊来到维扬办事，晚上住在大明寺中。睡觉的时候，忽然发现墙上有一首诗，没有作者的姓名。他觉得那首诗写得很不错，就想知道到底是谁写的。晏殊问了八个和尚，终于打听到这首诗的作者名叫王琪，就住在大明寺附近。所以，他立即决定要把王琪请来，相互切磋诗文。

王琪来了以后，发现晏殊有很高的文学造诣，态度又谦虚，是个不可多得的朋友。晏殊见王琪性格开朗，言谈投机，就请王琪共进晚餐。

二人边吃边谈，正是"酒逢知己千杯少"。一番交谈之后，两人又到池边游玩。晏殊望着晚春落花，随口说道："我想了句上联，但是过了一年，还是对不出下联来。还请兄台指教。"接着说道：

无可奈何花落去。

王琪听了，觉得是个不可多得的好句，便认真地思索起来，过了一会儿，不慌不忙地对道：

似曾相识燕归来。

这一下联不但在词面上对得工整，而且在含义上表达了二人虽是初见，感情便如挚友重逢，一见如故。这真是一句绝好的下联。因此，晏殊一听，连声称妙。后来，晏殊还把这一对句用到《浣溪沙》词和一首七律诗中。

◎ 拓展阅读

《笠翁对韵·上卷·十四寒》（二）

肥对瘦，窄对宽。黄犬对青鸾。指环对腰带，洗钵对投竿。诛佞剑，进贤冠。画栋对雕栏。双垂白玉箸，九转紫金丹。陕右棠高怀召伯，河南花满忆潘安。陌上芳春，弱柳当风披彩线；池中清晓，碧荷承露捧珠盘。

杨抡出使琉球应对

相传明朝万历年间，有个叫杨抡的进士很有才华。他出生在鹤庆县，小时候在城南的龙华寺读书。有一天大家正在吃早饭，有个破衣烂裳的老者，拄着拐杖来到龙华寺乞讨。杨抡的同窗们见这老者很脏，就不肯给他饭吃，都避开了。杨抡见了，不但不避，而且对这老者很尊敬，把自己的早饭分了一半给老者。老者也不说话，接过饭来就吃。吃完了，也不道声谢，看了看龙华寺前的田野和水沟，只念了句"绿水六湾六六湾"就走了。

杨抡觉得这话很有意思，心里也默默地念了两遍，便记在了心里。后来，杨抡才华出众，果然中了进士，官至光禄寺卿。有一年，明帝派他出使琉球。想不到这位琉球首领是位爱对对子的人，见大明朝派了使者来，想必是个对联高手，就出了个上联叫他对：

黄河九曲九九曲。

杨抡想着上联倒还有几分难度，正准备好好思考一番，忽然记起当年老者念的句子，顺口对道：

绿水六湾六六湾。

想不到琉球恰好有条名为绿水的河流，也有"绿水六湾"之说。首领听了，非常钦佩杨抡，感到大明真是人才济济，立刻表示要加强琉球和明朝的友好关系，给大明进贡。

○ 品画鉴宝　明代海船模型

◎ 拓展阅读

《笠翁对韵·上卷·十五删》（一）

林对坞，岭对峦。昼永对春闲。谋深对望重，任大对投艰。裙袅袅，佩珊珊。守塞对当关。密云千里合，新月一钩弯。叔宝君臣皆纵逸，重华父母是嚚顽。名动帝畿，西蜀三苏来日下；壮游京洛，东吴二陆起云间。

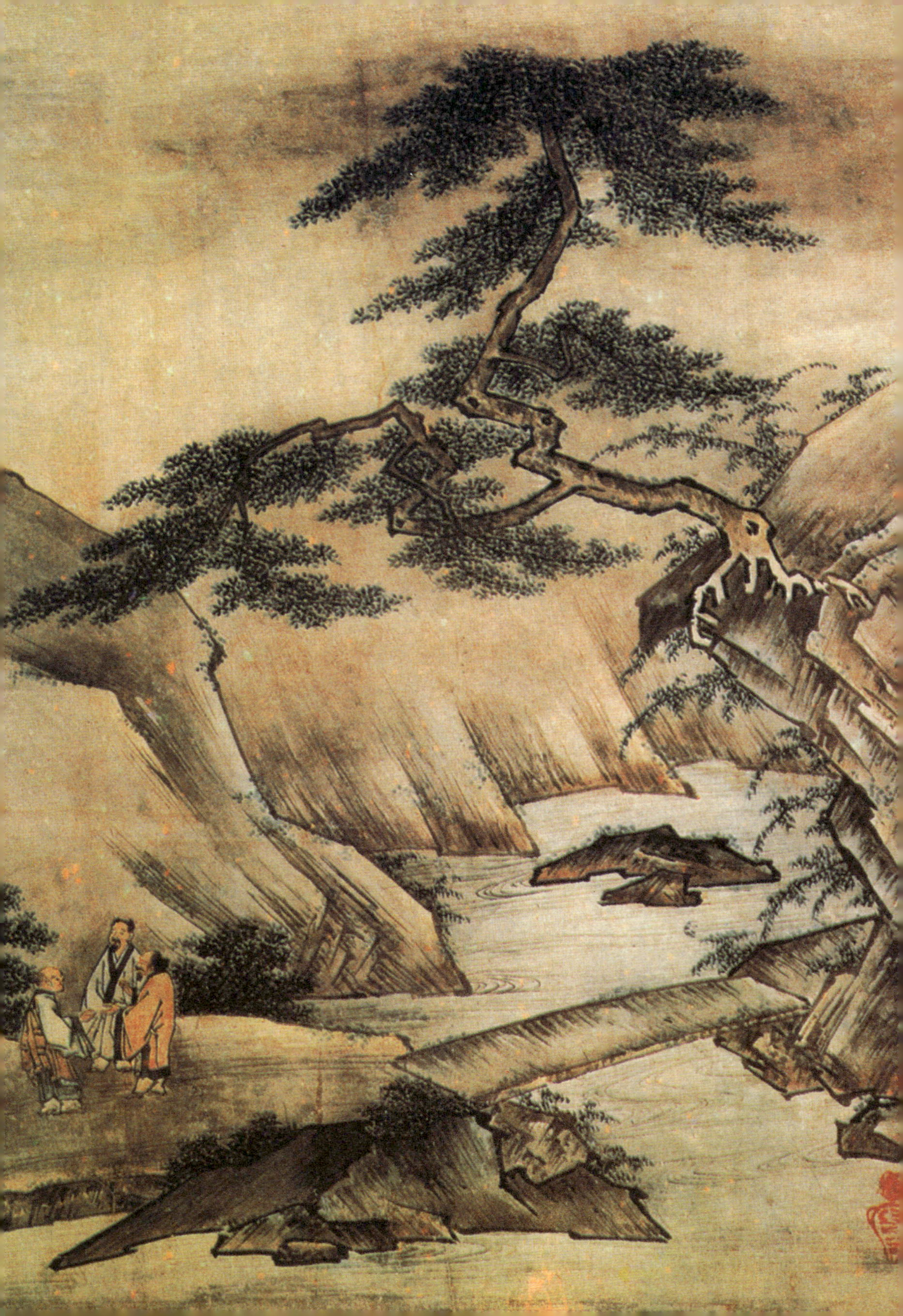

Z篇

朱元璋一联简公文

洪武九年的一天，刑部主事茹太素给朱元璋呈了一份长达一万七千字的奏章，朱元璋命中书郎王敏站着读给他听。王敏读到六千三百七十字时，朱元璋尚未听到具体内容，说的全是些绕弯子的空话。于是大发一通脾气，命人将茹太素叫来，打了一顿。

第二天晚上，朱元璋躺在床上，又叫王敏接着往下读。读到奏章的一万六千五百字以后，才涉及正文，建议了五件事情，其中四件是可取、可行的。于是，朱元璋拿过奏章，在首页上批了两句话，正好是一副对联：

冗文赘句即乏味，
直言快语斯有为。

第二天早朝，朱元璋当着文武百官的面说："茹太素有繁文之过。一份五件事的奏章，只需五百多字即可说清，可他却啰啰嗦嗦写了一万七千字。朕厌听繁文，打了他一顿，这确有不妥之处。对茹太素敢于直言提建议这一点，应予表扬，这说明他是忠臣。"

后来，朱元璋把这件事情的经过写成文章予以公布，并规定了谏言的格式。

◎ 拓展阅读

《笠翁对韵·上卷·十五删》（二）

临对仿，吝对悭。讨逆对平蛮。忠肝对义胆，雾鬓对云鬟。埋笔冢，烂柯山。月貌对天颜。龙潜终得跃，鸟倦亦知还。陇树飞来鹦鹉绿，池筠密处鹧鸪斑。秋露横江，苏子月明游赤壁；冻云迷岭，韩公雪拥过蓝关。

朱元璋题春联

明太祖朱元璋虽然出身贫苦，没有读过几年书。但做了皇帝之后，也知道能"马上"得天下，不能"马上"治天下。所以很注意全国的教育。他酷爱对联，便传旨天下，每家每户都要张贴春联。

圣旨传出后，他在金陵微服视察，看圣旨有没有执行。当他看到城里到处贴着"朱洪武坐天下风调雨顺"的春联时，十分高兴。可偏偏有一家门前空空，没有贴春联。朱元璋想，什么刁民，竟敢不听我的圣旨？便前去询问。一问，才知道这家是阉猪的，主人没上过学，自己不会写，想请人写又没请到，现在正为这发愁呢！朱元璋听了，想想也不怪他们，便要过笔墨，立即写了一副春联：

双手劈开生死路，
一刀割断是非根。

写完，就转身走了。第二天他又来复查，发现这家门前还是空空的，并没有把他写的春联贴出来。朱元璋进去责问，家主连忙跪下来，磕头说道："皇帝万岁！后来小民才知道这是皇帝的亲笔御书，就把它挂在正屋供起来，焚香祝圣，这是皇上给小民带来的吉祥啊！"朱元璋听后大喜，赐给这家白银五十两。

◎ 拓展阅读

《笠翁对韵·下卷·一先》（一）

寒对暑，日对年。蹴踘对秋千。丹山对碧水，淡雨对覃烟。歌宛转，貌婵娟。雪鼓对云笺。荒芦栖南雁，疏柳噪秋蝉。洗耳尚逢高士笑，折腰肯受小儿怜。郭泰泛舟，折角半垂梅子雨；山涛骑马，接篱倒看杏花天。

朱元璋 "岂止吞吴"

朱元璋从小生活在民间，对对联这种老百姓喜闻乐见的形式也很喜爱。

相传他起义后，连获大捷，便来到江苏，攻打姑苏城。姑苏，也就是苏州，古时属吴国。攻打之前，为了鼓舞士气，他出了一联：

天下口，天上口，志在吞吴。

这句上联拼字成联，又抒发了志在必得的胸襟。这时，朱元璋恰好看到军师刘伯温在场，就让他来对下联。刘伯温文武全才，他想了一下，按着上联的意思，对道：

人中王，人边王，意在全任。

"人中王"是"全"，"人边王"是"任"。在意思上比上联更进一步：朱元璋只是说要把江南（吴）拿下来，刘伯温说要把整个中国都拿下来，由你一统天下。

◎ 拓展阅读

《笠翁对韵·下卷·一先》（二）

轻对重，肥对坚。碧玉对青钱。郊寒对岛瘦，酒圣对诗仙。依玉树，步金莲。凿井对耕田。杜甫清宵立，边韶白昼眠。豪饮客吞波底月，酣游人醉水中天。斗草青郊，几行宝马嘶金勒；看花紫陌，千里香车拥翠钿。

朱元璋为僧有妙对

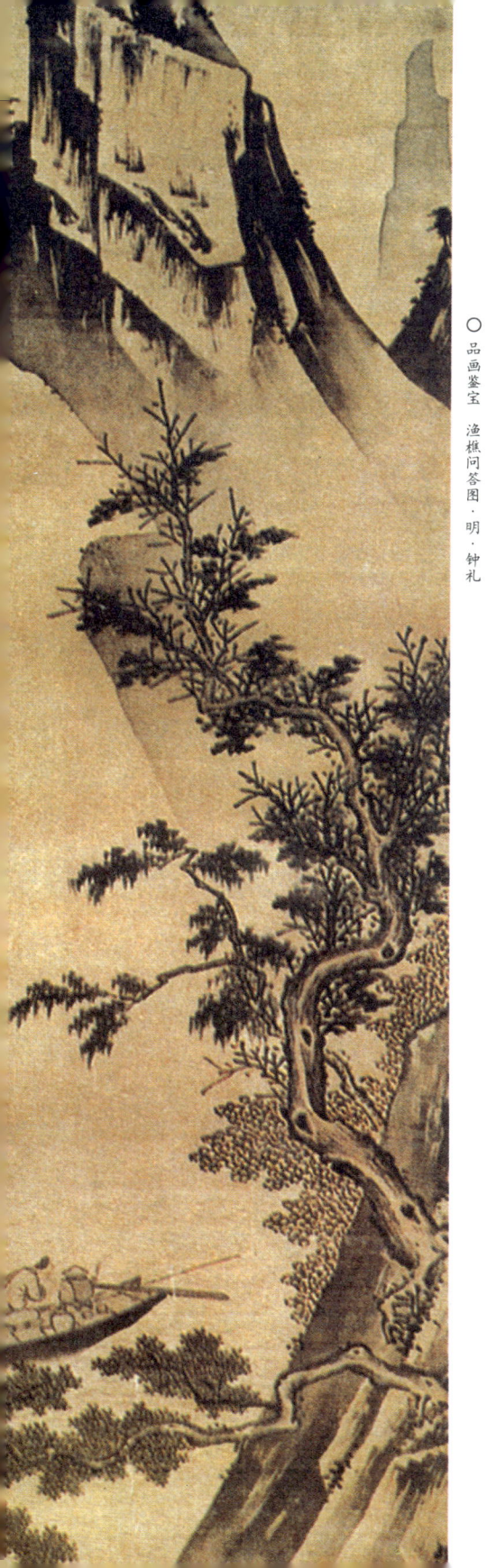

明代开国皇帝朱元璋原先是个和尚。为什么要当和尚呢?相传朱元璋十七岁那年,凤阳遭受严重的自然灾害,庄稼颗粒无收,百姓生活在水深火热之中。俗话说,福无双至,祸不单行,接着又发生瘟疫。朱元璋的父母和大哥相继染上了瘟疫,不到半月就都死了。朱元璋无依无靠,没有办法,就到离村不远的"皇觉寺"当了和尚。

一天,寺里来了一位叶秀才,这位秀才是本地大施主叶员外的小少爷。贵客临门,长老同朱元璋陪同游玩。一路上,长老对秀才很是奉承。一行人路过田野,叶秀才见田里有几个尼姑担禾,便想调戏一下,口占一联曰:

师姑田里担禾上。

"禾上"谐音"和尚"。长老觉得叶公子有些轻薄,想对个下联回敬,寻思一会儿,也没对出来。于是看了看朱元璋,希望他能对个下联出来。于是朱元璋对道:

美女堂前抱绣裁。

"绣裁"指"秀才"。叶公子一惊,瞟了朱元璋一眼,想想这个小和尚倒还有些本事。不觉来到莲花池,又出一联曰:

莲子已成荷长老。

朱元璋随口答道:

梨花未放叶先生。

"长老""先生"都是谐音双关

○品画鉴宝 渔樵问答图·明·钟礼

语。算得上是一副好联。

　　后来，这个寺也维持不下去了，朱元璋只好外出云游，当了"游方僧"。相传，有一次他在合肥化缘，见当地官吏欺压百姓，如狼似虎，无恶不作。大街上一书生喃喃念出一比上联：
　　唉，可叹古今良吏少啊！
　　朱元璋当即接道：
　　嗯，须知世上苦人多嘛！
　　又有一天，朱元璋化缘到了汝州（今河南临汝）地界。恰好一庄主家正做六十大寿，酒席满堂，可却一点素餐也不施舍他。他又气又饿，竟不顾众人，坐上酒席就吃了起来。庄主一见，气得发抖，大声斥责道：
　　呔，尔小子肮肮脏脏，进门就吃，又挟菜，又扒饭，好似馋猫偷食；
　　朱元璋见他出口伤人，便以牙还牙道：
　　呸，你老瞎颠颠倒倒，开口便骂，不通情，不达理，犹如恶狗伤人。

◎ **拓展阅读**

《笠翁对韵·下卷·二萧》（一）

琴对管，斧对瓢。水怪对花妖。秋声对春色，白缣对红绡。臣五代，事三朝。斗柄对弓腰。醉客歌金缕，佳人品玉箫。风定落花闲不扫，霜馀残叶湿难烧。千载兴周，尚父一竿投渭水；百年霸越，钱王万弩射江潮。

朱元璋联对卖藕农

朱元璋当皇帝之后,十分关心百姓疾苦,怕手下的贪官污吏欺上瞒下,鱼肉百姓,就经常微服私访。

有一次,朱元璋便服打扮,走出皇宫,来到京城的大街小巷考察民情。当时,大街上一派繁荣景象,朱元璋看了非常高兴。走着走着,来到一处菜市场。见一农民卖藕,便从筐中取出一根洁白、粗壮的节藕,看了看,乐悠悠地吟道:

一弯西子臂。

卖藕的农民听后,知道这句话是赞扬他的藕长得好,也很高兴,想了一想,来了灵感,望着断藕的一节藕眼,笑着接道:

七窍比干心。

朱元璋真没想到这位卖藕农民对对子这么厉害,这句下联跟他的上联真是珠联璧合。看着这位土里土气的卖藕农,很是欣赏他的文才,就想再与这农民对句。这农民也在兴头上,说声:"请先生赐教。"

朱元璋在藕筐前转了转,沉思了一会儿,说出一上联:

藕入泥中,玉管通地理。

那农民一边跟来买藕的人讨价还价,一边接下联:

荷出水面,朱笔点天文。

朱元璋听罢大喜,听说还封了个官给这位卖藕农。

◎ 拓展阅读

《笠翁对韵·下卷·二萧》(二)

荣对悴,夕对朝。露地对云霄。商彝对周鼎,殷濩对虞韶。樊素口,小蛮腰。六诏对三苗。朝天车奕奕,出塞马萧萧。公子幽兰重泛舸,王孙芳草正联镳。潘岳高怀,曾向秋天吟蟋蟀;王维清兴,尝于雪夜画芭蕉。

朱元璋题联惊店主

朱元璋当了皇帝之后,由于他是农民出身,很关心百姓的疾苦,经常微服私访。有一天,他出了玄武湖,来到法宝寺。

当时,法宝寺因遭遇连年战乱,已经破败了,香火稀少,转了半天也没遇上一个香客。朱元璋正为此叹息,忽看到一件东西,使他心情好转。是什么呢?原来是一座高大的弥勒佛座像,座像没有被破坏,弥勒佛还在那里呵呵地笑。那座佛慈眉善目,光着上身,大肚子圆溜溜的,肚脐眼很大,足可装下一个拳头。朱元璋看在眼里,喜上心来,顺口念道:

开口便笑,笑古笑今,笑古今可笑之人。

朱元璋又反复吟诵,十分得意。但想对句下联,却吟不出了。正当他苦思冥想之际,背后有人说道:

大肚能容,容天容地,容天地难容之事。

朱元璋听了,心说:"妙对!"回头看时,原来却是个酒店老板,来此拉客吃饭的。朱元璋见这老板有几分才华,荒郊野外的也没地方吃饭,便跟店主进了酒店。三杯五盏之后,朱元璋醉倒了,店主也是个好心的人,自然好生侍候了一夜。

第二天,等到鸡叫三遍,朱元璋才迷迷糊糊地醒过来,见自己住在郊外小店,才记起昨日醉酒的事来。正拔衣要走,店主拦着说:"先生为人豪爽,才气横溢,想请您为小店留副字,不知可否?"朱元璋见笔墨纸砚也已拿来,只好提笔。只见朱元璋写道:

鸡鸣一遍撅一撅,鸡鸣两遍撅两撅。

店主看了大惑不解,想这客人怎么写出这样的句子来?和昨天的言行有天壤之别。他越看这两句越觉得好笑,看朱元璋下面还怎么写,说不定是"鸡叫三遍撅三撅"呢。店主正胡猜着,朱元璋早已饱蘸浓墨,继续写道:

三遍唤出扶桑日,扫尽残星与晓月。

店主见此,佩服得说不出话来,只连竖大拇指。等朱元璋写上落款时,店主更是惊得目瞪口呆,立刻下跪,口称死罪。朱元璋想想这个酒店老板也有几分才华,便把他召进宫中,安排个职位。

◎ 拓展阅读

《笠翁对韵·下卷·三肴》(一)

诗对礼,卦对爻。燕引对莺调。晨钟对暮鼓,野馔对山肴。雉方乳,鹊始巢。猛虎对神獒。疏星浮荇叶,皓月上松梢。为邦自古推瑚琏,从政于今愧斗筲。管鲍相知,能交忘形胶漆友;蔺廉有隙,终对刎颈死生交。

朱元璋联对试孙才

朱元璋深恨自己年轻因家庭清贫没有机会上学。因此，对儿孙们的教育特别重视，特意在宫中建造"大本堂"，贮藏珍贵书籍，征聘四方名儒来教育太子和诸王，轮流讲课，还挑选才华出众的青年伺读，并时常赐宴赋诗、谈古论今、讨论文字、出句联对。为了了解子孙们的才学，他常常到大本堂抽查、面试，并常和儿孙们在一起以对对联取乐。

有一次，朱元璋来到大本堂，特意要试试皇太孙朱允炆的才思和学问，令其赋诗一首，朱允炆很快赋就一首。最后两句是：

虽然隐落江湖里，

也有清光照九洲。

朱元璋喜欢甚至偏爱豪放、粗犷的诗风，看了皇太孙朱允炆的这两句诗，觉得缺乏气度，很不满意。

一次，朱元璋带着第四个儿子朱棣及长孙朱允炆去看赛马。见赛马场上飞马如离弦之箭，马尾在奔跑中被风吹得四散飞舞，非常好看，朱元璋一时联兴勃发，要孙子口占一联，一来描写所见所闻之实景，二来想再次试探和启发朱允炆这位皇太孙。

皇太孙朱允炆当时年岁尚小，但聪明好学。可他怎知道自己的爷爷是"当朝天子"，便信口答对道：

雨打羊毛一片毡。

对句软弱无力，毫无气度不说，还缺乏意境、缺乏美感，实在是小顽童游戏之言。难怪朱元璋听后很不高兴，双眉紧锁，脸色阴沉。朱棣看出了父亲的心思，忙附耳对朱允炆说了些什么。朱允炆这才知道爷爷是"当朝皇上"，威权无比，看着爷爷身上穿的龙袍，在太阳光照射下，闪着光点，分外好看，又对半联道：

日照龙鳞万点金。

朱元璋这才转忧为乐，转怒为喜，连声说："对得好，对得好！"

离开赛马场时，朱元璋再三嘱咐皇太孙朱允炆："无论作诗写文章还是对对联，都要有气度。岂能软绵绵、无意境？"

◎ 拓展阅读

《笠翁对韵·下卷·三肴》（二）

歌对舞，笑对嘲。耳语对神交。焉乌对玄豕，獭髓对鸾胶。宜久敬，莫轻抛。一气对同胞。祭遵甘布被，张禄念绨袍。花径风来逢客访，柴扉月到有僧敲。夜雨园中，一颗不雕王子柰；秋风江上，三重曾卷杜公茅。

祝枝山写联骂财主

祝枝山是明代书画家,江南四大才子之一,在对联上很有造诣。相传有一年除夕,一个姓钱的财主跑到祝枝山家里来,想请他写春联。祝枝山想到这个钱财主平日欺压百姓,搜刮乡里,今日正好借机奚落他一番。于是,吩咐在钱财主的大门两旁贴好纸张,想了一想,挥笔写下了这样一副对联:

明日逢春好不晦气;

来年倒运少有余财。

过往的人们看到这副对联,因为对这黑心的财主恨之入骨,都这样念:

明日逢春,好不晦气;

来年倒运,少有余财。

钱财主听了气急败坏,知道是祝枝山故意使他难堪,于是到县衙告状,说祝枝山辱骂良民,要求老爷为他做主。当然,钱财主还暗中给县老爷送了些金银财物。县令收了财物,便立刻派人传来祝枝山,质问道:"祝先生,你也是个读过书的秀才,为何用对联辱骂钱老板,做出这等有辱斯文的事情来?"

祝枝山笑着回答说:"大人也不能只听一面之词啊!我是读书人,岂能用对联骂人?学生写的全是吉祥之词!"于是,拿出对联当场念给众人听:

明日逢春好,不晦气;

来年倒运少,有余财。

县令和财主听后,无言对答。好半天,县老爷才醒过来,向钱财主喝道:"只怪你才疏学浅,把吉祥之词当成辱骂之言,快给祝先生赔罪!"

钱财主无奈,只好连连道歉。祝枝山哈哈大笑,告别县令,扬长而去。

◎ 拓展阅读

《笠翁对韵 · 下卷 · 四豪》(一)

茭对茨,荻对蒿。山麓对江皋。莺簧对蝶板,麦浪对桃涛。骐骥足,凤凰毛。美誉对嘉褒。文人窥蠹简,学士书兔毫。马援南征载薏苡,张骞西使进葡萄。辩口悬河,万语千言常亹亹;词源倒峡,连篇累牍自滔滔。

祝枝山巧书弹棉联

相传有一天，江南四大才子之一的祝枝山来到一处江南小镇。正午时分，赶上有个富户人家大宴宾客。向路人一打听，知道这家主人原先是弹棉花的，苦心经营十多年，现在是镇上的首富。祝枝山正饥肠辘辘，也想进去吃一顿。守门的见他衣着有些旧了，以为是落第的秀才，就没让他进去。

祝枝山正想发怒，看到从里面走出一个儒生。这儒生可能以前见过祝枝山一面，但是不太熟，慌忙上前打躬作揖，并把他请了进去，给主人介绍。

满厅堂的文人学子，乡里名流，正在谈诗论文，忽然听说江南才子祝枝山也来了，都赶忙站起来欢迎。主人更是觉得有面子，脸上笑得像开了花。

酒过三巡，主人便起身请祝枝山写一副对联，说才子驾临，蓬荜生辉，一定要留下一幅墨宝，挂在正堂之中。众宾客也起身相请。祝枝山见盛情难却，只好写一副了。心里一想，即刻写成一联：

三尺冰弦弹夜月；

一天飞絮舞春风。

主人不识字，看才子龙飞凤舞一翻，写成一副对联，高兴非常，立刻让人去装裱。

客人中稍通文墨的倒看出来了：对联说的是弹棉花的情景，那"三尺冰弦"，就是弹弓，"一天飞絮"，便是棉花。可他们谁敢在才子面前胡言乱语，只好偷偷一笑，不作声了。

◎ **拓展阅读**

《笠翁对韵·下卷·四豪》（二）

梅对杏，李对桃。椒朴对旌旄。酒仙对诗史，德泽对恩膏。悬一榻，梦三刀。拙逸对贵劳。玉堂花烛绕，金殿月轮高。孤山看鹤盘云下，蜀道闻猿向月号。万事从人，有花有酒应自乐；百年皆客，一丘一壑尽吾豪。

祝枝山巧断联句

祝枝山是明代书画家,字希哲,与唐伯虎、文征明、徐祯卿合称为"江南四大才子"。他风流倜傥,视金银如粪土,更看不起爱钱如命的财主们。

相传有一年除夕,有个姓钱的财主听说祝枝山对联写得好,就要请他写春联。祝枝山平时很看不起这个财主,想借此机会奚落一番,就满口应承下来。过了一会儿,就提笔在财主的大门上写了一副:

此地安能居住,其人好不悲伤。

财主一看,这不是祝枝山咒自己吗?气得脸都发涨了,越想越气,就连夜赶到衙门里,告状说祝枝山辱骂他。

第二天,县令派人传来祝枝山,责问道:"钱家与你无冤无仇,好心请你写对联,你为何辱骂他?"祝枝山听了,笑着说:"大人此言差矣!我并没有骂人啊,对联上明明写的是吉庆之言嘛!"县令怒道:"这分明胡扯,你来看你写的对联!"

祝枝山听了哈哈大笑,道:"可能是大人不知春联的念法,故而信了钱家的话呢!"

县令问:"你这对联,该如何念?"

祝枝山接口念道:

此地安,能居住;其人好,不悲伤。

财主和县令听了,目瞪口呆,想不到还有这种念法。过了好一会儿,县令才明白肯定是祝枝山有意为之,调戏财主。只好训斥钱财主:"无耻狂徒,连个春联也不会读,诬告祝先生,还来欺骗本官,还不快给先生赔罪!"财主见县官转了风向,也没有办法,只得向祝枝山赔罪。

◎ **拓展阅读**

《笠翁对韵·下卷·五歌》(一)

微对巨,少对多。直干对平柯。蜂媒对蝶使,雨笠对烟蓑。眉淡扫,面微酡。妙舞对清歌。轻衫裁夏葛,薄袄剪春罗。将相兼行唐李靖,霸王杂用汉萧何。月本阴精,岂有羿妻曾窃药;星为夜宿,浪传织女漫投梭。

郑板桥巧识对联

古代有个叫郑板桥的,是"扬州八怪"之一,书画诗文,样样了得。当了官之后,也很关心百姓的疾苦,是一位受到老百姓爱戴的好官。

相传,有一天苏州府一位姓蔡的州官与郑板桥外出巡游,体察百姓的疾苦。他们走到南门街的时候,看见一户人家贴着一副对联:

二三四五;

六七八九。

念完后,郑板桥皱了皱眉头,对州官说:"请兄台稍等片刻,敝人马上就回来。"说完,调头就朝家里走去。蔡州官被郑板桥弄糊涂了,不知道他要干什么,只好站在那里等。过了一会儿,郑板桥气吁吁跑回来了,他一手拿着几件衣服,一手提着一刀肉,肩上还扛着一袋粮食。到了之后,他也不敲门,便推门而入,只见那一家老小缩在一张床上,没有衣服穿,灶里也是冷冷清清。郑板桥说:"春节快到了,这几件衣服你们穿上,还有几斤肉,一袋米,你们留下过个年。"

那家人认出这是他们的父母官郑板桥,就爬下床来磕头,千恩万谢。

出了门,州官想,难道郑板桥是神仙,要不然怎能算出他家缺衣少粮?便想问个究竟:"郑先生,你如何知道他们没有衣服穿没有粮食吃?"郑板桥笑了一笑,回答道:"兄台,请过来这边,你看,这对联左边是二三四五,右边是六七八九,不就是缺一(衣)少十(食)吗?"州官这才恍然大悟,连连称赞道:"郑先生真是博学多才,关心民疾,下官佩服,佩服!"

◎ **拓展阅读**

《笠翁对韵·下卷·五歌》(二)

慈对善,虐对苛。缥缈对婆娑。长杨对细柳,嫩蕊对寒莎。追风马,挽日戈。玉液对金波。紫诏衔丹凤,黄庭换白鹅。画阁江城梅作调,兰舟野渡竹为歌。门外雪飞,错认空中飘柳絮;岩边瀑响,误疑天半落银河。

郑板桥教训姚有财

相传有一天，两江总督唐亦贤到扬州视察盐政，城里的盐商当然争着献媚，其中最殷勤的莫过于姚有财了。唐亦贤到扬州后，看姚有财这么巴结自己，就叫他想法弄一副郑板桥写的对联。

主人一声吩咐，姚有财真是满心欢喜，得了这么个效力的机会，决心要尽心竭力办好这件事。他连忙定制了两张特大的宣纸，央人去求郑板桥写对联。

郑板桥平时就看不惯那些作威作福的官商，听说是姚有财求他写对联，就一口回绝了。姚有财一听，急得睡不着觉，要是没有郑板桥的对联，怎么去向总督大人交代呢？要是因此丢了官商的地位，可就坏了大事了。

他又央人去，说愿出重酬购买对联。郑板桥便对来人说道："好啊，两千两一副！"来人一听要两千两银子一副，吓住了，不敢答应，只得跑回去向姚有财禀报。姚有财心疼钱，想想这对联也太贵了，两张纸比黄金还贵。但是又不能得罪总督大人，只好叫人再去跟郑板桥讲讲价钱，要求再少一点。郑板桥便问来人："你舍得出多少？"

来人说："一千两，最多一千两！"

郑板桥听完，也不说话，拿起笔墨，唰唰唰，几下就写了句上联：

乡里鼓儿乡里打。

写完了，他搁下笔，就要送客。来人急了，问道："先生，你还没写下联呀。"

郑板桥拍拍手，说道："讲好了的，两千两一副，你老板只能出一千两，我也只能写一半，公平合理。"

来人一听更急了，连忙求情，郑板桥理都不理，忙别的事情去了。没有办法，来人只好拿着这比上联回去，报告了姚有财。姚有财这时晓得上了当，不要他写吧，要这上联一点用都没有，等于白白送了一千两银子。再说，总督又催着要，只好叫人再送一千两银子去，换句下联。郑板桥看到姚有财又拿了钱来，教训的目的也已达到，就提笔写了下联：

当方土地当方买。

◎ 拓展阅读

《笠翁对韵·下卷·六麻》（一）

清对浊，美对嘉。鄙吝对矜夸。花须对柳眼，屋角对檐牙。志和宅，博望槎。秋实对春华。乾炉烹白雪，坤鼎炼丹砂。深宵望冷沙场月，边塞听残野戍笳。满院松风，钟声隐隐为僧舍；半窗花月，锡影依依是道家。

郑板桥撰自画像联

郑板桥是清朝著名的才子,书画诗词无所不通,做官又勤政爱民,但是一生只做过两任县官。为什么呢?因为他虽在官场,却不逢迎吹拍,不得上司欢心。这样的官怎么能做得长呢?后来果真被罢了官。

郑板桥退出官场之后,便在扬州以卖书画为生,闲时与友朋诗酒唱和,谈诗论文,好不快活!因其书画技艺高超,被人称为"扬州八怪"之一。

相传,他到山东潍县去当知县。上任第一天,既不摆酒,也不访富,却在县衙墙上凿了十多个脸盆大小的洞。旁人不解其所为何事。郑板桥正言相告:"这县衙有多少丑恶习气,我开了这些洞,就是要放掉这些老百姓痛恨的官气,让百姓洞察衙门里的肮脏,监督我做个好官。"而且,他在内庭挂了一联,作为座右铭:

虚心竹有低头叶;

傲骨梅无仰面花。

郑板桥这样说了,也是这样做的。这是他的"自画像"联。

◎ 拓展阅读

《笠翁对韵·下卷·六麻》(二)

雷对电,雾对霞。蚁阵对蜂衙。寄梅对怀橘,酿酒对烹茶。宜男草,益母花。杨柳对蒹葭。班姬辞帝辇,蔡琰泣胡笳。舞榭歌楼千万尺,竹篱茅舍两三家。珊枕半床,月明时梦飞塞外;银筝一奏,花落处人在天涯。

○ 品画鉴宝 竹石图·清·郑板桥 图中一石兀立,旁出几竿瘦竹,竹叶浓郁,苍翠欲滴。作者笔墨淋漓,苍劲豪放,配以诗题,构成一幅意境深幽、耐人寻味的诗画佳作。

张之洞"微服私访"

清朝张之洞任两江总督时，喜欢"微服私访"，以调查民情。有一次来到松江府，碰巧遇见他的一个老同学。这个老同学见他便衣出行，身边也没有侍卫，有点惊讶，忙问他是不是受挫折了。张之洞没提这事，只说因事路过这里。

张之洞的这个老同学，没有当官，只在一个缙绅家里当私塾先生，混口饭吃。想起当年同学情谊，便挽留张之洞在他家住几日，叙叙旧情。张之洞见他情真意切，就答应了。

过了一天，松江知府办寿，大摆酒席，邀请地方上的官绅们去参加。缙绅接到邀请，要私塾先生同去。私塾先生把这件事跟张之洞说了。张之洞说，我也去看看。这样，张之洞就以知府朋友的朋友身份，出席了这次宴会。

前来为知府大人祝寿的宾客，既有官场上的同僚，也有地方上的帮闲文人，齐聚一堂，好不热闹。他们见面后，互相寒暄，吹吹捧捧，拉拉扯扯，整个厅堂哄闹声不断。张之洞和他的老同学被冷落在一旁。

待到华灯初上，酒席也已准备妥当，知府便宣布宴会开始，他高拱着双手，请诸位来宾入席。这时，张之洞走了过来，在首席上坐下。大家看到一个穷酸文人坐到了首席，个个暗自惊讶。有的推测他的来头可能不小，有的估计他是知府的长辈，有的简直不敢相信自己的眼睛。因此，大家都没有作声，更不便干涉，只是望着知府，看他的态度如何。

知府这时虽感恼火，但是又不好发脾气，怕自己的寿辰落个不欢而散。他强压住心头的怒火，走到张之洞面前，手指桌上一道名菜，出了一联：

鲈鱼四鳃，独占松江一府。

张之洞听了，知道知府借机暗示其权大势大，警告他不要乱来。可张之洞哪吃这一套，他不慌不忙地抓起一支筷子，点了点桌上的另一道名菜，语中带刺地说：

螃蟹八足，横行天下九州！

知府是个机灵人，看到这位客人口出不凡，必有来头，他向张之洞说了声"领教了！"迅速离开厅堂，去找那个私塾先生，向他打听来人的名字。当他知道这位就是大名鼎鼎的张之洞的时候，吓出了一身冷汗，立刻跑回厅堂，跪倒在张之洞的脚下，口称："卑职有眼无珠，死罪，死罪！"

○张之洞旧照。张之洞，人称张香帅，自号抱冰老人，汉族，直隶南皮（今河北南皮）人，清朝洋务派代表人物之一。他提出的"中学为体，西学为用"，成为早期改良派基本纲领的总结和概括。其一生主要做了三件事：一是办新式教育，二是办实业，三是练新军。

◎ 拓展阅读

《笠翁对韵·下卷·七阳》（一）

台对阁，沼对塘。朝雨对夕阳。游人对隐士，谢女对秋娘。三寸舌，九回肠。玉液对琼浆。秦皇照胆镜，徐肇返魂香。青萍夜啸芙蓉匣，黄卷时摊薜荔床。元亨利贞，天地一机成化育；仁义礼智，圣贤千古立纲常。

张兰张芳答武后

武则天听说宣化府附近有一对神童姐妹。姐姐张兰十三岁，妹妹张芳九岁，都聪明过人，善于作诗联对。便传下一道圣旨，命宣化府火速把姐妹俩送到京都，打算亲自考察。

金銮殿上，武后提出了各种问题，姐妹俩都对答如流。武后感到十分惊喜。接着，武后要张兰对对子：

河植荷花和尚掐去何人戴？

这是一副异字同音联，"河""荷""和""何"四字同音，又有合理情节，出得新奇别致，要对下联很不容易。满朝文武听了，都不由得皱眉摇头。没想到那张兰斜瞟了一旁为武后弹琴的侍女一眼，开口说道：

情凝琴弦清音弹给青娥听。

武后听了，不禁暗暗称奇，连连颔首。两旁的官员们也都舒了一口气，低声议论，说这真是个货真价实的女神童。

武后接着问张芳："朕还有一副绝对，你敢试试吗？"随即吟出上联：

冰冻兵车兵碰冰冰碎兵车动。

上联中"冰、兵"同音，"冻、动"同音，十二字一气呵成，确是"绝对"。大臣们又陷入沉思，看能不能自己想个下联出来。这时候张芳正歪着头思考呢，转着一对又大又亮的黑眼珠，过了一会儿，抬头对道：

龙卧隆中隆未龙龙自隆中飞。

武后听了拍手称妙。众大臣齐声夸赞。武后越想越高兴，就命令摆酒设宴，款待小姐妹。席间，武后便想把张芳留在身边。张芳听了，脸上露出悲伤的神色，低头不语。武后以为她不说话就是同意了，就说："好，就这么定了。你现在就作一首离别诗，送送你姐姐吧！"

小张芳见武后都这样说了，没有办法，就慢慢地站起来，对着姐姐吟道：

别路云初起，离亭叶正飞，所嗟人异雁，不得一行归。

吟罢，眼泪夺眶而出。满朝文武见状，纷纷放下杯箸，感叹不止。武后见了也长叹一声，说："同来同归，二女之愿也！看来真是欲去不可留啊！"于是命人把张兰和张芳送了回去。

◎ 拓展阅读

《笠翁对韵·下卷·七阳》（二）

红对白，绿对黄。昼永对更长。龙飞对凤舞，锦缆对牙樯。云弁使，雪衣娘。故国对他乡。雄文能徙鳄，艳曲为求凰。九日高峰惊落帽，暮春曲水喜流觞。僧占名山，云绕茂林藏古殿；客栖胜地，风飘落叶响空廊。

350

张居正立志当"潜龙"

张居正是明朝的大政治家。在明神宗的时候，当上首辅，主持国家事务，并且在政治上做了许多改革，是一个伟大的政治家。

相传张居正十多岁时，便参加在家乡举行的考秀才的"童子试"。正好巡抚顾麟来学堂视察，顾巡抚学问很高，而且非常爱惜人才。他看了张居正的卷子之后，非常赞赏他的文采，问了旁边的人，知道张居正还是个十岁的小孩，更加惊讶，便想亲自考考张居正。

过了一会儿，张居正被带到堂前。顾麟说："小兄弟如此年轻，便文章了得，实在难得。我这里有句上联，你来对对。"接着道出上联：

雏鹤学飞，万里风云从此始。

顾麟在联中的意思是说，鼓励张居正像一只小鹤，这会儿应该好好学飞翔的本领，将来一定能飞越千山万水，成就一番大事业。

张居正听了，看到巡抚如此鼓励自己，更加信心百倍，向顾麟施了一礼，对了下联：

潜龙奋起，九天雷雨及时来。

张居正在下联中说，我不是小鹤，而是一条潜在水底的小龙，将来飞上天空，降下雨来，造福百姓。

顾麟一听，好个张居正，有抱负！他马上送给了张居正一件礼物——自己系着的金腰带。

◎ 拓展阅读

《笠翁对韵·下卷·八庚》（一）

形对貌，色对声。夏邑对周京。江云对涧树，玉磬对银筝。人老老，我卿卿。晓燕对春莺。玄霜春玉杵，白露贮金茎。贾客君山秋弄笛，仙人缑岭夜吹笙。帝业独兴，尽道汉高能用将；父书空读，谁言赵括善知兵。

张廷玉甘愿肩重担

张廷玉官至宰相。传说他自幼聪明，八岁出口成章，尤善应对。九岁那年的除夕，张府正准备过一个热热闹闹的大年。父亲张英把小廷玉叫到身边，想试试他一年来学业上的长进。于是指着红烛，吟出上联：

高烧红烛映长天，亮，光铺满地。

小廷玉见是父亲考他，就认真答对。望着门外点炮的仆人，对道：

低点花炮震大地，响，气吐冲天。

切时切物，对仗工整，张英不住点头称妙。他认为小儿才华横溢，将来一定会有作为，所以更加督促他努力学习，并且经常出联面试，以培养其才思。

一天，张廷玉看到父亲吃的尽是素食，没有一点荤腥，他睁大眼睛望着老父，不明白父亲为什么要这样的节俭。张英看出了儿子的心思，想借题教育一下他，吟出上联要他对：

粗茶淡饭布衣裳，这点福老夫所享。

小廷玉从容不迫对了下联：

齐家治国平天下，那多事儿辈承当。

想不到张廷玉日后果真实现了联中所述的志向，成了国家的栋梁，齐家治国平天下。

◎ 拓展阅读

《笠翁对韵·下卷·八庚》（二）

功对业，性对情。月上对云行。乘龙对附骥，阆苑对蓬瀛。春秋笔，月旦评。东作对西成。隋珠光照乘，和璧价连城。三箭三人唐将勇，一琴一鹤赵公清。汉帝求贤，诏访严滩逢故旧；宋廷优老，年尊洛社重耆英。

诸葛亮一生数字对

相传，民间有个爱看三国又爱对对子的人，对诸葛亮特别敬佩。于是用数字一至十，作成概括诸葛亮一生的上联：

收二川，排八阵，六出七擒，五丈原前，点四十九盏明灯，一心只为酬三顾。

这上联作出后，一时间无人能对，成为有名的"绝对"。不知过了多少年，还是没有结果，直到清代，一个姓伍的秀才，仍以诸葛亮一生的业绩，用五方五行对了出来：

取西蜀，定南蛮，东和北拒，中军帐里，变金木土草多卦，水面偏能用火攻。

◎ 拓展阅读

《笠翁对韵·下卷·九青》（一）
庚对甲，巳对丁。魏阙对彤庭。梅妻对鹤子，珠箔对银屏。鸳浴沼，鹭飞汀。鸿雁对鹡鸰。人间寿者相，天上老人星。八月好修攀桂斧，三春须系护花铃。江阁凭临，一水净连天际碧；石栏闲倚，群山秀向雨馀青。

○ 诸葛亮像 诸葛亮（118—234），字孔明，号卧龙，三国时蜀汉丞相，为著名的政治家、外交家、发明家和军事理论家。

竹担挑竹，铜环锁铜

相传，一位举人进京应试，路过一条小河，在独木桥上迎面碰见个姑娘，肩上挑了满满两筐竹笋。

姑娘见前面有个书生，看他的举止打扮和行囊，知道肯定是上京赶考去的。问道："这位先生，如此赶路，连头都不抬，想必是有什么急事吧？"

举人忙作揖答道："小生进京赶考，路过此地。时间不早，请姑娘让我先过去吧！"

姑娘有意为难，笑了笑说："原来是赴京应试的啊，小女正好有个上联要请教，对好了，自然为您让路；若对不出来，那就让我先过去，您也别进京了，不如回家读三年后再考。"

举人听了，心中好笑，一个村姑，还要考我？又见她落落大方，长得很是可爱，不听她的，也过不了桥。便说："请出对！"

姑娘微微一笑，用手一指自己肩上的竹担，开口道：

竹担挑、挑竹担，竹担挑竹竹挑竹。

这个上联用复字、顶针、叠字等手法，只用"竹""担""挑"三个字反复组合，生动地表现了当时的情景。

举人听了，越仔细琢磨，越感到这上联很有学问，便站在桥上，苦思冥想，过了很久也不得对句，只得低着头从桥上退了回来。

姑娘看举人对不出来，便过了桥，走进桥头的一座院子。举人站在桥头，羞愧难当。想要返家读书，但这三年一次的大考机会难得，试一下也是好的。于是，他暂且放下对联，继续赶路。

大考之日，他顺利地答完了考卷。想想题还比较简单，有心在京城游玩几日，但一想起姑娘的上联，就不敢久留，又急忙往回赶。

一天夜里，因为急着赶路，错过了旅店，只好在一位财主家大门口的屋檐下躺了下来，准备在此将就一晚。

正睡得香，忽然被一阵敲门声惊醒。睁开眼，抬起头，见一家僮站在门口，旁边大门上的铜锁正在铜门环上吊着，晃来晃去，发出声响。举人见了，忽然想起了姑娘的上联，心里说道："下联有了！"急忙连夜赶路，来到小桥头的姑娘家。刚进院子，他就大声喊道："姑娘！下联有了！"

姑娘听外面有声音，就从草房中走出来，见是前些日子碰到的举人，一阵惊喜。举人也顾不得寒暄，一口气说出了对句：

铜环锁、锁铜环，铜环锁铜铜锁铜。

这下联也只用三个字"铜""环""锁"反复组合，形成形象生动的下联。

姑娘听了，拍手叫好。这时，姑娘的老父亲也听到了外面的声音，连忙出来会客，看到前面站着位年轻的书生，也连连称"好"。原来，女儿早已把桥上对句的事告诉了父亲。这时见了举人，更是欢喜，便留他在家中住下。

过了几天，两个年轻人就私定了终身，老人家也十分欢喜，于是择日为他们举行了婚礼。

◎ 拓展阅读

《笠翁对韵·下卷·九青》（二）

危对乱，泰对宁。纳陛对趋庭。金盘对玉箸，泛梗对浮萍。群玉圃，众芳亭。旧典对新型。骑牛闲读史，牧豕自横经。秋首田中禾颖重，春馀园内菜花馨。旅次凄凉，塞月江风皆惨淡；筵前欢笑，燕歌赵舞独娉婷。

自报家门巧出联

在我国的历史上，有一对很有名的文学家兄弟，哥哥叫陆机，弟弟叫陆云，合称"双陆"。

却说这位弟弟陆云，交游广泛，很喜欢和别人谈诗论道，交流心得。一天，他到文学家张华家里拜访。正当走进屋中，要坐下来谈论的时候，张华家里又来了一位客人。原来这位客人也是当时有名的诗人，名叫荀隐。

张华看到两位才华出众的作家来家里做客，便灵机一动，高兴地说："两位才子今天在我这里相聚，很有缘份啊！可是你们互相没见过面，还不认识。不如来一个'以联识友'，如何？"

陆云听主人这样讲，正合心意，于是首先站起身来，朝两位一抱拳，自报家门：

云间陆士龙。

原来，陆云字士龙，江苏淞江华亭人。淞江，古代又称作云间。因此，上联中包含姓名籍贯，又谐"云间（空中）鹿是龙"，意境不凡。荀隐一听，果然是文学大家。于是，他沉思片刻，不慌不忙地站起身来，答道：

日下荀鸣鹤。

这诗人荀隐，字鸣鹤，是河南人。当时河南（洛阳）是西晋首都，都城又称"日下"，与"云间"正好对应。张华听了，连连点头，心想他们都是奇才。陆云是个风趣的人，听到荀隐的下联，就说："荀草中鹤鸣叫，大概是看见了白翎的野鸡吧，张弓而射，正好做今天下酒菜！"

荀隐一听，想这位陆兄倒是个有趣之人，居然拿他的姓氏开玩笑，就回敬道："看到的哪里是野鸡？只是山鹿野麋罢了。本以为是云中的龙，这样弱小可爱的动物，怎么忍心发强箭射它呢？"

话刚说完，陆云便站起身来，拍手大笑，连称厉害。

◎ 拓展阅读

《笠翁对韵·下卷·十蒸》（一）

荦对蓼，莆对菱。雁弋对鱼罾。齐纨对鲁绮，蜀锦对吴绫。星渐没，日初升。九聘对三征。萧何曾作吏，贾岛昔为僧。贤人视履循规矩，大匠挥斤校准绳。野渡春风，人喜乘潮移酒舫；江天暮雨，客愁隔岸对渔灯。

"周不行"联对遭戏

湘江桔子洲（又称水陆洲）头，有个天心阁，是游览胜地。

相传古时候有个姓周的大官，自以为文武双全，自负得不得了。有一天，他带了一班随从来天心阁游玩。抬头看见几只鸽子，在天心阁上跳跃啄食。低头一想，正好炫耀一下射箭的本领。

随着一声弓响，羽箭飞了，鸽子倒还在那里落着。周大人一看，自己出了丑，很恼火。

有个下属，很会拍马屁，说："大人真是好箭法！是因为有人吵闹，所以没射中鸽子。不如大人咏诗作联让我们见识见识吧！"周大人一听，这下属说得有理，就顺势下了台阶。还说，要是谁答上了下句，赏银十两，随从中立刻发出一片欢呼声。

他以鸽子为题出道：

天心阁，阁落鸽，鸽飞阁未飞。

旁边的人都答不上来，能答上来的也不敢答。

这时，正好来了一个送茶的村童。他刚好上了几年学，也会对句。他说，我能对上：

水陆洲，洲停舟，舟行洲不行。

大家一听，齐声叫妙，周大人也只好把十两银子赏给了村童。

回家以后，周大人把这件事讲给了夫人听，还称赞小孩的聪明。夫人一听，变了脸色，说："你被人耍了还不知道呢，'洲不行'就是'周不行'，笑你射箭不行，连对也不行呀！"周大人一听，如梦初醒。

这个故事就慢慢地传开了，周大人也得了个"周不行"的绰号。

◎ **拓展阅读**

《笠翁对韵·下卷·十蒸》（二）

谈对吐，谓对称。冉闵对颜曾。侯嬴对伯嚭，祖逖对孙登。抛白纻，宴红绫。胜友对良朋。争名如逐鹿，谋利似趋蝇。仁杰姨惭周不仕，王陵母识汉方兴。句写穷愁，浣花寄迹传工部；诗吟变乱，凝碧伤心叹右丞。

朝得联，夕身亡

戴名世是清朝的一个举子，安徽桐城人。

康熙年间，进京赶考。乘船过河时，听到船上人议论纷纷，说的是一个木匠犯法的事。一个书生站起来，感慨道："可叹这木匠为县衙造了好多木枷，最后却用到了自己身上。"说完，一脸惆怅。

老艄公是个有点学问的人，就以木匠的故事出了一副对子：

木匠造枷枷木匠。

此联出得很巧，不仅在词句上很精巧，而且富有哲理的意味。戴名世一路思索，但是迟迟没想出来下联。

这一年，他考中进士，当了翰林。后来还出了本书，叫《南山集》。这书中引述了一些南明抗清的事迹。有对头看到这书，如获至宝，连忙告密，诬陷他"反清复明"。

皇帝看到有人不满他的统治，不分青红皂白，把戴名世抓起来，判了死刑。

到了刑场，戴名世见另一位翰林前来监斩。想到自己的冤枉，不觉老泪纵横。正在思潮汹涌之际，忽然想起好多年前"木匠"那副对子，即景生情，有了下联：

翰林监斩斩翰林。

大笑三声之后，想想人生就是这样巧合，也就生死由天，不作他想了。

○ 品画鉴宝　杂画册·明·徐端本

◎ **拓展阅读**

《笠翁对韵·下卷·十一尤》（一）

荣对辱，喜对忧。缱绻对绸缪。吴娃对越女，野马对沙鸥。茶解渴，酒消愁。白眼对苍头。马迁修史记，孔子作春秋。莘野耕夫闲举耜，渭滨渔父晚垂钩。龙马游河，羲帝因图而画卦；神龟出洛，禹王取法以明畴。

赵文华联对徐文长

号称"浙东才子"的赵文华，靠着奸臣严嵩平步青云，作威作福，在绍兴霸占土地，强派民工，建造了一座花园别墅——赵园。

赵园落成那天，赵文华特意从京都赶来，当地官绅个个前来祝贺，热闹非凡。徐文长闻讯，也进园观赏。赵文华一见，大声呵斥："何处狂徒敢来此处？"徐文长从容答道："越中秀才徐文长。"赵文华冷笑道："你既是读书人，本官有几个课题，若能对得上，我就收回闲人不准入内的禁令。若对不上，必当送官究办。"徐文长笑道："请大人出题，生员奉陪。"

赵文华指着墙壁上挂的一幅山水画说：

四壁山峰，淡淡浓浓图画。

徐文长指着另一幅春夜图对道：

满天星斗，点点滴滴文章。

一阵轻风拂过，吹动了园内翠竹，竹影在石阶上摇动。赵文华又出句说：

竹影扫阶尘不动。

徐文长一眼看见一池碧水，应声对道：

池月穿底水无痕。

徐文长应对自如，轻松洒脱，使赵文华暗暗吃惊，感到自己不是徐文长的对手，便想就此作罢，遂道：

水清沙明，劝渔翁不必费心。

徐文长见他要溜，毫不买账，对道：

山盛林茂，叫樵子正堪落手。

赵文华见徐文长"咬"住自己不放，心头火起，对着站在木桥上的徐文长出语伤人：

马踏木桥蹄擂鼓；

徐文长见赵文华头戴乌纱，身穿红袍，瘦脸尖腮，活像一只斗败的公鸡，当即回敬道：

鸡啄铜盘嘴敲锣。

赵文华理屈词穷，哑口无言。

◎ 拓展阅读

《笠翁对韵·下卷·十一尤》（二）

冠对履，舃对裘。院小对庭幽。面墙对膝地，错智对良筹。孤嶂耸，大江流。芳泽对圆丘。花潭来越唱，柳屿起吴讴。莺懒燕忙三月雨，蛩摧蝉退一天秋。钟子听琴，荒径入林山寂寂；谪仙捉月，洪涛接岸水悠悠。

中书令什么东西

清朝乾隆五十三年，不知什么原因，工部衙门一夜之间被大火烧光。皇帝降下旨来，让工部尚书金士松亲自监工，督造新的工部衙门。

这天，军机处议事过后，大家闲聊起来。一位说："大清的工部，管的是水利工程之事，又可以称为水部。想不到，水本来是灭火的，但是现在火却烧掉了水部，正可谓因果相报了。"

纪晓岚当时正在军机处供职，听他们说得有趣，忽然想起了一比上联，说："这位大人讲得好，我有个出句，还请各位大人赐教。"说罢，吟道：

水部火灾，金司空大兴土木。

原来是一副嵌金木水火土五行的对子。司空，是汉代官名，与司徒、司马合称"三公"。清代有追古的喜好，所以常称工部尚书为司空。

众人听了，一片沉默，谁也对不上。因为出句所说的，全是实事，对句也不能虚构。众人知道纪晓岚是天下第一对，只好向他请教，拱手说："下官才疏学浅，愿闻下联。"想不到，纪晓岚也想不出答案，只好一脸苦笑。

就在这个时候，挑帘进来一位内阁中书，手里拿着一叠文书。此人是从南方来的，却长得膀大腰圆，酷似北方人，因此常说自己是"南人北相"。

纪晓岚一看这人，心有所动，大笑一声，说"有了"，走到中书面前，作了个揖，说："我们正在对句玩笑，这个下联非要借你一用不可，冒犯之处，请不要在意。"于是，他吟出下联：

南人北相，中书令什么东西。

大家听了，连声称赞，都说以"南北中东西"对上联的"水火金土木"，真是妙联。

◎ 拓展阅读

《笠翁对韵·下卷·十二侵》（一）

歌对曲，啸对吟。往古对来今。山头对水面，远浦对遥岑。勤三上，惜寸阴。茂树对平林。卞和三献玉，杨震四知金。青皇风暖催芳草，白帝城高急暮砧。绣虎雕龙，才子窗前挥彩笔；描鸾刺凤，佳人帘下度金针。

左宗棠妙联"敬"藩臣

清朝末期,列强入侵,朝廷开始进行洋务运动。曾国藩和左宗棠,是洋务派中两个赫赫有名的代表人物。两人渊源很深,他们是湖南同乡,都是湘军首领,都从镇压太平天国运动起家,成为国家的一品大员。但是两个人在政见上有所不和,在对外事务上,曾国藩是主和派,而左宗棠却是抵抗派,因此两个人相处得很不愉快。曾国藩老是想:你左宗棠是我一手提拔上来的,现在却处处与我作对,真是恩将仇报。便有心要教训教训他。

有一天,曾国藩差人送给左宗棠一比上联:

季子敢言高,与吾意见偏相左。

季高是左宗棠的字,联中指名道姓地斥责左宗棠老是与我意见不同。左宗棠一看,明白了曾国藩的意思,心里一笑,还是坚持他的政见。

过了几天,左宗棠写了句下联,让人带去。下联是:

藩臣徒误国,问伊经济有何曾。

下联中左宗棠说你曾国藩什么本事也没有,只是误国罢了。你的政见既然不对,我当然要和你意见相左了。

◎ 拓展阅读

《笠翁对韵·下卷·十二侵》(二)

登对眺,涉对临。瑞雪对甘霖。主欢对民乐,交浅对言深。耻三战,乐七擒。顾曲对知音。大车行槛槛,驷马聚骎骎。紫电青虹腾剑气,高山流水识琴心。屈子怀君,极浦吟风悲泽畔;王郎忆友,扁舟卧雪访山阴。

周结巴歪对戏学监

有一年，朝廷派个学监到湖北松滋县视察。学监听说这个县的农民周结巴对对联很厉害，有些不服气，很想见识一下，就下令召见。

周结巴来到县衙，拜见官长。学监见他一身土气，两脚黄泥，实在看不出来会对对联。便问道："你会诗文吗？"周结巴说："凡……凡是人家会……的，我也……也会一点。"学监看他口气不小，听了好笑，于是出了一联：

花园里桃花香、茶花香、桂花香，花香香花花花香。

过了一会儿，周结巴还是一个字也没说出来。学监问："既然会一点，为何不说话？"周结巴答："桃……花在春天开，茶……花在夏天开，桂花在秋天开，花园……园里怎能同……同时看见呢？"

学监一听，自知考虑不周，又顾着面子，不肯认错，便红着脸说："大胆小民，答不上来，还强词夺理？管它什么时候开呢？"周结巴说："那么小……人就以歪对歪了。"接着念出下联：

大街上人屎臭、猪屎臭、狗屎臭，屎臭臭屎屎屎臭。

学监听了哭笑不得，十分尴尬。想不到这件事情后来传到朝廷去了，一个堂堂朝廷大员被乡野村夫戏弄，成何体统？吏部便向皇上参了一本，降了学监的官职。

○ 品画鉴宝　山水图·清·高翔

◎ 拓展阅读

《笠翁对韵·下卷·十三覃》（一）

宫对阙，座对龛。水北对天南。蜃楼对蚁郡，伟论对高谈。遒杞梓，树楩楠。得一对函三。八宝珊瑚枕，双珠玳瑁簪。萧王待士心惟赤，卢相欺君面独蓝。贾岛诗狂，手拟敲门行处想；张颠草圣，头能濡墨写时酣。

周渔璜书联井喷水

南方有个县叫青浦，县里有个村子叫天滩，村子里有一口井叫"渔璜井"。说起这口井的名字，还有一段对联的传说呢！

传说这个村子总是缺水，日子过得很苦。有一年，众位乡亲凑钱挖了一口井，当时就流出清澈的水，大家高兴极了。可好景不长，只流了一天一夜便又干涸了。过了很多天，村里来了个道人，看到了这口井，便用木炭在石壁上写了半副对子：

弯腰桃树倒开花，蜜蜂仰采。

写完，对老乡们说："大家听好了！只要有人对出了下联，井里自然会冒出水来。"

村里没几个人识字，自然对不出来。从外村请来几个教书先生，看了之后也都摇摇头走了。村里人都很着急，但是又没有办法。

过了一年，周渔璜恰好有事路过此地，看老乡们愁眉苦脸的，便觉得奇怪，上前询问，才知道了原委。

周渔璜觉得这倒挺有意思，想了想，从地上捡起半截木炭，在石壁右边写了一行字：

歪嘴石榴斜张口，喜鹊横戴。

周渔璜写完最后一个字，刚一停笔，只听咕噜一声，井中翻起水花。大家高兴极了，都跪下来向他叩头。

从此，人们把这口井叫作"渔璜井"。

◎ **拓展阅读**

《笠翁对韵·下卷·十三覃》（二）

闻对见，解对谙。三橘对双柑。黄童对白叟，静女对奇男。秋七七，径三三。海色对山岚。鸢声何哕哕，虎视正眈眈。仪封疆吏知尼父，函谷关人识老聃。江相归池，止水自盟真是止；吴公作宰，贪泉虽饮亦何贪。

装神联对吓死秀才

据说古时候四川武胜县有一秀才，平日里凭着读过几年书，识得几个字，就目中无人。武胜县龙女寺的河对面有一座"水月观"，于是他苦思冥想，出了一上联求对：

水月观，鱼跃兔走。

当地文人见了这个对子，也有些为难，秀才更加猖狂起来，以为天下第一，根本不把别人放在眼里。有人请秀才赐教，秀才就装着已对好了而不肯说的样子，其实他自己也还没对出来呢。

过了一年，时值庙会，龙女寺镇的传统节目是在关帝庙里请乩仙，秀才当然要参加，好风光风光。不一会儿，乩仙降坛。主坛的善男信女便请乩仙降示名讳。乩笔一阵龙飞凤舞，只见沙上写道："吾关圣帝君是也。"秀才见是关帝爷，又想起了他的上联，今天人这么多，何不拿出来借机风光一番。就抬步向前，高声朗诵他的上联，并请关圣帝君对下联。说完之后，便有些得意。过了一会儿，忽见乩笔又龙飞凤舞起来，写道：

山海关，虎啸龙吟。

看客见了，都道是好联，无不叹服。秀才没想到几年对不出来的上联，一下子就被关帝爷对出来了，赶紧叩头，口称佩服。

不想，过了一会儿，关圣帝君倒要反过来考考秀才，通过乩笔降示，出了句上联：

红罗帐里，有心戏嫂嫂。

秀才一看，心里大惊，想不到这样的事也被关帝爷知道了，以后如何做人啊！当即跪在地上，磕头求饶。原来，这位秀才在兄长死后，便与嫂嫂勾搭上了，事情虽做得秘密，可是，哪有不透风的墙，渐渐地乡里就有点风声。秀才还在那里磕头，那乩笔却没有停，居然代秀才对出了下联：

黄泉路上，无脸见哥哥。

秀才一见，倒地而亡。

难道这世上真有关帝爷显灵？过了几年，事情大白于天下。原来是另外几个秀才看不过去，想装作关帝爷戏弄一下这个秀才。不料这秀才是个胆小鬼，经不住吓，竟把他吓死了。

◎ 拓展阅读

《笠翁对韵·下卷·十四盐》（一）

宽对猛，冷对炎。清直对尊严。云头对雨脚，鹤发对龙髯。风台谏，肃堂廉。保泰对鸣谦。五湖归范蠡，三径隐陶潜。一剑成功堪佩印，百钱满卦便垂帘。浊酒停杯，容我半酣愁际饮；好花傍座，看他微笑悟时拈。

知县赴任写联自律

话说无锡县知县贪赃枉法，被朝廷革了职，可百姓一日不可无"父母"，朝廷很快就给无锡派了个新知县来。这一天，衙役们得到消息，新知县明天就到。他们于是忙了起来，把衙内布置一新，恭迎新知县。

正在这时，一个教书先生头戴小帽、身穿布袍，径直走进县衙。差役忙拦住，说县衙禁地，不可乱闯。教书先生说："知县大人即将赴任，我是派来给县衙书写对联的。"差役听了，就让他进了衙门。

教书先生先来到仪门前，略思片刻，留下一门联：

工堪比官，斧斤利刃，随手携来，因材而用。

医可喻政，硝磺猛剂，有时投下，看病何如？

他走进大堂，又写了一副对联：

人人论功名，功有实功，名有实名，存一点掩耳盗铃之私心，终为无益；

官官称父母，父必真父，母必真母，做几件悬羊卖狗的假事，总不相干。

众差役里也有读过几年书的，见他写的与前几任知县写的完全不一样，就有些猜疑。不知这个人是谁，也不知道明天知县老爷来了，看到这些对联，会不会生气，要是连累到自己就不好了。有个老差役胆大一些，问道："这样的对联写在堂上，不怕知县大人追究吗？"

教书先生听了，哈哈大笑，抛了毛笔，道："想必他不是糊涂官！"说罢，扬长而去。

第二天，知县大人到任，大家抬头一看，都惊呆了，新任知县大人正是写对联的教书先生。

◎ 拓展阅读

《笠翁对韵·下卷·十四盐》（二）

连对断，减对添。淡泊对安恬。回头对极目，水底对山尖。腰褭褭，手纤纤。凤卜对鸾占。开田多种粟，煮海尽成盐。居同九世张公艺，恩给千人范仲淹。萧弄凤来，秦女有缘能跨羽；鼎成龙去，轩臣无计得攀髯。

365

张之洞与陶然亭

清朝时候，北京城很多地方都是禁区。不要说老百姓想去游玩，就是当官的去办事也不能随便出入。当时人们常去的一个地方，就是陶然亭。那时的陶然亭很是荒凉，到处是芦苇和坟头，只有个亭子和慈悲庵，可供人们休息。由于当时人们没有其他地方去，所以都很喜欢这块地方，特别是官宦和文人，常来这里聚会。

当年，张之洞在北京做京官，常到陶然亭聚友聊天。有一次，他又在陶然亭请几位朋友吃饭。

席间，他忽然似有所思，问道："'陶然亭'三个字，如何来对？"

客人们想，这个上联到有些意思，过了一会儿，就交头接耳起来，在下边偷偷地笑。

这下轮到张之洞莫名其妙了。他站起来，问道："诸位到底有什么高见？"

有一位客人站起来，说："张大人，这陶然亭不是刚好与你的大名成为一副佳对吗？"张之洞一想，也大笑起来。

原来这是一副无情对：

张之洞；

陶然亭。

◎ 拓展阅读

《笠翁对韵·下卷·十五咸》（一）

栽对植，剃对芟。二伯对三监。朝臣对国老，职事对官衔。鹿麉麉，兔毚毚。启牍对开缄。绿杨莺睍睆，红杏燕呢喃。半篱白酒娱陶令，一枕黄粱度吕岩。九夏炎飙，长日风亭留客骑；三冬寒冽，漫天雪浪驻征帆。

蜘蛛虽巧不如蚕

北宋有位著名的文学家，叫王禹偁。他小时候，家里靠给人家磨面挣点钱，日子过得很艰难，连他上私塾的钱，也是找人借的。可王禹偁人穷志不穷，读书很是刻苦，深得老师的喜爱。

相传当地有个叫华魏的官，听说王禹偁是个有才华的孩子，就把他找来，对他说："你家是磨面的，你能以石磨为题作首诗吗？"小禹偁想了想，就作了一首：

但存心里正，何愁眼下迟。

得人轻借力，便是转身时。

诗中所讲的"心"，是指磨盘的中心；"眼"，就是磨盘上用来灌麦粒的窟窿眼儿。这首诗的意思是说：只要磨盘安得正，磨得慢没有关系。只要人稍微使点劲，磨盘就能转起来。这首诗用了借物咏志的手法，说出了他自己的想法：只要我心摆得正，学习肯努力，还怕眼下家里穷？要是有人能帮帮忙，我就会成就一番事业的！

华魏听了，口中称奇，心里还真佩服小家伙有志气。他想王禹偁家里穷，交学费有困难，自己一定得帮帮小家伙，于是就让王禹偁和自己的孩子一起到私塾里念书去了。

有一天，当地的知府大摆宴席，请客吃饭，华魏也在邀请之列。席间，知府说了个上联，让客人们对：

鹦鹉能言难似凤。

这个对子看起来简单，但是意义深刻。在座的客人都对不上来，华魏想了半天，也没想出个所以然来。他回家以后，就把对联写在桌上，日夜思考。碰巧，让王禹偁看见了这个上联，他就随口对了一句：

蜘蛛虽巧不如蚕。

华魏一听小禹偁对词对得如此工整，意思如此相切，想想真是不得了。以后就把他当作自己的文友，一起切磋诗文。

◎ 拓展阅读

《笠翁对韵·下卷·十五咸》（二）

梧对杞，柏对杉。夏濩对韶咸。涧瀍对溱洧，巩洛对崤函。藏书洞，避诏岩。脱俗对超凡。贤人羞献媚，正士嫉工谗。霸越谋臣推少伯，佐唐藩将重浑瑊。邺下狂生，羯鼓三挝羞锦袄；江州司马，琵琶一曲湿青衫。

367

图书在版编目（CIP）数据

中华对联故事 / 金敬梅主编. -- 北京：世界图书出版公司，2016.5（2021.4重印）
ISBN 978-7-5192-0903-2

Ⅰ.①中… Ⅱ.①中… Ⅲ.①对联—作品集—中国 Ⅳ.①I269

中国版本图书馆CIP数据核字(2016)第049100号

书　　　名	中华对联故事
（汉语拼音）	ZHONGHUA DUILIAN GUSHI
编　　　者	金敬梅
总　策　划	吴迪
责　任　编　辑	张劲松
装　帧　设　计	刘陶
出　版　发　行	世界图书出版公司长春有限公司
地　　　址	吉林省长春市春城大街789号
邮　　　编	130062
电　　　话	0431-86805551（发行）　0431-86805562（编辑）
网　　　址	http://www.wpcdb.com.cn
邮　　　箱	DBSJ@163.com
经　　　销	各地新华书店
印　　　刷	唐山富达印务有限公司
开　　　本	720 mm × 1000 mm　1/16
印　　　张	23
字　　　数	300千字
印　　　数	1—5 000
版　　　次	2019年6月第1版　2021年4月第3次印刷
国　际　书　号	ISBN 978-7-5192-0903-2
定　　　价	46.00元

版权所有　翻印必究
（如有印装错误，请与出版社联系）

阅读国学经典·品鉴古今智慧

领悟先贤哲思·创造人生辉煌